Ullstein

ÜBER DAS BUCH:

Zum zweiten Mal (nach *Feindpeilung steht!* UB 23784) wendet sich der Meister des modernen Seekriegsromans einem deutschen Kriegsschiff und seinem Kommandanten zu: Im Sommer 1944 steht es an allen Fronten schlecht für Deutschland. Die Alliierten dringen schnell in Frankreich vor, die Russen rollen die Ostfront auf, und in der Ostsee ist die deutsche Kriegsmarine völlig in die Defensive geraten. Da richten sich alle Hoffnungen auf ein neues Schiff, den Schweren Kreuzer *Prinz Luitpold,* und auf Kapitän z. S. Dieter Hechler, der ihn zum Handelskrieg in den Atlantik führen soll. Hechlers Glück im Gefecht ist legendär, doch selbst er sieht in dem neuen Einsatz ein Himmelfahrtskommando. Und genau das sucht er seit dem Verrat seiner untreuen Frau.
In der vom Feind beherrschten Wasserwüste des Atlantiks ist jedes Schiff eine Bedrohung und der *Prinz* völlig auf sich allein gestellt. Der schlimmste Feind des Kommandanten steht jedoch auf seiner eigenen Brücke: ein fanatischer und am Ende feiger Admiral, der sich rechtzeitig aus Deutschland absetzen will. Dazu soll ihm Erika Franke verhelfen, die Pilotin des Bordflugzeuges. Wird sie sich in diesem Konflikt für den Mann entscheiden, der in ihr eine neue Liebe gefunden hat?

DER AUTOR:

Alexander Kent kämpfte im Zweiten Weltkrieg als Marineoffizier im Atlantik und im Mittelmeer und erwarb sich danach einen weltweiten Ruf als Verfasser spannender Seekriegsromane. Seine marinehistorische Romanserie um Richard Bolitho macht ihn zum meistgelesenen Autor dieses Genres neben C. S. Forester. Seit 1958 sein erstes Buch erschien *(Schnellbootpatrouille),* hat er über vierzig Titel veröffentlicht, von denen die meisten bei Ullstein vorliegen. Sie erreichten bisher weltweit eine Gesamtauflage von etwa 24 Millionen und wurden in 14 Sprachen übersetzt. Alexander Kent, dessen wirklicher Name Douglas Reeman lautet, lebt in Surrey, ist Mitglied der Royal Navy Sailing Association und Governor der Fregatte *Foudroyant* in Portsmouth, des ältesten noch schwimmenden britischen Kriegsschiffs.

Alexander Kent

Der Eiserne Pirat

Roman

Ullstein

Ullstein Buchverlage GmbH &
Co. KG, Berlin
Taschenbuchnummer: 23695
Titel der Originalausgabe:
The Iron Pirate
Aus dem Englischen von
Joachim Wölfer

Ungekürzte Ausgabe
2. Auflage Juni 1998

Umschlaggestaltung:
Hansbernd Lindemann
Illustration:
Brian Sweet

Printed in Germany 1998
Druck und Verarbeitung:
Ebner Ulm
ISBN 3 548 23695 2

Gedruckt auf alterungs-
beständigem Papier mit
chlorfrei gebleichtem Zellstoff

Die Deutsche Bibliothek –
CIP-Einheitsaufnahme

Kent, Alexander:
Der eiserne Pirat : Roman /
Alexander Kent. [Aus dem Engl.
von Joachim Wölfer]. – Neuaufl.
der dt. Erstausg., 2. Aufl. –
Berlin : Ullstein, 1998
(Ullstein-Buch ; Nr. 23695 :
Maritim)
ISBN 3-548-23695-2
NE: GT
Vw.: Reeman, Douglas [Wirkl.
Name] → Kent, Alexander

Vom selben Autor
in der Reihe
der Ullstein Bücher:

Kanonenboot (24173)
Rendezvous im Südatlantik (20318)
Finale mit Granaten (23691)
Aus der Tiefe kommen wir (23619)
Torpedo läuft! (23688)
Freiwillige vor! (24305)
Feindpeilung steht! (23784)
H.M.S. Saracen (23935)
Feuer aus der See (24400)
Mittelmeerpartisanen (23938)
Atlantikwölfe (22151)
Die Zerstörer (24301)
Insel im Taifun (23692)
Die weißen Kanonen (22403)
In der Stunde der Gefahr (22509)
Das Wasser am Hals (22647)
Das Netz im Meer (22680)
Die U-Boot-Jäger (22900)
Kurs Hongkong (23779)
Operation Monsun (24403)
Rückkehr von den Toten (24395)
Schnellbootpatrouille (23792)
Unter stählernen Fittichen (23793)

Außerdem 24 marinehistorische
Romane um Richard Bolitho
sowie 3 Romane um die
Blackwood-Familie

Inhalt

Für Dorothy, Frank und Stan –
von uns, mit Liebe

1 Gefeit gegen den Tod

Die See zeigte sich an diesem Morgen nicht gerade von ihrer besten Seite. Es herrschte eine starke Dünung, und die Wellen hatten keine Kämme. In ihren tiefen Tälern schimmerte das Wasser wie geschmolzenes Glas. Über dem Meer trieb dichter Nebel. Ab und zu wurde er aufgerissen, doch aus der Nähe schien er fast die Oberfläche zu berühren.

In ein paar Tagen würde der August anbrechen, aber schon jetzt war der Wind messerscharf: Vorbote des Winters, der schon bald, vom Finnischen Meerbusen kommend, Seeleute und Schiffe in seinen eisigen Griff nehmen würde.

Hier und da schwammen Möwen und andere Seevögel mit den Wellen auf und ab – das sah aus wie zerrissene Girlanden. Im Zwielicht des Morgens wirkten sie blaß. Dieses Auf und Ab der hohen Wellen, in deren Tälern sich in friedlichen Zeiten glatt Fischerboote hätten verbergen können, selbst wenn sie nur auf eine halbe Kabellänge* voneinander entfernt gewesen wären, beeindruckte die Vögel offensichtlich nicht. Die ganze Ostsee war bis zum Ausbruch des Krieges ein vielbefahrenes Schiffahrtsrevier gewesen, auf dem sich Fischerboote und Küstenfahrer tummelten und wo Holz- und Kohlenfrachter ihre Kurse zwischen den Häfen zogen. Jetzt gab es hier nur noch einige neutrale schwedische Schiffe. Ansonsten war das Meer zum Jagdrevier geworden – und zum Grab für Freund und Feind.

Man schrieb 1944, und für viele Menschen war es das fünfte Kriegsjahr. Die Geräusche über dem Wasser wurden durch den dichten Nebel stark gedämpft, und an diesem Morgen schien das Meer völlig verlassen zu sein. Die Möwen, die sich auf den Wellen treiben ließen und nach Futter suchten, waren die ersten, denen bewußt wurde, daß sie nicht mehr allein waren. Es war eher eine Wahrnehmung als ein Geräusch, und es war noch nicht nahe genug, um sich als Pochen oder Schlagen bemerkbar zu machen. Nein, es war eher ein Zittern, das durch das Wasser lief. Aber es führte sehr bald dazu, daß die Vögel aufflogen und lärmend dagegen protestierten, daß sie ihr angestammtes Revier verlassen sollten.

Hätte es einen Beobachter des Geschehens gegeben, dann wäre er sicherlich erschreckt über die Geschwindigkeit gewesen, mit der das Schiff plötzlich aus dem Nebel auftauchte. Zuerst war es nur ein grauer Schatten. Doch der Schatten wuchs ebenso schnell, wie sich der ho-

* Eine Kabellänge entspricht $^1/_{10}$ Seemeile = 185,2 Meter

he, geschwungene Bug durch den Nebel schob und ihn zerteilte. Gleichzeitig durchschnitt er die Dünung mit bemerkenswerter Leichtigkeit. Obwohl die drei Schrauben nur mit halber Kraft liefen, wirbelte der Vordersteven das Wasser schäumend auf. Am Bug vorbei schlug es klatschend und sprühend gegen den getarnten Rumpf und ließ die tatsächliche Kraft des Schiffes ahnen. Wie es da durch das Wasser pflügte, nahm es immer mehr an Bedrohlichkeit zu. Auch die vier Doppeltürme der Schweren Artillerie und die Brückenkonstruktion vermochten die elegante Linienführung nicht zu unterbrechen. Das Schiff war ein Schwerer Kreuzer, gehörte zu den mächtigsten Einheiten dieser Art und besaß dennoch die Eleganz und die Geschwindigkeit eines Zerstörers.

Auf den nassen Decks war niemand zu sehen. Nur gelegentliche Bewegungen auf der Brücke und an den Geschützen der Mittleren Artillerie ließen erkennen, daß es menschliches Leben an Bord gab. Für einen Augenblick erschien der Kreuzer voll in einem Nebelloch – einem anmutigen Großwild ähnlich, das eine Lichtung im Wald passiert. Das zögernde Licht der Morgensonne ließ die Decks gleißen und fiel auch auf die Kriegsflagge, ein großes, scharlachrotes Rechteck, das durch breite, schwarze Balken unterteilt wurde, in deren Kreuzpunkt auf rundem, weißem Feld das schwarze Hakenkreuz lag, während im linken oberen Feld ein kleines Eisernes Kreuz stand.

Noch bevor der Nebel sich wieder fest um das Schiff schloß, schien in die Mittlere Artillerie des Kreuzers Leben zu kommen. Die schlanken Rohre der 10,5-cm-Doppeltürme auf den Aufbauten hoben sich, als streckten sie sich einem unsichtbaren Feind entgegen. Jede Geschützbedienung war angespannt auf Posten, jeder einzelne Mann wußte genau, daß er sich keinen Moment der Sorglosigkeit leisten konnte. War die erste Chance vertan, dann würde es eine zweite in diesen heißumkämpften Gewässern nicht mehr geben.

In dem riesigen, gepanzerten Rumpf waren mehr als 1600 Offiziere und Mannschaften auf ihren Gefechtsstationen. Aus Sicherheitsgründen im Inneren weit auseinandergezogen, bildeten sie dennoch eine verschworene Gemeinschaft, die jederzeit bereit war, das Schiff mit größtmöglicher Wirksamkeit einzusetzen.

Im hinteren Teil der Brücke genoß der Kommandant des Kreuzers, Kapitän zur See Dieter Hechler, ein paar – viel zu seltene – Minuten des Alleinseins in seiner Gefechtskammer, die spartanisch einfach eingerichtet war. Äußerlich völlig entspannt, nahm er dennoch jede Bewegung des Schiffes, jedes ungewöhnliche Geräusch wahr. Seine erheblich besser ausgestatteten, größeren Wohnräume unter Deck pflegte er fast nur während der Liegezeiten im Hafen zu benutzen. Es schien ihm vertane Zeit, bei Alarm erst von unten zur Brücke hinaufeilen zu müssen. Hier oben war seine Welt, seit man ihm vor 18 Monaten das ehrenvolle Kommando über diesen Schweren Kreuzer der Kriegsmarine übertragen hatte, einen der letzten noch schwimmenden.

In wenigen Minuten würde ihn Viktor Theil, sein Erster Offizier, durch das rote Telefon über der zerwühlten Koje auf die Brücke rufen. Seine Offiziere würden ihn dort mit recht unterschiedlichen Gefühlen grüßen: mit Erleichterung, aber auch mit Zweifel und sogar mit Ablehnung. Dennoch würde ihn jeder einzelne als Kommandant respektieren.

Hechler lehnte sich in seinem Stuhl zurück und starrte geistesabwesend auf die Karte, die vor ihm auf der Schreibtischplatte lag. Es war seine ganz persönliche Karte, die ihm erlaubte, jederzeit die Position des Kreuzers zu kontrollieren. Wenn er mit seinen Offizieren auf der Brücke zusammentraf, mußte er über alles Bescheid, auf jede Frage eine Antwort wissen, selbst auf die dümmste. Er wußte aus eigener leidvoller Erfahrung, daß ein Mann, der einen Verweis bekam, weil er eine Frage gestellt hatte, deren Antwort ihm hätte bekannt sein müssen, es nie wieder wagen würde, Fragen zu stellen – auch dann nicht, wenn sie wirklich lebenswichtig waren.

Seine Jacke hing an einer Metallschiene neben der Koje, die vier goldenen Streifen an jedem Ärmel glänzten im Licht der Schreibtischlampe. Das »Lametta« an seiner Mütze, aber auch die Spange mit den Ordensbändern an der linken Brustseite der Uniformjacke zeigten auf einen Blick, daß dieser Mann Autorität besaß und Tapferkeit bewiesen hatte. Jetzt allerdings hätte jeder zufällige Besucher den Mann Hechler zu sehen bekommen und nicht den Kapitän zur See. Er trug seinen geliebten grauwollenen Rollkragenpullover und eine graue Flanellhose. Hechler war 36 Jahre alt und der jüngste Kapitän zur See der deutschen Kriegsmarine, dem man ein Kommando über einen Schweren Kreuzer wie seine *Prinz Luitpold* gegeben hatte. Die tiefen Falten links und rechts von seinem schmalen Mund zeigten, daß er an dieser Verantwortung zu tragen hatte. Sein dunkles Haar war widerspenstig lockig geblieben; seine Härte, seine menschlichen Qualitäten und seine Charakterstärke verrieten sich in den Augen. Sie waren grau mit einer Spur von Blau – die Farbe der See.

Schon in jungen Jahren hatte er die Feststellung machen müssen, daß ihn seine Augen verrieten. Sie hatten nicht nur sein Vertrauen ausgedrückt, sie ließen auch seine Zweifel erkennen. Er hatte gelernt, seine Gefühle fest unter Kontrolle zu halten, was ihm im täglichen Leben immer wieder hilfreich war. Etwa wenn er einem seiner Männer mitteilen mußte, daß seine Eltern bei einem Bombenangriff ums Leben gekommen waren. Er hatte Menschen sterben sehen, manchmal auf grauenhafte Weise. Und er wußte, daß er auch in solchen Momenten den Blicken seiner Männer ausgesetzt war, die wissen wollten, wie er reagierte – und sei es nur, um ihr eigenes Schicksal zu erraten.

Ein Beispiel vom letzten Monat war ihm noch genau in Erinnerung. Damals hatte er alle abkömmlichen Offiziere und Mannschaften auf dem Achterdeck unter den beiden drohenden Rohren von Turm *Dora* antreten lassen, um ihnen den Beginn der alliierten Invasion in der Normandie bekanntzugeben. Für die meisten Besatzungsmitglieder der *Prinz Luitpold* waren die anderen Kriegsschauplätze weit weg und ohne große Bedeutung: der Pazifik, Italien, selbst der Nordatlantik, der blutigste Seekriegsschauplatz, bedeuteten ihnen wenig. Sie führten ihren Krieg hier, hatten ihre Aufgaben hier zu erfüllen, allenfalls noch im Nordmeer gegen die Sowjets. Aber die Normandie hatte das alles verändert. Sicherlich, die deutsche Propaganda gab sich optimistisch: Die Engländer und ihre Verbündeten würden schnell und unerbittlich zurück in die See getrieben werden, und dann würde England im Gegenzug reif für die Invasion sein. Wie es auch ausgehen mochte: Die Normandie war weit, weit weg vom Vaterland.

Doch in den Mienen vieler Männer hatte sich der Gedanke an einen Stoß in den Rücken widergespiegelt. Nun gab es eine weitere Front, an der der Feind auftrat. Und das würde für jeden Mann der *Prinz Luitpold* bedeuten, daß man künftig noch größere Anforderungen an ihn stellte.

Das Deck erzitterte plötzlich, und Hechler mußte sich bewußt entspannen. Vielleicht war er einfach zu müde. Durchaus denkbar, daß seine Widerstandskraft abgenommen hatte, ohne daß es ihm selbst bewußt geworden war. Er mußte lächeln und fuhr sich mit den Fingern durch die widerborstigen Haare. Dann beugte er sich mit einem Seufzer vor und warf einen letzten Blick auf die Karte.

Die Küstenlinien waren für ihn ein vertrauter Anblick. Es war nutzlos, darüber nachzudenken, was hätte sein sollen, nutzlos, angesichts der Geländeverluste der letzten Monate zu verzweifeln. Bis vor kurzem noch völlig sichere Ankerplätze waren plötzlich ständigen feindlichen Luftangriffen ausgesetzt gewesen, und nun befanden sie sich bereits in Feindeshand. Seit langem stürmten die sowjetischen Truppen gegen die deutsche Front an, und beide Seiten verwüsteten das Land. Hoch oben im Norden sahen sich die an der Seite der Deutschen kämpfenden Finnen starkem sowjetischem Druck ausgesetzt, und eine ganze deutsche Armee drohte abgeschnitten zu werden, wenn es ihr nicht gelang, sich bald zurückzuziehen. Hechlers Mund verzog sich zu einem schiefen Lächeln. »Strategische Rücknahme« nannte man neuerdings solche Rückzüge in den Berichten des Oberkommandos der Wehrmacht. Der Schwere Kreuzer lief – geschützt von je einem Zerstörer an Back- und Steuerbord – durch ein nun heißumkämpftes Seegebiet, in dem er früher einmal völlig ungestört operieren konnte, wo er für die Armeen an Land ein Symbol deutscher Übermacht dargestellt hatte.

Während Hechler seine Augen über die Karte wandern ließ und hier und da mit einem Stechzirkel ein paar Messungen überprüfte, stand die Küste wie ein Aquarell bildhaft vor ihm. Querab sah er die Nordküste Lettlands mit dem Zugang zum Rigaer Meerbusen. Während der Nacht waren sie an Kolkas rags mit seinen Untiefen und der dunkelbewaldeten Küste vorbei durch die schmale Zufahrt geschlüpft. Nun würden sie sich schon bald wieder in weitem Bogen der Küste nähern.

Im Südosten, tief im Rigaer Meerbusen, sollten sie den eingeschlossenen Verbänden des deutschen Heeres Artillerieunterstützung geben. Riga war der einzige Hafen, von dem aus die Truppen noch evakuiert werden konnten, sollte es den Sowjets gelingen, die deutschen Verteidigungslinien zu überrollen. Und trotz der immensen Menschen- und Panzerverluste gab es keinerlei Anzeichen dafür, daß es noch gelingen würde, die russische Dampfwalze zu stoppen.

Es war immer mit einem großen Risiko verbunden, ein Schiff gegen feststehende Küstenbatterien einzusetzen. Die Männer, die den Befehl dazu gaben, sahen nur das gesamte strategische Konzept mit seinen unbedingten Notwendigkeiten, doch die Risiken in der Praxis erkannten sie in den seltensten Fällen.

Dennoch hatte die *Prinz Luitpold* schon viele derartige Einsätze hinter sich. Zu Anfang hatte sie noch Feuerschutz für die Landungen eigener Verbände gegeben, hatte einen Sieg der deutschen Truppen nach dem anderen unterstützt. Sollte der Winter früh anbrechen, dann mochte es zumindest an dieser Front zu einer kurzen Verschnaufpause kommen. Hechler bedauerte die armen Teufel, die bitterer Kälte ausgesetzt sein würden und obendrein unter Versorgungsmangel litten. Sie würden nun auch noch mit dem Bewußtsein kämpfen müssen, daß die Alliierten im Westen der Heimat näher waren als sie selbst.

Hechler warf einen Blick auf das gerahmte Bild seines Schiffes an der Wand. Das Glas zitterte leicht unter den Vibrationen der Maschinen tief unten im Rumpf. Das sah aus, als lebe die Fotografie. *Prinz*

Luitpold war ein glückhaftes Schiff und innerhalb der kleinen Welt der Kriegsmarine schon zu einer Legende geworden. Ob unter Beschuß von Land, unter dem Hagel feindlicher Bomben oder im Kampf gegen britische Kreuzer am Nordkap – stets war es mit ein paar Kratzern davongekommen. Und bisher hatte es nur zwei Tote unter der Besatzung gegeben. Einer von ihnen war auf dem vereisten Deck ausgerutscht und über Bord gegangen.

Hechler mußte an die Schwesterschiffe der *Prinz Luitpold* denken. *Prinz Eugen* beispielsweise, ein ähnlich legendäres Schiff. *Admiral Hipper*, die schon zu Beginn des Krieges Ziel eines Rammversuchs durch britische Zerstörer gewesen war. *Blücher* schließlich war im April 1940 im Oslofjord durch Artillerie- und Torpedotreffer der norwegischen Küstenbatterien vor aller Augen versenkt worden. Aber ein weiteres Schiff dieses Typs war noch im Bau.

Nur *Prinz Luitpold* schien einen Schutzengel zu haben. Ihr Stapellauf kurz nach der Versenkung der *Blücher* war wegen schwerer Bombenangriffe der Engländer mehrfach verschoben worden. Die Bomben hatten den größten Teil der Hamburger Werft Blohm & Voss vernichtet, auf deren Helling der Kiel gestreckt worden war, doch dem werdenden Schiff war nichts passiert. Und als sich der Qualm der Explosionen verzogen hatte, war die Arbeit zügig weitergegangen.

Hechler hatte ein Kommando auf einem Leichten Kreuzer gehabt, als die *Prinz Luitpold* vom Stapel lief – vom Führer persönlich getauft, der mit dieser Zeremonie die enge Verflechtung mit Österreich betonen wollte. Oft hatte er gesehen, wie das Schiff wuchs, sozusagen parallel mit seinem Aufstieg. Und er hatte sein Herz daran verloren, seine ganze Hoffnung auf dieses Kommando gesetzt.

Er erhob sich, sein Körper fand ganz von selbst eine Lage, welche die Bewegungen ausglich. Hechler spürte förmlich die Kraft dieses Schiffes, das vollausgerüstet fast 20000 Tonnen verdrängte, angetrieben von Maschinen, die es bis zu 32 Knoten (fast 60 km/h) beschleunigen konnten, um mit Waffen, die vielen anderen Kriegsschiffen überlegen waren, zu kämpfen. Und schließlich gab es noch drei Bordflugzeuge vom Typ Arado Ar 196. Sie waren Hechlers »Augen« für größere Entfernungen und hatten sich schon oft hervorragend bewährt.

Hechler war ein großer Mann mit breiten Schultern. Dennoch bewegte er sich in der engen Kammer mit der Geschmeidigkeit einer Katze, als er in seine Jacke schlüpfte und gewohnheitsmäßig kurz auf jede Tasche klopfte: eine Vorsichtsmaßnahme, an die er keinen Gedanken verschwendete.

Er öffnete die Mittelschublade seines Schreibtisches und legte den Stechzirkel und seinen Rechenschieber hinein. Dabei fiel sein Blick auf ihr Bild. Sie sah ihm aus dem abgetragenen Lederetui entgegen, das er auf See stets bei sich hatte. Er seufzte, seine Augen verloren sich irgendwo. *Eine große Liebe* . . .

Irgendwo unten wurde eine Stahltür zugeworfen.

Dieses Schiff hatte ihm geholfen, über sie hinwegzukommen. Jetzt konnte er schon ihr Gesicht anschauen, ohne daß Bitterkeit in ihm hochkam oder Verzweiflung. Ihm fiel plötzlich auf, daß Inge auf dem Foto nicht lachte. Als er darüber nachdachte, wurde ihm bewußt, daß sie eigentlich nie gelacht hatte – oder doch nicht oft.

Das rote Telefon summte wie ein Insekt. Hechler lächelte und nahm den Hörer ab. Er war erleichtert über die Unterbrechung, sie verjagte Inges Schatten. Während er in den Hörer sprach, verschloß er die Schublade und ließ ihr Bild verschwinden. Bis zum nächsten Mal . . .

Am Apparat war wie erwartet Theil. Dieser Mann war so zuverlässig, daß Hechler anfangs absichtlich Fehler und Schwachstellen bei seinem Ersten Offizier gesucht hatte. Theil war seit der Indienststellung des Schweren Kreuzers an Bord und hatte schon unter dem ersten Kommandanten gedient. Ein höchst erfahrener Seemann und Offizier, der sich Respekt verschaffte und trotzdem die Wertschätzung seiner Männer genoß: zwei Dinge, die nur selten zusammentrafen. Eigentlich hätte er längst ein eigenes Kommando haben müssen, denn es gab einen regelrechten Mangel an erfahrenen Kapitänen für die größeren Schiffe der Kriegsmarine. Jeder junge Offizier, der von der Marineschule kam, wurde inzwischen zur U-Boot-Waffe kommandiert, um die hohen Verluste bei der Schlacht im Atlantik auszugleichen. Es war wie ein Wald, dessen Bäume schon abgeschlagen wurden, bevor sie noch Zeit gehabt hatten, richtig zu wachsen.

»In fünf Minuten Kurswechsel, Herr Kapitän«, meldete Theil über Telefon.

»Danke, Theil, ich komme umgehend auf die Brücke.«

Er legte auf und griff nach Mütze und Nachtglas. Als er die Mütze auf seine widerspenstigen Haare drückte und dabei in den Spiegel am Türschott blickte, zog er eine Grimasse und überprüfte seine Gefühle, wie er einen Untergebenen geprüft hätte.

Nichts. Alle überflüssigen Zweifel schienen von ihm abgefallen zu sein. Plötzlich war er wieder jung wie an jenem Tag, an dem er mit Inge vor dem Altar gestanden hatte und dann mit ihr zusammen durch das Spalier seiner Kameraden geschritten war, die mit gezogenem Degen vor der Kirche standen.

In Gedanken daran schloß er kurz die Augen. Dann knipste er das Licht in seiner Kammer aus und ging. Er verschwendete keinen Gedanken daran, daß jedes Mal das letzte sein konnte. Mit so etwas wollte er sich nicht belasten.

Einen Moment blieb er im tiefen Schatten stehen, seine Schulter berührte den kühlen Stahl, seine Augen gewöhnten sich an die im Halbdunkel liegende Brücke. Dann war er bereit für die See und den Feind.

Fregattenkapitän Viktor Theil, der Erste Offizier des Schweren Kreuzers, stand breitbeinig auf der Gräting* in der Nock** und folgte den Bewegungen des auf und ab gehenden Schiffes. Gelegentlich trafen ihn Spritzer der leicht salzigen Gischt. Theil hätte das Gesicht jedes einzelnen Mannes auf der Brücke mit fotografischer Genauigkeit beschreiben können. Da waren die Signalgasten für die Nachrichtenübermittlung und ein paar Bootsmanns-Dienstgrade. Und da war die schwere, meistens mit einer Lederjacke bekleidete Gestalt von Josef Gudegast, dem Navigationsoffizier. Theil hegte zwar eine gewisse Abneigung gegen Reserveoffiziere, doch er hatte – genau wie die übrigen Offiziere – allen Grund, dem Schicksal dankbar zu sein, daß ihm ein Navigationsoffizier wie Josef Gudegast zugeteilt worden war. Bis Kriegsausbruch war Gudegast auf einem Holzfrachter gefahren, und wie sonst keiner an Bord kannte er die Schönheiten und die Gefahren der Ostsee.

Hechlers Stimme klingt ruhig, dachte Theil, er war von anderem Schlag als sein Vorgänger. Der war völlig zusammengebrochen, nachdem der Kreuzer drei Tage lang ununterbrochen von feindlichen Bombern angegriffen worden war. Die Kränkung, die ihm danach widerfahren war, konnte Theil noch immer nicht vergessen. Sie schmerzte ihn geradezu körperlich, wenn er daran dachte. Mit mehr Glück als anderen Kommandanten war es ihm gelungen, das Schiff ohne große Schäden nach Kiel zurückzubringen. Und natürlich hatte er sich Hoffnung auf das Kommando gemacht, hatte sich geradezu sehnsüchtig gewünscht, daß man ihm die *Prinz Luitpold* anvertrauen würde. Stattdessen war Hechler an Bord gekommen, begrüßt von der angetretenen Besatzung und den schrillen Signalen der Bootsmannspfeifen: ein Mann, der den ausgezeichneten Ruf, der ihm vorausging, inzwischen mehr als ein dutzendmal unter Beweis gestellt hatte. Der aber trotzdem eine ganze Menge jünger war als er.

Theil dachte an die anderen Offiziere. Einige waren erst kurz vor

* Holzrost
** offener Teil der Brücke jeweils an Back- und Steuerbord

dem Auslaufen zu dieser Feindfahrt an Bord gekommen. Die Offiziere, die er Tag für Tag in den gepanzerten Aufbauten der Brücke und in der Feuerleitzentrale sah, warteten gierig darauf, daß es endlich zum Einsatz ging. Gesichter, die entweder verschlossen waren oder so offen, daß sie jede Gemütsbewegung verrieten. So wie das des jüngsten Offiziers auf der Brücke. Leutnant zur See Konrad Jäger war ganze 20 Jahre alt. Ein frischer Junge, der im Anschluß an seine Ausbildung auf die *Prinz Luitpold* gekommen war. Er hatte eine angenehme Art und fügte sich vorzüglich in die Kommandostruktur an Bord ein. Sein Vater war ein hochdekorierter Kapitän zur See, der ein Kommando an Land erhalten hatte, nachdem er im Mittelmeer ein Auge und einen Arm verloren hatte. Dennoch mußte der Vater des jungen Offiziers immer noch über gute Beziehungen und Einfluß verfügen, dachte Theil. Sonst wäre er nämlich bestimmt auf ein U-Boot kommandiert worden, statt auf ein »Dickschiff« wie die *Prinz Luitpold* zu kommen. Und die Lebenserwartung eines jungen U-Boot-Offiziers entsprach gegenwärtig – nach dem, was man so hörte – etwa der eines jungen Leutnants an der Ostfront.

Theil fröstelte bei diesen Gedanken. Besser, man vergaß sie sehr schnell.

Er hörte, wie das stählerne Schott an der Rückseite der Brücke geöffnet wurde, bemerkte, wie in die dunklen Figuren um ihn herum plötzlich Bewegung kam, als der Kommandant die Brücke betrat und seine Hand grüßend an die Mütze legte. Theil blickte ihn an und erinnerte sich daran, wie sehr er sich über diesen Mann einmal geärgert, ja, wie sehr er ihn gehaßt hatte.

Neben dem Kompaß stand der junge Jäger und beobachtete die beiden Männer, in deren Verantwortung das Schicksal des Schiffes und seiner Besatzung lag. Größere Gegensätze konnte man sich kaum vorstellen. Der Kommandant war ein großer, dynamischer Mann, der stets die Ruhe in Person und gelassen in seinem Tonfall blieb. Theil ein untersetzter Mann mit kurzen blonden Haaren, der schnell in einen schneidenden Ton verfallen konnte, wenn nicht alles seinen hohen Anforderungen entsprach.

Hechler spürte den abschätzenden Blick des jungen Jäger, so wie ihm die Wurschtigkeit des Navigationsoffiziers durchaus nicht verborgen blieb. Der kannte seine Karten und alle Tücken dieses Seegebietes wie im Schlaf und hatte für die modernen Navigationshilfen nur Verachtung übrig. Die versagen als erste im Dienst, und das genau dann, wenn man sie benötigt, pflegte er zu spotten.

Gudegast war ein Einzelgänger, der stundenlang auf der Brücke stand, während *Prinz Luitpold* von einem Planquadrat des Operationsgebietes zum anderen lief. Und in den wenigen Stunden, die er nicht hier oben verbrachte, hatte er kaum Kontakt mit seinen Offizierskameraden. Kaum jemand hätte in dem schroffen Seemann mit seiner oft ungehobelten Sprache einen Künstler vermutet. Und dennoch konnte dieser Mann die See und die Menschen in allen Nuancen einfühlsam zeichnen und malen. Eben jetzt stand er auf Zehenspitzen, um ein paar Möwen zu beobachten, die vor dem wogenden Nebel ihre Kreise zogen. Vielleicht sah er in ihnen ein Sujet für sein nächstes Bild . . .

Hechler beugte sich zu der Segeltuchhaube hinunter, die das Licht über dem Kartentisch abschirmte, und starrte auf Gudegasts Notizen und Berechnungen. Seine Bleistiftschrift war filigranhaft klar. Doch in seiner abgetragenen Lederjacke, über die er oft eine alte Öljacke zog, sah Gudegast aus wie ein Geschöpf der See, das unvermutet an Bord gekommen war.

Theil trat neben ihn an den Kartentisch. »Die Küstenbatterien stehen hier, Herr Kapitän.«

Hinter sich hörte Hechler Stahl auf Stahl schrammen. Das Katapult wurde ausgeschwenkt, um das erste der drei Bordflugzeuge zu starten. Jede Arado hatte zwei Mann Besatzung und war mit Maschinenkanonen und Maschinengewehren bewaffnet. Heute trugen sie zusätzlich jeweils zwei 50-kg-Bomben.

Hechler dachte laut: »Der Güterbahnhof, über den der Russe seine Verstärkung heranführt, muß zuerst zerstört werden.«

Er hob den Kopf, ging hinaus auf die Nock und ließ sich die kalte, salzige Luft um die Nase wehen. Sie vertrieb die letzte Müdigkeit aus seinem Kopf. Er dachte an die Männer, die seinem Kommando unterstellt waren. Einige konnten wie er das Auf und Ab des Schiffes in der See beobachten, andere vertrauten der Sicherheit der gepanzerten Türme der Schweren Artillerie und warteten nun auf den Befehl zum Abfeuern und Nachladen der 20,3-cm-Geschütze. Wieder andere standen in den Niederungen der Turbinen- und Kesselräume und überwachten die Anzeigen und das einwandfreie Funktionieren des Antriebs – halb taub von dem Lärm, der da unten herrschte. Und sie versuchten, nicht an Geschoß- oder Torpedotreffer zu denken, die ihre laute Welt in ein gnadenloses Inferno verwandeln würden.

In den Straßen von Kiel, Wilhelmshaven oder gar Berlin sah man diese Männer kaum als Individuen, dachte Hechler. Eigentlich war es bedauerlich, daß ihre Verwandten und Freunde sie nicht in ihrer vertrauten Umgebung an Bord beobachten konnten. Das hätte sicherlich ihr Verständnis für manches geweckt und ihnen Hoffnung gemacht.

»Es ist soweit«, sagte Theil leise.

Hechler nickte, froh, diesen Mann neben sich zu haben.

»Kursänderung! Maschinen volle Kraft voraus!« Einen Augenblick verschwand die maskenhafte Starre vom Gesicht des Kommandanten. »Na, dann mal auf ein Neues, Theil«, sagte er leise. »Der Feind ist immer noch der alte.«

Fünfzehn Minuten später schob sich das Schiff aus dem Nebel und lief wie ein sprungbereiter Tiger durch die ersten schwachen Strahlen der Sonne.

Kaum waren die vier Geschütztürme in die befohlene Richtung geschwenkt, da feuerten die acht 20,3-cm-Rohre eine Breitseite ab.

»Kursänderung auf zwo-drei-null!« Hechler sah vom Kreiselkompaß hoch und spannte sich wie eine Feder, als die See an der Backbordseite des Bugs kochend hochgischtete. Er fühlte die Neigung des Decks, als sein Befehl vom Rudergänger ausgeführt wurde und der Steven in das glitzernde Wasser tauchte. Die vorderen Türme drehten sich leicht in ihren Bettungen, um den geringen Richtungswechsel der *Prinz Luitpold* auszugleichen. Dann zog der nächste Rückstoß die vier Rohre in die Türme, und eine Wolke Pulverdampf, heiß und ätzend, wehte über die Brücke, während die Granaten hinüber zum Land orgelten.

Hechler wartete, bis der Rumpf wieder einigermaßen zur Ruhe gekommen war, dann nahm er sein Glas und blickte erneut zum Land hinüber. Es lag verschleiert in einiger Entfernung, das harte, silberne Sonnenlicht hatte alle Farbe verschluckt. Explosionswolken markierten die Stellen, an denen die drei Arado-Bordflugzeuge kreisten und ihre Bomben abwarfen. Große Rauchsäulen, die sich kaum bewegten: die Einschläge der 20,3-cm-Granaten von *Prinz Luitpold.* So sieht die Landschaft irgendwie dreckig aus, dachte er, beinahe wie verfault.

Aus den Trümmern der Häuser stieg eine Garbe Leuchtspurmunition in die Luft. Ganz offensichtlich führten hier Soldaten einen Häuserkampf, um ihre alten Stellungen zurückzuerobern. Das bittere Los der Infanteristen . . .

Er mußte plötzlich an seinen Vater denken, der im Ersten Weltkrieg Soldat gewesen war, Infanterist an der Westfront. Mehrfach verwundet und schließlich gasvergiftet hatte man ihn nach Hause geschickt, ein hustendes, gebrochenes menschliches Wrack. Doch in klaren Momenten berichtete er über den Nahkampf und jagte seinen Familienangehörigen Schauer des Entsetzens über den Rücken, wenn er vom Überwinden des Stacheldrahtes im Niemandsland erzählte, von den Grabenkämpfen Mann gegen Mann. Da blieb keine Zeit mehr, einen Karabiner zu laden, und selbst ein Bajonett war bei diesen Kämpfen nur hinderlich. Man roch die Ausdünstung des Feindes, spürte seine Kraft und seine Angst, wenn man versuchte, ihn zu töten – auf so brutale Weise wie schon seit Jahrhunderten. Auf See dagegen sah man den Feind selten so nahe. Mündungsblitze, Granateinschläge, ein Schatten vor dem Licht des Mondes oder eine Markierung auf dem E-Meßgerät – das war alles. Es kam Hechler besser, anständiger vor.

Eine riesige Feuersäule, orange mit roten Flecken darin, stieg an der Küste gen Himmel. Theil, der ein Kehlkopfmikrophon umgeschnallt hatte und Kopfhörer über seiner Mütze trug, schrie: »Das war der Güterbahnhof, Herr Kapitän!«

Ein in der Nähe stehender Matrose versetzte seinem Kameraden einen Stoß in die Rippen, beide grinsten sich zufrieden an. Der junge Leutnant Jäger beschattete seine Augen, um durch den schmalen Sehschlitz einen Blick zur Küste zu werfen. Er duckte sich nicht einmal, als irgend etwas über die Brücke jaulte. Hechler bemerkte den warnenden Blick eines fronterfahrenen Oberbootsmanns. Geh in Deckung, Junge, stand darin, als Held sterben kann jeder Dummkopf.

»Fliegeralarm! Feindbomber aus Rot drei-null!«

Die Mittlere Artillerie schwenkte ihre Rohre bereits den Angreifern entgegen, aus den 10,5-cm-Doppellafetten wurden die ersten Granaten abgefeuert; ihre Explosionswölkchen standen wie graue Wattebäusche über dem Kreuzer.

Krolls Männer leisteten vorzügliche Arbeit, fand Hechler. Kroll war der Erste Artillerieoffizier an Bord, ein hagerer, verschlossener Mann, dem es völlig an Humor mangelte. Aber er war ein vorzüglicher Offizier, hart gegen sich selbst und seine Untergebenen, die er ständig auf Trab hielt und fürchterlich anbrüllte, wenn sie seinen hohen Anforderungen nicht gewachsen waren. Doch gerade das ständige, harte Training der Männer an den Waffen hatte dazu geführt, daß *Prinz Luitpold* im Gegensatz zu vielen anderen Einheiten der Kriegsmarine noch immer schwamm.

Die 3,7-cm- und die 2-cm-Flak mit ihren schnellen Schußfolgen mischten sich ein. Ihre Garben verknüpften sich zu einem leuchtenden Feuervorhang, durch den die Feindmaschinen hindurchfliegen mußten.

Einer der Begleitzerstörer drehte in weitem Bogen herum, ein schmieriger, öliger Rauchschleier stieg achtern auf, als er sich näher an den Schweren Kreuzer heranschob. Seine automatischen Flakwaffen hämmerten in das Getöse der Geschütze des Kreuzers.

Wieder verließ eine Breitseite von *Prinz Luitpold* in Richtung Land die schweren Geschütze. Hechler hatte es längst aufgegeben, die Salven zu zählen. Er hörte das Jaulen der Granaten auf ihrem Weg zum Ziel.

»Kursänderung! Auf 270 Grad gehen!« Hechler senkte das Glas, während Gudegast den Befehl ausführen ließ.

»Kurs zwo-sieben-null, Herr Kapitän!« Seine weiteren Worte gingen im dröhnenden Lärm von Motoren und den noch stärker werdenden Feuerstößen der Luftabwehr unter, als die feindlichen Flugzeuge tief über dem Wasser anflogen.

Hechler konnte nicht erkennen, welches Flugzeug den Zerstörer traf, doch die Detonation unmittelbar hinter dem gedrungenen, vorderen Schornstein ließ einen Feuerblitz in den Himmel steigen und schleuderte Teile der Aufbauten fort. Das Schiff geriet aus dem Kurs, das Deck war aufgerissen und bekam Schlagseite. Eine neue Explosion erschütterte den waidwunden Zerstörer. Glühender Lava gleich breitete sich an einer Seite des Rumpfes Feuer aus, hüllte ihn in Qualm, dazwischen flogen immer wieder Teile explosionsartig davon. Die Entfernung dämpfte die Geräusche des sterbenden Schiffes, doch für die Zeugen des Geschehens gab es keinerlei Zweifel.

Zwei der russischen Flugzeuge flogen torkelnd davon. Sie zogen Rauchschwaden aus ihren Motorengondeln hinter sich her, und der Himmel um sie herum war voller Explosionswölkchen der Flakgranaten.

Gudegast sagte gepreßt: »Aus. Möge Gott ihnen gnädig sein . . .«

Hechler beobachtete den sinkenden Zerstörer. Ein Rettungsboot hatte man zu Wasser bekommen, doch es wurde von den hochgehenden Wellen davongetrieben, kaum daß einige Männer darin Platz gefunden hatten. Rettungsflöße waren ins Wasser geworfen worden, aber die ersten beiden Explosionen hatten offensichtlich viele Tote gefordert. Hechler hatte den Zerstörer-Kommandanten gut gekannt, hatte ihn bei zahlreichen Besprechungen getroffen. Nun hieß es: »Alle Mann von Bord!« Ein Befehl, den jeder Kommandant fürchtete. Selbst der Gedanke daran war für die meisten schon so etwas wie Kapitulation.

Zwei weitere sowjetische Flugzeuge dröhnten heran, flogen über den Zerstörer, der schon fast völlig auf der Seite lag. Sie schossen mit ihren Maschinengewehren auf das Rettungsboot. Das Wasser um das Boot war aufgewühlt von den Einschlägen. Hechler fühlte, daß sich sein Magen verkrampfte, aber er beobachtete weiter, wie die winzigen Geschosse durch die Luft pfiffen und dann in den Wellen verschwanden.

Theil kam eilig zu ihm. »Eine der Arados hat's erwischt, Herr Kapitän!«

Sie sahen einander an. Theils Worte waren nicht nur eine nüchterne

Feststellung, sie klangen so anklagend, als könne er nicht glauben, was er da sagte.

Hechler schritt quer über die Brücke. Seine Stiefel stießen gegen die Hülsen der Munition eines 2-cm-Geschützes. Er beobachtete die Rauchwolke jenseits des Wassers. Das Flugzeug mußte unmittelbar nach dem Auslösen der Bomben getroffen worden sein und war direkt darüber explodiert.

»Anfrage vom zweiten Zerstörer, Herr Kapitän: Können Rettungsboote ausgesetzt werden?«

Hechler blickte in Jägers hübsches Gesicht; er hatte es noch nicht gelernt, seine Gefühle zu beherrschen. In seinen Augen stand deutlich der Schmerz um die Männer, die jetzt da draußen sterben mußten. Und der Kommandant des zweiten Zerstörers war davon besonders betroffen, denn der Führer des sinkenden Schiffes war sein bester Freund gewesen.

Die beiden hinteren Türme feuerten gleichzeitig, und eine gewaltige Schockwelle lief durch den Kreuzer bis hinauf zur Brücke. Es war, als habe das Schiff eine Untiefe gestreift.

Hechler hörte seine eigene Stimme wie die eines Fremden: »Abgelehnt! Rettungsaktion abbrechen!«

Ein schneller Blick auf seine Armbanduhr; die Spannung um ihn herum entging ihm nicht. Noch immer steckte den Männern der Schock in den Knochen. Erst seine Stimme brachte wieder Bewegung in die Besatzung. Nachrichten wurden an die verschiedenen Stationen des Schiffes übermittelt, und Gudegast gab den vorgesehenen Kurs an den Rudergänger weiter. Bordroutine. Dazu gehörte auch die Alarmbereitschaft für die Luftabwehr. Jederzeit konnte es wieder einen Luftangriff geben, bevor sich die Schiffe in heimatnahen Gewässern befanden, in denen eigene Jäger sie sicher nach Hause geleiten konnten.

Hechler hob sein Glas und beobachtete den dichten Rauchvorhang an der Stelle, wo sich der Güterbahnhof befand, den sie unter Feuer genommen hatten. Das alles fiel immer mehr zurück, seit *Prinz Luitpold* auf den neuen Kurs eingedreht hatte; Seewasser sprühte wie dichter Regen über das Vorschiff. Der Armeeführer war über Funk unterrichtet worden, nun mochten die Soldaten zusehen, ob ihnen die Beschießung von See her die nötige Luft verschafft hatte. Der Kommandant blickte zu dem sinkenden Zerstörer hinüber, der auf der Seite lag. Das Wasser um ihn herum war ruhig, dafür sorgte das auslaufende Öl. Ein paar Köpfe tanzten darin, aber je weiter sich *Prinz Luitpold* entfernte, um so weniger Bedeutung hatten sie noch. Zwei Feindflugzeuge abgeschossen oder vielleicht nur beschädigt. Das war ein zu geringer Preis für den Verlust eines Zerstörers und seiner Besatzung, dachte er verbittert.

Er senkte das Glas und ging hinüber auf die andere Seite. Dort nahm der zweite Zerstörer jetzt Fahrt auf und schob sich näher an *Prinz Luitpold* heran. In seiner Nähe bemerkte er zwei Matrosen auf Ausguck, die leise miteinander redeten. Routine und Disziplin hinderten sie daran, sich übermäßig aufzuregen. Sicherlich würden sie sich auch später noch an das Geschehen erinnern, aber der Stolz darüber, bei dieser Unternehmung dabei gewesen zu sein, würde ihren Schmerz überdecken. Die Legende lebte weiter. Sie hatten eine Arado verloren; zwei Gesichter würden künftig in der Messe fehlen. Erst kamen die Telegramme an die Angehörigen, und später würde Hechler zwei Briefe schreiben. Während er in den treibenden Rauch starrte, stellte er bestürzt fest, daß er sich an die Gesichter der beiden toten Flieger nicht einmal mehr erinnern konnte.

Ein Läufer tauchte mit schreckgeweiteten Augen auf. Seit die Geschütze das Feuer eröffnet hatten, war es das erste Mal, daß der Mann seinen gepanzerten Schutz verlassen hatte.

Theil nahm ihm den Funkspruch ab, warf einen schnellen Blick darauf und sagte: »Dringlichkeitsstufe zwo, Herr Kapitän. Wir sollen neue Befehle abwarten.« Ihre Blicke trafen sich.

Hechler nickte und setzte seine Mütze ab. Er wünschte sich plötzlich, ein Bad nehmen zu können. Heißes Wasser und Seife – ein unglaublicher Luxus. Er wollte lächeln, aber er wußte, daß er dann nicht mehr damit aufhören konnte. Es war verrückt, eine hysterische Hilflosigkeit, die auf jeden riskanten Einsatz folgte. Er warf einen Blick auf sein Schiff, sah den Rauch, der nach achtern aus der Schornsteinkappe quoll, und die zitternden Drähte der Antennen. Dieses Schiff war nicht dazu bestimmt, als schwerfälliger Scharfrichter zu dienen, als Werkzeug für irgendeinen General, der nicht in der Lage gewesen war, die Taktik seines Gegners zu überlisten. Er mußte an den Zerstörer denken, der bald auf dem Grund der Ostsee liegen würde, an die letzten Überlebenden, die zum Sterben verurteilt waren, obwohl sie noch immer die Silhouette von *Prinz Luitpold* sehen konnten, die immer weiter im Dunst entschwand. Aufgegeben. Im Handumdrehen waren sie zu Zahlen in der Statistik der Gefallenen verblaßt.

Hechler bemerkte, daß Theil ihn beobachtete.

Die Nachricht war kurz, besagte aber genug. »Neue Befehle abwarten«, das schien zu bedeuten, daß *Prinz Luitpold* bald aus diesem Operationsgebiet abgezogen wurde. Wo wollte man sie diesmal hinschicken?

Hechler griff zur Reling und glaubte zu fühlen, daß das Schiff auf seine Berührung reagierte. Wie ein großes Raubtier, dessen Respekt immer wieder erworben werden mußte. Plötzlich fühlte er kalte Wut in sich aufsteigen, Verachtung für die Dummköpfe, die das Schicksal seines Schiffes aufs Spiel gesetzt hatten, nur um eine völlig überflüssige Drohgebärde zu verwirklichen.

»Vielleicht hat man Großes mit uns vor, Theil.« Er blickte seinen Ersten an und merkte, wie der innerlich zurückwich.

Theil senkte die Stimme. »Ich bin Seemann, Herr Kapitän. Von Politik verstehe ich nichts.«

Hechler berührte seinen Arm. »Dieses Schiff ist ein Symbol«, sagte er. »Und das kann es nicht bleiben, indem es sich nur über die Trümmer hermacht, die ihm das Heer überläßt.«

Die beiden Arados flogen über die Mastspitzen hinweg und wackelten mit den Tragflächen. Offensichtlich hatten auch die Flieger den Tod ihrer Kameraden bereits verdrängt. Manchmal war allein schon das Überleben ein Heilmittel.

»Glauben Sie, daß wir in Richtung Normandie in Marsch gesetzt werden, Herr Kapitän?« wollte Theil wissen.

Hechler trat wieder an die Reling. Der Zerstörer lief mit Zickzackkurs vor ihnen her, seine Horchfunker lauschten auf verdächtige Geräusche, und am Heck standen die Männer an den Wasserbomben bereit, jedes feindliche U-Boot sofort zu bekämpfen.

Er ließ sich Theils Frage durch den Kopf gehen. Sicherlich mußte es eindrucksvoll aussehen, wenn sein Kreuzer schießend wie ein Rachegott zwischen die Schiffe der Invasionsflotte fuhr. Doch eine so eindrucksvolle Vorstellung würde für *Prinz Luitpold* höchst kurzlebig sein.

»Nein, es muß um etwas ganz anderes gehen.« Er fühlte, wie ihn ein Schauer durchfuhr. Ein Krieg konnte nicht aus der Defensive heraus gewonnen werden. Hechler blickte auf das Vorschiff, wo die vom Pulver geschwärzten vier Rohre der 20,3-cm-Artillerie wieder eingeschwenkt worden waren.

Jetzt kam die Stunde, für die er bestimmt, die Aufgabe, für die sein Schiff gebaut worden war: Kreuzerkrieg auf hoher See. Kämpfen und siegen – so wie *Admiral Scheer* oder wie die Kreuzer aus dem unvergessenen Krieg seines Vaters.

Hechler nickte, als müsse er es sich selbst bestätigen: Niemand würde den Namen *Prinz Luitpold* so bald vergessen.

2 Gesichter des Krieges

Kapitän zur See Dieter Hechler trank noch eine Tasse von dem starken schwarzen Kaffee und blickte sich in seiner geräumigen Kajüte um. Sonnenlicht fiel durch die spiegelblanken Scheiben, und er hörte ein paar Männer seiner Besatzung draußen lachen, während sie ihrer Arbeit an Deck nachgingen.

Man konnte glauben, das Schiff befinde sich mitten im Frieden, während es leicht an den Festmacherleinen schwojte. Dabei war es erst zwei Tage her, seit sie sich im Kampf befanden und den Zerstörer mit seiner ganzen Mannschaft hatten sinken sehen.

Hechler stand auf und trat ans Fenster. Aus den Augenwinkeln sah er Mergel sich auf einem dicken Schreibblock Notizen machen. Mergel war Verwaltungsoberfeldwebel und wäre im Zivildienst eine vorzügliche Sekretärin gewesen, wenn er als Frau auf die Welt gekommen wäre.

Sogar das Wetter war ungewöhnlich. Hechler legte seine Hand zum Schutz gegen die Sonne über die Augen und blickte zum Land: sanft geschwungene Hänge grünen Weidelandes, dazwischen spielzeugkleine Häuser und die steil zum Wasser abfallenden Felsen. Sorglos – so jedenfalls wirkte sie aus der Entfernung, die Ostküste Dänemarks; die Hafenstadt in dem großen Fjord hieß Vejle. Hechler lächelte traurig. Während des Krieges war er schon mehrere Male hier gewesen, davor mit einem Schulschiff und noch früher mit seinen Eltern und dem Bruder während der Sommerferien. Glückliche, sorglose Tage. Und nun war er mit *Prinz Luitpold* hier – ein seltsames Gefühl. Viele Blicke würden seinem Schiff gelten. Ob wohl jemand Gefallen an seinen eleganten Linien fand, oder ob das Schiff nur als Symbol der Besatzungsmacht in diesem friedlichen Land gehaßt wurde?

Er sah einen Leichter, der sich langsam vom Kreuzer entfernte. Die Männer starrten zum Schiff hoch, einige Soldaten hatten ihre Waffen lässig über die Schulter gehängt: eine Welt, die sich völlig von jener an der russischen Front unterschied. Trotzdem fühlte Hechler sich irgendwie beunruhigt. Er wollte endlich wieder etwas Nützliches tun. Ein weiterer Leichter, der Treibstoff geliefert hatte, legte ab und folgte dem ersten in Richtung Fjord. Stück, sein Leitender Ingenieur, hatte sie überall wie ein Fuchs aufgestöbert, bis sie ihn schließlich belieferten. Selbst im Hafen wurde die Bordroutine nicht unterbrochen. Besucher kamen und gingen, Anforderungen wurden geschrieben, Forderungen und Fragen gestellt – Hechler kam sich manchmal vor wie der Bürgermeister einer Kleinstadt, der für alles verantwortlich war.

Der Gedanke an einen Ausflug zum Land reizte ihn sehr. Wieder einmal den Geruch der Erde und der Wiesen in der Nase spüren, das saftige Gras unter den Füßen fühlen . . . Er seufzte. Es war nicht möglich. Jedenfalls jetzt noch nicht.

Er wies den Verwaltungsoberfeldwebel an: »Machen Sie bitte zuerst die Post fertig, damit ich sie unterschreiben kann.« Er versuchte, sich die Angehörigen der beiden toten Flieger vorzustellen. Ob solche Briefe wirklich Trost spendeten?

Mergel raffte seine Papiere zusammen und ging zur Tür.

»Gestatten Herr Kapitän die Frage, ob es Urlaub geben wird?«

Hechler zuckte die Achseln. »Wahrscheinlich erfahren Sie das früher als ich, Mergel.« Er wartete, bis der Oberfeldwebel die Tür geschlossen hatte, dann leerte er seine letzte Tasse Kaffee und ließ den Blick noch einmal über die eingegangenen Funksprüche und Meldungen fliegen.

Bezüglich der Ereignisse in der Normandie gab es anscheinend eine Nachrichtensperre. Fest stand nur: Es war nicht gelungen, die Alliierten in die See zurückzutreiben. Statt dessen drangen sie immer weiter in Frankreich vor. Doch gab es Gerüchte über gewisse Geheimwaffen, die den Verlauf des Krieges bald entscheidend ändern würden. Obendrein waren die alliierten Schiffsverluste im Atlantik noch immer hoch, weil die U-Boote weiterhin hartnäckig angriffen. Hechler biß sich auf die Lippen. Worte, nichts als Worte, die nur wenig besagten.

Ein Wachposten klopfte und öffnete die Tür. Theil trat ein, die Mütze unter dem linken Arm.

Hechler wies auf einen Stuhl. »Nehmen Sie Platz, Theil, es dauert noch eine Weile, bevor der Admiral eintrifft.«

»Reinschiff an Oberdeck, die Boote erhalten noch einen neuen Anstrich, Herr Kapitän.« meldete Theil. »Der Admiral dürfte nichts zu bemängeln haben.«

Der Kommandant blickte zur Seite. Da war er wieder, der bittere, abweisende Ton in der Stimme seines Ersten. Als ob allein er für das Schiff zuständig sei. Er schob ihm die Funksprüche und Meldungen hin. »Lesen Sie mal, Theil. Wird Ihnen Spaß machen.«

Er zog sein blaues Marinejackett an und dachte an den Admiral. Er hatte eines jener Gesichter, denen man das Alter nicht ansah, und vertrauenerweckende Augen. Jedenfalls so lange, bis man ihn richtig kennenlernte. Er war nur ein oder zwei Jahre älter als Hechler, aber bereits Konteradmiral, einer jener »jungen Löwen« von Dönitz; angeblich hielt auch der Führer viel von ihm. Eigentlich war seine Karriere gar nicht so ungewöhnlich, dachte Hechler. Er hatte ihn bereits auf der

Marineschule in Mürwick kennengelernt. Später waren beide auf einen alten Schulkreuzer kommandiert worden, der während einer Ausbildungsreise im Mittelmeer mit hoher Fahrt auf einen brennenden Frachter zugelaufen war und die Besatzung abgeborgen hatte: ein Ereignis, das weltweit für Schlagzeilen und auch dafür gesorgt hatte, daß die Meldungen über die Judenverfolgungen in Deutschland für kurze Zeit in den Hintergrund traten.

»Haben wir Aussicht auf Urlaub, Herr Kapitän?« Theil sah ihn fragend an.

Hechler mußte lächeln. *Auch du*? dachte er. »Ich denke schon. Der Krieg scheint hier ja weit entfernt zu sein . . .«

»Ich wollte das keineswegs für mich wissen, Herr Kapitän.«

Hechler nickte. »Wir könnten alle eine Abwechslung brauchen.«

Theil schob sich in seinem Stuhl zurecht. »Ich hasse Ungewißheit. Was erwartet man jetzt von uns? Ich fürchte weder den Kampf noch den Tod. Aber die Tatsache, daß ich nicht weiß, wie es weitergeht, belastet mich sehr.«

Hechler mußte an seinen Vater denken. Theil hatte recht. Aber es war sonst nicht seine Art, die Dinge so offen beim Namen zu nennen. War ihm dieser Charakterzug bisher verborgen geblieben?

»Wir wissen beide, Theil, daß es so nicht weitergehen kann«, sagte er. »Der *Prinz* ist nicht dazu gebaut worden, dem Heer Feuerunterstützung zu geben.« Er machte eine Handbewegung zu den sonnendurchfluteten Fenstern. »Er ist für den Kampf auf See gebaut, wie wir vor dem Nordkap bewiesen haben.« Vor der Küste Norwegens hatten sie damals in der Dunkelheit der Polarnacht gegen zwei britische Kreuzer und eine Reihe von Zerstörern gekämpft. Die feindlichen Schiffe hatten plötzlich aus dem dichten Schneetreiben heraus angegegriffen – wie ein Jahr zuvor, als die *Scharnhorst* vom *Duke of York* und seinen Sicherungskräften versenkt worden war. Zwar hatte am Ende *Prinz Luitpold* das Gefecht gewonnen, doch einige der deutschen Zerstörer waren versenkt und ein Leichter Kreuzer in Brand geschossen worden. Die britischen Schiffe hatten sich zurückgezogen, ihre Verluste waren unbekannt geblieben. Aber *Prinz Luitpold* hatte keinen einzigen Treffer davongetragen.

Beide Seiten hatten später den Sieg für sich beansprucht, doch Hechler spürte in seinem Inneren, daß nur einer wirklich Sieger geblieben war: die *Prinz Luitpold.*

Ein kurzes Klopfen, dann trat nach wenigen Sekunden Korvettenkapitän Werner Froebe ein, der Zweite Offizier.

Hechler fragte unwirsch: »Was gibt's, Froebe?«

Froebe sah seinem Kommandanten offen ins Gesicht. »Bitte die Störung zu entschuldigen, aber wir haben Besuch aus der Stadt bekommen. Ein SS-Sturmbannführer*, Herr Kapitän.«

Hechler war ernst geworden. »Was will der denn hier?«

»Waren an Bord bringen lassen, Herr Kapitän.« Froebe hielt ihm Papiere hin. »Er hat die Genehmigung des Admirals.«

Der Kommandant nahm die Unterlagen, überflog sie und reichte sie an Froebe zurück. »Sagen Sie einem Bootsmann, er soll ein paar Leute zur Unterstützung abstellen.«

»Der Sturmbannführer hat seine eigenen Leute mitgebracht, Herr Kapitän«, antwortete Froebe verdrossen.

Theil sah durchs Fenster. »Häftlinge«, sagte er kurz. »Das gibt noch Ärger.«

Hechler bemerkte den Blick, den sich sein Erster und Froebe zuwarfen. *Häftlinge*, das konnte in diesen Kriegszeiten viel heißen. Aber wenn die Männer von einem Sturmbannführer der SS befehligt wurden, dann handelte es sich bestimmt um KZ-Häftlinge.

»Gut, lassen Sie die Arbeiten schnell erledigen.« Nachdem Froebe gegangen war, fügte er hinzu: »Der Admiral wird bald eintreffen, Theil, ich möchte nicht, daß die Männer noch an Bord herumwieseln, wenn er kommt.«

Theil nahm seine Mütze. »Zu Befehl, Herr Kapitän.« Plötzlich schien er froh, gehen zu können.

Hechler versuchte, sich über seine Gefühle klarzuwerden. Wie die meisten seiner Kameraden hatte er dies und jenes über die Behandlung der Häftlinge in den überfüllten Konzentrationslagern gehört. Aber eigentlich war das nicht seine Angelegenheit. Sein Platz war hier auf diesem Schiff – oder auf einem anderen, wenn man ihn dorthin kommandierte. Dafür war er ausgebildet worden, und das war alles, was er sich wünschte.

Er trat wieder ans Fenster, aber der Tag war ihm verdorben. Es war etwas, das sich nicht erklären und bestimmt nicht ändern ließ.

Irgendwo über ihm plärrte ein Lautsprecher los, unmittelbar darauf schrillte eine Bootsmannspfeife. Ein Bootsmann musterte mit zweifelndem Blick die Männer, welche die unerwartete und völlig unbekannte Fracht an Bord brachten. Das Deck begann plötzlich zu erzittern, als einer der leistungsstarken Generatoren in Betrieb gesetzt wurde. Unten in der Kombüse meckerte der Küchenchef darüber,

* Offizier der SS im Rang eines Majors

daß er die Fertigstellung des Mittagessens verschieben mußte, bis der Admiral an Bord gekommen war.

Hechler verließ seine Kajüte und ging an Deck. Seine Männer machten ihm Platz, damit er vorbeigehen konnte, während die Maate und Bootsleute ihn grüßten und den Matrosen »Achtung!« zuriefen, wenn sein Blick auf sie fiel.

Sie respektierten ihn schon deshalb, weil er sie mit dem Schiff sicher in den Hafen gebracht hatte.

Er sah einige Matrosen beim Katapult für die Bordflugzeuge stehen, vor ihnen Brezinka, den bulligen Obermaat, der ihnen mit erhobenem Zeigefinger erklärte, was gemacht werden mußte.

Froebe stand zusammen mit dem SS-Sturmbannführer etwas abseits, einem Mann, der völlig bedeutungslos ausgesehen hätte, wären da nicht seine Uniform und die Mütze mit dem Totenkopfabzeichen gewesen.

Hechler blieb stehen. »Irgend etwas nicht in Ordnung, Froebe?«

Der Korvettenkapitän nahm Haltung an. »Nein, Herr Kapitän«, sagte er zögernd. »Diese Männer sollen einen Leichter längsseits bringen . . .«

Der Sturmbannführer unterbrach ihn. »Die Häftlinge haben meine Befehle auszuführen, Herr Kapitän«, sagte er schneidend.

Hechlers Blick war eiskalt. »Und sie unterstehen an Bord auch meinem Kommando, Herr Sturmbannführer! Ich wäre Ihnen verbunden, wenn Sie das nicht vergessen würden.« Er sah die Zornesröte im Gesicht seines Gegenübers aufsteigen, doch es tat ihm nicht leid, daß er den Mann in Verlegenheit gebracht hatte. Er wandte sich an Froebe: »Sorgen Sie dafür, daß alles möglichst schnell über die Bühne geht!« Er bemerkte einen jungen Oberfähnrich, dem die Häftlinge unterstellt worden waren, und dankte Gott für sein gutes Namensgedächtnis. »Stöcker, wie weit sind Sie mit Ihrer Prüfung?«

Der Offiziersanwärter hatte ein offenes, angenehmes Gesicht. Er lächelte geschmeichelt. »In drei Wochen, wenn alles klappt, Herr Kapitän . . .«

Hechler berührte leicht seinen Arm. »Wenn – dieses Wort ist für uns alle entscheidend . . .« Er ging weiter in dem Bewußtsein, daß Stöcker sich daran erinnern würde, wie freundlich sein Kommandant mit ihm gesprochen hatte, nachdem er den Sturmbannführer von oben herab behandelt hatte. Ein billiger Trick? Vielleicht. Aber er schweißte die Crew zusammen.

In der warmen Sonne setzte der Kommandant seinen Weg über die Decks des Kreuzers fort. Er ließ den Blick über die hochaufragende

Brückenkonstruktion gleiten, über den Schornstein mit seiner abgeschrägten Kappe, weiter über die langen Rohre der 20,3-cm-Geschütze und über die sauber auf dem Vorschiff liegenden Ankerketten.

Deutschland hatte mit dem Bau der ersten Panzerschiffe die Bedingungen des Vertrages von Versailles verletzt. Erlaubt waren ihm nur Schiffe mit einer Maximalverdrängung von 10 0000 ts, doch schon das erste Schiff, die *Deutschland* (später: *Lützow*) verdrängte vollausgerüstet 15 900 ts. Zu den dann folgenden Schweren Kreuzern gehörte auch *Prinz Luitpold.* Obwohl allgemein der *Bismarck* der vernichtende Treffer auf dem englischen Schlachtkreuzer *Hood* zugeschrieben wurde, waren in der Kriegsmarine doch viele der Ansicht, dieser entscheidende Treffer sei auf eine Salve von *Prinz Eugen* – einem Schwesterschiff der *Prinz Luitpold* – zurückzuführen.

Hechler musterte die beiden hinteren Doppeltürme seines Schiffes und hatte den Ärger über den SS-Offizier bereits vergessen.

Wenn sie ihm doch endlich eine Chance geben würden!

Als wenig später das in der Sonne glänzende Verkehrsboot mit der Kommandoflagge eines Konteradmirals auf die ausgebrachte Gangway zulief, stand Hechler stolz an der Reling seines Schiffes. Nur das Gewicht des selten getragenen Offiziersdolches an seiner linken Seite empfand er als störend.

Die dienstfreie Besatzung war im marineblauen »Päckchen« angetreten, auch die Offiziere warteten, Theil an der Spitze, mit ausdruckslosem Gesicht auf das Erscheinen des Admirals.

Das Verkehrsboot verschwand unter der Reling aus seinem Blick. Kurz darauf schwankte die Gangway erheblich, als es daran festmachte. Hechler mußte ein Lachen unterdrücken. Jetzt fehlte eigentlich nur noch eine Musikkapelle, dachte er.

Konteradmiral Andreas Leitner lehnte sich in einem der tiefen Sessel in Hechlers Kajüte bequem zurück und betrachtete das Glas in seiner Hand.

»Exzellent, nicht wahr?« Er lachte leise. »Man sollte nicht glauben, daß tatsächlich nur die Franzosen richtigen Champagner herstellen können.«

Hechler entspannte sich etwas. Leitner war genauso, wie er ihn in Erinnerung behalten hatte: jugendlich, vertrauenerweckend und so heiter, daß man sich überhaupt nicht vorstellen konnte, wie er jemals die Ruhe verlieren sollte.

Er war mit schnellen, federnden Schritten an Bord gekommen, hatte die Offiziere begrüßt und dann die angetretene Mannschaft – wie seit kurzem vorgeschrieben – mit hocherhobenem Arm. Hechler hatte diesen Hitlergruß als reichlich theatralisch empfunden. Ob er wohl echt gemeint war? Noch hatte Hechler Schwierigkeiten, sich ein Urteil über Leitner zu bilden. Er beobachtete ihn, während Obermaat Pirk, sein Steward, die Gläser nachfüllte. Leitner hatte wohl ein Dutzend oder mehr Kisten Champagner an Bord bringen lassen; sein Adjutant kümmerte sich gerade darum, daß sie gut verstaut wurden.

Noch hatte der Admiral nichts über den bevorstehenden Einsatz oder den Inhalt der versiegelten Befehle verlauten lassen. Er ließ sich Zeit damit, und auch in dieser Beziehung hatte er sich nicht verändert.

Sein blondes Haar war sehr gepflegt, seine Gesichtshaut leicht gebräunt. Nun grinste er breit. »Sie haben ein schönes Schiff, Hechler, und ich werde immer neidisch, wenn ich höre, wie man in der Seekriegsleitung von Ihnen spricht.«

Er wartete, bis Pirk den Raum verlassen hatte, dann sagte er: »Ich lasse in Kürze meine Flagge auf *Prinz Luitpold* setzen.« Er sah Hechler an. »Dann ist das leider nicht mehr Ihr ganz privates Schiff. Unangenehm?«

»Es ist eine große Ehre für mich, Herr Admiral.«

»Quatsch, Hechler, das meinen Sie doch gar nicht so. Ich kenn' Sie viel zu gut, um Ihnen das abzunehmen!« Er lachte und zeigte dabei seine gleichmäßigen weißen Zähne. »Na, macht nichts. Sie sind genau der Kommandant, den ich brauche, und wir werden gut zusammenarbeiten.«

»Kehren wir in den Rigaer Meerbusen zurück, Herr Admiral?«

Leitner wurde ernst. »Darüber kann ich jetzt noch nicht reden, Hechler. Sie haben mit Ihrem Schiff wahre Wunder vollbracht, haben für unser Ansehen gesorgt, als es weiß Gott nötig war. Sie haben sich für das Schicksal unseres Volkes eingesetzt, als andere nur vom bequemen Leben träumten und das Ende des Krieges herbeisehnten.« Er gestikulierte mit dem leeren Glas. »Ich habe oft an Sie und die alten Zeiten denken müssen. Wie geht es übrigens Ihren Eltern? Sind sie wohlauf?«

»Es geht«, erwiderte Hechler.

»Ich war sehr betroffen, als ich erfuhr, daß Ihr Bruder mit *Scharnhorst* untergegangen ist. Auch das war ein gutes Schiff. Und nun liegt er zusammen mit seinen Kameraden darin begraben – ein großes Opfer für unser Vaterland.«

Hechler versuchte, seine Gefühle unter Kontrolle zu halten. Für ihn war es kaum erträglich, Leitner oder sonst jemanden von seinem Bruder reden zu hören, als sei dieser schon in die Geschichte eingegangen.

Er sah ihn noch vor sich, lebensfroh und so stolz, daß er auf das berühmte Schlachtschiff kommandiert worden war.

»Junge Männer wie Ihr Bruder Lothar sind uns ein Beispiel«, sagte der Admiral.

Hechler füllte die Champagnergläser und bemerkte zu seinem Erstaunen, wie ruhig seine Hand blieb. Lothars Name war dem Admiral so leicht über die Lippen gekommen, als seien sie enge Freunde gewesen. Dabei hatten sie einander niemals zu Gesicht bekommen.

Er versuchte es noch einmal. »Meine Männer haben lange keinen Urlaub mehr gehabt, Herr Admiral, und verdient haben sie ihn wirklich. Wenn ich wüßte, wohin wir . . .«

Leitner sah ihn stirnrunzelnd an. »Das werden Sie schon bald erfahren, aber jetzt ist noch nicht der Augenblick dafür. Eines kann ich Ihnen allerdings sagen: Ich bin nur deshalb hier. Wenn die Ruhepause für Sie auch nur kurz ist, so dürfen wir doch niemals vergessen, daß wir unsere kleinen persönlichen Bedürfnisse dem Schicksal Deutschlands unterzuordnen haben, nicht wahr?«

Hechler stellte fest, daß er sein Glas bereits wieder ausgetrunken hatte. Aber Leitner konnte einem wirklich auf die Nerven gehen.

Der Admiral erhob sich abrupt und begann in der Kajüte herumzulaufen. Dabei berührte er einige Gegenstände und spielte damit. »Ich habe dafür gesorgt, daß Urlaubsscheine ausgegeben werden, aber es wird nur ein Kurzurlaub, Hechler, tut mir leid. Kopenhagen, wo ich jetzt mein Hauptquartier habe, ist eben nicht Berlin.«

»Und auch nicht Washington, Herr Admiral«, warf Hechler ein.

Leitner drehte sich auf dem linken Hacken zu ihm um, seine Augen leuchteten. »Oh, Sie haben meine Karriere verfolgt? Ich Ihre übrigens auch. Ja, ich war als Marineattaché drüben und habe dort eine Menge gelernt. Wirklich ein tolles Land . . . Und so interessante Frauen! Ich war hingerissen.«

Hechler beobachtete, wie er auf und ab ging. Leitner hatte sich schon als junger Leutnant sehr für Sport interessiert, aber den Kontakt zu jungen Mädchen seines Wissens nach nie gesucht. Und geheiratet hatte er auch nicht.

Leitner blieb vor dem Bücherregal stehen und bemerkte, ohne sich umzudrehen: »Tut mir wirklich leid, was ich über Ihre Ehe erfahren habe, Hechler.«

Der Mann schien Gedanken lesen zu können. »Das war leider ein Irrtum.«

»Ihrem Ton entnehme ich, daß Sie sich selber die Schuld daran geben, mein Lieber. Aber ich glaube nicht, daß Sie Grund dazu haben.

Sie mögen ein Idealist sein, aber ein schlechter Ehemann bestimmt nicht.« Er seufzte. »Frauen sind bewundernswert. Aber man sollte ihnen niemals so vertrauen wie einem Mann.«

Hechler entspannte sich etwas. Auch *das* Problem war für ihn offenbar gelöst. War das der Grund, weshalb Leitner so schnell zum Flaggoffizier* aufgestiegen war?

»Mein großes Gepäck kommt heute nachmittag, dann werde ich mich bei Ihnen an Bord einrichten. Soweit ich weiß, hat *Prinz Luitpold* eine Admiralskajüte.«

Hechler nickte. »Sie ist vorhanden, Herr Admiral, aber ich werde sie erst herrichten lassen müssen. Hätte ich gewußt, daß Sie . . .«

Leitner zuckte mit den Schultern. »Ob Schloß oder Köhlerhütte, das ist gleichgültig. Hauptsache, ich habe hier und da ein wenig Luxus.« Was er damit meinte, sagte er nicht. Statt dessen bemerkte er wie nebenbei: »Ihr letzter Einsatz war wohl ein Fehlschlag, oder?«

Das kam so schonungslos und unvermittelt nach seinen freundlichen Worten, daß Hechler Mühe hatte, seinen Ärger zu unterdrücken.

»Wir haben die befohlene Beschießung ausgeführt und die angegebenen Ziele zerstört. Dabei haben wir einen Zerstörer verloren, weil . . .«

»Ich kenne die Details.« Leitner machte eine abwehrende Handbewegung, doch auf seinem Gesicht erschien ein Lächeln. »Trotzdem war die Sache ein Fehlschlag. Vor einer Stunde habe ich von der Operationsabteilung des OKW erfahren, daß dort eine ganze Infanteriedivision eingekesselt ist.« Er ballte die Fäuste. »Sie werden kämpfen bis zum bitteren Ende, gewiß. Aber wir haben einen Zerstörer und seine Besatzung verloren – für nichts und wieder nichts.«

Leitner blickte Hechler ins Gesicht, aber der Blick seiner hellen Augen wirkte weit weg. »Macht nichts, mein Lieber. Der Führer hat den Einsatz von Raketen befohlen, gegen welche die bisher auf London, Rotterdam und Coventry niedergegangenen geradezu ein Kinderspiel waren. Gegen die V1 hat die Royal Air Force zwar ganz erfolgreiche Abwehrmaßnahmen entwickelt, aber gegen die V2 gibt es nichts, *überhaupt nichts*!«

Wie die meisten höheren Offiziere hatte Hechler bereits von den vielgerühmten Vergeltungswaffen gehört. Aber bisher schien es sie nur in verschwindend geringer Zahl zu geben. Das fanatische Vertrauen in Leitners Stimme deutete darauf hin, daß nun wirklich etwas Neues kam. Etwas, das fürchterlich werden mochte.

* Flaggoffiziere sind die Admirale der Kriegsflotten

»Ich weiß schon, was Sie denken«, sagte der Admiral. »Krieg gegen Zivilisten ist verwerflich. Aber um Deutschland vor einer Besetzung zu retten, sind alle Mittel recht. Gott ist immer nur auf der Seite der Sieger!« Er schien sich über seine eigenen Worte zu amüsieren, warf einen Blick auf seine goldene Armbanduhr und fügte hinzu: »Wir werden zusammen dinieren, während mein Adjutant all die Dinge zusammenstellt, die kurzfristig erforderlich sind.« Er zog seine Augenbrauen hoch, als er hörte, daß der Wachposten vor der Tür die Hacken zusammenschlug. »Er ist zwar keine große Leuchte, aber jedenfalls pünktlich.«

Es klopfte kurz an der Tür, und Hechler rief: »Herein!«

Kapitänleutnant Helmut Theissen trat mit schneidigem Schritt in die Kommandantenkajüte, unter dem Arm eine dicke Akte. Wie sein Vorgesetzter hatte auch er blonde Haare, und sein Gesicht wies die gleiche Bräune auf. Vielleicht waren sie zusammen auf einer Geheimmission gewesen, dachte Hechler, in Spanien zum Beispiel, dessen etwas einseitige Neutralität sich schon oft als nützlich erwiesen hatte.

Für seinen Dienstgrad war Theissen eigentlich noch recht jung. Er hatte eine geschmeidige Figur, die von der tadellos geschnittenen Uniform noch betont wurde.

Beim Anblick des Admirals schien sein Selbstbewußtsein zu schwinden. »Ich bringe die Akte, Herr Admiral«, sagte er.

Kalt blickte Leitner ihn an. »Stehen Sie nicht rum wie eine Pariser Nutte, Mann, sondern übergeben Sie sie dem Kommandanten.«

Hechler hörte von draußen Kommandos und das Rasseln einer Winde. Der merkwürdige Leichter verschwand offensichtlich. Froebes Männer hatten ganze Arbeit geleistet. Nun war er bereit, den Admiral zu seiner Kajüte zu begleiten oder zu warten, bis er wieder an Land ging. Je nach seinen Wünschen. Hechler warf einen kurzen Blick in den Wandspiegel und blickte schnell wieder fort; es kam ihm vor, als habe er ein indiskretes Geheimnis entdeckt. Denn in diesem Sekundenbruchteil hatte er gesehen, wie Leitner und sein ängstlicher Adjutant einen schnellen Blick wechselten.

Von Abneigung war darin keine Spur gewesen. Liebevoll war wohl eher die richtige Bezeichnung für diesen Blick. Hechler entdeckte überrascht und angewidert zugleich, daß seine Vermutung plötzlich zur Gewißheit geworden war.

Als sie wenig später an der Gangway standen, sagte Leitner: »Ich schicke Ihnen abends meinen Wagen, dann gehen wir zusammen essen und reden über die alten Zeiten.« Grüßend legte er die Hand an den Mützenschirm.

Dann war er verschwunden, und Hechler sah den Adjutanten im Verkehrsboot stehen. Sein Gesicht wirkte erleichtert.

»Lassen Sie die Männer wegtreten.« Hechler beobachtete, wie sie zum Mittagessen trotteten.

Warum kann das Leben nicht so leicht und einfach für uns alle sein? dachte er.

Das Verkehrsboot verschwand hinter einem neutralen schwedischen Frachter, der seine Nationalflagge auf beide Rumpfseiten gemalt hatte, als einzige und höchst fragwürdige »Versicherung« gegen Bomben- oder Torpedoangriffe.

Das Leben wird nie wieder so sein, wie es vor dem Krieg war, dachte Hechler grimmig.

In diesem Augenblick hörte er eine gedämpfte Explosion. Einige Matrosen kamen herbeigelaufen, ihre Gesichter spiegelten Erschrekken wider.

Froebe salutierte keuchend. »Der Leichter brennt, Herr Kapitän. Im Maschinenraum hat es eine Explosion gegeben – so scheint es jedenfalls.«

Hechler dachte sofort an das Gesicht des jungen Oberfähnrichs Stöcker.

»Lassen Sie das Löschboot alarmieren, und senden Sie ein Boot zu Hilfe.«

Das Unglück hatte sich ereignet, während der Leichter wieder auf dem Rückweg war, nachdem er die geheimnisvollen Kisten auf *Prinz Luitpold* entladen hatte.

Hechler blickte hinüber zur sanft ansteigenden Küste.

»Ich will wissen, was da los ist«, sagte er. »Und zwar umgehend.« Schnell ging er davon und fragte sich, ob man die Explosion vom Boot des Admirals aus beobachtet hatte.

Im Krieg mußte man immer damit rechnen, daß schon der geringste Vorfall alles mögliche war, nur kein zufälliges Unglück.

Hans Stöcker schritt über die großen Lukendeckel des Leichters zum Bug und drehte sich nach »seinem« Kreuzer um. Der blieb achteraus zurück, und seine Einzelheiten verschwammen wie bei einer unscharfen Fotografie. Noch weiter achteraus fuhr ein Motorkutter der *Prinz Luitpold.*

Stöcker war 20 und sich seiner – wenn auch noch geringen – Autorität durchaus bewußt. Selbst dieser rostige Leichter war im Augenblick *sein* Schiff – jedenfalls so lange, bis er mit seinen Männern wieder auf den Motorkutter überstieg. Er beobachtete den SS-Sturmbannführer.

Der hatte die Hände in den Hosentaschen und redete leise mit seinen zwei Männern, die ihre MPis schußbereit hielten.

Hinter dem niedrigen Schutzgitter stand Kunz am Ruder, trotz seines großen Mundwerks ein guter Seemann. Unten waren die zehn Häftlinge eingesperrt, die die schweren Stahlkisten zu den Taljen der Davits geschafft hatten, mit denen sie an Bord gehievt worden waren. Dabei hatte der Oberfähnrich besonders darauf achten müssen, daß die Kisten nicht gegen die Bordwand der *Prinz Luitpold* schlugen, denn ein Kratzer in der Farbe hätte Stöcker unweigerlich einen Anpfiff von Froebe eingebracht.

Er lächelte und mußte plötzlich an seinen Vater denken. Ihn hatte man nach einigen Jahren der Pensionierung wieder reaktiviert und zum Kommandeur eines Nachschublagers der Kriegsmarine in Cuxhaven gemacht. Was Mutter wohl sagen würde, wenn sie beide in der gleichen Offiziersuniform durch die Tür traten?

Irgend etwas berührte seinen Knöchel. Er blickte nach unten und sah eine muskulöse Hand, die sich ihm entgegenstreckte.

Die SS-Männer waren noch immer in ihr Gespräch vertieft und sahen dabei häufig auf die Uhren. Die wenigen Matrosen, die noch nicht auf den Motorkutter übergestiegen waren, saßen auf den Lukendeckeln und blinzelten zufrieden in die Sonne. Stöcker ging in die Hocke und erkannte durch einen schmalen Luftschlitz ein Gesicht, das zu ihm heraufsah.

Seine Einstellung den Häftlingen gegenüber war gemischt. Er hatte keine Ahnung, was die Männer verbrochen hatten, aber irgend etwas mußte es schon gewesen sein. Sie trugen saubere grüne Overalls und keine Nummern wie Sträflinge. Jeder Versuch der Matrosen, ein paar Worte mit ihnen zu reden, war von dem SS-Offizier wütend unterbunden worden. Außer ihm gab es noch einen Offizier an Bord, einen blassen, farblosen Leutnant z. See. Wie es hieß, hatte man ihm dieses ungefährliche Landkommando zugeteilt, nachdem sein Schnellboot in der Nordsee in die Luft geflogen war. Stöcker und seine Kameraden hatten ihm beim Verladen so lange Respekt gezollt, bis seine gleichgültige Nachlässigkeit ihnen auf die Nerven gegangen war.

Nun stand er vorn am Bug, drehte ihnen den Rücken zu und schien sich von allem abkapseln zu wollen.

Stöcker bückte sich zu dem Gesicht hinunter. »Was gibt's?«

Die Augen des Mannes waren zwei glänzende Punkte im trüben Licht.

»Ich habe hier einen Brief.« Sein Deutsch war einwandfrei. »Würden Sie den meiner Familie zukommen lassen?« Er machte eine Pause, dann fuhr er sich mit der Zunge über die spröden Lippen. »Bitte...«

»Das geht nicht. Ich weiß auch gar nicht...«

Der Mann schob ihm ein gefaltetes, schmutziges Papier zu, und Stöcker sah, daß sein dünner Unterarm mit verschorften Wunden übersät war.

»Ich muß sterben«, flüsterte der Mann. »Wir alle werden sterben, und irgendwie bin ich fast froh darüber.«

Stöcker fühlte, wie ihm eiskalter Schweiß ausbrach. Auf dem Brief stand eine dänische Adresse.

Die schwache Stimme aus dem Laderaum sagte: »Ich bin – ich *war* Lehrer.«

»Ah, hier sind Sie!« Die Stiefel des SS-Sturmbannführers glänzten in der Sonne, als er auf Stöcker zukam.

Der Oberfähnrich nahm Haltung an und blickte intensiv in Richtung See. Er war sicher, daß die Hand des Häftlings rechtzeitig verschwunden war, daß ihn niemand beobachtet hatte. Dennoch überfiel ihn panische Angst, und er merkte, wie er unter seiner Mütze ins Schwitzen kam.

Stöcker war ein vorzüglicher Seemann und insgeheim stolz darauf, wie er sich bei den feindlichen Angriffen gehalten hatte. Seine Gefechtstation war der Feuerleitstand weit oberhalb der Brücke, und damit gehörte er zu den besten Männern des 1. Artillerieoffiziers, Korvettenkapitän Kroll. Der war ein harter Mann, der seinen Untergebenen viel abverlangte, besonders den Offiziersanwärtern.

Der Oberfähnrich wußte genau, daß er den Häftling längst hätte melden, den schmuddeligen Brief, den er zusammengepreßt in der Hand hielt, hätte abgeben müssen. Andererseits war ihm dieser arrogante SS-Sturmbannführer verhaßt, der wahrscheinlich noch nicht mal an der Front gewesen war.

»Das Motorboot fällt zu weit zurück«, schnarrte der Mann mit dem Totenkopf am Mützenband. »Sorgen Sie dafür, daß es enger aufschließt!«

Stöcker stieg auf den Lukendeckel und hob einen Arm, bis der Bootsmann drüben sein Signal erkannt hatte. Was wollte der Sturmbannführer bloß? Das Boot befand sich genau in der vorgeschriebenen Entfernung.

Der SS-Offizier beobachtete, wie die Bugwelle des Motorkutters stärker wurde. »Sorgen Sie dafür, daß er diese Fahrt beibehält!« sagte er scharf.

Stöcker sah plötzlich, daß die beiden SS-Männer ihre MPis gehoben hatten. Später erinnerte er sich, daß sie sehr nervös wirkten.

Die Explosion kam ohne Vorwarnung und ließ den ganzen Leichter erzittern. Das Seitendeck entlang der Luken schien sich zu heben, und Stöcker hatte ein Gefühl, als ob das Metall unter seinen Füßen gleich bersten würde. Die auf den Lukendeckeln dösenden Seeleute sprangen entsetzt auf. Noch während der Kutter auf den Leichter zuhielt, begann die Maschine des Leichters zu stottern, rüttelte stark und erstarb.

»Ruder ausgefallen!« rief Kunz. Er trat vom Steuerrad zurück und starrte eine dicke Rauchwolke an, die aus einem Lüfter emporquoll.

»Sorgen Sie dafür, daß das Motorboot schnellstens herankommt!« brüllte der Sturmbannführer Stöcker an. »Was glotzen Sie denn so, Sie Trottel?«

Stöcker konnte den Blick nicht von den Luken wenden. Rauch quoll heraus, als ob sie unter großem Druck stünden, und er hörte gedämpfte Schreie und das dumpfe Hämmern von Fäusten gegen Metall.

Der Sturmbannführer öffnete seine Pistolentasche. »Sabotage!« sagte er schneidend. »Womöglich ist noch eine weitere Bombe an Bord!«

Der Kutter kam längsseits, aber als einige Matrosen hilfsbereit auf den Leichter springen wollten, herrschte der Sturmbannführer sie an: »Bleiben Sie drüben, verdammt noch mal! Der Kahn hier geht gleich unter!«

Stöcker blickte sich auffordernd nach dem blassen Marineoffizier um.

»Wir müssen die Männer herausholen, Herr Leutnant!« Doch dann sah er, wie ein SS-Mann den Lüfter verschloß, um den Rauch am Abziehen zu hindern.

»Tun Sie, was Ihnen befohlen wird, Mann«, sagte der Leutnant z. See und schien durch ihn hindurchzusehen. »Gehen Sie von Bord!«

Stöcker fühlte, wie der Rauch in seinen Augen brannte; verstohlen blickte er sich nach dem kleinen Schlitz um, wo eben noch das Gesicht des Häftlings gewesen war. Nur noch Rauch, die Schreie waren verstummt. Wie durch eine zugeschlagene Tür abgeschnitten.

Kunz ergiff seinen Arm und raunte ihm zu: »Komm, Hans! Runter vom Boot!« Dann waren sie plötzlich auf dem Motorkutter, und als Stöcker zurücksah, wurde der Leichter bereits vom Wasser überspült und versank schnell.

»Bringen Sie mich an Land!« forderte der Sturmbannführer.

Das Boot nahm Kurs zum Ufer, während ein Wachboot und einige kleinere Fahrzeuge schnell auf den Rauchpilz zuliefen.

Stöckers Finger schmerzten, so fest ballte er die Fäuste. Einige Matrosen seufzten auf, als der Leichter unter der Wasseroberfläche verschwand. Einer meinte: »Da haben wir aber Schwein gehabt, daß es nicht passiert ist, als der Leichter am *Prinz* festgemacht hatte.«

Niemand antwortete; als Stöcker den Blick hob, sah er, daß der Sturmbannführer ihn anlächelte.

Das Boot verweilte nur kurz am Anleger und fuhr dann sofort mit hoher Geschwindigkeit zur *Prinz Luitpold* zurück. Die Männer hatten das Gefühl, möglichst schnell wieder an Bord ihres Schiffes zu müssen, um Gesichter zu sehen, denen sie vertrauen konnten.

Ein schwarzer Wagen hatte den Sturmbannführer und seine Gehilfen erwartet. Offensichtlich war dem jungen Marineleutnant angeboten worden, mitzufahren. Doch der hatte abgewinkt und war mit einem flüchtigen Gruß davongegangen.

Stöcker griff in die Tasche nach dem Brief. Der Häftling hatte gewußt, daß er sterben würde. Er erinnerte sich auch, wie die SS-Männer auf ihre Uhren gesehen hatten. Und vor allem erinnerte er sich an das teuflische Lächeln des SS-Sturmbannführers.

Als der Schatten des Kreuzers auf ihn fiel, blickte er hoch. Er hatte gehofft, hier Trost zu finden, doch es gab keinen.

3 Abschied

Einen Tag nach dem Besuch des Admirals machte die Nachricht vom bevorstehenden Urlaub die Runde an Bord. Viel war es nicht, und überall in den Decks hörte man Unmutsäußerungen. Maximal sieben Tage Urlaub gab es, in erster Linie für die verheirateten Männer. Die anderen bekamen nur Landgang. Und die Unteroffiziere sowie die Mannschaftsdienstgrade hatten an Bord zu schlafen.

Sieben Tage – das schien den Glücklichen viel. Doch davon ging die Zeit ab, die sie für die Hin- und Rückreise brauchten, und es hieß, daß die Züge ständig verspätet seien, weil sie bei Tag und Nacht von feindlichen Flugzeugen angegriffen wurden. Und mancher Zug erreichte sein Ziel nie.

Die angetretenen Männer wies Fregattenkapitän Theil darauf hin, daß immer feindliche Agenten ihre Gespräche in der Öffentlichkeit mithören konnten. Weder durften sie über *Prinz Luitpold* noch über ihren Liegeplatz reden. »Und auch keine Bemerkungen über die feindlichen Bombenangriffe und die Opfer unter der Zivilbevölkerung, verstanden? Denken Sie stets daran: Feind hört mit!« So verabschiedete er die Männer, auf die am Kai Busse und Lastwagen warteten.

Nachdem die Urlauber das Schiff verlassen hatten, ging auch Theil von Bord. Er besaß ein kleines Haus in Neumünster, Schleswig-Holstein, deshalb war sein Weg nach Hause relativ kurz.

Er saß in der Ecke eines Abteils, das wie alle anderen vollgestopft war mit Angehörigen der drei Teilstreitkräfte und einigen wenigen Zivilisten, und dachte an Britta, seine Frau, und an das hübsche Haus am Rand der kleinen Stadt. Die Nachbarn kannten und respektierten ihn, ganz besonders, seit er auf die *Prinz Luitpold* kommandiert worden war.

Britta war Dänin. Das war keineswegs ungewöhnlich, denn vor dem Krieg hatte es viele Hochzeiten über die nahe Grenze gegeben, und nicht selten wurde behauptet, daß die Deutschen im Grenzgebiet bessere dänische Staatsbürger seien als die Dänen selbst. Für Theil, der in Minden aufgewachsen war, hatte das einen bitteren Beigeschmack.

Als die deutschen Truppen Dänemark besetzten, hatte Britta versucht zu erfahren, was mit ihren Eltern passiert war. Ihr Vater war Buchdrucker in Esbjerg und gab auch eine kleine Lokalzeitung heraus. Zunächst hatte sie Briefe geschrieben, dann telefoniert, doch eine Antwort oder eine Verbindung bekam sie nie. Voller Verzweiflung hatte sie ihren Mann gebeten, Erkundigungen einzuziehen. Aber Theil war auf eine Mauer des Schweigens gestoßen. Schließlich hatte ihn während eines kurzen Heimaturlaubs ein hoher Gestapo-Offizier besucht, der sehr freundlich und verständnisvoll wirkte.

»Offensichtlich kann Ihre Gattin nicht verstehen, daß in diesem Fall gewisse Sicherheitsinteressen berührt sind . . .«

Theil hatte ihn mit Fragen unterbrochen, hatte versucht, Einzelheiten zu erfahren, doch der Mann blieb verschlossen. »Sie sind ein bewährter Offizier und haben noch eine große Karriere vor sich, Herr Kapitän. Wollen Sie sich alles verderben?« hatte er gefragt, bevor er gegangen war.

Theil hatte versucht, Britta die Lage klarzumachen, so gut er konnte. Sicherlich wurde ihr Vater aus politischen Gründen festgehalten, bis sich die Lage etwas beruhigt hatte. Doch zum erstenmal in seiner Ehe hatte er erleben müssen, daß sich seine Frau gegen ihn stellte.

»Bis sich die Lage beruhigt hat, von wegen! Würdest du es auch dann so nennen, wenn die Engländer plötzlich hier einmarschieren und alle Leute ins Gefängnis werfen, die für die Freiheit ihres Landes kämpfen?«

Bedrückt war Theil auf seinen Kreuzer zurückgekehrt, der unmittelbar danach zu einem kurzfristigen Einsatz auslief, von dem Theil vorher nichts gewußt hatte. Es war jene Feindfahrt, auf welcher der damalige Kommandant unter dem Druck der ständigen Angriffe einen Nervenzusammenbruch erlitten hatte. Damals hatte Theil das Schiff sicher nach Hause gebracht und fest geglaubt, daß man ihm nun ein eigenes Kommando geben würde. Wenn schon nicht die *Prinz Luitpold*, dann wenigstens ein anderes Schiff. Statt dessen war Hechler gekommen,

Und dann hatte Theil von einem Freund aus Neumünster etwas erfahren, das ihn veranlaßt hatte, sofort zu seiner Frau zu reisen. Es hatte sich gut getroffen, daß der Kreuzer für eine Woche in die Werft mußte.

Brittas Zustand war noch schlechter gewesen, als die Nachricht seines Freundes vermuten ließ. Sie stand kurz vor einem Zusammenbruch und weinte ständig. Als er sie schließlich wie ein Kind zu Bett gebracht hatte, zeigte sie ihm die Blutergüsse an ihren Armen: riesige dunkle Flecke, die von den Griffen der Feldgendarmen herrührten, die sie aus ihrem Elternhaus vertrieben hatten. Denn trotz der Reisebeschränkungen war es ihr gelungen, nach Esbjerg zu kommen, aber das Haus ihrer Eltern stand leer.

Theil versuchte, sie zu beruhigen, doch sie hatte ihn fortgestoßen und mit blitzenden Augen angeschrien: »Begreifst du denn nicht, was geschehen ist? Sie haben Mutter und Vater umgebracht! Interessiert dich eigentlich gar nicht, was diese Schlächter getan haben?«

Schließlich war der Arzt gekommen, ein alter Freund von ihm, und hatte ihr ein Beruhigungsmittel gegeben.

Als Britta endlich erschöpft und vom Medikament betäubt eingeschlafen war, hatte Theil mit seinem Freund noch ein Glas getrunken und ihn verzweifelt gefragt: »Was soll ich denn tun? Es kann sich doch nur um einen Irrtum handeln. Die Behörden würden doch nicht . . .«

Der Arzt hatte seine Tasche verschlossen. »Behalt die Sache für dich, Viktor. Wir leben in schweren Zeiten«, sagte er knapp. »Du bist Seemann, freu dich darüber. Auf See weiß man wenigstens, wer der Feind ist.«

Danach hatte sich Britta immer mehr in sich selbst zurückgezogen. Die Leute in der Straße waren freundlich zu ihr wie immer, doch sie mied auch sie. Als sie heirateten, war sie eine ausgesprochen hübsche junge Frau gewesen; jetzt ließ sie sich gehen. Theil hatte es immer bedauert, daß ihnen Kinder versagt blieben, denn er hätte gern ein paar Jungen gehabt. Sie hätten wie er zur Marine gehen und ihrem Vaterland dienen können. Zuerst hatte es ihm Kummer bereitet, daß ihm

Britta kein Kind schenken konnte, doch als sie das letzte Mal darüber sprachen, hätte Theil sie beinahe geschlagen.

»Ein Kind?« hatte sie ihn angeschrien. »Was willst du ihm denn geben? Eine schwarze Uniform und einen Gummiknüppel zum Spielen?«

Theil schritt kräftig aus, während er vom Bahnhof zu seinem Haus ging. Er stellte fest, daß die Schlangen vor den wenigen offenen Geschäften, in denen es Lebensmittel gab, noch länger waren als früher. Und die Frauen, die geduldig darin warteten, machten einen müden, abgerissenen Eindruck.

Immerhin war die Stadt vom Krieg noch weitgehend verschont geblieben, sah man von ein paar Bomben ab, die heimwärtsfliegende Kampfflugzeuge fallen gelassen hatten. Der Himmel war blau, ohne Wolken, und auch die Kondensstreifen in großer Höhe fehlten diesmal. Alles machte einen höchst friedlichen Eindruck.

Theil war zu tief in Gedanken, um die Plakate zu lesen, die überall angeschlagen waren. Und er interessierte sich auch nicht für die Listen mit den Namen der Gefallenen, die länger waren als zuvor.

Seine Gedanken beschäftigten sich mit dem großen Karton, den er trug und von Zeit zu Zeit in die andere Hand wechselte, um die Grüße von Soldaten zu erwidern, die zu einer nahen Flakbatterie gehörten. Der Karton war schwer, denn er enthielt unter anderem Speck und Eier, Käse und Butter. Er hoffte, daß diese Kostbarkeiten aus ihrer dänischen Heimat vielleicht ein Lächeln auf Brittas Lippen zaubern würden. Schließlich litt sie genug unter dem Mangel an Lebensmitteln.

Er hatte ihr seit dem letzten nervenaufreibenden Urlaub viele Briefe geschrieben, doch darauf hatte er nur einmal eine nichtssagende Antwort bekommen. Allerdings war Britta noch nie eine begeisterte Briefeschreiberin gewesen. Ihre Zärtlichkeit im Urlaub hatte das lange Zeit aufgewogen. Nun beschleunigte er den Schritt. Diesmal würde alles wieder so sein wie früher.

Trotz seiner privaten Sorgen war Theil mit Leib und Seele Soldat mit einem Gespür für kommende Ereignisse. Er hatte durchaus begriffen, daß sich plötzlich Neues an Bord tat, vor allem seit dem Besuch des jungen Konteradmirals, dessen Gesicht ihm ständig aus den Tageszeitungen entgegensah.

Vielleicht war das seine Chance. Denn ganz offensichtlich sollte *Prinz Luitpold* zu einem besonders wichtigen Einsatz auslaufen.

Vielleicht war er nur zu hart zu Britta gewesen oder hatte in einem Brief etwas geschrieben, das sie völlig falsch aufgefaßt hatte. Aber sie mußte auch *seine* Situation begreifen. Natürlich war das mit ihren Eltern schlimm, aber eigentlich hatte er sie nie richtig kennengelernt. Und sie hätten auch an ihre Tochter und ihren Schwiegersohn denken müssen, bevor sie sich auf irgendwelche Dinge einließen, die offensichtlich mit dem Widerstand zu tun hatten. Er empfand es als ausgesprochen ungerecht, daß sie seine Laufbahn und die Gesundheit ihrer Tochter gefährdeten.

Sein Haus lag in einer ruhigen Seitenstraße, das letzte in einer Reihe von insgesamt fünf. Nichts schien sich verändert zu haben. Die bunten Blumen und Sträucher in den Gärten bildeten einen wunderbaren Kontrast nach dem grauen Stahl des Schiffes und dem stürmischen Wasser der Ostsee.

Drei, vielleicht vier Tage würden sie zusammen verbringen können, dann mußte er zurück. Als Erster Offizier hat er rechtzeitig an Bord zu sein, selbst auf die Gefahr hin, einen Urlaubstag zu verlieren. Aber er würde mit schönen Erinnerungen hinausfahren und mit der Hoffnung auf eine bessere Zukunft.

Er glaubte, eine Frau im Garten des Nachbarhauses zu sehen, die sich bückte, um Blumen für einen Strauß zu pflücken. Doch als er noch einmal hinsah, war sie verschwunden. Er war ganz froh darüber, denn er hatte nicht die geringste Lust, seine Zeit mit Gesprächen über den Kriegsverlauf und die Lebensmittelzuteilungen zu verschwenden.

Theil erreichte das eigene Gartentor und wechselte den Griff des schweren Kartons in die andere Hand. Er fragte sich, ob er wohl beobachtet wurde in seiner Ausgehuniform mit den Auszeichnungen und dem goldgestickten Adler auf der rechten Brustseite.

Dann warf er einen Blick in seinen Garten und stutzte. Es war nicht Brittas Art, ihn so verkommen zu lassen. Alles war vertrocknet, die Blumen ließen die Köpfe hängen oder lagen verwelkt auf den Platten der Garagenzufahrt. Andere hatten bereits Samen angesetzt. Das war noch nie dagewesen. Einen Augenblick verharrte er verwirrt, dann ging er auf die Haustür zu. Er fummelte mit dem Schlüssel im Schloß, erwartete aber, daß ihm im nächsten Augenblick die Tür geöffnet würde, daß Britta vor ihm stand und ihn anstrahlte. Ihr flachsblondes Haar mochte noch nicht frisiert sein, vielleicht würde sie auch alte Kleider tragen für die Arbeit im Garten oder im Haus. Aber für ihn würde sie aussehen, als trüge sie das Kleid aus Seide, das er ihr einmal aus Frankreich mitgebracht hatte.

Im Haus war es so still, daß er wie gelähmt stehenblieb, kaum daß er die Tür aufgeschlossen hatte. Ohne einen weiteren Blick wußte er, daß das Haus leer war. Das Sonnenlicht, das durch die rückwärtigen Fenster hereinfiel, ließ den Staub im Raum tanzen, und die Blumen in der

Vase unter ihrem gerahmten Hochzeitsfoto waren vertrocknet. Erschüttert blieb er davor stehen, völlig unsicher, was nun werden sollte.

Endlich stellte er den schweren Karton zu Boden und streckte seine verkrampften Finger. Dabei versuchte er, sich über seine Gefühle klar zu werden. War es Wut, machte er sich Sorgen oder fühlte er sich betrogen? Es war alles zugleich. Britta schien ausgezogen zu sein. Er starrte die vertrockneten Blumen an. Wohin? Er wandte sich ab und fühlte sich plötzlich hundeelend. Sie hatte ihn verlassen ...

Er ging im Haus herum, öffnete Türen, um sie anschließend wieder zu schließen, dann stieg er die Treppe hinauf und blickte zum Haus der Nachbarn hinüber. Über allem lag eine tödliche Stille. Er öffnete ihren Kleiderschrank und berührte ihre Kleider.

Was hatte sie sich bloß dabei gedacht? Er versuchte, seine Gefühle unter Kontrolle zu halten. Wußte sie, wie tief sie ihn verletzte, wenn sie sich so benahm? Er zog einen Vorhang zurecht, der verrutscht war. Unordentlich. Eigentlich entsprach das nicht ihrem Charakter.

Langsam ging Theil die Treppe hinunter, und da bemerkte er die Briefe. Sie waren sorgfältig auf dem kleinen Tisch im Flur gestapelt, wo sie üblicherweise ihre Handschuhe ablegte. Er sah die Anschriften, die er selbst geschrieben hatte, sah, daß alle Briefe ungeöffnet waren. Sie hatte sie also nicht mal gelesen.

Er starrte seinen Karton an, der immer noch vor der Haustür stand. Was, um alles in der Welt, mochte sie dazu bewogen haben? Es hatte überhaupt keinen Sinn, bei der Polizei oder im Krankenhaus nach ihr zu fragen. Aber die Nachbarn ...

Er schob die Briefe in die Tasche, war einen Moment unschlüssig und nahm dann den schweren Karton wieder auf. Er würde bei den Nachbarn nach Britta fragen. Das waren verschwiegene Leute, die sie gern gemocht hatten.

Doch er zögerte, während er in der Tür ein letztes Mal zurückblickte. Er brauchte Britta genauso, wie sie ihn damals gebraucht hatte. Und nun war sie einfach gegangen.

Theil zog die Tür ins Schloß und drehte den Schlüssel um, dann ging er zum Nachbarhaus.

Einmal warf er einen Blick zurück und glaubte, sie an einem Fenster zu erkennen, lachend und winkend. Alles war nur ein Jux gewesen, hieß das, und nun wartete sie auf ihn. Dann läutete er bei den Nachbarn und wartete. Aber er wußte genau, daß ihm niemand öffnen würde.

Was sollte er bloß machen? Er dachte an seinen Freund, den Arzt, und ging den weiten Weg zu dessen Haus, ohne sich darum zu kümmern, daß das Gewicht des Kartons in seine Hand schnitt. Er wollte eine Erklärung.

Der Arzt freute sich über seinen Besuch, sagte aber, daß er gleich zu einem Patienten müsse. Teilnahmslos hörte er sich Theils Geschichte an, dann sagte er: »Du mußt dich damit abfinden, daß Britta dich verlassen hat, Viktor.« Er hob eine Hand, als Theil protestieren wollte. »Sie wird sich irgendwann melden, da kannst du sicher sein, aber erst muß sie mit sich selbst ins reine kommen, verstehst du? Frauen sind nun mal so.«

Theil erhob sich. Britta hatte noch irgendwo Verwandte, ihre Anschriften standen in seinem Notizbuch; er würde versuchen, sie ausfindig zu machen. Den schweren Karton mit Lebensmitteln schenkte er dem Arzt.

Draußen kündigte purpurfarbenes Abendrot die nahende Nacht an. Theil machte gar nicht erst den Versuch, zu seinem Haus zu gehen. Britta hatte ihn verlassen, hatte ihm nicht die geringste Chance gegeben, die Dinge wieder zurechtzurücken. »Aber sie hat ja auch gar nicht gewußt, daß ich kommen würde«, sagte er sich. Ob es einen anderen Mann gab? Er rannte geradezu in Richtung Hauptstraße und übersah zwei salutierende Soldaten. Nein, niemals! Nicht bei Britta. Ob sie nach Dänemark zurückgefahren war? Er blickte auf die Uhr. Was sollte er nur tun?

Er griff nach dem Eisernen Kreuz an seiner Brust, nach den anderen Orden, auf die er so stolz war. Sie gaben ihm Selbstvertrauen. Ein paar Augenblicke starrte er in die einbrechende Dunkelheit, ohne wirklich etwas wahrzunehmen. Er war verletzt, nein, er war wütend, wenn er daran dachte, was sie ihm angetan hatte. Brittas Schmerz um ihre Eltern hatte seine Karriere ruiniert. Es würde keine Beförderung mehr geben – niemals mehr.

Aber was sollte er machen, wenn sie plötzlich zurückkam und ihn um Verzeihung bat? Theil marschierte zum Bahnhof. Es zog ihn nirgendwo anders hin.

Für die Männer der *Prinz Luitpold* waren die sieben Urlaubstage sehr unterschiedlich verlaufen. Vielen waren sie so etwas wie eine Rettungsleine gewesen, eine Kostbarkeit, die sie für kurze Zeit die Schrecken des Krieges vergessen ließ. Andere wären besser an Bord geblieben und kehrten nun in dem Bewußtsein zurück, alles verloren zu haben.

Zu denen, die am Ort geblieben waren, gehörte auch einer, der fast jeden Tag und jede Nacht in Vejle verbracht hatte: Korvettenkapitän d. R. Josef Gudegast, der Navigationsoffizier des Kreuzers, kannte nicht nur die Ostsee und ihre Seezeichen wie seine Westentasche, sondern auch die Häfen und wußte, was sie anzubieten hatten. Als er noch auf

Holztransportern gefahren war, hatte er oft dänische Häfen angelaufen, und Vejle gefiel ihm für einen Aufenthalt an Land besonders.

An seinem vorletzten Urlaubstag saß er in einem großen Sessel, das Gesicht vor Konzentration gerötet, und arbeitete an der Kohlezeichnung einer Frau, die ihm gegenüber nackt auf einer Couch lag. Im Schein der Lampe schimmerte ihr Körper.

In dem kleinen Haus war es still, nicht zuletzt wegen der dicken Vorhänge und Fensterläden. Dieses Haus war stets sein Zufluchtsort gewesen. Hier gab es Lebensmittel und Getränke, die er teilweise selbst mitgebracht hatte, denn jeden Morgen suchte er sein Schiff auf, um an Bord nach dem Rechten zu sehen.

»Na bitte!« Er lehnte sich zurück, beäugte seine Arbeit prüfend und fand: »Nicht schlecht.«

Sie stand auf, legte die Arme um seine breiten Schultern, und er fühlte die Wärme ihres Körpers. Spürte ihre Zuneigung, die sich abwechselnd in heftiger Leidenschaft und dann wieder in tiefer Verzweiflung äußerte. Nachher würden sie wieder miteinander schlafen und morgens verschlungen wie ein junges Liebespaar aufwachen.

Gudegast war vierzig und fühlte jedes dieser Jahre. Er strich sich über den struppigen Bart und murmelte: »Du bist eben eine schöne Frau, Gerda.« Er drückte sie an sich. »Ich werde dich niemals vergessen.«

Sie streichelte ihm übers Haar. Es wurde schon recht dünn. Ohne Mütze sieht man ihm sein Alter an, dachte sie. Sie erinnerte sich noch gut, wie er als junger Steuermann mit blitzenden Augen zum ersten Mal zu ihr gekommen war, als sein Schiff im Hafen festgemacht hatte.

»Ich bin doch längst überall schlaff geworden.« Sie warf einen Blick auf die Zeichnung. »Du hast mich viel schöner gemacht, als ich bin.«

Er nahm den Bogen Papier von der Staffelei. »Es gehört dir«, sagte er abrupt.

Sie blickte ihn erstaunt an. »Aber du hast mir noch nie . . .«

Gudegast war aufgestanden und blickte zur Tür des Schlafzimmers. »Bald werde ich nicht mehr dasein, dann hast du wenigstens eine Erinnerung an den alten Josef.«

Beunruhigt ergiff sie seinen Arm. »Es wird doch alles gut werden, oder?«

»Alles gut?« Er nahm seine Pfeife vom Kaminsims und stopfte sie bedächtig. Das gab ihm Zeit für seine Antwort.

Er war selbst überrascht von seiner Sorge, aber er wollte Gerda auch nicht aufregen.

»Nein«, sagte er langsam, »das glaube ich nicht. Ganz und gar nicht.«

Sie saß auf der Couch und zog sich ein Tuch um die nackten Schultern.

»Hast du nicht bemerkt, wie sie uns heute nachmittag im Café behandelt haben?« wollte er wissen.

»Sie sagten, alles wäre besetzt.«

»So sagten sie, ja.« Er runzelte die Stirn und stieß ein paar Rauchwolken aus. »Diese verdammten Schweinehunde! Platz haben wir doch erst bekommen, als ich energisch geworden bin.«

»Aber es war dann wirklich ein schöner Tisch.« Sie blickte ihn an und lächelte schwach. »Das hast du doch erreicht.«

»Das war nicht das Entscheidende.« Wieder stieß er Wolken aus. »Sie haben inzwischen mehr Angst vor ihrer Widerstandsbewegung als vor uns, verstehst du?« Eingehend musterte er ihren vollen Mund und ihre kaum verhüllten Brüste. Sie war ein so hübsches Mädchen gewesen. Er hätte sie heiraten sollen statt ... Aber an seine Frau in Hamburg wollte er nicht denken. Das war ein Mißgriff gewesen, genauso wie dieser verdammte Krieg.

Er versuchte es noch einmal. »Was wirst du machen, wenn alles vorüber ist, Gerda?«

»Ich? Hierbleiben natürlich ...«

Er fuhr ihr mit der Hand durchs Haar. »Wir sind aber dabei, den Krieg zu verlieren, ist dir das noch immer nicht klar?«

»Jo, so was darfst du nicht sagen. Wenn dich jemand hört ...«

Er grinste, bis sein Gesicht voller Falten war. »Mein Gott, all diese Jahre ...« Wieder strich er über ihr Haar und griff dann nach seiner Pfeife. »Ich weiß, du bist zwar Dänin, aber hier werden sich viele Leute nach dem Krieg daran erinnern, daß du deutsche Freunde hattest.« Er fühlte, wie sich ihr Körper versteifte, und bedauerte, davon gesprochen zu haben.

Ein paar Tage noch, dann würde er wieder auf See sein. Er fragte sich, wie es weitergehen würde. Man hatte ihn noch nicht einmal die Karten für den neuen Einsatz einsehen lassen. Er merkte, wie Zorn darüber in ihm aufstieg, und als er weitersprach, war seine Stimme unerwartet hart.

»Du mußt von hier fort, Mädchen. Du hast doch Verwandte in Schweden. Fahr zu ihnen, wenn du irgend kannst.«

Sie klammerte sich an seinen Arm. »Soweit wird es doch nicht kommen, Jo, oder?«

Er lachte böse. »Die in Berlin haben bestimmt längst alles fix und fertig ausgearbeitet. So eine Art Friedensschluß, einen Kompromiß. Schließlich haben wir doch nur die halbe Welt unter unseren Stiefeln zertrampelt – was macht das schon?«

Sie blickte mit verschleierten Augen zu ihm auf. »Ich habe nie gedacht . . .«

Er lächelte sie zärtlich an. Es waren zu viele deutsche Freunde gewesen, die Nachbarn würden das nicht vergessen. Er erinnerte sich an Spanien, wo er am Ende des Bürgerkriegs Zeuge gewesen war, wie Männer, die sonst keiner Fliege etwas zuleide getan hätten, über Frauen hergefallen waren; sie hatten ihnen die Haare abgeschnitten, sie vergewaltigt oder umgebracht, nur weil sie die falsche Seite gewählt hatten. Und hier würde es nicht anders sein.

Er drückte sie an sich, legte seine großen Hände um ihre Pobakken, und keiner von beiden bemerkte, daß sie noch voller Kohlespuren waren. Ihre Augen trafen sich. »Komm«, sagte er leise.

Sie nahm eine Flasche und zwei Gläser mit, während Gudegast sie fast trotzig beobachtete. Sie würde also bleiben. Vielleicht lernte sie ja einen netten Offizier kennen, der sich um sie kümmerte, wenn erst die Tommys kamen. Er fühlte plötzlich, wie ihm der Schweiß ausbrach. Mein Gott, schon der Gedanke daran konnte einen den Kopf kosten.

Er schob sich durch die Tür und blickte auf sie herab, wie sie mit lasterhaft geöffneten Schenkeln auf dem Bett lag.

Morgen würde er noch eine Skizze von ihr anfertigen. Wenn ihm Zeit blieb, konnte er auf See versuchen, sie danach in Öl zu malen. Er erschauerte und stieg aus seiner Hose.

Sie streckte die Arme nach ihm aus und kniete sich dann über ihn, als er sich schwerfällig aufs Bett fallen ließ. Er war ein kräftiger Mann, und als er später auf ihr lag, schien es, als würde er sie zerquetschen.

Er blickte in ihre Augen. »Wir hätten heiraten sollen, Gerda.«

Sie versuchte es mit einem Lachen, aber es kam nicht an gegen ihre große Traurigkeit. Es war, als wüßten sie beide, daß sie einander nie wiedersehen würden.

Die Leinwand flimmerte, und mit einem Fanfarenstoß begann die Wochenschau.

Hans Stöcker versuchte, sich auf das Geschehen zu konzentrieren, aber die Luft war zum Schneiden dick. Das Kino war für die Marine beschlagnahmt worden, und er hatte den Eindruck, daß es sich einmal um einen dänischen Gemeindesaal oder so gehandelt hatte. Zwischen ihm und der Leinwand waren viele Reihen von Matrosen mit ihren typischen rechteckigen Seemannskragen besetzt. Nur hin und wieder saß eine feldgraue Uniform dazwischen.

Die Wochenschau befaßte sich zunächst mit den Kämpfen an der Ostfront. Tausende russischer Gefangener wurden in langen Reihen von winkenden, lachenden deutschen Soldaten hinter die Front gebracht. Nur kurz wurde vom Sprecher die Lage in Frankreich gestreift. Aber es gab einige gute Luftaufnahmen von Jagdbombern, die eine Kolonne Lastwagen angriffen, dazu sah man zahlreiche brennende amerikanische Panzer.

Der Hauptteil der Wochenschau war der Bombardierung von London gewidmet. Das Stimmengewirr verstummte plötzlich, als die Kamera über eine Rakete, die V2, schwenkte. Am Heck quoll Feuer und Rauch hervor, bevor sie sich vom Startgerüst löste und senkrecht in den Himmel stieg. Dazu der Sprecher: »Tag für Tag liegt London unter den Einschlägen unserer Geheimwaffen, denen nichts widerstehen kann und gegen die es keine Abwehr gibt. Schon jetzt sind die Verluste unter der Bevölkerung sprunghaft gestiegen. Lange wird sie diese Angriffe nicht mehr ertragen können, bis ihr Widerstand zusammenbricht.«

Wieder Fanfarenklänge, dann erschien leinwandfüllend der Adler mit dem Hakenkreuz, und die Wochenschau war zu Ende.

Stöcker stand auf und schob sich durch die Menge nach draußen. Einige Stimmen riefen seinen Namen, offensichtlich war die halbe Besatzung der *Prinz Luitpold* im Kino.

Der Abendhimmel leuchtete in einem intensiven Rosa, wie er es nur von hier oben kannte. Er schob die Hände in die Taschen und ging mit schnellen Schritten weiter in die Stadt hinein. Es wimmelte von deutschen Soldaten, und sie machten alle einen recht sorglosen Eindruck.

Wieder mußte er an den sinkenden Leichter denken, hörte abermals die schrecklichen Schreie der eingeschlossenen Gefangenen. Später war er mit einem der Verkehrsboote des Kreuzers an der Untergangsstelle vorbeigefahren, die nun eine einzelne Wrackboje kennzeichnete. Ein Wachposten im Hafen hatte ihm erzählt, daß es weder eine Untersuchung des Unglücks gegeben habe, noch daß Taucher hinabgeschickt worden wären. Die *Prinz Luitpold* hatte eigene Taucher an Bord, doch auch sie war nicht um Unterstützung gebeten worden.

Es war also nicht Sabotage gewesen, wie der SS-Sturmbannführer behauptet hatte, sondern heimtückischer Mord.

Stöcker überquerte geistesabwesend eine Straße und hielt vor einem Schaufenster inne, um nicht drei entgegenkommende Offiziere grüßen zu müssen. Wie den meisten Seeleuten war ihm die strenge Disziplin an Land zuwider. Er mußte an seinen Kommandanten denken. Unter den mehr als 1600 Männern an Bord hatte er ihn mit vollem Namen angesprochen und sich mit ihm unterhalten. Bei Hechler war Disziplin überhaupt kein Thema. Der Kapitän stellte einfach hohe Anforderungen und erwartete, daß sie erfüllt wurden. Auf der anderen Seite flößte er ungeheures Vertrauen ein, gab seinen Männern das Gefühl, daß sie jederzeit mit ihren Sorgen zu ihm kommen konnten.

Eine Hand berührte seinen Ärmel. »Hans! Das ist ja kaum zu fassen!«

Er wandte sich um und starrte ein Mädchen an, das ihn anlachte. Es trug die Uniform einer DRK-Helferin, und Stöcker erinnerte sich, daß sie während der Schulzeit miteinander gespielt hatten.

»Sophie, was machst du hier? Bist du Krankenschwester?« Daheim wohnte sie nur drei Häuser von seinen Eltern entfernt.

Sie ging neben ihm her, und die Freude, ihn getroffen zu haben, vertrieb die Müdigkeit aus ihren Augen.

»Nicht weit von hier ist ein großes Lazarett«, berichtete sie. »Die meisten unserer Verwundeten kommen aus Rußland.«

Stöcker mußte an den großmäuligen Wochenschausprecher denken und auch daran, wie der ganze Kreuzer gebebt hatte, als sie die feindlichen Stellungen beschossen. Später hatte er gehört, wie der 2. Artillerieoffizier, Kapitänleutnant Emmler, voller Zorn berichtete, daß die Russen trotzdem weiter vorgestoßen seien und eine ganze Division vernichtet hätten.

»Die können sich freuen, daß sie's bis hierher geschafft haben, Sophie«, sagte er leise.

Sie schob die Hand unter seinen Arm. »Sie haben die Hölle hinter sich, Hans«, sagte sie. »Einige sind . . .« Sie zuckte mit den Schultern und lächelte, aber er bemerkte Tränen in ihren Augen.

Er führte sie in eine ruhige Seitenstraße, wo ihre Schritte auf dem Pflaster widerhallten. Sie sprachen von zu Hause, über die Menschen, die sie kannten, und vom letzten Mal, als sie einander gesehen hatten.

Plötzlich sagte er: »Wann können wir uns wiedertreffen?«

Sie blickte ihn ernst an. »Ich habe jeden Abend Ausgang.«

Er nickte und ergriff ihre Hand. »Morgen. Morgen treffen wir uns wieder dort, wo wir uns eben begegnet sind. Jetzt muß ich zurück an Bord.« Wäre er nicht zufällig ins Kino gegangen, hätte er sie nie wiedergesehen, hätte nie erfahren, daß auch sie hier war.

»Ich werde kommen.« Sie berührte sein Gesicht. »Du hast dich überhaupt nicht verändert.« Sie sah die Überraschung in seinen Augen und fragte schnell: »Was ist los mit dir, Hans?«

Stöcker starrte über sie hinweg, seine Hand lag auf ihrem Arm, als müsse er sie beschützen. Der Straßenname auf dem rostigen Schild war verblichen, doch die Buchstaben standen wie Feuerzeichen vor seinen Augen: die Adresse auf dem schmutzigen Brief! Schuldbewußt tastete er danach in seiner Tasche. Er wußte, daß er vor dem richtigen Haus stand, obwohl er noch nie hiergewesen war. Im Erdgeschoß hatte es früher einen Laden gegeben, doch er war wie die darüberliegenden Stockwerke ausgebrannt. Auf einem der noch stehenden Türpfosten erkannte er einen hingeschmierten Davidstern und die Worte: »Juda verrecke!«

Das Mädchen sah ihn an und sagte: »Laß uns fortgehen.«

Sie liefen die schmale Gasse zurück, bis sie wieder zur Hauptstraße kamen. Wer mochte dort gewohnt haben? Seine Eltern, seine Frau, eine Freundin? Er verstärkte den Druck auf ihren Arm, als er wieder die leise Stimme des Mannes zu hören glaubte: »Ich muß sterben. Wir alle müssen sterben.«

»Fehlt dir was?«

Er lächelte, aber es kostete ihn Anstrengung, die Lippen zu öffnen. »Nein, es ist nichts.«

Sie blickten einander an und wußten, daß sie diese Lüge wie etwas Wertvolles teilten, das nur ihnen bekannt war.

»Dann bis morgen.«

Er sah ihr nach, wie sie davoneilte und auf einen Kastenwagen mit dem roten Kreuz auf weißem Grund zulief.

Vielleicht hatte er sich alles nur eingebildet? Es gab nur eine Möglichkeit, das herauszufinden: Er mußte den Brief lesen.

Als sich Dunkelheit über den Hafen gesenkt hatte, verkehrten Boote zwischen dem Kai und dem Kreuzer und brachten Urlauber auf die *Prinz Luitpold* zurück. An der Gangway wurden sie vom Wachhabenden und dem Bootsmann empfangen, der als Unteroffizier vom Dienst eingeteilt war. Mann für Mann verschwanden die Matrosen im Inneren des Schiffes, das ihnen längst zum Zuhause geworden war.

Eines der letzten Boote näherte sich dem Kreuzer mit schäumender Bugwelle, der Steuermann lenkte es geschickt zwischen den ankernden Leichtern und Wachbooten hindurch. Als sie an die Bordwand heranschoren, kam Hechler aus der Kajüte und stellte sich neben den Steuermann, den Kragen seines Mantels hochgeklappt, die Mütze tief ins Gesicht gezogen. Gischt sprühte auf, aber er blinzelte nicht eine Sekunde, als er sah, wie sich der riesige Rumpf der *Prinz Luitpold* gegen das Licht der Sterne abzeichnete. Bei diesem Anblick überkam ihn ein Gefühl tiefer Befriedigung.

Die langen Reden, die festlichen Uniformen, die demonstrative Fröhlichkeit – ihm war dieses Abendessen mit Leitner auf den Magen geschlagen. Nein, er gehörte hierher auf sein Schiff.

Ein Wachposten rief sie aus der Dunkelheit an, und der Bootsmann signalisierte mit seiner Handlampe. Der scharfe Steven des Kreuzers ragte wie eine Speerspitze über ihnen in den Himmel.

Hechler lief leichtfüßig die Gangway hinauf. Als er seinen Kragen zurückklappte, fiel mattes Licht auf den Orden an seinem Hals: das Ritterkreuz.

Mein Schiff, dachte er, und es kam ihm vor, als habe er es niemals verlassen.

4 Höchste Geheimhaltungsstufe

Es klopfte an Hechlers Kajüttür, und auf sein »Herein!« trat Theil ein und schloß die Tür hinter sich.

Hechler war erfeut über die Unterbrechung. Auf seinem Tisch stapelten sich Berichte des Nachrichtendienstes, Fotografien und andere Unterlagen. Es war das erste Mal, daß er Theil nach seinem Urlaub zu Gesicht bekam, wenn man davon absah, daß er sich kurz zurückgemeldet hatte.

Theil sah blasser aus als sonst, und seine Lippen waren nur noch ein Strich. Hechler hatte bemerkt, daß sich die Atmosphäre nach Rückkehr der Verheirateten aus dem Urlaub verändert hatte. Sicherlich konnte man Vorschriften gegen die Verbreitung von Schwermut und Verzweiflung erlassen, dachte Hechler, nur durchsetzen konnte man sie nicht.

Eine ganze Reihe von Männern hatte um Sonderurlaub nachgesucht – immer waren die Gründe menschlich verständlich: Angehörige, die bei Bombenangriffen umgekommen waren oder vermißt wurden, treulose Frauen und schwangere Töchter. Die Liste war lang.

Er wies auf einen Stuhl, Theil nahm Platz, und Obermaat Pirk machte frischen Kaffee.

»Bis auf zwei Mann ist die gesamte Besatzung an Bord, Herr Kapitän«, sagte Theil. »Die beiden habe ich als Deserteure gemeldet.«

Hechler runzelte mißbilligend die Stirn. Deserteure waren eine Schande für jedes Schiff.

Pirk öffnete ein Luk, um den Tabakrauch nach draußen zu lassen. Denn vor Theil war Gudegast hier gewesen.

Gudegast hatte sich zwar nicht offiziel beschwert, aber sich durchaus anmerken lassen, wie verstimmt er war, daß man ihm bisher Einblick in die Seekarten für den kommenden Einsatz verwehrt hatte. Es war sinnlos, daß Hechler erklärt hatte, selbst er wisse noch nicht, wohin die Feindfahrt diesmal gehen werde – Gudegast glaubte ihm einfach nicht.

»Vielleicht haben die Männer gute Gründe, Theil. Weit kommen sie ohnehin nicht.«

Er dachte an die letzten Meldungen von der Ostfront. Die Sowjets stießen mit aller Macht vor, um möglichst große Geländegewinne zu erzielen, bevor der Wintereinbruch alles zum Stillstand brachte.

»Wir laufen also heute abend aus, Herr Kapitän«, sagte Theil. »Die Geleitschiffe liegen bereits vor Anker.«

Hechler blickte seinen Ersten erstaunt an. Theils Stimme drückte Desinteresse aus, was für diesen korrekten Offizier höchst ungewöhnlich war.

»Irgendwas nicht in Ordnung, Theil?«

Theil fuhr zusammen. »Warum . . . Ja, nein, Herr Kapitän.«

»Ich dachte schon . . . Wie war Ihr Urlaub?«

Theil hob die Hände. »Sie wissen ja, wie das ist. In einem Haus gibt es immer etwas zu tun.«

Der Kommendant blickte auf seine Papiere nieder. So war das also: Ärger mit der Frau.

»Kann ich etwas für Sie tun, Theil?«

Theils Blick wurde abweisend, dann sagte er trotzig: »Nein, danke, Herr Kapitän.«

»Nun gut.« Hechler blickte hoch. »Es geht nach Norwegen, Theil. Wir werden bei Einbruch der Dunkelheit auslaufen und vor Tagesanbruch das Skagerrak passieren.« Er studierte Theils Reaktion. »In dreißig Stunden will ich vor Bergen sein.«

Theil grinste. »Hauptsache, unser Geleit schafft das auch.«

»Das wollen wir doch hoffen.« Im Geist sah Hechler die zerklüftete Küste Norwegens mit ihren unzähligen Fjorden und Inseln vor sich. »Danach werden wir den uns zugewiesenen Fjord anlaufen und dort weitere Anweisungen abwarten.«

Theil nickte. »Wieder ein Fjord . . .«

Hechler wußte, was sein Erster damit sagen wollte. Er dachte an die *Tirpitz*, jenes 52600-Tonnen-Schlachtschiff, das im Kaafjord, weit weg von der offenen See, versteckt worden war. Das riesige Schiff schien hinter Sperrbäumen und Netzen dort vor jedem Angriff sicher zu sein. Und dennoch hatte es die *Tirpitz* erwischt. Britische Kleinst-U-Boote mit vier Mann Besatzung waren tollkühn in den Fjord vorgedrungen, und zwei von ihnen hatten es geschafft, die Sperren zu unterlaufen und Spezialminen unter *Tirpitz'* Rumpf abzuladen. Deren Explosion hatte das Schlachtschiff so schwer beschädigt, daß die Reparaturen fast sechs Monate gedauert hatten.

Wieder erinnerte sich Hechler an seinen Bruder, der einen Monat danach, am zweiten Weihnachtsfeiertag, mit der *Scharnhorst* nördlich des Nordkaps untergegangen war. Das Wasser des Nordmeers war so bitter kalt, daß von der Besatzung nur wenige den Untergang überlebt hatten und von den englischen Siegern gerettet werden konnten. Hechlers Bruder war nicht dabei gewesen.

Doch daran wollte er jetzt nicht denken. Wichtig war vor allen Dingen ihr nächster Einsatz. Würde es wieder gegen die Geleitzüge nach Nordrußland gehen? Wenn es gelang, den Druck auf das deutsche Heer zu mindern, indem der von den Sowjets dringend benötigte Nachschub versenkt wurde, dann wäre das eine große Hilfe. Oder würde man die *Prinz Luitpold* noch weiter nach Norden schicken, in die Barentssee, bevor sich die Eisdecke schloß? Zu einem Angriff auf die sowjetische Flotte in einem ihrer Heimathäfen? Hechler biß die Zähne zusammen. Einen Versuch war das immerhin wert.

»Eigentlich hatte ich erwartet, die Flagge des Admirals im Vortopp zu sehen, Herr Kapitän«, sagte Theil.

»Der Admiral spannt uns eben noch ein bißchen auf die Folter, Theil.« Hechler lächelte.

Er mußte an die geheimnisvollen Kisten unten im Schiff denken. Die Schlüssel zu diesen Lagerräumen waren abgezogen worden. Einen hatte der Admiral in Verwahrung genommen, der andere befand sich in Hechlers Safe. Doch er war entschlossen, von Leitner zu erfahren, was es damit auf sich hatte.

Noch hielt sich der Admiral jedoch in Kopenhagen auf, seinem gegenwärtigen Hauptquartier; Hechler war seit dem ersten Abend praktisch jeden Tag dort gewesen. Es war immer noch eine wunderschöne Stadt mit den grünen Dächern und Kirchturmspitzen, den Plätzen mit ihrem Kopfsteinpflaster – nicht einmal die großen deutschen Fahnen in den Fenstern beschlagnahmter Gebäude konnten diesen Eindruck verwischen.

Leitner schien sich in seinem Hauptquartier eine völlig eigene Welt geschaffen zu haben. Bis zur Besetzung war das Gebäude ein Hotel gewesen, und die Besucher des Admirals nutzten es, als habe sich nichts verändert. An Essen und Trinken mangelte es nicht, und es gab sogar eine kleine Kapelle zur Unterhaltung der Gäste.

Falls den Admiral die Schreckensmeldungen von der Ostfront beeindruckten, ließ er sich das zumindest nicht anmerken. Er gab sich optimistisch wie immer und vom Endsieg überzeugt. Für das Heer und gewisse Generäle, die er als »kleine Geister« bezeichnete, schien er nur Spott übrig zu haben.

Wenn ein Mann den Krieg in vollen Zügen genoß, dann war es Leitner.

Theil beobachtete über den Tisch hinweg, wie sein Kommandant mit einem Ohr auf die Geräusche des Schiffes lauschte, das für den neuen Einsatz vorbereitet wurde. War er wirklich so gelassen, wie es den Anschein hatte?

Der Erste mußte an die Gerüchte denken, die bei seiner Ankunft die Runde gemacht hatten. Das Eintreffen großer Mengen warmer Winterkleidung hatte selbst die Skeptischsten zum Spekulieren gebracht.

Er hätte sich Hechler jetzt näher fühlen sollen. Auch dessen Frau hatte ihn verlassen, obwohl bisher niemand die volle Wahrheit darüber erfahren hatte. Ob er sich innerlich nach ihr verzehrte? Theil beobachtete Hechlers scharfgeschnittenes Gesicht und die Geste, mit der er sein Haar aus der Stirn strich, wenn er etwas besonders betonen wollte.

Theil versuchte, nicht mehr an Britta zu denken. Vielleicht wollte sie ihn bestrafen, weil sie glaubte, das mit ihren Eltern sei seine Schuld.

»Mich würde interessieren, wie viele Augen uns in dieser Minute beobachten«, sagte Hechler und trat zum Fenster.

Eigentlich sieht er eher aus wie ein Zuschauer. Und dabei ist er der Hauptdarsteller, dachte Theil verzweifelt.

Hechler fühlte den Blick seines I. O., seine innere Unruhe. Aber jetzt war nicht die rechte Zeit, sich mit Privatproblemen zu beschäftigen. Sie brauchten ihre ganze Kraft für das Schiff und die Männer, die darauf dienten. Später würde man sehen . . . Er drehte sich um.

»Wir fahren ins Gefecht, Theil, ich spüre das. Keine Drohgebärden mehr, keine Landbeschießung, wobei man kaum genügend Manövrierraum hat, um feindlichen Granaten ausweichen zu können.« Er starrte die Fensterblende an, als könne er durch sie hindurch die ganze Tragweite seiner Verantwortung erkennen. »Haben Sie jemals über Nelson gelesen?«

An seinem Gesicht konnte er erkennen, daß der Wechsel des Themas Theil wieder in die Gegenwart zurückrief.

»Nein, Herr Kapitän.« Theils Stimme klang, als sei ihm das unangenehm.

Hechler lächelte, und die harten Linien um seinen Mund wurden weicher. »Sollten Sie mal machen, mein Lieber. Er war ein Offizier von Format.« Und mit einem schiefen Grinsen: »Natürlich wurde auch er von seinen Vorgesetzten nicht verstanden. Insofern hat sich bis heute nichts geändert.«

Theil erhob sich von seinem Sessel. »Was war so besonders an ihm?«

»Die kühnsten Maßnahmen sind die sichersten – das war seine Devise. Auch ich glaube daran, gerade jetzt mehr denn je.« Er blickte Theil fest an, versuchte ihn einzuschätzen. »Denn wir werden diesen Krieg verlieren, wenn wir nicht höllisch aufpassen.«

Theil blickte ihn völlig entgeistert an. »Aber das ist doch unmöglich, Herr Kapitän. Wir *können* den Krieg nicht verlieren, niemand kann uns schlagen!«

»Schlagen vielleicht nicht. Aber verlieren können wir trotzdem.« Er gab keine weiteren Erklärungen. Den ersten Teil der Reise nach Norwegen würden sie relativ ungefährdet zurücklegen können. Luftangriffe waren zwar immer möglich, doch die zahlreichen Minenfelder sollten U-Boote der Engländer dem Kreuzer eigentlich fernhalten. Er dachte an das hochmoderne Funkmeßgerät, das gerade neu eingebaut worden war: mindestens so gut wie alles, was die Alliierten auf diesem Gebiet hatten. Selbst Korvettenkapitän Kroll, der 1. Artillerieoffizier, war in seltene Begeisterung verfallen, wenn es ihm auch überhaupt nicht behagte, daß an Bord zivile Techniker herumliefen, die ihm obendrein erklärten, was er und seine Männer machen mußten. Die Techniker würden auch nach dem Auslaufen von *Prinz Luitpold* noch an Bord bleiben, denn die Funktionsfähigkeit des FuMG mußte unbedingt gewährleistet sein.

Das ›unsichtbare Auge‹, so hatten sie es bezeichnet. *Scharnhorst* war in dichten Schneeschauern mit Hilfe des englischen Radars aufgespürt und vernichtet worden. Die neuen Funkmeßgeräte auf *Prinz Luitpold* aber hatten die doppelte Leistungsfähigkeit.

Auch ein neuer Schiffsarzt hatte seinen Dienst angetreten, der bisherige war wegen schlechter Gesundheit in Pension geschickt worden. Darüber hatten die Matrosen ihre Witze gerissen. Aber Marineoberstabsarzt Dr. Stroheim war ein hochqualifizierter Arzt, dem die wenigsten seiner Kollegen bei der Marine das Wasser reichen konnten. Die besten Militärärzte hatte aus naheliegenden Gründen das Heer.

In seiner vertraulichen Personalakte war Hechler ein rosa Papier aufgefallen. Er haßte politische Einmischung, aber es gab keinen Zweifel, daß Dr. Stroheim einen dunklen Fleck in seiner Vergangenheit hatte. Das durfte er nicht einfach übersehen. Vor dem geistigen Auge des Kommandanten stand Oberleutnant zur See Bauer, der junge und sehr fähige Bordnachrichtenoffizier und gleichzeitig ihr NSFO*. Es gab Dinge, die nicht einmal der Kommandant von ihm erfragen konnte.

Hechler schob den Gedanken an Bauer beiseite. »Lassen Sie uns eine Runde durch das Schiff machen, bevor die Männer auf ihre Stationen gehen, Theil, und Einigkeit demonstrieren.«

Theil erhob sich und setzte seine Mütze auf.

»Ab sofort geht niemand mehr von Bord«, setzte Hechler hinzu. Er mußte plötzlich an die Explosion auf dem Leichter denken, der so schnell gesunken war. Wachsamkeit war das oberste Gebot, denn mit Sabotage mußte man stets rechnen. Möglicherweise beobachteten dieselben Menschen, die die Bombe auf dem Leichter gelegt hatten, jetzt das Leben und Treiben auf *Prinz Luitpold.* Ob sie nun das Schiff beschädigten oder die geheimnisvollen Kisten des Admirals – es konnte in jedem Fall schwerwiegende Folgen haben.

Vielleicht würde schon bald bei der Admiralität in London ein Telefon klingeln: »*Prinz Luitpold* aus Vejle ausgelaufen!«

Die kurze, verschlüsselte Nachricht eines dänischen Verräters, mehr war nicht erforderlich. Wieder mußte Hechler lächeln. Man konnte natürlich auch von einem Patrioten sprechen – es kam ganz darauf an, auf wessen Seite man stand.

Die schnelle Fahrt nach Norwegen war ruhiger verlaufen, als Hechler angenommen hatte. Sie hatten bei einer Durchschnittsgeschwindigkeit von 20 Knoten (rund 37 km/h) Bergen mit nur wenigen Minuten Unterschied zu Gudegasts Vorausberechnung passiert.

Den größten Teil der Reise und besonders, als die Orkney-Inseln und später die Shetlands nur noch knapp 200 Seemeilen (rund 370 km) entfernt lagen, war die Besatzung in Alarmbereitschaft gewesen. Unzählige Augen hatten den Himmel abgesucht, aber das Wetter war schlecht, die Wolken hingen niedrig, und Sprühregen sorgte zusätzlich dafür, daß die Sicht schlecht blieb. Sie hatten die neuen Funkmeß-Ortungsgeräte erprobt, und Hechler war beeindruckt von der Präzision, mit der sie die Bewegungen der Begleitfahrzeuge verfolgen konnten, obwohl nicht eines der Schiffe von der Brücke aus sichtbar war.

Sie waren weiter nach Norden und dann nach Nordosten gelaufen

* Nationalsozialistischer Führungsoffizier. Seine Aufgabe war es, die politische Propaganda in der Truppe zu verbreiten.

und der zerklüfteten Küstenlinie gefolgt, die Hechler von früher kannte. Vorbei am Fjord von Trondheim hatten sie den Polarkreis überschritten, bis schließlich FuMO und Ausguck an Backbord die Lofoten ankündigten. An Steuerbord – tief ins Festland eingeschnitten – lag Bodø, und nur eine Stunde später rasselten die Ketten aus den Klüsen, lag *Prinz Luitpold* vor Anker.

Die Küste war grau und bedrückend, Nebel brodelte über dem Wasser. Das sah aus, als habe das Schiff soeben Salut geschossen. Und tatsächlich waren sie hier nicht allein. Nicht weit von ihnen lag der Leichte Kreuzer *Lübeck*, und außer ihren Begleitschiffen, die ebenfalls vor Anker gingen, warteten noch einige der modernsten Zerstörer und ein paar Troßschiffe im Fjord.

Nachdem sein Schiff mit Netzen und Sperrbäumen gesichert war, fand Hechler endlich Zeit, sich Gedanken über diesen Ausgangspunkt für ihre neue Operation zu machen. Bodø war eine kluge Wahl, dachte er, schon wegen des großen Feldflugplatzes. Jäger und Bomber konnten ihnen hier unmittelbaren Schutz als Luftschirm und Unterstützung bei der Abwehr von Angriffen über See geben.

An Bord machte sich wieder Routine breit. Ihre Treibstoffbunker wurden aus Leichtern aufgefüllt, die emsig zwischen der Küste und dem Kreuzer hin und her fuhren. Dann begann das Warten.

Noch keine 24 Stunden, nachdem der Anker gefallen war, erhielt Hechler eine kurze, aber wichtige Nachricht. Er wurde aufgefordert, nach Kiel zu fliegen. Nun wurde offenkundig, weshalb man Bodø als Ausgangspunkt für den neuen Einsatz gewählt hatte. Ein Stabsfahrzeug des Heeres brachte ihn in rasender Fahrt zum Flugplatz. Offensichtlich war jede Einzelheit genau geplant worden, ohne daß er selbst auch nur den geringsten Einfluß darauf hatte.

Die dreimotorige Junkers 52 erreichte Kiel in vierstündigem Flug. Als sie in den Landeanflug überging, nahm Hechler die ersten Eindrükke der zerbombten Stadt auf. Er war seit mehr als einem Jahr nicht mehr hier gewesen und konnte den Blick nicht von den Verwüstungen wenden. Ganze Stadtteile lagen in Trümmern, über denen stellenweise immer noch Rauch hing. Waren es Brände, die noch nicht eingedämmt werden konnten, oder stammten sie von einem kürzlichen Angriff?

Dunstiges Sonnenlicht ließ das Wasser einen Moment glitzern, und er bemerkte, wie stark die Werftanlagen vergrößert worden waren; im Hafen waren die noch einsatzfähigen Schiffe kaum von den zahlreichen Wracks zu unterscheiden. Er sah umgestürzte Dreh- und Portalkräne, große Ölteppiche auf dem Wasser und an vielen Stellen, wo früher Docks und Helgen gestanden hatten, nur noch tiefe Krater.

Aus diesem Chaos ragte das Marine-Ehrenmal von Laboe wie eine Festung empor.

Sein Sitznachbar, ein angetrunkener Oberst des Heeres, sah über Hechlers Schulter und sagte heiser: »Das werden sie uns büßen!« Er wischte sich mit dem Ärmelaufschlag die Augen. »Meine ganze Familie ist hier unten umgekommen.«

Die Ju 52 stieß aus einer Wolke und rumpelte Minuten später über die Landebahn. Auch hier war die Wirkung der ständigen Luftangriffe nicht zu übersehen. An der Landebahn gab es zahlreiche mit Wällen aus Sandsäcken geschützte Flakstellungen. Angehörige der OT und des RAD* waren damit beschäftigt, Gebäude instand zu setzen und Bombentrichter aufzufüllen. Zwischen dem Chaos hier und der Ordnung auf *Prinz Luitpold* lagen Welten.

Ein in Tarnfarbe gespritzter Wagen erwartete Hechler, und sein Fahrer schien es eilig zu haben, vom Flugplatz fortzukommen, bevor der nächste Alarm ausgelöst wurde.

Nun wunderte es Hechler nicht mehr, daß einige seiner Männer bei der Rückkehr aus dem Urlaub so bedrückt gewesen waren. Wenn tatsächlich alle größeren Städte in Deutschland so aussahen ... Er zwang sich, nicht daran zu denken.

Das Flottenkommando war in den »Untergrund« gegangen. Alle Stabsgebäude waren in einen riesigen, unterirdischen Bunkerkomplex verlegt worden. Doch bevor Hechler dort ankam, sah er Szenen von einer Trostlosigkeit, die er nicht für möglich gehalten hätte. Lange Menschenschlangen standen an Gulaschkanonen, die von Angehörigen der verschiedensten Partei-Unterorganisationen bedient wurden. Die ausgemergelten, schmutzigen Gesichter, die auf ihren Eintopf warteten, unterschieden sich nicht von denen, die er bei Flüchtlingen in Polen gesehen hatte.

Sie fuhren an einem Zug Soldaten vorbei, die Spaten und Schaufeln geschultert hatten. Einige waren noch sehr jung, aber ihre Gesichter zeigten wenig Hoffnung; ihr Unteroffizier hielt es nicht für nötig, die Insassen des Wagens zu grüßen.

Der Fahrer bemerkte Hechlers Blick. »Das geht schon seit Wochen so, Herr Kapitän.«

Eine Tragbahre wurde aus einem zerbombten Haus getragen, dessen ganze Vorderseite auf die Straße gestürzt war. Hechler sah im Vorüberfahren die von der Wand hängenden Tapeten, die Möbel im oberen Stockwerk. Ein alter Mann wurde von einer Krankenschwester

* Organisation Todt bzw. Reichsarbeitsdienst

weggeführt, aber es war offensichtlich, daß er lieber bei der zugedeckten Leiche auf der Tragbahre geblieben wäre.

»Nachtangriffe?« fragte Hechler.

»Die Amerikaner bei Tag, die Engländer bei Nacht, Herr Kapitän.«

Hechler wollte nach der Luftabwehr fragen, aber er schwieg. Hier kam er sich wie ein Fremder vor.

Der Betonbau des Hauptquartiers ähnelte in seiner äußeren Form einem großen U-Boot-Bunker, fand Hechler. Kaum hatten sich indessen die schweren Stahltore hinter ihm geschlossen, meinte er, in einem Schiffsrumpf zu sein: überall stählerne Zwischenwände und Lifts, die im Boden verschwanden wie die Munitionsaufzüge der *Prinz Luitpold.* Die Offiziere und Matrosen, die geschäftig mit Aktentaschen unterwegs waren, wirkten erheblich optimistischer als jene Menschen, die oben in langen Schlangen warteten.

Schweigend fuhr er zwei oder drei Stockwerke in die Tiefe. Danach kamen wieder Türen und hellerleuchtete Gänge mit einer Luft, die so frisch und kühl war, als ginge man über eine Landstraße. Hechler war bisher noch nie in so einem Bunker gewesen. Deshalb blickte er beim Vorüberschreiten in jeden Raum, dessen Tür offenstand. Fernschreiber spuckten Meldungen aus, dazwischen war das Geklapper von Schreibmaschinen zu vernehmen, klingelten Telefone. Zwischen dem Blau der Marine gab es auch einige Soldaten in der Uniform des Heeres, und in einem Raum, dessen Wände von Karten bedeckt waren, bemerkte er Offiziere der Luftwaffe.

Er spürte, wie er wieder Vertrauen gewann, die deprimierenden Bilder von draußen verschwanden – zumindest für den Augenblick.

Eine weitere Stahltür glitt vor ihnen zur Seite. Dahinter waren einige uniformierte Marinehelferinnen damit beschäftigt, Briefe und Meldungen zu tippen, während ein Marineoffizier telefonierte. Alle sprangen auf und starrten Hechler an, als komme er von einem anderen Stern.

Zwei weitere Türen, und jedesmal verloren die Räume mehr von ihrem martialischen Charakter. Hier lagen Brücken auf dem Fußboden, war das Licht gedämpft, und die Schreibtische waren nicht aus Metall, sondern aus poliertem Holz.

Leitner saß in einem bequemen Sessel, hatte ein Glas in der Hand und sein Marinejackett aufgeknöpft. Er sah so frisch und sorglos aus, als habe er gerade geduscht oder geschwommen.

»Pünktlich wie immer, Hechler.« Er deutete auf einen weiteren Kapitän zur See. »Kennen Sie Kapitän Rau? Er führt die *Lübeck.*«

Sie schüttelten einander die Hände, und Hechler erinnerte sich, daß Rau in Narvik bei der Besetzung Norwegens einen Zerstörer kommandiert hatte. Er war ein untersetzter Mann mit tiefliegenden Augen, die zuverlässig und beständig wirkten. Sein Kreuzer lag ganz in der Nähe von Hechlers Schiff. Die *Lübeck* hatte seit Kriegsbeginn im Kampf gestanden, war bei der Besetzung der Niederlande und Frankreichs dabeigewesen und dann in die Ostsee verlegt worden. Wie *Prinz Luitpold* war auch *Lübeck* stets davongekommen, obwohl sie durch Geschützfeuer und Bombenangriffe ein paarmal schwer getroffen worden war. Dieser Leichte Kreuzer war schon älter, Anfang der dreißiger Jahre in Dienst gestellt, und verdrängte weniger als die Hälfte von *Prinz Luitpold.*

Konteradmiral Leitner stellte sein Glas ab und sah die beiden Männer freundlich an.

»Wir werden eng zusammenarbeiten, meine Herren, sobald ich meine Flagge auf *Prinz Luitpold* gesetzt habe. Unser Verband wird klein, aber schlagkräftig sein, und der Feind soll allen Grund haben, sich an uns zu erinnern.«

»Mein Schiff hat ihm schon immer Grund dazu gegeben«, warf Rau ein.

Hechlers Gesicht blieb ausdruckslos. Empfindlich wie Theil, dachte er und fragte sich, ob Rau nur zufällig vor ihm eingetroffen war. Sicherlich nicht. Leitner war nicht der Mann, der sich Zufälle erlaubte. Er hatte diese Reihenfolge bestimmt bewußt gewählt und Rau deshalb nicht mit derselben Ju 52 einfliegen lassen.

»Sie erhalten Ihre Befehle, sobald Sie wieder an Bord Ihrer Schiffe eingetroffen sind. Diese Feindfahrt unterliegt der höchsten Geheimhaltungsstufe.« Der Admiral grinste schelmisch wie ein Schuljunge. »Sollte etwas davon bekannt werden, wird das härteste Folgen nach sich ziehen.«

Ein Telefon schrillte, und wie auf Kommando erschien Leitners Adjutant und hob den Hörer ab, bevor der Admiral ihm einen drohenden Blick zuwerfen konnte.

Hechler konnte nicht verstehen, was der junge Offizier sagte, doch als er aufgelegt hatte, erstattete er Leitner Bericht: »Luftangriff. Der Hafen ist wieder dran.« Ungerührt wies Leitner auf sein Glas und ließ es sich wieder füllen. »Immerhin haben unsere Jäger schon vier Feindbomber abgeschossen.«

Hechler sah zur Decke. Im Licht der Lampen hatte er etwas Staub durch die Luft wirbeln sehen. Das war also hier unten alles, was man vom Angriff merkte. Nicht die leiseste Vibration war zu spüren.

Leitner warf einen Blick auf die Uhr. »Jetzt wollen wir dem Kommandierenden Admiral unsere Aufwartung machen.«

Rau erhob sich. »Dann bis morgen, Herr Admiral.« Er nickte Hechler zu. »War mir ein Vergnügen, Sie kennenzulernen.«

Hechler blickte ihm nach, bis sich die Tür hinter ihm schloß. Ein Mann ohne Herzenswärme, entschied er.

»Er beneidet Sie um Ihren Erfolg, Hechler«, grinste Leitner, der sich ebenfalls erhoben hatte und zur Tür ging. »Aber kommen Sie jetzt, das Katz-und-Maus-Spiel mit Leuten wie Rau kann warten.«

Admiral Manfred von Hanke war eine in jeder Hinsicht beeindrukkende Persönlichkeit. Er stand aufrecht in der Mitte des Kartenraums, die Augen unter den schweren Lidern blickten Leitner und Hechler entgegen, die von einem Adjutanten in den Raum geführt wurden.

Hechler wußte eine ganze Menge über den Admiral, obwohl er bisher kaum jemanden getroffen hatte, der ihn persönlich kannte. Im Ersten Weltkrieg hatte von Hanke eine schnelle Karriere gemacht. Als Marineattaché an der deutschen Botschaft in Washington hatte er innerhalb kürzester Zeit einen gutfunktionierenden Spionagering aufgebaut. Als die USA gegen Ende des Krieges dem deutschen Kaiserreich den Krieg erklärten, sah er sich unter der Beschuldigung der Spionage verhaftet. Aber selbst die schnelle Verurteilung hatte ihn nicht brechen können. Auch die Tatsache, daß man in seiner aristokratischen Familie die neue Ordnung Hitlers mit einiger Skepsis betrachtete, hatte ihn nicht daran gehindert, in der Kriegsmarine Karriere zu machen. Jetzt zählte er zur Spitzengruppe der Admirale unter Dönitz.

Er hatte kurzgeschnittenes, eisengraues Haar und gehörte zu den konservativen Offizieren, die zum Marinejackett gern Stehkragen und Schleife trugen. Einer von des Kaisers alter Garde, dachte Hechler.

»Das ist unser Mann, Herr Admiral . . .« Leitners Stimme klang heiter. Von Hanke hob mit einer müden Bewegung die Hand, und Leitner verstummte augenblicklich.

»Nehmen Sie Platz, meine Herren.« Der Admiral wies auf eine Sitzgruppe. »Die Angelegenheit ist schnell erledigt, aber möglicherweise haben Sie ja noch Fragen . . .«

Er drückte einen Knopf auf seinem Schreibtisch, einige Teile der Wand glitten zur Seite und gaben den Blick auf riesige Karten von den Hauptkampfgebieten frei. Hechler starrte auf eine Karte der Ostsee und des Finnischen Meerbusens, wo sein Schiff eingesetzt gewesen war. Es kam ihm vor, als sei das vor einer Ewigkeit gewesen. Sein Blick blieb an einigen roten Fähnchen hängen, mit denen der Stab die verschiedenen Einheiten des Heeres markiert hatte.

Von Hanke sah Hechler an. »Haben Sie etwas Besonderes entdeckt, Hechler?«

Der zögerte zunächst. »Die 21. Infanteriedivision, Herr Admiral, wird hier noch immer als südwestlich von Riga stehend geführt.«

»Und?« Von Hanke zeigte keine Emotion, obwohl Hechler hinter seinem Rücken Leitners Verwirrung zu spüren glaubte.

»Sie existiert nicht mehr, Herr Admiral, sondern ist schon vor Wochen zerschlagen worden.« Das Schweigen des Admirals schien Zweifel auszudrücken. »Ich bin selbst dort oben gewesen, Herr Admiral.«

»Ich nehme an, die Division ist umgegliedert worden . . .« warf Leitner ein.

Der Admiral hob einhaltgebietend die Hand. »Freut mich, daß Sie nicht nur Interesse zeigen, sondern auch Intelligenz, Hechler.« Er wies auf die Karte mit Norwegen und den Routen der Geleitzüge von Island zum Nordkap. Auch sie war mit Stecknadeln und Fähnchen markiert, und Hechler fühlte einen Druck auf dem Magen, als er auf einem davon den Namen seines Schiffes las. Das Fähnchen steckte über dem Namen Bodø.

»Die Alliierten werfen alle Verbände in den Kampf, die ihnen zur Verfügung stehen«, sagte Admiral von Hanke langsam mit seiner tiefen Stimme. »Schon jetzt sind Vorausabteilungen nur noch wenige Kilometer von Paris entfernt, andere stoßen auf die belgische Grenze vor. Natürlich werden diese Vorstöße von unseren Truppen abgefangen, und mit ein paar Zangenbewegungen ist es unseren Heeresverbänden gelungen, viele Gefangene zu machen und Waffen und Munition zu erbeuten. Doch die Vorstöße gehen weiter.«

Hechler blickte die Fähnchen an, die der belgischen Grenze am nächsten steckten. Wie es hieß, befanden sich die Startrampen für die neuen Raketen in den Niederlanden. Die Alliierten würden mit aller Macht versuchen, sie einzunehmen.

»Nach unseren neuesten Informationen beabsichtigen die Briten etwas, das sie noch nie gemacht haben«, fuhr Admiral von Hanke fort. »Sie wollen zwei Konvois zur gleichen Zeit durchs Nordmeer fahren lassen. Ein vollbeladener Geleitzug wird nach Murmansk laufen, gleichzeitig wird ein Verband leerer, aber nicht minder wertvoller Schiffe auf der Gegenroute Murmansk mit Ziel Island verlassen. Der Grund dafür ist die Tatsache, daß durch die Invasion in der Normandie bei der Royal Navy ein spürbarer Mangel an Geleitfahrzeugen herrscht.«

Hechler hatte eine genaue Vorstellung von dem, was sich da oben tat: Tage, die kaum in Nächte übergingen, Konvois, die immer weiter nach Norden in Richtung Bäreninsel fuhren, um sich Angriffen von U-Booten und Flugzeugen zu entziehen. Das Nordmeer war für beide Seiten ein mörderisches Schlachtfeld.

Er versuchte, sich über seine Gefühle klarzuwerden. Also ein Angriff auf zwei Geleitzüge, während die Mehrzahl der alliierten Kriegsschiffe im Englischen Kanal benötigt wurde. Wenn es gelang, einen oder gar beide Konvois zu vernichten, dann würde das den Verbänden an der Ostfront eine spürbare Atempause verschaffen. Doch in seine Gedanken schlichen sich nagende Zweifel. Man brauchte sich nur die zahlreichen roten Pfeile, die englischen und amerikanischen Flaggen anzusehen, um zu begreifen, daß selbst eine erfolgreiche Operation nur wenig mehr als einen kurzen Aufschub bringen würde.

»Sieht aus, als hätten Sie Sorgen, Hechler«, sagte der Admiral ruhig in seine Gedanken hinein.

Hechler blickte ihm fest in die Augen. »Wir können die Aufgabe lösen, Herr Admiral. Mein Schiff . . .«

»Ihr Schiff, Hechler, ist eine der letzten großen Einheiten unserer Flotte. Und seine Kampfkraft ist gewaltig.« Er blickte zur Karte. »Einige versuchen, die Heeresverbände im Ostseeraum zu entlasten, andere liegen in den Atlantikhäfen der Biskaya fest. Und schließlich sind da noch jene, die durch Luftangriffe so schwer beschädigt wurden, daß sie nicht wieder einsatzfähig gemacht werden können.« Er wandte sich zu Hechler um. »*Prinz Luitpold* ist das beste Schiff, das wir gegenwärtig haben. Wenn wir den Kreuzer nicht mit größter Effizienz einsetzen, wird es ihm ebenso gehen wie seinen weniger glückhaften Schwesterschiffen.«

Hechler blickte Leitner an. Dessen Augen leuchteten, ja, sein Gesicht drückte Begeisterung aus.

»Sie werden mit Ihrem Schiff im richtigen Augenblick Bodø verlassen und sich einen der Geleitzüge vornehmen. Die Auswahl trifft das OKM*.« Von Hanke ließ Hechler nicht aus den Augen. »Nach Zerschlagung der Konvois . . .« Er ging auf Hechler zu und griff nach seinen beiden Händen. »Dann, mein Lieber, werden Sie Ihr Schiff in den Atlantik führen.«

Einen Moment glaubte Hechler, er habe den Admiral mißverstanden. Der Atlantik? Ein kampfstarkes Schiff wie *Prinz Luitpold* konnte dort die Seewege für Handelsschiffe zur Hölle machen – bis es selbst auf den Grund des Meeres geschickt wurde.

»Wie ich sehe, haben Sie keine Zweifel an der Bedeutung dieser Operation.« Der Admiral nickte zufrieden. »Hätte mir auch gar nicht gepaßt, in diesem Stadium das Kommando einem anderen Kapitän anvertrauen zu müssen.«

* Oberkommando der Kriegsmarine

»Ein perfekter Plan, Hechler.« Leitner konnte seine Begeisterung nicht unterdrücken. »Ein Tiger auf der Lauer, versorgt mit allem, was erforderlich ist!«

Von Hanke runzelte die Stirn. »Alles wird vom Überraschungseffekt abhängen. So werden wir der Welt zeigen, wozu wir imstande sind.« Wieder umfaßte er Hechlers Hände. »Deutschland erwartet viel von Ihnen, Hechler.«

Eine Tür öffnete sich, und Hechler wußte, daß die Unterredung beendet war.

Dieser Plan war von einer Radikalität, die Hechler beeindruckte. Gleichzeitig kam er ihm vor wie eine Erlösung. Das war es, was er immer gewollt, worauf er seine ganze Hoffnung gesetzt hatte.

Von Hanke verschränkte die Arme. »Außerhalb dieser Wände darf nichts davon verlauten. Nur der Führer kennt den Plan, und er wird dafür sorgen, daß Ihnen keinerlei Schwierigkeiten gemacht werden.«

Hechler mußte an den verzweifelten Oberst im Flugzeug denken, an die ängstlichen Menschen in den zerbombten Straßen. Vielleicht war das wirklich eine Chance, die letzte, die sie hatten ...

Als sie den Kartenraum verlassen hatten, sagte Leitner: »Sie kehren jetzt zurück zu Ihrem Schiff. Ich werde in zwei Tagen folgen.« Er zuckte die Schultern. »Was danach kommt, werden wir sehen.«

Der Wagen brachte Hechler zum Flugplatz zurück. Er nahm kaum wahr, was draußen geschah, und wunderte sich selbst, wie ruhig er war.

Der Atlantik mit seinen riesigen Weiten, diese tödliche Wasserwüste, in der jedes Schiff ein Feind war. Leitners Worte gingen ihm durch den Kopf: *Ein Tiger auf der Lauer.* Er legte die Hand an den Mützenschirm und erwiderte den Gruß eines Postens, dann ging er über das Rollfeld zur Maschine. Das Warten hatte ein Ende.

5 Das Vorrecht höherer Ränge

Dieter Hechler öffnete die Augen und erschrak. Er merkte, daß sein Kopf fest auf dem linken Unterarm gelegen hatte. Er war dabei gewesen, einen Brief an seine Eltern zu schreiben, und nun wurde er vom Läuten der Alarmglocken geweckt.

Er sprang auf, im ersten Augenblick unfähig zu begreifen, was eigentlich los war. Er befand sich in seiner großen Tageskajüte, sein Jackett hing über dem Stuhl, eine leere Kaffeetasse stand in seiner Nähe. Das Läuten des Telefons war aus dem der Alarmglocken herauszuhören; von Oberdeck drang das Getrappel laufender Männer und das Zuschlagen von Schotten herunter.

Er nahm den Hörer. »Fliegeralarm, Herr Kapitän!« informierte ihn Theil.

Hechler legte auf und schnappte sich Jacke und Mütze, während Pirk hastig die stählernen Blenden vor die Bullaugen schraubte.

Während er auf die Brücke lief, bemerkte er, daß die Geschütze bereits in Richtung Land gerichtet wurden. An den leichten Flakwaffen zogen Matrosen, die sich eilig ihre Stahlhelme aufgestülpt hatten, Munitionsgurte ein. Der Nachmittag war immer noch sonnig, lediglich seewärts standen ein paar zerklüftete Wolken am Himmel.

Hechler starrte die langen Bahnen der Tarnnetze an, die zwischen den Masten und über den Türmen der Schweren Artillerie hingen. Genau wie auf der *Lübeck*. Damit konnten sie sich zwar nicht vor den Aufklärungsflugzeugen verbergen, aber die Linien der Schiffe wurden gebrochen, und es ließ sich nicht mehr genau feststellen, wie groß die getarnten Einheiten tatsächlich waren.

Hechler blickte durch die Steuerbordfenster und hoffte, daß bereits ein paar Jäger im Alarmstart losjagten. Er haßte es, vor Anker zu liegen. Das war, als ob man in einer Falle festsäße wie ein Köder. Seit er aus Kiel zurückgekehrt war, lag das Schiff in Alarmbereitschaft. Doch umgehend auslaufen konnte es deshalb noch keineswegs, eine gute Stunde würde vergehen, bevor sie den Liegeplatz verlassen und den Bug nach See richten konnten.

Er wandte seine Aufmerksamkeit dem Leichten Kreuzer zu. Dessen gesamte Mittelartillerie – acht 8,8-cm-Flakgeschütze auf Doppellafetten – reckte ihre Rohre schußbereit gen Himmel. Bestimmt verglich Kapitän Rau jetzt drüben die Zeit, die vergangen war, bevor beide Kreuzer gefechtsbereit waren.

»Wo bleiben die Jäger?« murmelte Theil gereizt.

Eine Flakbatterie an Land hatte endlich Feuer eröffnet. Alle Ferngläser hingen an den schmutzig-braunen Wölkchen, die sich am Himmel abzeichneten.

»Ich sehe keinen einzigen Jäger!« rief Theil.

»Eine Maschine in Rot vier-fünf*, Herr Kapitän!« Der junge Leutnant Jäger hatte den Feind entdeckt.

Hechler starrte in die angegebene Richtung, bis er schließlich Sonnenlicht auf der Cockpitverglasung des Aufklärers funkeln sah.

»Auch nicht annähernd am Ziel«, zischte eine Stimme.

* Richtungsangabe: Rot für Backbord (links), Zahlen für Peilungswinkel

Hechler beobachtete die neuen Detonationswolken, die zerfranst am Himmel erschienen, während die ersten bereits vom Wind auseinandergetrieben wurden. Er mußte dem unbekannten Matrosen recht geben. Die Abwehr schoß miserabel, und der schimmernde Vogel da oben änderte nicht einmal Kurs, um den Granaten auszuweichen. Er schien ganz allein zu sein.

Wie es hieß, war Bodø ein sicherer Ankerplatz, besser geschützt als die meisten. Zweifellos hatten feindliche Agenten längst die Anwesenheit von *Prinz Luitpold* nach London gemeldet.

»Wir erwarten unsere neue Arado, Herr Kapitän«, sagte Theil besorgt. »Ich hoffe nur, daß man sie nicht ausgerechnet jetzt herschickt.«

Der Flugzeugkran war bereits ausgeschwenkt worden, der Flaschenzug war vorbereitet, um das Flugzeug an Bord zu hieven, sobald die Maschine neben dem Kreuzer gelandet war.

»Der Erste Artillerieoffizier erbittet Feuerfreigabe für die Schwere Artillerie, Herr Kapitän.«

»Abgelehnt!« Hechler war klar, daß Kroll auf alles und jedes schießen lassen würde, nur damit seine Männer zum Einsatz kamen. Doch das wäre Verschwendung von Munition gewesen, obendrein bestand kaum Aussicht, einen schnellen Aufklärer mit den 20,3-cm-Granaten zu treffen.

Die Maschine verschwand bereits zwischen den Wolken.

»Nun kommen sie doch noch.« Theil wies mit der Hand nach oben. »Zu spät wie meistens.«

Zwei Focke-Wulf-Jäger flogen in Richtung See, das Echo ihrer Motoren ließ den ganzen Fjord erdröhnen. Die Sonne beleuchtete ihre schwarzen Balkenkreuze am Rumpf und die Hakenkreuze an den Seitenleitwerken, dann waren sie verschwunden.

Hechler ließ sein Glas sinken und blickte Theil und seine anderen Offiziere an. Sie waren so wütend, daß sie die Übereinstimmung gar nicht mitbekommen hatten. Denn die Flak hatte nur wahllos in die Luft geballert, und auch die Jäger waren überaus spät auf der Bildfläche erschienen. Das sah nach Absicht aus. Wahrscheinlich wollte man dem Aufklärer die Möglichkeit geben, *Prinz Luitpold* und *Lübeck* vor Anker im norwegischen Fjord zu fotografieren: ein Teil der Strategie von Hankes.

»Flugzeug in Grün eins-eins-null! Richtwinkel eins-null!«

Die Gefechtslautsprecher erwachten zum Leben, doch dann kam schon die Durchsage: »Alarm aufgehoben! Eigenes Flugzeug!«

Einige Matrosen grinsten erleichtert. Hechler schritt über die

Brücke, um zuzusehen, wie die Arado über ihrem eigenen Schatten auf dem Wasser herangeflogen kam.

»Sobald der Pilot an Bord ist, soll er sich bei mir melden! Wir brauchen zwar dringend ein Bordflugzeug und einen Piloten«, brüllte er, »aber wenn mir der Mann keine vernünftige Erklärung für sein Verhalten geben kann, schicke ich ihn postwendend dorthin zurück, wo er hergekommen ist!«

Das Lächeln wich von den Gesichtern der Männer. Sogar der junge Leutnant Jäger begriff, weshalb der Kommandant so wütend war. Hätte es in diesem Moment einen Luftangriff gegeben, und das galt besonders für tiefanfliegende Torpedobomber, dann wäre die Arado mitten zwischen die Feindflugzeuge geraten. Krolls Männer an der Flak hätten entweder das Feuer einstellen oder die Arado mit abschießen müssen.

»Von Gefechtsstationen wegtreten!« Hechler schluckte seinen Zorn hinunter.

Wenige Augenblicke später stand die halbe Besatzung an der Reling und beobachtete die Arado, die mit einer perfekten Landung auf dem Wasser niederging und dann an den Kreuzer herankam.

Theil ließ sein Glas sinken. »Die haben einen dritten Mann an Bord, Herr Kapitän. Er sieht aus wie der Konteradmiral.«

Tatsächlich sah Hechler den Admiral aus dem Cockpit zu ihnen heraufgrinsen, während sich das Flugzeug langsam dem Kreuzer näherte. Leitner nahm die Pilotenkappe vom Kopf und setzte seine Mütze mit dem doppelten Rand aus goldenem Eichenlaub auf.

»Und wenn es der Allmächtige selbst wäre«, knurrte Hechler. »So was Verrücktes durfte er nicht machen.«

Gefolgt von Theil eilte er zum Katapult, wo bereits einige Matrosen und ein Bootsmann angetreten waren. Leitner hatte sich aus der Arado befreit, noch bevor sie an Bord gezogen war. Er schien bester Laune und konnte gar nicht genug über Hechlers finstere Miene lachen. Zusammen beobachteten sie, wie die Ar 196 hochgehievt wurde. Sie war fabrikneu und trug noch keine Tarnfarbe. Während sie auf das Katapult gesetzt wurde, um von dort in den Flugzeughangar gezogen zu werden, sah Hechler ein breites rotes Band um ihren Rumpf. Sieht aus wie die Markierungen im Ersten Weltkrieg, dachte er grimmig.

Leitner stand mit verschränkten Armen da. Er trug eine weiße Pilotenkombination und hatte seine goldbestickte Mütze schräg ins Gesicht gezogen – so kannte ihn Hechler von zahlreichen Illustriertenfotos.

Hechler rief Pilot und Beobachter der Ar 196 zu sich. »Wir sprechen uns später, meine Herren!« sagte er. »Mit Ihnen werde ich noch Schlitten fahren.«

Der Pilot wandte sich zu ihm um, blickte ihn fest an und zog die Fliegerhaube vom Kopf. Hechler glaubte seinen Augen nicht trauen zu dürfen, als er die langen kastanienbraunen Haare sah, die dem Piloten auf die Schulter fielen.

Dem Admiral wurde es sichtlich schwer, seine Freude zu verbergen. »Herr Kapitän, darf ich Sie mit Erika Franke bekannt machen? Soweit ich weiß, ist sie einer der besten Piloten des Reiches.«

Erika Franke blickte ihn ohne Neugierde an.

»Was für ein freundlicher Empfang, Herr Kapitän.« Sie machte keinerlei Anstalten, ihm die Hand zu geben, sondern lockerte ihr Haar.

Hechler merkte, daß sich auf den Gesichtern der angetretenen Matrosen Schadenfreude breitmachte; ihm entging auch nicht Theils erstauntes Gesicht. Fest blickte er den Admiral an. »Trotzdem nehme ich kein Wort zurück, Herr Admiral.«

Natürlich wußte er, wer Erika Franke war. Ihr Vater, einer der bekanntesten deutschen Piloten, war beim Alleinflug über der afrikanischen Wüste tödlich verunglückt. Sie hatte – kaum, daß sie ihren Pilotenschein besaß – eine Reihe von Wettbewerben gewonnen und sich auch während des Krieges einen Namen gemacht, als es ihr gelang, einen der engsten Berater Hitlers aus dem Kessel in Italien zu holen, in den eine ganze Armee geraten war.

Nun wandte sie sich ab und blickte zu den beiden Jägern auf, die zum Flugplatz zurückkehrten. »Ich würde mich gern umziehen und duschen.« Sie fuhr sich mit der Zungenspitze über die Oberlippe. »Selbst auf die Gefahr hin, daß Sie anschließend mit mir *Schlitten fahren* wollen.«

Hans Stöcker trug seine Uniformjacke und dazu eine Luger umgeschnallt. Er stand vor der Offiziersmesse und war reichlich nervös, unfähig, sich zu konzentrieren. Nicht einmal die Aussicht, Sophie wiederzusehen, konnte etwas daran ändern.

Irgendwie kam ihm alles, was sich hier tat, völlig unwirklich vor. Aus der Offiziersmesse erklang Tanzmusik, der Raum war voller Offiziere und Gäste. So muß es im Frieden gewesen sein, dachte er, als man noch keine Angst vor einem plötzlichen Angriff aus der Luft oder mit Torpedos zu haben brauchte. Dabei hatte er eigentlich erwartet, daß es schnell hinaus auf See gehen würde, nun da der Admiral eingetroffen war.

Wieder mußte er an die Pilotin denken. Wie die meisten hatte auch er von ihren tollkühnen Flügen gelesen, besonders von jenem, bei dem sie unter Flakbeschuß aus dem italienischen Kessel gestartet war. Eigentlich war Stöcker überhaupt nicht damit einverstanden, daß Frauen im Krieg zum Einsatz kamen, doch nachdem er Sophie getroffen hatte, war er sich seiner Sache nicht mehr so sicher. Aus der Schülerin war plötzlich eine junge Frau geworden, die wahrscheinlich mehr von den Folgen des Krieges gesehen hatte als er.

Nun hatte er zwei Geheimnisse zu wahren. Erstens den Brief, den er in der Tasche trug. Ein paarmal war er drauf und dran gewesen, ihn zu vernichten, aber irgendwas hatte ihn zurückgehalten. Und zweitens das Geheimnis, das Sophie ihm anvertraut hatte. Sie war in ein Feldlazarett in Norwegen versetzt worden. Vielleicht lag das sogar hier in der Nähe, dann würden sie sich wiedersehen können. Als sie sich am letzten Abend geküßt hatten, hatte sie ihm gestanden, daß sie ihn schon lange liebte.

Ein Vorhang schwang zur Seite, und Leutnant Konrad Jäger trat über das Süll. Auch er trug eine Pistole umgeschnallt. Als hinter ihm lautes Lachen erscholl, konnte er sich ein Grinsen nicht verkneifen.

»Wird Zeit für unsere Runde, Stöcker. Die da drin sind wirklich besser dran als wir.«

Eine gute Stunde würden sie benötigen, um durch die Decks und Messen zu gehen, alle Magazine und Vorlegeschlösser zu kontrollieren und alle Eintragungen für das Schiffstagebuch vorzunehmen. Bei ihrer Rückkehr würden die ersten Gäste schon wieder gehen.

Stöcker nickte dem Stabsbootsmann und dem Läufer zu, die sich ihnen anschließen mußten. Die beiden rochen nach Alkohol, und er hoffte nur, daß Jäger nichts bemerkte. Für einen Leutnant war Jäger wirklich nett. Sollte er indessen feststellen, daß jemand während der Wache getrunken hatte, würde es zweifellos einen gewaltigen Anpfiff geben.

Doch der Leutnant dachte immer noch an die Party in der Offiziersmesse. Wie berühmt der *Prinz* war, ließ sich an den begeisterten Blikken der Gäste – und vor allem der Damen – ablesen. Auch in dieser Hinsicht schien der Admiral großen Einfluß zu haben. Es waren sehr viele Damen an Bord gekommen, die meisten von ihnen Deutsche. Nur die örtlichen Würdenträger hatten ein paar Norwegerinnen mitgebracht.

An der Spitze der Stabsbootsmann, machte sich die Gruppe auf den Weg durch das Schiff und stieg zunächst auf das kühlere Achterdeck. Dort stand Korvettenkapitän Froebe, der Zweite Offizier, an der Gangway, um die ankommenden Gäste zu begrüßen.

Jäger verhielt einen Augenblick, um zwei Damen in langen, farbenfreudigen Abendkleidern zu betrachten, die mit Luftwaffenoffizieren an der Reling standen. Ihre Haare wehten in der Abendbrise – ein seltener Anblick, dachte Jäger. Das junge Mädchen, das er in der Messe kennengelernt hatte, fiel ihm ein. Kapitänleutnant Hampe, der Torpedooffizier, der als Schürzenjäger bekannt war, hatte nur darauf gewartet, daß Jäger auf seine Runde mußte, um sich an das Mädchen heranzumachen.

Ein Mann trat aus dem Schatten, und Jäger rief seinen Begleitern »Achtung!« zu. Es war der Kommandant.

Lächelnd legte Hechler die Hand an den Mützenschirm. »Tut mir leid für Sie, Jäger. Aber manchmal bringt ein hoher Dienstrang auch Vorrechte.«

Jäger mußte grinsen.

Trotz der Dämmerung bemerkte Hechler die Anspannung des jungen Offiziers. Auch ihm war also die Alkoholfahne aufgefallen, und er wußte, daß der Stabsbootsmann getrunken hatte. An diesem Abend war ihm mitgeteilt worden, daß seine Mutter und seine Schwester bei einem Luftangriff ums Leben gekommen waren. Hechler beschloß, nichts zu sagen. Diesmal nicht, dachte er, während er weiterging.

Theil erwartete ihn vor der Messe. »Alles in Ordnung?« wollte Hechler wissen.

Theil nickte. »Wie in alten Zeiten.«

Der Kommandant betrat die Offiziersmesse und schob sich durch das Gedränge. Wohl kaum jemand wäre auf den Gedanken gekommen, daß hier dicht an dicht Verwundete gelegen hatten. Er bemerkte die Blicke, die ihm zugeworfen wurden, und ihm entgingen auch nicht die stummen Ermunterungen einiger Damen. Woran mochte es bloß liegen, daß er sich bei solchen Festen immer unwohl fühlte? Vielleicht war es doch für lange Zeit das letzte Mal, daß sie sich amüsieren konnten. Oder überhaupt das letzte Mal.

Das Lachen einer Frau riß ihn aus seinen Gedanken, und er sah den Schimmer einer Deckenlampe auf kastanienbraunes Haar fallen. Erika Franke trug weder ein Kleid noch eine Uniform. Ihr taubengraues Gewand war eine Mischung aus beidem und ließ Haut und Haar besonders gut zur Geltung kommen. Sie sprach mit einem Offizier.

Hechler war sich keineswegs im klaren darüber, wie er sich ihr gegenüber verhalten sollte. Der Admiral hatte ihm erklärt, es sei von Hankes Wunsch, daß die Pilotin an Bord bleiben solle, möglicherweise sogar der einer noch höheren Stelle. Außerdem war auch das Kamerateam einer Marine-Propagandakompanie* an Bord gekommen. Das war an sich auf einem großen Kriegsschiff keineswegs ungewöhnlich, aber auf einer Feindfahrt für die PK-Männer nicht ganz ungefährlich. Doch offensichtlich betrachtete Leitner diesen Einsatz als eine für ihn höchst publikumswirksame Angelegenheit.

»Nun bekommen wir Sie ja doch noch zu sehen, Herr Kapitän«, rief Erika Franke Hechler zu.

Er blickte sie an, überrascht und ärgerlich über die Art, wie sie mit ihm sprach. »Hoffentlich sind Sie mit allem versorgt worden?« fragte er. Sie hatte lange Wimpern, und ihre Augen schienen die Farbe zu wechseln, während sie ihn anblickte, von Haselnußbraun zu Gelbbraun.

Sie lächelte. »In Gedanken sind Sie ja gar nicht hier.«

Hechler griff nach einem Glas Champagner, das ihm irgend jemand hinhielt.

»Ja, entschuldigen Sie.« Er hob das Glas, ließ es aber zunächst wieder sinken. »Und ich bitte Sie auch um Entschuldigung für den nicht sehr freundlichen Empfang an Bord.«

Sie fuhr sich mit der Zunge über die Oberlippe, genauso wie beim ersten Mal.

»Das muß Sie aber sehr viel Überwindung gekostet haben, Herr Kapitän.« Sie nickte, ihre Augen wurden ernst. »Ich glaube, Sie gehören nicht gerade zu den Männern, die ihr Knie beugen.« Ihr Lächeln kehrte zurück. »Und schon gar nicht vor einer Frau.«

Bevor Hechler antworten konnte, trat Leitner zu ihnen. »Eine schöne Party. Und ein Abend voller Überraschungen.«

Theil machte Hechler verzweifelt Zeichen von der Tür her. »Aber so soll es ja auch sein«, schloß Leitner lächelnd.

Hechler blickte über die lachenden, schwatzenden Menschen hinweg und sah *sie* den Raum betreten. Plötzlich hatte er das Gefühl, er könne nicht mehr atmen und sein Herz bliebe stehen.

Ihr Haar war ganz kurz geschnitten und ließ die wohlgeformten Ohren voll zur Geltung kommen. Und nicht weniger Aufsehen erregte ihr Ohrgehänge, als sie den Kopf wandte, um in die Runde zu sehen. Eini-

* Propagandakompanien gab es in allen drei Teilstreitkräften. Die Kriegsberichter waren »Sonderführer« und hatten Offiziersrang. Sie machten Aufnahmen für Wochenschauen und Presse und schrieben Kriegsberichte von allen Fronten.

ge Offiziere hielten plötzlich im Gespräch inne und starrten sie wie fragend an.

Hechler stellte sein Glas ab. Inge hatte es immer verstanden, für Aufsehen zu sorgen. So war es auch bei ihrer ersten Begegnung gewesen, als er sofort sein Herz an sie verloren hatte. In ihrer Begleitung befand sich ein älterer Offizier in olivgrüner Uniform. Auch das war wieder typisch für sie, dachte er verbittert, unter Stabsrang tat sie's nicht.

Leitner blickte zu Hechler hinüber und zog bedauernd eine Augenbraue hoch. »Sie hatte mich darum gebeten. Was sollte ich da machen? Ich konnte ihr doch keinen Korb geben.«

»Ihre Gattin, Herr Kapitän?«

Hechler sah auf die junge Pilotin mit dem kastanienbraunen Haar nieder. Er fühlte sich plötzlich verloren, in eine Falle gelockt.

»In der Tat.«

»Eine schöne Frau.« Sie musterte sein Gesicht. »Sie scheinen überrascht zu sein?«

»Sie hat hier nichts zu suchen«, erwiderte er knapp.

Doch Inge kam schon quer durch den Raum auf ihn zu. Ihr vorn und hinten tief ausgeschnittenes Kleid war aus roter Seide und hatte schmale Träger. Viel scheint sie nicht darunter zu tragen, dachte Hechler.

Er nahm die Hand, die sie ihm bot, und küßte sie. Dabei erkannte er den Geruch des Parfüms auf ihrer Haut wieder, als habe er es erst gestern zuletzt geatmet.

Leitner schüttelte ihrem Begleiter die Hand, doch Hechler behielt nicht einmal seinen Namen. Als sei niemals ein Schatten über ihre Ehe gefallen, brannte das Feuer noch immer in ihm. Die Berührung ihrer Hand, das Beben ihrer Brüste, die von der roten Seide kaum verhüllt wurden, lieferten ihn ihr beinahe hilflos aus.

Er war sich bewußt, daß Theil und die anderen ihn nicht aus den Augen ließen. Tag für Tag erfuhren sie Neues über ihren Kommandanten. Aber warum war Inge gekommen?

»Du siehst müde aus, Dieter.« Ihre Stimme klang weich und besorgt. »Du arbeitest zuviel. Wie stets.« Sie wandte den Kopf, sah Erika Franke an. »Und wer ist das?«

Die junge Frau erwiderte ihren Blick. Inges verbindlicher, aber dennoch arroganter Ton konnte sie nicht erschüttern.

»Ich habe ebenfalls hier zu arbeiten«, lächelte sie. »Sie entschuldigen mich.«

Inge sah ihr nach, als sie davonging. »Jetzt weiß ich, wer sie ist. Die Pilotin. Und offensichtlich verärgert.«

Hechler wollte mit seiner Frau nicht über Erika Franke diskutieren. »Ich habe nicht erwartet, dich hier zu sehen.«

»Das merkt man.« Lächelnd streichelte sie ihm leicht über die Wange. »Macht ja nichts, mein Held. Einige sagen jedenfalls, du bist ein Held.«

Leitner hatte sich abgewandt und redete jetzt mit Inges Begleiter. Der starrte zu ihnen herüber und war offensichtlich wütend, daß er so schnell abgeschoben worden war. Hechler fühlte, wie der alte Zorn wieder in ihm hochkam. Mußte er sich das eigentlich gefallen lassen?

Auch Theil blickte interessiert herüber, obwohl er verzweifelt versuchte, sich nichts anmerken zu lassen.

Er hörte sich selbst fragen: »Warum ausgerechnet hier und jetzt, Inge? Es ist doch vorbei mit uns.«

»Das glaubst du nur.« Sie berührte die vier goldenen Streifen auf seinem Jackenärmel. »Du brauchst mich doch, Dieter, wirst mich immer brauchen. Nichts hat sich geändert.« Sie schien unruhig zu werden, schob einen Arm unter seinen und sagte: »Laß uns gehen. In deine Kajüte.«

Hechler vernahm flotte Tanzmusik, als eine neue Platte aufgelegt wurde, und war dankbar für diese Unterbrechung. Das Stimmengewirr wurde lauter, und einige der Gäste versuchten trotz der Enge ein paar Tanzschritte. Schwitzende Matrosen schoben sich mit hochbeladenen Tabletts durch die dichtgedrängten Gäste. Dieser Abend würde für die Offiziersmesse nicht billig werden.

»Komm doch endlich, bitte ...« Sie sah ihn an, ihr Blick und ihre schimmernden Lippen versprachen ihm viel. Als sie davongingen, verebbte der Lärm, es war, als ob das Schiff wieder in den Vordergrund trat, das sich mit seinem grauen Stahl und seinen Geschützen über ihnen erhob.

Einmal wandte sie sich ab und blickte über das Wasser, in dem ein Verkehrsboot eine dünne weiße Linie zog.

»Was macht dein Begleiter?« wollte er wissen.

Sie zuckte mit den Achseln, und sogar diese Bewegung traf ihn wie ein Messerstich.

»Ludwig? Er ist hier als Leiter einer Fischereidelegation des Reichsernährungsministeriums, glaube ich. Mach dir seinetwegen keine Gedanken.«

Die Kajüte war ruhig, die Ordnung verriet, daß Pirk nach dem letzten Besucher gründlich aufgeräumt hatte. Und als könne er hellsehen, hatte er eine Flasche Champagner und zwei Gläser bereitgestellt. Inge sah Hechlers Gesicht und sagte: »Wie schön. Ich würde gern ein Glas trinken.«

Während er die Flasche öffnete und letzte Eis- und Wasserreste abwischte, dachte er, daß sie niemals müde wirkte; er konnte sich auch nicht erinnern, daß sie jemals eine Einladung ausgeschlagen hätte. Dabei fiel ihm der Tag ein, an dem er das Kommando über die *Prinz Luitpold* erhalten hatte. Abends hatte er lesend im Bett gelegen und sie nach Hause kommen gehört, begleitet von männlichen Stimmen.

Als er ins Erdgeschoß ging, hatte er sie in den Armen eines Majors der Artillerie gefunden. Währenddessen hatte ein anderer Offizier neben einem angetrunkenen Mädchen gekniet, das er völlig entkleidete. Inge und ihr Freund hatten sich überhaupt nicht darum gekümmert.

Irgendwie hatten sie sich danach wieder versöhnt, aber er wußte nicht mehr wie. Jedenfalls hatte sie geweint, als er die anderen aus dem Haus warf. Sie hatte ihn angefleht, ihr zu verzeihen, und sich ihm danach mit solcher Leidenschaft hingegeben, daß er ihr den Willen tat. Rückblickend mußte er sich eingestehen, daß das verrückt gewesen war. Doch er wußte, daß er sie noch immer liebte.

Nun saß er neben ihr und fühlte Verlangen ebenso wie Schmerz, als er ihr Gesicht und ihren Mund betrachtete. Sie nahm seine Hand und legte sie auf ihre Brust. Sein Kopf begann zu dröhnen, und er konnte an nichts anderes denken als daran, sie jetzt und hier zu lieben.

Sie reckte sich, um ihr Glas abzustellen; dabei rutschte der eine Träger von ihrer Schulter, und ihre Brust lag nun fast nackt in seiner Hand. Aufmerksam beobachtete sie sein Gesicht. »Ihr müßt bald auslaufen, nicht wahr? Sonst hätte Andreas mich sicherlich nicht eingeladen.«

Eigentlich hätte ihm von Anfang an klar sein müssen, daß Leitner dahintersteckte. Für den war alles nur Spiel. Leitner schob Menschen wie Figuren hin und her und machte sich überhaupt keine Gedanken darüber, was dabei mit ihnen geschah.

»Was willst du, Inge?«

Sie strich ihm mit den Fingern über die Lippen. »Ich will, daß du mich liebst.«

Es war gefährlich, aber er hatte unendliche Sehnsucht danach, sie in den Armen zu halten und ihr alles zu sagen, was ihn bewegte. Seine Hoffnungen und Ängste – all die vielen Dinge, die in ihm verschlossen waren ... Das Telefon schrillte laut in der Stille, und er lächelte, als er nach dem Hörer griff.

Theils Stimme klang besorgt. Ein Gast war die Gangway hinuntergefallen und hatte sich offensichtlich schwer verletzt. Während Hechler mit Theil telefonierte, blickte er zu Inge hinüber. Sie lächelte, als sie auch den zweiten Träger von ihrer Schulter schob und das rote Seidenkleid abstreifte. Sie hatte wunderschöne Brüste, und jetzt berührte sie eine mit den Fingern und öffnete verlangend die Lippen – wohl wissend, wie sehr sie ihn damit erregte.

»Benachrichtigen Sie den Arzt Dr. Stroheim.« Er legte auf und blickte zu Inge hinüber. Sie starrte ihn an, ihre Augen waren schreckgeweitet. »Welchen Namen hast du da genannt?«

»Stroheim, Dr. Karlheinz Stroheim. Unser neuer Schiffsarzt. Wieso?«

Sie zog hastig das Kleid hoch und warf dabei ihr Champagnerglas um, ohne es überhaupt zu bemerken. Hechler erhob sich, während sie sich in der Kajüte umblickte, als sei sie in einer Falle gefangen.

»Kennst du ihn denn?«

Sie funkelte ihn wütend an: »Ja, aber wage nicht, mich zu fragen, woher! Ich bin keiner von deinen rotznäsigen Matrosen!« Sie wurde etwas ruhiger, warf einen Blick in den Spiegel und sagte: »Bring mich zurück. Ich muß gehen.«

Er stellte sich ihr in den Weg. »Erst sagst du mir, warum. Du wolltest doch gerade . . .«

Sie starrte ihn an, und er bemerkte, wie sie ihre Selbstbeherrschung zurückgewann.

»Wie willst du mich denn aufhalten, Dieter? Willst du mich niederschlagen und vergewaltigen? Ich glaube, *das* würde deinem schönen Andreas gar nicht gefallen!«

Hechler wußte später nicht mehr, wie er in die Offiziersmesse zurückgekommen war, er erinnerte sich an ihr lautes Lachen, als ihr Begleiter polternd seine Ansprüche auf sie geltend machte. Er hörte noch, wie sie etwas von Kopfschmerzen sagte.

Leitner sah ihr nach, als sie Theil zur Tür folgte, und wandte sich dann an Hechler. »Und Sie gehen nicht mit, Hechler? Da bin ich aber überrascht.«

Hechler wandte den anderen den Rücken zu. Seine Stimme war gefährlich leise, als er sagte. »Das haben Sie ganz bewußt eingefädelt, Herr Admiral. Ich dachte . . .« Ärgerlich riß er sich zusammen. »Ich weiß nicht, was ich dachte.«

Leitner blickte hinüber zu seinem willigen jungen Adjutanten, der eben eingetreten war und seinen Herrn und Meister suchte. Nur ein kurzes Nicken, mehr bemerkte Hechler nicht.

Der Konteradmiral griff zu einem neuen Glas und sah zu, wie es darin perlte. »Ich werde den anderen ein gutes Beispiel geben, Hechler, und mich zurückziehen.« Dann blickte er den Kommandanten abwägend an. »Alarmstufe eins, Hechler.« Kopfschüttelnd wehrte er Hechlers Frage ab. »Nicht jetzt, die Leute sehen zu uns. Wir werden morgen abend auslaufen. Geben Sie also Alarmstufe eins an Ihren Stab weiter, sobald die Gäste gegangen sind.«

Kaum hatte der Admiral mit seinem Adjutanten die Messe verlassen, da wurde die Schar der Gäste immer kleiner. Es war wie ein unausgesprochener Befehl. Hechler lehnte sich achtern gegenüber von Turm *Caesar* an die Reling und beobachtete die Verkehrsboote, die die Gäste abholten.

Er hoffte, eine Gestalt im roten Seidenkleid zu sehen – oder auch nicht, er wußte es selbst nicht genau. Aber er sah sie immer noch mit entblößten Brüsten vor sich. Dann ihr plötzlicher Zorn – oder ihre Angst? Einige Gäste verließen den Kreuzer singend. *Prinz Luitpold* mußte von den Booten aus sehr beeindruckend aussehen.

Alarmstufe eins, das war, als ob ein versiegelter Geheimbefehl geöffnet worden wäre. Der kleine Verband würde ungesehen in der Dunkelheit verschwinden, ohne seine tatsächliche Aufgabe zu kennen. Wüßten die anderen, um was es ging, würden wohl die wenigsten Männer mit denen auf seinem Kreuzer tauschen wollen.

Als einer der Offiziere vom Dienst stand der junge Leutnant Jäger mit Oberfähnrich Stöcker an der Gangway. Sie beobachteten, wie die Gäste von Bord gingen. Matrosen waren ihnen dabei behilflich, und Jäger fiel auf, daß sie den weiblichen Besuchern erheblich mehr Fürsorge angedeihen ließen als den männlichen.

Jäger sah, wie das Mädchen innehielt und sich nach ihm umwandte. Sie hatte gewartet, bis er von der Ronde zurückkam, dann hatten sie den Rest des Abends im Gespräch verbracht. Jäger hob die Hand zum Gruß, und sie warf ihm eine Kußhand zu. Als er laut »Sophie« sagte, zog ein schmerzlicher Ausdruck über das Gesicht des Oberfähnrichs neben ihm. Doch Jäger bemerkte es nicht.

Um Mitternacht, als die Wache für die nächsten vier Stunden aufgezogen war, ging Hechler immer noch allein durch die Decks seines Schiffes. Schließlich betrat er seine Kajüte und bemerkte sofort, daß Gläser und Champagner verschwunden waren. Neben seiner Koje brannte eine Lampe, eine Thermoskanne mit Kaffee stand in Reichweite.

Plötzlich mußte er wieder an den neuen Schiffsarzt denken und an Inges Reaktion auf seinen Namen. Es gab so vieles, das er gern gewußt hätte, und noch viel mehr, das er nicht zu fragen wagte.

Als Pirk später leise eintrat, um die Lampe zu löschen, fand er seinen Kommandanten in voller Uniform halb auf dem Bett liegend in tiefem Schlaf vor. Er seufzte, zog Hechler die Schuhe aus und schob seine Beine auf die Koje.

Der Steward dachte an den jungen Admiral, der jetzt an Bord gekommen war. Wenn das stimmte, was man von ihm und seinem Adjutanten hörte, würde es Unruhe an Bord geben.

Pirk löschte das Licht. Aber der Kommandant würde es schon richtig machen.

6 Ein selbstmörderischer Angriff

Hechler erhob sich von seinem Metallstuhl auf der Backbordseite und stampfte mit den Füßen, um die Blutzirkulation anzuregen. Einer der zur Brückenwache eingeteilten Matrosen sprang bei diesem Geräusch auf, und Hechler bemerkte die gespannten Rücken der Ausguckposten, die durch ihre starken Nachtgläser den ihnen zugeteilten Sektor absuchten.

Der Kommandant blickte hinauf zum gepanzerten Kommandoturm und dann weiter zur Feuerleitzentrale. Unter ihm vibrierte das Schiff, doch die Bewegungen waren so leicht, daß sogar ein paar Bleistifte auf dem Kartentisch nicht das geringste Zittern aufwiesen.

Er versuchte, gegen die Unruhe anzukämpfen, die ihn stets befiel, wenn er hinausfuhr. Nun, da er wußte, was vor ihnen lag, mußte er unerschütterliches Vertrauen haben und es auch zeigen.

Bisher hatte es keine Zwischenfälle an Bord gegeben. Achtern folgte in einer Entfernung von etwa einer halben Meile (ca. 925 m) der Leichte Kreuzer *Lübeck*. Aus seinem schmalen Schornstein wehte der Dampf dwars* weg, genau wie die Flaggen. Auch die Zerstörer hielten ihre Positionen, als liefen sie auf Schienen. Gelegentlich verschwand ihr Bug tief in der See, und Hechler sah, wie das Wasser über ihre Vorschiffe gischtete, bevor es in Kaskaden unter der Reling ablief. Ein kleiner, aber schlagkräftiger Verband, und ihr Luftschirm machte ihnen die Sache leichter. Alle paar Minuten zog dröhnend eine der viermotorigen Focke-Wulf Fw 200 *Condor*** über die Schiffe hinweg. Sie waren Schutz und Aufklärer zugleich.

Zwei Glockenschläge ertönten unterhalb der Brücke: für die Männer der Freiwache Zeit zum Backen und Banken***. Sie würden jetzt

* dwars = quer zur Kiellinie
** Die Fw 200 wurde als Fernaufklärer und -bomber eingesetzt
*** Essensempfang der Seeleute

ihre Hauptmahlzeit einnehmen. Vor sechzehn Stunden waren sie ohne viel Aufhebens aus dem Saltfjord gedampft, während Bodø hinter ihnen im Dunst verschwand.

Hechler war seitdem auf der Brücke gewesen, hatte gehört, wie die Ankerketten rasselnd eingeholt wurden, und natürlich war dabei hier und da Farbe abgeplatzt, wo Metall auf Metall traf.

Zunächst waren die Schiffe westwärts gefahren, um die Lofoten zu umgehen, dann waren sie dicht beeinander, um sich gegenseitig Schutz geben zu können, nach Norden geschwenkt.

Kurz vor dem Auslaufen hatte Leitner alle Kommandanten des Verbandes zu einer Lagebesprechung an Bord von *Prinz Luitpold* befohlen. Jetzt wußten alle, daß es um die Geleitzüge ging, jeder Kommandant hatte einen Stoß geheimer Informationen darüber erhalten. Es war möglich, daß sich die Briten in letzter Minute entschieden, das ganze Unternehmen abzublasen oder einen der Konvois auf einer anderen Route fahren zu lassen.

Sechzehn Stunden lang war der Verband mit einer Durchschnittsgeschwindigkeit von mäßigen fünfzehn Knoten gelaufen – besonders für die Zerstörer war es schwierig, dabei Position zu halten. Während die *Prinz Luitpold* mit ihrem weit überhängenden Steven das Wasser durchschnitt und den siebzehnten Längengrad querte, lag – von Spitzbergen oder der Bäreninsel abgesehen – kein Land vor dem Schiff.

Hechler trat an den Kartentisch. Die meisten Männer trugen bereits warme Kleidung. Zwar schrieb man erst August, doch die Luft war hier oben schon schneidend kalt. Und es würde nicht mehr lange dauern, bis sie die Eisgrenze erreichten.

An diesem Morgen hatte er die Besatzung über Bordlautsprecher informiert. Zuerst wollte Leitner zur Besatzung sprechen, doch Hechler hatte ihn ziemlich barsch darum gebeten, mit seinen Männern selbst reden zu können. Er hatte sich vorgestellt, wie die Gesichter wohl aussehen würden, wenn im ganzen Schiff, auf allen Decks, die Stimme eines Fremden ertönte.

»Wir laufen also in den Atlantik . . .« Seine Worte wurden weder von mitreißender Musik begleitet, noch hatte es Beifall gegeben. Statt dessen waren die Männer völlig ruhig geblieben. Und ihm war das nur recht gewesen, ganz gleich, was Leitner davon hielt. Einige hatten ihm später gesagt, daß sie ihn nicht im Stich lassen würden. Andere, wie beispielsweise der bullige Gudegast, hatten Scherze darüber gemacht: *Ist doch völlig egal, wo ein Schiff verlorengeht.*

Hechler beschirmte die Augen mit der Hand und blickte zum Horizont. Das Wasser schien eine einzige riesige Welle zu sein, die in ständiger Bewegung war. Der Himmel hatte eine lachsrosa Färbung, die zerrissenen Wolken leuchteten kupferrot. Auch die Aufbauten der Schiffe glänzten in seltsamem Licht. Endlos war der Tag und wie leergefegt die See.

Wieder dröhnte eine Fw 200 über sie hinweg, eine Signallampe blinkte kurz zu ihnen herunter. Das PK-Team hatte fast den ganzen Vormittag auf der Brücke gedreht, doch nun schien es erschöpft zu sein, und nicht einmal die *Condor* konnte es wieder an Deck locken.

Oberleutnant Ahlmann, der als Wachoffizier eingeteilt war, legte einen Telefonhörer auf. »Die Pilotin bittet, auf die Brücke kommen zu dürfen, Herr Kapitän.«

Hechler schob die Hände tiefer in die Taschen seiner langen Lederjacke. Er hatte die junge Frau nicht mehr gesehen, seit sie in Bodø abgelegt hatten, sah man von einem kurzen Treffen in den Räumen des Admirals ab. Wie bei den beiden jungen Marinehelferinnen, die zum Kamerateam der Kriegsberichterstatter gehörten, kam ihm auch ihre Anwesenheit an Bord unerhört vor. Doch laut Leitner sollten die Kriegsberichter ausgeschifft werden, bevor *Prinz Luitpold* weit hinaus in den Atlantik vorstieß. Ihre Filme, so hatte er mit typischer Begeisterung erklärt, würden den Durchhaltewillen der Zivilbevölkerung stärken. Aber natürlich kam es ganz darauf an, wie sie von Hanke gefielen, der hatte schließlich das letzte Wort über ihre Freigabe. Hechler beschlich der Verdacht, daß der junge Konteradmiral seinen Vorgesetzten als Entschuldigung für alles und jedes benutzte.

»Genehmigt«, sagte er. Er wollte Erika Franke auf den Zahn fühlen, um in Erfahrung zu bringen, was sie wirklich an Bord geführt hatte.

Sie trug eine schwarze Lederjacke mit Pelzkragen, den sie so hochgestellt hatte, daß er fast ihr Haar verdeckte. Ihr Gesicht war vom Wind gerötet, ganz offensichtlich war sie schon eine Weile an Oberdeck gewesen.

»Ein wunderbarer Blick, Her Kapitän.« Sie stellte sich zu ihm auf die Grätings und spähte durch die Schutzscheiben. »Am liebsten würde ich jetzt fliegen.«

Hechler betrachtete ihr Profil und ihre zarten Hände, die sich an der Reling festklammerten, als das Deck sich bei einer leichten Kursänderung des Kreuzers etwas neigte.

Ahlmann blickte von einem Sprachrohr hoch. »Kurs null-zwo-zwo, Herr Kapitän, eins-eins-null Umdrehungen.« Er merkte, daß Erika Franke ihn beobachtete, und wurde verlegen.

Sie zuckte die Achseln. »Hier ist alles anders.« Sie wies mit der

Hand hinauf zur Feuerleitzentrale, über der Leitners Flagge steif im Wind flatterte. »So mächtig. Man hat das Gefühl, nichts kann den Kreuzer mehr aufhalten, wenn er erst mal mit einem davongefahren ist.«

»Das hab' ich auch oft gedacht, wenn ich als junger Kadett Wache ging«, nickte Hechler. »Vor allem bei Nacht, wenn außer mir kaum jemand auf der Brücke war und ich niemanden fragen konnte. Dann habe ich zu den Sternen aufgeblickt und ...«

»Der Eins AO bittet um Genehmigung zum Exerzieren von Turm *Anton* und *Bruno*, Herr Kapitän.«

»Genehmigung erteilt, exakt zehn Minuten«, antwortete Hechler.

»Sie sind stets im Dienst, nicht wahr?«

Er blickte sie an. »Darüber habe ich noch nie nachgedacht.« Gemeinsam beobachteten sie die vorderen Geschütztürme, deren 20,3-cm-Rohre jetzt in Bewegung gerieten. Kroll ließ keine Gelegenheit aus, seine Leute auf Gefechtstationen zu hetzen. Das war auch der Grund, weshalb Hechler die Übung auf zehn Minuten beschränkt hatte. Jeden Moment konnte es ernst werden, konnten die Alarmglocken durch das Schiff schrillen. Dann mußten die Männer einsatzbereit und nicht erschöpft vom Exerzieren sein.

»Wenn man diese riesigen Geschütze sieht, bekommt man erst einen Begriff von der Art, wie Sie Krieg führen.«

»Haben Sie etwa Angst?«

Sie schien darüber nachzudenken. »Nein, eigentlich nicht. Es ist wie mit dem Fliegen. Auch da gibt es nur einige wenige Dinge, die man tun kann, wenn ein Flugzeug außer Kontrolle gerät.« Wieder zuckte sie die Schultern. »Aber ich glaube nicht, daß ich hier irgendwelchen Einfluß auf die Dinge nehmen könnte.«

Sie lachte, und einer der Ausguckposten setzte sein Glas ab, um sie anzuschauen.

»Ich merke natürlich, daß Sie etwas von mir wissen wollen, Herr Kapitän«, fuhr sie fort, »aber genau wie Sie bin ich zum Schweigen verpflichtet. Selbstverständlich wurde ich an Bord Ihres Schiffes befohlen. Ich bin zwar Zivilistin, aber als Pilotin dienstverpflichtet für die Luftwaffe.«

»Mir ist durchaus zu Ohren gekommen, was Sie geleistet haben.« Er versuchte, sie damit aus der Reserve zu locken. »Ich weiß nicht, ob ich das auch geschafft hätte ...«

Theil erschien auf der Brücke und salutierte, dabei hingen seine Augen an der jungen Pilotin. »Der Admiral wünscht Sie zu sehen, Herr Kapitän.«

»Danke, Eins O.« Hechler fühlte sich durch die Störung belästigt.

Wahrscheinlich hatte Leitner sie miteinander sprechen sehen und ließ ihn nur deshalb rufen. Eifersucht war es sicherlich nicht.

Bei diesem Gedanken mußte er lächeln, und sie sagte sanft: »Das sollten Sie viel öfter machen.« Sie wandte sich ab und sah zu, wie die Geschütze der beiden vorderen Türme wieder in Ruhestellung gingen.

»Wenn es etwas gibt, das ich für Sie tun kann, während Sie an Bord sind, lassen Sie's mich wissen.«

Sie blickte ihn an, in dem seltsamen Licht schimmerten ihre Augen bräunlich gelb. »Ich glaube, Ihr Schiff braucht Sie mehr als ich.«

Hechler wandte sich ab, der kurze Kontakt war unterbrochen. Und vielleicht war das ganz gut so. Selbstmitleid war sicherlich die schlechteste Grundlage für einen Neubeginn.

Er fand Leitner auf seiner gepanzerten Brücke vor der Anzeige des Funkmeßgerätes. »Alle Meldungen des Nachrichtendienstes bestätigen meine Vermutung, Hechler: Morgen werden wir auf den westwärts fahrenden Konvoi treffen. Natürlich wissen die Briten, daß wir in der Nähe sind. Aber sie werden uns beim ostwärts fahrenden Geleitzug erwarten und die Sendungen für ihren Freund Stalin schützen.« Er nickte zufrieden. »Alles ist vorbereitet. Sechs unserer U-Boote stehen in diesem Gebiet, und Luftüberwachung rund um die Uhr ist garantiert.« Er erhob sich. »Ich kann es kaum erwarten. Endlich in den Atlantik – nach all den Vorbereitungen und Planungen! Mein Gott, es macht mich richtig demütig.«

Hechler betrachtete die Emotionen des Admirals mit gemischten Gefühlen. Sie kamen und verschwanden wie der Wind.

»Ich weiß, daß Ihnen Kameradschaft über alles geht, Hechler«, sagte der Admiral. »Das habe ich auch aus Ihrer Ansprache entnommen. Ich habe die Gesichter der Männer gesehen, sie vertrauen Ihnen.«

»Kameradschaft und Seemannschaft sind unverzichtbar, Herr Admiral.«

»Das weiß ich. Aber ich habe eine Information über den Eins O bekommen.«

»Über Theil?«

»Seine Frau ist verschwunden. Natürlich gehe ich davon aus, daß alles seine Ordnung hat. Ein Zivilist kann schließlich bei uns nicht einfach verschwinden, nicht wahr?«

Plötzlich sah Hechler den Ersten vor sich, der allen Fragen nach seinem Urlaub aus dem Weg ging.

»Ich weiß, was Sie denken, Hechler.« Die Stimme des Admirals hatte plötzlich einen weichen Klang. »Er ist zweifellos ein guter Offizier. Und wenn *Ihnen* etwas zustößt . . .« Er zuckte die Schultern.

»Theil hat mein volles Vertrauen, Herr Admiral.«

»Das ist gut so, und ich werde mich daran erinnern. Sollte Theil jedoch auf dieser Feindfahrt einen Fehler machen, werde ich persönlich dafür sorgen, daß er abgelöst wird. Ich habe mich hoffentlich klar ausgedrückt?«

Hechler nickte. »Jawohl, Herr Admiral.«

»Eine schöne Frau, diese Erika Franke, wie?« wechselte Leitner das Thema. »Ich wüßte gern, ob sie im Bett genausogut ist wie im Cockpit...«

Glücklicherweise läutete das Telefon, und der Adjutant erschien wie bestellt.

Hechler stieg wieder hinab auf seine Brücke, wo es ihn irgendwie enttäuschte, die junge Frau nicht mehr vorzufinden. Darüber, daß Theil ebenfalls nicht auf der Brücke war, war er indessen recht froh. Er nahm auf seinem Stuhl Platz, hörte das tiefe Pochen der Maschinen und das Klappern der Morselampe, als Nachrichten ausgetauscht wurden. Morgen konnte das alles vorbei sein. Morgen würden sie es mit beweglichen Zielen zu tun bekommen, nicht mit Häusern oder Schutthalden... Morgen würden sie auf den Feind treffen. Schon jetzt, in eben dieser Minute, wurde der Konvoi von den U-Booten angegriffen. Sie trieben die Schiffe auf einen Kurs, der sie an *Prinz Luitpold* heranbrachte.

Theil ging ihm durch den Kopf, dann dachte er an sich selbst. Zwei verlassene Ehemänner, es war geradezu lächerlich. Aber war es das wirklich? Aus den Sprachrohren erklangen Stimmen, während wieder einer der zuverlässigen *Condor*-Fernaufklärer über den Verband hinwegdröhnte. Nein, es war alles andere als lächerlich. Vielleicht würden morgen Männer sterben müssen und seinen Namen verfluchen. Schiffe würden brennen. Frauen und ihr kleinliches Gezänk – was bedeutete das dagegen?

Der Bug senkte sich, und Hechler sah sein Spiegelbild im Glas des Sichtfensters. Nein, sogar seine Objektivität war eine Lüge.

Hans Stöcker schlug die wasserdichte Stahltür hinter sich zu und schob die Riegel vor. Hier unten war die Luft dumpf und kühl, waren die Bewegungen des Schiffes stärker zu spüren. Er passierte die schwere, kreisförmige Bettung des Turmes *Bruno* und machte vor der hellerleuchteten Tür zum vorderen Munitionsbunker halt, in dem Leuchtgranaten gelagert wurden.

Er hatte eine Meldung des 1. Artillerieoffiziers zu einem seiner Offiziere bringen müssen und die Gelegenheit zu einem ausgedehnten

Rundgang durch das Schiff genutzt. Dabei hatte er sich einige Fragen der Wachposten gefallen lassen müssen, die vor manchen wasserdichten Schotten aufgezogen waren; diese Türen waren bei Wassereinbruch sofort zu schließen. Stöcker mochte gar nicht an die armen Kerle denken, die im Ernstfall auf der falschen Seite eingesperrt wurden.

Er hörte ein vertrautes Pfeifen und sah einen grauhaarigen Stabsbootsmann, der in einer Werkzeugkiste wühlte. Oskar Trips war das wohl älteste Besatzungsmitglied der *Prinz Luitpold.* Er hatte schon in der kaiserlichen Marine gedient, und wenn man mit ihm bei einigen Gläsern Korn oder Weinbrand zusammensaß, dann erzählte er mit Genuß von seiner Teilnahme an der Skagerrakschlacht und an den Gefechten mit der britischen Grand Fleet vor der Doggerbank. Im Frieden war er auf verschiedenen Handelsschiffen gefahren, zuletzt bei der Hamburg-Amerika-Linie, der berühmten HAPAG. Und natürlich erzählte er auch aus dieser Zeit die tollsten Geschichten von reichen Witwen und exzentrischen Passagieren, die hinter den Mädchen her waren und manchmal ebenso begeistert hinter den jungen Stewards.

Trips war ein Seemann von altem Schrot und Korn und auf *Prinz Luitpold* einer der Geschützführer. Trotz seines Alters hielt Stöcker ihn für einen großartigen Kerl. Ihm wurden seine Erzählungen niemals langweilig, er hörte sie von diesem welterfahrenen Mann, der sich im Selbststudium drei Fremdsprachen angeeignet hatte, immer wieder gern. Jetzt sah Trips auf und blinzelte ihn fragend aus seinem rundlichen Gesicht an, das die Jahre auf See gegerbt hatten.

»Bißchen aus dem Kurs gelaufen, junger Freund?«

Stöcker setzte sich auf eine Stahlkiste und sah verlegen zu Boden. Von allen Kameraden an Bord vertraute er dem alten Stabsbootsmann am meisten. Seiner Geduld und seinen vielen Hinweisen hatte er unendlich viel zu verdanken. Und wenn er demnächst seine Offiziersprüfung bestand, dann hatte der alte Trips keinen geringen Anteil daran.

»Arbeiten Sie für den Eins AO?« fragte er.

»Ach, der ...« Trips rümpfte die Nase.

Beide blickte auf, als das Wasser gedämpft gegen den Rumpf schlug. Dicker Panzerstahl und einer der großen Treibstofftanks trennten sie von der See, doch sie wußten genau, daß das gegen einen Torpedotreffer kein Schutz sein würde.

»Hast du Manschetten?« fragte Trips wie beiläufig.

Stöcker zuckte zusammen. Wie immer hatte der alte Seemann den Nagel auf den Kopf getroffen.

»Es ist das erste Mal, daß ich an einem Gefecht mit feindlichen Kriegsschiffen teilnehme.«

»Abwarten, Hans. Vielleicht kommt's ja gar nicht dazu. Durchaus möglich, daß die Tommies ganz andere Ideen haben.«

»Aber als ich hörte, wie der Kommandant zu uns sprach, da . . .«

Trips grinste. »Junge, der Alte da oben weiß viel mehr als wir.«

Stöcker biß sich auf die Lippen. So kam er nicht weiter. Er konnte kaum noch schlafen, seit er vor jenem Haus in Velje gestanden hatte. Aber mal angenommen, daß er mit seinem Vorhaben völlig verkehrt lag? Vielleicht würde Trips sofort dem Divisionsoffizier Meldung machen. Außerdem war bekannt, daß er einen guten Draht zum Kommandanten hatte, den er gern *den Alten* nannte, obwohl er selbst fast sein Vater hätte sein können. Doch so konnte es nicht weitergehen. Er hatte Angst, durch die Offiziersprüfung zu fallen, wenn er sein Herz nicht ausschütten konnte.

»Ich habe einen Brief gefunden.« Er zögerte, als sich die schmal gewordenen Augen des Stabsbootsmanns mit seinen trafen. »Jemand hat mir gesagt . . .«

»Zeig her.« Trips hielt ihm eine schwielige Hand hin und merkte, wie der junge Oberfähnrich zögerte. »Oder soll ich's dir befehlen?«

Stöcker gab ihm den Brief, und in diesem Moment trat alle Angst vor den Folgen – mochten sie selbst tödlich sein – in den Hintergrund.

Trips öffnete das mehrfach gefaltete Papier und las es sorgfältig. »In dänischer Sprache geschrieben. Aber das hast du sicherlich gewußt. Von einem der KZ-Häftlinge, nicht wahr?«

»Ja«, sagte Stöcker überrascht, daß ihm sein Geständnis so leicht über die Lippen kam. »Kurz bevor sie getötet wurden.«

Trips sah ihn grimmig an. »Bei der Explosion?«

»Ja.«

»Hast du mit irgend jemandem darüber gesprochen?«

Stöcker schüttelte den Kopf und dachte an die anderen, denen er sich beinahe anvertraut hätte. Sogar zu dem jungen Leutnant Jäger hatte er Vertrauen gefaßt – bis er entdeckte, wie sehr der sich für Sophie interessierte. Das nagte noch immer wie ein scharfer Biß an ihm.

»Gut.« Trips faltete den Brief sorgfältig zusammen. »Das ist ein heißes Eisen. Juden . . . Mit denen hat alles angefangen«, fügte er mehrdeutig hinzu.

Stöcker wartete schweigend. Der alte Stabsbootsmann konnte ihn unter Arrest stellen und zu Korvettenkapitän Kroll bringen. Das bedeutete dann Militärgefängnis oder Schlimmeres.

»Du läßt den Brief am besten bei mir.« Trips warf ihm einen seltsamen Blick zu. »Und die ganze Sache bleibt unter uns.«

»Aber ich weiß ja nicht mal, was . . .«

»Ist auch besser so, mein Sohn.« Trips ließ den Brief in einem kleinen Ölzeugbeutel verschwinden und steckte ihn in die Tasche. »Denk dran, daß er uns beide Kopf und Kragen kosten kann. Klar?«

Stöcker nickte erleichtert. Es bewegte ihn, daß Trips soviel Vertrauen zu ihm hatte.

»Sobald ich herausgefunden habe, um was es geht, sag' ich's dir.« Sein faltiges Gesicht verzog sich zu einem Grinsen. »Nun geht's dir besser, ja?«

»Ja, sehr. Tut mir leid, daß ich Sie damit belästigt habe ...«

Trips warf einen schnellen Blick zur Decke, als habe er etwas gehört. Er mußte einen sechsten Sinn haben, denn in diesem Moment begannen die Alarmglocken zu schrillen. Trips war untersetzt und wirkte plump, doch er war schon durch die Stahltür und auf den Sprossen der Leiter zu seinem Geschützturm, bevor Hans Stöcker überhaupt richtig begriffen hatte, um was es ging. »Vergiß es, Junge, sonst bekommst du kein Eisernes Kreuz, sondern eins aus Holz. Denk immer an das, was ich dir gesagt habe. Eine Hand für den Führer, eine für dich!« Damit war er verschwunden.

Stöcker lief hinter ihm her, er mußte schließlich ganz nach oben zum Feuerleitstand. Als die schweren Stahltüren hinter ihm zufielen, hatte er das Gefühl, als sei ihm eine schwere Last vom Herzen genommen.

»Besatzung auf Gefechtstationen, Herr Kapitän.«

Hechler erwiderte Froebes militärischen Gruß und sah sich kurz auf der Brücke um. In Kriegszeiten prägten sich die Gesichter der Männer schnell ein, die um einen herum waren. Und genauso schnell waren sie wieder vergessen, wenn sie das Schiff verlassen hatten oder gefallen waren.

Plötzlich nahmen alle Haltung an. Leitner erschien auf der Brücke und schlenderte gemütlich nach draußen auf die Nock. Hechler betrachtete ihn neugierig. Die ganze Operation konnte von Beginn an zum Scheitern verurteilt sein – es gab eine ganze Reihe schlimmer Beispiele wie *Graf Spee* und *Bismarck* –, doch Leitner machte einen höchst zufriedenen Eindruck. Ein weißer Seidenschal, den er locker um den Hals trug, gab ihm ein theatralisches Aussehen. Es wurde noch dadurch verstärkt, daß seine goldbestickte Mütze wieder reichlich schief saß.

»Bühne frei für uns«, bemerkte er fröhlich.

Hechler dachte an Theil unten im Kontrollraum der Leckbekämpfung. *Nicht alle Eier in einen Korb*, pflegte sein Vater zu sagen. Ob

Theil wohl hoffte, daß eine feindliche Granate die Brücke traf, damit er endlich das Kommando erhielt, das ihm so viel bedeutete?

»Maschinenraum ist klar für volle Umdrehungszahl?«

Hechler nickte. »Jawohl, Herr Admiral.«

Wer den schweigsamen Leitenden Ingenieur Wolfgang Stück kannte, der konnte über so eine Frage nur lachen. Stück hatte wie ein Geburtshelfer das Werden und Wachsen von *Prinz Luitpold* überwacht. Hatte von der Kiellegung an das Verlegen aller Leitungen und Rohre, den Einbau der Kessel und der Turbinen kontrolliert, bis das fertige Schiff in Hamburg in Dienst gestellt worden war. Nach Tausenden von Meilen an Bord, nach unzähligen Tonnen verbrauchtem Treibstoff und einer Million täglich anfallender Problemchen brauchte man diesen fähigen Ingenieur an nichts mehr zu erinnern. Die Verständigung zwischen Brücke und Maschinenraum klappte ohne viele Worte.

»Wenn ich zurückdenke, Hechler, dann hat sich die ganze Mühe doch gelohnt. Erinnern Sie sich, wie wir auf dem Schulschiff erst das Eis in den Waschschüsseln knacken mußten, bevor wir uns morgens waschen konnten? Da würde sich manches dieser Muttersöhnchen an Land doch glatt übergeben. Oder die Elektroschocks, mit denen sie in Mürwick unsere Reaktion unter Belastung testen wollten? Ich wette, wir wissen mehr, als sich die alten Besserwisser je erträumt haben.« Leitner blickte Hechler an, seine Augen hatten einen träumerischen Glanz.

Hechler hob sein Glas und musterte den in der Nähe stehenden Zerstörer.

»Befehl an Zerstörer: Ziehen Sie vor und laufen Sie voraus!« Der Kommandant sah dem Signalgasten bei der Arbeit mit der Morselampe zu. Das Gesicht des Jungen drückte Ehrfurcht aus, denn so nahe bei einem Admiral hatte er offensichtlich noch nie gestanden.

»Was wollen diese Leute hier?« Hechlers Frage klang scharf.

»Sie befolgen meine Anweisungen, Hechler«, lächelte der Admiral.

Die Kriegsberichter drängten sich vor einem Flaggenspind zusammen, und die beiden Marinehelferinnen machten unter ihren Stahlhelmen absolut keine glücklichen Gesichter.

»Das gibt authentische Bilder, Hechler. Im Krieg müssen wir alle ein gewisses Risiko eingehen.«

Hechler beobachtete, wie die Kamera montiert und nach den Weisungen Leitners geschwenkt wurde; er mußte an die zerstörten Straßen von Kiel und an die Gesichter seiner Männer denken, deren Familien ausgelöscht worden waren. Wer filmte die?

Der Adjutant flitzte herum und holte für den Admiral die Unterlage für das Schreiben der Funksprüche. Leitner nahm sich Zeit vor der Kamera, und aller Augen verfolgten, wie die Szene »in den Kasten« kam.

Der Admiral erklärte mit markiger Stimme: »Der Angriff auf den Konvoi war ein voller Erfolg. Der einzige Begleit-Flugzeugträger wurde von Torpedos getroffen und außer Gefecht gesetzt.« Er gab seinem Adjutanten die Unterlagen mit den Funksprüchen, dann sagte er ins Mikrophon: »Zwei U-Boote sind vor dem Feind geblieben. Ihre tapferen Besatzungen haben bis zum letzten Atemzug ihre Pflicht für Führer und Vaterland erfüllt.«

Hechler versuchte zu vergessen, was um ihn herum geschah. Aus den Sprachrohren klang Stimmengewirr, Telefone klingelten, und er sah, wie die vier 20,3-cm-Rohre der Türme *Anton* und *Bruno* sich immer höher reckten, bis man glaubte, sie wollten sich aus den Bettungen lösen.

Die Zerstörer schoben sich an *Prinz Luitpold* vorbei und legten sich dabei schwer über. Wasserkaskaden sprühten gischtend hoch, während die schlanken Schiffe sich zu einer Linie formierten, um ihre neue Position vor dem Schweren Kreuzer einzunehmen. Die anderen liefen querab zu beiden Seiten, während ein einzelner Zerstörer im Kielwasser der *Lübeck* hin und her kreuzte, um feindliche U-Boote aufzuspüren und gegebenenfalls eigene Überlebende aufnehmen zu können.

Leitner hatte sich einen Namen als Zerstörerkommandant gemacht, und wahrscheinlich erinnerte er sich gerade jetzt daran.

Froebe, der Zweite Offizier, stand groß und unbeholfen statt Gudegast neben dem Kreiselkompaß, seine riesigen Hände umklammerten ein Fernglas. Der Navigationsoffizier und sein kleiner Trupp steckten oben im gepanzerten Vormars den Kurs ab und vollzogen jedes Manöver nach. Sollte die Brücke getroffen werden, würden sie das Schiff von dort oben führen.

Der junge Leutnant Jäger stand in der Nähe. Auch seine Gefechtstation war auf der Brücke, wo er – anders als die übrigen Nachwuchsoffiziere – alles zu sehen und zu hören bekam. Allerdings schloß dies auch ein, daß er zu den ersten gehören würde, die es erwischte, wenn die Tommies zu gut schossen.

Plötzlich mußte Hechler an *Admiral Hipper* denken, eines ihrer Schwesterschiffe. Auch dieser Schwere Kreuzer hatte Handelskrieg gegen Geleitzüge im Atlantik geführt. Aber das war 1941 gewesen, und inzwischen hatte sich die Lage entscheidend verschlechtert.

Welche Chancen hatten sie? Sein Schiff war das beste dieser Klasse. Wenn Kühnheit und Können zählten, dann hatten sie alle Aussicht auf Erfolg. Es fiel ihm schwer, sich vorzustellen, daß ein so mächtiges Schiff wie die *Hipper* von dem kleinen englischen Zerstörer *Glowworm* unter Lieutenant Commander G. B. Roope, V. C.* am 8. April 1940 gerammt und schwer beschädigt worden war. Dieser kühne Angriff hatte den Kommandanten und 117 Mann seiner Besatzung das Leben gekostet, nur 31 waren gerettet worden.

Kapitänleutnant Theissen erschien mit neuen Nachrichten, und Leitner sagte leise: »Die Engländer konzentrieren sich tatsächlich auf den ostwärts laufenden Konvoi, Hechler. Von Hanke ist doch ein altes Schlitzohr. Sie haben ein Schlachtschiff und zwei Schwere Kreuzer als Geleitsicherung, aber die stehen weit im Norden, wie erwartet.«

Hechler steckte eine Hand in die Jackentasche und fühlte die vertrauten Rundungen seiner Lieblingspfeife. Er hätte viel dafür gegeben, jetzt rauchen zu können. Auch das erinnerte ihn wieder an Inge. Sie hatte ihn mehrfach gebeten, von Pfeife auf Zigarren überzugehen, wie auch Leitner es tat, der auf Pressefotos immer mit einem flotten Stumpen zu sehen war. Doch Hechler hatte ihn niemals wirklich rauchen gesehen – das alles diente nur seinem Image.

Er ging zum hinteren Teil der Brücke und blickte in Richtung Schornstein. Dort stand blitzend die silbrig glänzende neue Arado neben einer alten, getarnten. Ob die Maschine wirklich aufsteigen sollte, wie Leitner angedeutet hatte? Aber die ganze Geschichte erzählte er ja nie, immer mußte etwas verborgen bleiben. So war er schon als junger Leutnant gewesen. Hechler erinnerte sich an die Luftaufnahmen, die Leitner ihm kurz vor dem Auslaufen gezeigt hatte. Den Fjord von Bodø aus einigen tausend Metern Höhe. Selbst die Tarnnetze hatten ausgesehen wie ihre eigenen. Man konnte fast glauben, dort unten liege noch die *Prinz Luitpold*. Aber es waren nur zwei alte Versorger, die man entsprechend hergerichtet hatte. Und nach dem Angriff auf den Konvoi würden sie wieder so zusammengebaut werden, daß es aussah, als sei der *Prinz* an seinen alten Liegeplatz zurückgekehrt. Es war so einfach, daß es fast schon lächerlich wirkte. Doch wenn die Engländer darauf hereinfielen, dann würde ihnen dieses Täuschungsmanöver die zusätzlichen Stunden verschaffen, die *Prinz Luitpold* für den Durchbruch in den Atlantik benötigte.

Oberleutnant Ahlmann reichte ihm einen Telefonhörer. »Der Eins AO, Herr Kapitän.«

* V. C. = Victoria Cross, höchste britische Kriegsauszeichnung

Selbst über Telefon klang die Befriedigung in Korvettenkapitän Krolls Stimme durch.

»Feindkontakt, Herr Kapitän. Peilung Grün eins-null. Entfernung 21,5 Hektometer.«

Der Feind war also hinter dem leeren Horizont mit dem Funkmeßgerät in einer Entfernung von 21 500 Metern aufgespürt worden.

Leitner rieb sich die Hände. »Ich gehe auf meine Brücke. Das wird ein großer Tag.« Grinsend eilte er an den Männern auf der Brücke vorbei.

»Damit sind sie ja schon in Reichweite unserer 20,3«, meinte Jäger.

»Wird gleich soweit sein«, murmelte Froebe.

Hechler preßte sein Glas an die Augen und blickte über die Zerstörer hinweg nach vorn. Ihr Kielwasser schimmerte lachsrosa, ihre Aufbauten erinnerten an farbiges Glas.

Nach den Berichten des B-Dienstes* bestand der Geleitzug aus einem Dutzend Handelsschiffen, etwa der Hälfte der ursprünglich nach Murmansk ausgelaufenen Anzahl. Nun befanden sie sich auf dem Weg nach Großbritannien. Im Norden stand die starke britische Geleitsicherung und erwartete einen Angriff der Deutschen auf die mit wertvollem Nachschub beladenen Frachter, die auf Gegenkurs nach Murmansk unterwegs waren. Hechler hörte die sich ständig ändernden Peilungen und Entfernungsangaben über Bordlautsprecher mit und sah die Geleitzüge und ihre Sicherung vor seinem inneren Auge. Er war auf diesen Augenblick vorbereitet. Wie Leitner gesagt hatte, würde nun ihr ständiges Exerzieren Früchte tragen: *Beobachtung, Wahl der Methode, Entschluß, Angriff.*

Die vorderen Geschütze bewegten sich leicht, die Rohre reckten sich für die erste Salve steil in die Luft. Achtern auf der *Lübeck* war die Artillerie ebenfalls schußbereit, doch dort würde man angesichts der geringeren Reichweite ihrer 15-cm-Geschütze noch warten müssen. Hechler wollte einen Blick auf seine Armbanduhr werfen, aber er ließ es. Man konnte diese Bewegung mißdeuten, Angst oder Zweifel daraus ablesen.

Über dem Surren der Ventilatoren und dem Rauschen des Wassers am Rumpf hörte er eine dumpfe Explosion. Sie war weit weg und klang wie der Schlag auf eine Trommel. Zweifellos ein Torpedotreffer. Wieder wurde dort ein Schiff von U-Booten auf den Meeresgrund geschickt.

* B(eobachtungs)-Dienst = Geheimdienst der Kriegsmarine im Zweiten Weltkrieg

»Feuererlaubnis erteilt, Herr Kapitän?« wollte Ahlmann wissen, einen Telefonhörer in der Hand.

»Noch nicht!« Erneut stellte er sich den Geleitzug vor: vorwiegend *Liberty*-Schiffe*, die elf bis zwölf Knoten liefen. Begann er zu früh mit der Beschießung, würden sie sich weit zerstreuen und der Kampf härter werden; außerdem durfte man die nördliche Geleitsicherung nicht ganz vergessen – ein Schlachtschiff und zwei Schwere Kreuzer.

»Flugzeuge Herr Kapitän!« Einige Männer um Hechler schnappten nach Luft. »In Rot eins-fünf! Sichtwinkel eins-null!«

Befehle wurde erteilt, die Rohre der Flak schwenkten in die angegebene Richtung.

»Mein Gott – Torpedobomber!« preßte Froebe hervor.

Hechler stand in der Nock, das Glas an die Augen gepreßt, und wunderte sich selbst darüber, wie ruhig er innerlich war, geradezu losgelöst von allem, was um ihn herum geschah.

Zwei Maschinen waren im Anflug, ganz offensichtlich von dem schwer getroffenen Geleitträger gestartet. Sie mußten bereits vor den Torpedotreffern in der Luft gewesen sein. Sicherlich wußten die Männer in den Cockpits, daß sie keinerlei Chance hatten, auf ihren Träger zurückzukehren.

Wie der Zerstörer *Glowworm*, dachte Hechler, ein selbstmörderischer Angriff und eine große Gefahr. Denn die Männer gingen angesichts des nahen Todes mit größter Tapferkeit und Kaltblütigkeit vor. Obendrein war durchaus denkbar, daß eines der Flugzeuge noch eine Positionsmeldung der deutschen Einheiten hinausfunken konnte. Der britische Verbandsführer hatte von Hankes Planungen entweder erraten oder einfach Glück gehabt.

»Leichte Flak feuerbereit! Schwere Flak Feuer frei!« Hechlers Kiefer mahlten, während er den beiden kleinen Punkten entgegenblickte, die sich seinem Schiff näherten. Sie flogen so niedrig, daß es den Anschein hatte, als jagten sie unmittelbar über dem Wasser dahin. Schon konnte er ihre ungewöhnlichen Silhouetten erkennen: Fairey *Swordfish*-Doppeldecker mit nur einem Motor: ungeheuer robuste Flugzeuge, die Torpedos trugen.

»Feuer frei!« befahl Hechler.

Die in Linie laufenden Zerstörer hatten bereits das Feuer eröffnet, und der Himmel war voller Explosionswolken. Gleich würden weitere dazukommen.

* *Liberty*-Schiffe waren Standard-Kriegsfrachter, die in den USA im Zweiten Weltkrieg gebaut wurden.

»Der Admiral, Herr Kapitän.« Ahlmanns Stimme schien weit weg zu sein.

»Ich fürchte, der Konvoi löst sich auf. Geben Sie ›Voll voraus‹ an die Maschine. Informieren Sie den Verband. Wir greifen an wie befohlen.«

Die Signalgasten begannen, ihre Flaggen zu schwenken.

»Voll voraus!« sagte Hechler. »Achten Sie auf Torpedos!« Froebe nickte. Dann vergaß er ihn und alles um sich herum, als die Kraft der Maschinen bis zu ihm heraufbrandete und das ganze Schiff bebte.

Er mußte schreien, um das scharfe Knallen der 10,5-cm-Flak zu übertönen. Eine Wolke Pulverdampf zog ätzend über die Brücke, während das Schiff immer schneller beschleunigte.

»Schwere Artillerie, Feuer frei!«

Er hatte kaum Zeit, sich Stöpsel in die Ohren zu schieben, da schossen bereits die 20,3-cm-Granaten aus den Rohren der beiden vorderen Türme auf ihr Ziel zu, das noch unsichtbar weit hinter dem Horizont lag.

Hechler blickte den beiden Flugzeugen entgegen, die zwischen den explodierenden Granaten hindurchschwankten. Leuchtende Bänder von Geschossen aus den Maschinenwaffen der Zerstörer trugen zu dem glühenden Abwehrfeuer bei, das ihnen entgegenschlug. Einer der beiden Swordfish-Doppeldecker zog eine lange Rauchfahne hinter sich her, und es schien, als lebe von der dreiköpfigen Besatzung niemand mehr.

Eines aber wurde ganz deutlich: *Prinz Luitpold* war ihr Ziel.

7 Die zweite Ernte

Keine der beiden *Swordfish* hatte eine Chance, davonzukommen, und ohne Zweifel wußten die Besatzungen das ganz genau. Während sie auf die Zerstörer zuflogen, taumelte die eine Maschine immer stärker. Die Rauchfahne aus ihrem Motor vermischte sich mit den Garben der Leuchtspurmunition und den Wölkchen der explodierenden Granaten.

Hechler stützte sich auf die Reling und beobachtete, wie Teile des beschädigten Flugzeugs ins Wasser fielen. Sekunden später explodierte die Maschine in einem orangeroten Feuerball. Als sich der Rauch verzog, war nichts mehr von ihr zu sehen. Die zweite *Swordfish* indessen wich dem Flakfeuer geschickt aus, und während Hechler den anfliegenden Doppeldecker noch beobachtete, löste sich ein Torpedo von ihrer Rumpfunterseite und jagte beim Eintauchen eine kleine Gischtwolke auf.

Das Flugzeug setzte seinen Angriff fort, während die Fliegerabwehr es mit allen verfügbaren Waffen beschoß. Wahrscheinlich waren der Pilot und seine beiden Kameraden längst tot, denn nun überschlug sich die *Swordfish* und tauchte mit einer mächtigen Explosion im Wasser unter.

»Achtung! Torpedobahn an Backbord!«

»Ruder hart Backbord!«

Bei einer Geschwindigkeit von 30 Knoten schien der Schwere Kreuzer sich gefährlich nach Backbord überzulegen. Männer kamen ins Rutschen und suchten verzweifelt nach Halt.

»Kurs halten!« Hechler sah den dünnen weißen Streifen im Wasser, mit dem der Torpedo auf den Bug der *Prinz Luitpold* zulief.

Das Schiff kam wieder in eine ruhigere Lage; Froebe krächzte: »Zwo-acht-null!«

Leitners Stimme klang bei dem Getöse kaum verständlich: »Signal an *Hans Arnim* . . .«

Weiter kam er nicht. Der Zerstörer wurde von dem Torpedo mittschiffs an Backbord getroffen, als er mit hoher Fahrt vorstieß und sich schützend vor den Kreuzer legte. Die Wirkung war fürchterlich. Sein halbes Vorschiff knickte ab und stand plötzlich senkrecht im Wasser, das Achterschiff wurde von den immer noch rasenden Schrauben unter Wasser gedrückt.

»Wir gehen wieder auf den alten Kurs«, ordnete Hechler an. Aus dem Augenwinkel sah er die *Lübeck* vorstoßen, um die Führung des Verbandes im Gefecht zu übernehmen. Er konnte sich vorstellen, daß Rau schadenfroh beobachtete, wie die *Prinz Luitpold* sich wand. Plötzlich eröffnete *Lübeck* das Feuer, und wenige Augenblicke später sah man am Horizont das Aufblitzen der Einschläge.

Gudegasts Stimme meldete sich aus dem gepanzerten Vormars: »Alter Kurs liegt an, Herr Kapitän: null-zwo-null.« Das klang ruhig, fast uninteressiert, obwohl das Wrack des Zerstörers gerade in diesem Augenblick kenterte und in einer Wolke von Rauch und Gischt verschwand.

Hechler griff nach dem Telefon, das ihn mit dem 1. AO verband. »Hier spricht der Kommandant. Wir drehen nach Steuerbord. Lassen Sie die achteren Türme feuerbereit machen!« Mit allen vier Türmen würden sie beim Angriff eine erheblich bessere Position haben.

»Kursänderung! Neuer Kurs null-sieben-null!«

Er nahm sein Glas wieder an die Augen und zuckte zusammen, als die Schwere Artillerie zu feuern begann. Kroll ließ die vier Türme nacheinander schießen, so schien es, als feuerten sie ununterbrochen.

Leutnant Jäger wischte sich Ruß von der Wange und meldete: »Der Admiral, Herr Kommandant!«

Leitner kam mit schnellen Schritten auf die Brücke; sein ehemals weißer Schal hatte viel an Frische verloren. »Ich seh' von da oben überhaupt nichts mehr. Alles ist voller Rauch.« Er biß die Zähne zusammen, als die hinteren Türme feuerten und die schweren 20,3-cm-Granaten davonheulten. Dann schirmte er seine Augen ab und starrte auf den Fleck achteraus, wo der Zerstörer untergegangen war. Falls es Überlebende gegeben haben sollte, dann hatten sie keine Chance, gerettet zu werden.

Hechler wartete, bis die Geschütze schwiegen, dann fragte er: »Soll ich *Lübeck* signalisieren, wieder ihre alte Position einzunehmen?« Er verzog das Gesicht, als die Geschütze erneut loshämmerten. Die orangeroten Zungen, die aus den Rohren leckten, zeigten, daß Kroll panzerbrechende Granaten einsetzte.

Aus dem Bordlautsprecher krächzte eine Stimme: »Deckend! Zwei Treffer erzielt!«

Leitner warf seinem Adjutanten einen finsteren Blick zu. »Hauen Sie schon ab, Theissen. Ich will möglichst heute noch wissen, was wir getroffen haben.« Plötzlich schien er sich an Hechlers Frage zu erinnern. »Nein, lassen Sie Rau die Freude, unseren Verband zu führen.«

Immer wieder blitzte es auf, als die Geschütze weiterfeuerten. Teilweise wurden die Einschläge am Horizont jedoch von Dunst verdeckt. Es sah aus, als läge dort kupferfarbener Rauch. Schrill heranpfeifende Granaten des Feindes und die Wassersäulen, die sie beim Einschlagen verursachten, ließen alle Gläser zur *Lübeck* hinüberschwenken.

»Noch nicht mal deckend«, sagte Leitner.

»Weiterer Treffer!« kam eine begeisterte Stimme aus dem Bordlautsprecher.

»Der 1. AO, Herr Kapitän.« Oberleutnant Ahlmann hielt Hechler einen Telefonhörer entgegen. Dieser bemerkte, wie sich der junge Offizier auf die Unterlippe biß, als eine weitere feindliche Salve heranrauschte und beim Aufschlag riesige Fontänen aufwarf.

»Herr Kapitän«, Hechler vernahm Krolls Stimme zwischen den Explosionen, »wir haben einen Begleitzerstörer versenkt und zwei Frachter getroffen. Ein Kriegsschiff hat den Konvoi verlassen und nimmt Kurs auf uns. Das könnte ein Kreuzer sein«, sagte Kroll. »Größe und Geschwindigkeit sprechen dafür.«

Wieder schossen Fontänen gen Himmel, im geisterhaften Licht wechselte ihre Farbe von Weiß zu Kupferrot.

Hechler starrte hinüber zur *Lübeck*. Dort sollte eigentlich *Prinz Luitpold* laufen. Die Geschütze des Schweren Kreuzers schwenkten in einen neuen Winkel, um den Feind besser treffen zu können. Wieder erzitterte die Brücke, gleich darauf noch einmal, und Hechler hatte ein Gefühl, als bohre sich der Lärm wie glühender Draht in seine Ohren.

»Feind in Sicht, Herr Kapitän. Kurs Rot vier-fünf!« Hechler nahm sein Glas wieder an die Augen und starrte in den Dunst am Horizont. Jetzt war die Kimm nicht länger leer. Eine große, stumpfe Silhouette zeichnete sich ab, die plötzlich in Rauch gehüllt wurde, als die feindlichen Geschütze feuerten.

Hechler nahm das Glas nicht von den Augen. »Befehl an 1. AO: Feuer auf den Kreuzer konzentrieren!« Unmittelbar darauf feuerten ihre beiden vorderen Türme, doch das Ziel war noch zu weit entfernt, als daß sie schon Resultate hätten erkennen können.

Hechler hörte die Stimme aus dem Lautsprecher: »Zu kurz!« Und dann die von Kroll: »Auf vierhundert Meter eingabeln!« Eine Pause, dann: »Feuer!«

»Deckend!«

Leitner klatschte in die Hände. »Signalisieren Sie *Lübeck*: Angriff auf den Geleitzug. Wir aber werden uns mal um den Emporkömmling kümmern.«

»Zwei Treffer . . .« Die weiteren Worte gingen in einer ungeheuren Explosion unter. Als Hechler sich zur *Lübeck* umwandte, sah er Rauch und Flammen unterhalb ihrer Brücke hervorquellen und wie ein scharlachroter, glühender Pilz emporsteigen.

Lübeck änderte Kurs; ihre vorderen Geschütze feuerten wie befohlen auf die Schiffe des Geleitzugs.

Auch der britische Kreuzer war getroffen worden, doch an der Präzision seines Geschützfeuers änderte das nichts. Die nächsten beiden feindlichen Salven deckten *Lübeck* ein, es sah aus, als fahre sie durch Säulen aus Eis hindurch. Achtern war der Kreuzer erneut getroffen worden, der Rauch trieb über das Schiff und bildete einen öligen Schleier.

Hechler sah, wie ein Oberbootsmann erschreckt zur *Lübeck* starrte, als sie einen weiteren Treffer erhielt. Sie ging mit der Fahrt herunter, ihre Bugwelle sank in sich zusammen. Nur ihre Geschütze feuerten immer noch und machten das Denken beinahe unmöglich. Er sah in der Ferne zwischen dem Rauch Flammen emporschlagen und wußte, daß auch der Feind schwer getroffen worden war.

Krolls Stimme war zu vernehmen: »Der Konvoi löst sich auf, der Kreuzer hat das Gefecht abgebrochen.«

»Was ist mit den anderen Sicherungseinheiten?« Leitners Stimme klang scharf.

»Es scheint sich um einige Zerstörer zu handeln, Herr Admiral.« Man merkte Krolls Stimme an, daß er auf der Hut war, weil er mit dem Admiral sprach.

Die ersten Frachter kamen nun in Sicht, unbeholfen und viel zu langsam versuchten sie, den sich nähernden Kriegsschiffen zu entkommen. Der beschädigte Kreuzer hielt sich zurück, zwei Zerstörer sicherten ihn, um ihn gegebenenfalls in Schlepp nehmen zu können oder ihn zu unterstützen, wenn es zu einem letzten Gefecht mit *Prinz Luitpold* kommen sollte.

»Ziel auffassen! Feuer eröffnen!«

Die Frachter hatten überhaupt keine Chance. Einer nach dem anderen wurden sie mit Granaten eingedeckt und standen binnen kurzem in Flammen. Schließlich hing der Rauch wie ein dicker Vorhang über dem Horizont.

»Feuer einstellen!« Hechler blickte zum Vormars auf. Er wußte, daß dort Gudegast die sterbenden Frachter beobachtete und daran dachte, wie er selbst im Frieden auf einem Holzfrachter gefahren war. Auch manch anderer in der Besatzung würde angesichts der Begeisterung seiner Kameraden Ekel empfinden.

Der feindliche Kreuzer war ihnen zwar an Feuerkraft unterlegen, hatte aber ein paar Zufallstreffer erzielen können.

»Meiner Meinung nach sollten wir nach Norwegen zurückkehren, Herr Admiral«, sagte Hechler unbewegt, obwohl Leitner ihn wütend anstarrte. »*Lübeck* kann sich kaum noch über Wasser halten. Selbst wenn sie in Schlepp genommen wird . . .«

Froebe rief: »Signal von *Lübeck*, Herr Admiral: ›Können nicht mehr als sechs Knoten machen und benötigen dringend Hilfe‹!«

Das mußte Rau viel Überwindung gekostet haben.

Leitner kam zu einem Entschluß. »Befehl an den Flottillenchef der Zerstörer: ›Begleiten Sie *Lübeck* in ihren Heimathafen‹!« Er warf einen Blick auf den jungen Signalgasten, der mit blassem Gesicht seine Lampe klappern ließ. Der Tod hielt seine zweite Ernte. Der Konvoi war weitgehend vernichtet. Gott allein mochte wissen, wie viele Menschen in diesen Minuten ihr Ende gefunden hatten.

Wieder blinkte *Lübecks* Signallampe, ihr Schein war hinter dem Rauch, der aus der unteren Brücke des Kreuzers quoll, kaum zu erkennen. Durchs Glas konnte Hechler die Löcher sehen, die Granatsplitter in beide Schornsteine gerissen hatten. Dahinter klaffte ein riesiger Krater, der von einem Volltreffer stammte. Immerhin schien man die Feuer unter Kontrolle zu haben.

»Signal von *Lübeck*, Herr Admiral: ›Wir benötigen Schlepphilfe‹!«

»Hat der Flottillenchef der Zerstörer meinen Befehl bestätigt?« Leitners Stimme klang eher ungeduldig als besorgt.

»Jawohl, Herr Admiral!«

»Ausgezeichnet.« Leitner schien tief durchzuatmen. »Feuer einstellen, Hechler. Jetzt folgt Phase zwei.«

Er wandte sich um, als die rauchgeschwärzten Kriegsberichter aus ihrem Versteck kamen, und grinste die beiden verängstigten Mädchen an.

»Hier geht's ganz schön heiß her, was?«

Sie starrten ihm nach, als er davonging, offensichtlich noch zu betäubt, um zu antworten.

»Gefechtstationen räumen.« Hechler nahm den Telefonhörer auf, der ihn mit dem Schadensbekämpfungstrupp verband. »Eins O, hier spricht der Kommandant. Wir haben das Gefecht beendet.«

Gudegast hatte bereits seine Befehle von Leitner und meldete sich über Bordsprechanlage: »Neuer Kurs liegt an, Herr Kapitän. Umdrehungen für 20 Knoten.« Mehr sagte er nicht. Auch die Männer, die nun an Deck erschienen, schienen es wie Flucht zu empfinden, als sich ihr Schiff nun von den anderen absetzte. Das unwirkliche Sonnenlicht des Nordens umgab Aufbauten und Geschütze mit merkwürdigen Schatten.

Rau würde sie beobachten, würde sie und ihr Schiff verfluchen – und den Admiral wohl am meisten von allen. Aber er war ein viel zu guter Offizier, um auch nur ein Wort zu äußern oder ihnen einen wütenden Signalspruch nachzuschicken.

Er wurde den hungrigen Wölfen zum Fraß worgeworfen, denn die Briten waren nun auf Blut aus. Jedes Flugzeug, das von einem nahen Träger starten konnte, würde die *Lübeck* angreifen. Rau machte sich da bestimmt keine Illusionen. Er wußte genauso Bescheid wie seinerzeit der Kommandant des Zerstörers *Glowworm* oder jetzt eben die Besatzungen der *Swordfish*-Torpedobomber.

Gudegast erschien auf der Brücke und wartete auf Hechler. Der sagte: »Ich komme in zehn Minuten zu Ihnen in den Kartenraum.«

Der Navigationsoffizier nickte, er wußte, was Hechler damit ausdrücken wollte: In zehn Minuten würden *Lübeck* und die Zerstörer so weit zurückgefallen sein, daß sie nichts mehr für sie tun konnten. Er bemerkte die harten Linien im Gesicht Hechlers und war sich nicht klar darüber, ob er Mitleid mit ihm haben oder Gott für diesen Kommandanten danken sollte. Er hatte einen der Frachter sterben sehen, ein großes Schiff, das hoch aus dem Wasser ragte und offensichtlich in Ballast fuhr. *Die letze Reise*. Gudegast beschloß, eine Zeichnung dieses unbekannten Opfers anzufertigen.

Zum erstenmal in seinem Leben empfand er Furcht.

Als *Prinz Luitpold* an diesem Abend mit Südwestkurs in die Gewässer vor Norwegen einlief, wurde sie von dichtem Nebel empfangen, der die Sicht auf maximal zwei Seemeilen einschränkte. Alle Spuren des kurzen Angriffs auf den Konvoi waren beseitigt worden, die Munitionsmagazine aufgefüllt, die Stationen für den nächsten Einsatz vorbereitet.

Jede Umdrehung der drei Schrauben brachte sie weiter vom Festland fort, und damit wurde auch der Sicherheitsfaktor immer geringer.

Hechler mußte zugeben, daß Leitners Zuversicht durchaus etwas Positives hatte. Jeder Funkspruch, jede abgefangene Nachricht wurde überprüft und von Gudegast und seinen Männern ausgewertet. Währenddessen suchte über ihnen das neue Funkmeßgerät die nähere und weitere Umgebung ständig nach unwillkommenen Besuchern ab. Ein Rudel deutscher U-Boote hatte den großen, für Rußland bestimmten Konvoi angegriffen, und jedes in diesem Seegebiet verfügbare britische Kriegsschiff war gegenwärtig dort im Einsatz. Unter Umständen konnte deshalb *Lübeck* im Schutz der Zerstörer doch noch den Heimathafen in Norwegen erreichen und dort repariert werden. Hechler hatte einen bitteren Geschmack im Mund. Er war mit diesem Teil des Plans absolut nicht einverstanden, der offensichtlich vorsah, *Lübeck* ihrem Schicksal zu überlassen.

Als er dem Admiral seine Meinung gesagt hatte, war die Antwort nur ein trockenes Lachen gewesen.

»Sie, Hechler? Ausgerechnet Sie? Und ich dachte, Sie könnte überhaupt nichts erschüttern!«

Es hatte keinen Zweck, daß er insistierte. Wie es hieß, hatte ein offener Streit zwischen dem Kommandanten der *Bismarck* und dem an Bord befindlichen Flottenchef das Schicksal des Schiffes mindestens ebenso besiegelt wie die Granaten und Torpedos des Feindes.

Hechler versuchte, die Dinge nüchtern zu sehen. Immerhin hatten sie den Geleitzug vernichtet, kurz bevor er in die heimischen Gewässer einlaufen konnte. Und das neue Funkmeßgerät hatte sich bewährt. Dank seiner enormen Reichweite würde es sie sehr frühzeitig vor einem Angriff über See oder aus der Luft warnen. Das hieß auch, daß seine Männer nicht ständig in Alarmbereitschaft sein und Tag und Nacht Ausguck halten mußten. Die Freiwache konnte unbesorgt schlafen. Das mochte nicht lange währen, aber die Tatsache, daß sie einigermaßen sorglos zur Koje gehen konnten, bedeutete schon viel.

Trotz des riskanten Manövers, mit dem es ihnen gelungen war, dem Torpedo zu entkommen, hatte es an Bord keine bleibenden Schäden gegeben. Allerdings war es nicht ohne eine Reihe leichterer Verletzungen abgegangen. Zwei Männer, die es im Kesselraum von den Füßen gerissen hatte, waren von heißem Dampf verbrüht worden. Ein anderer war von einem Niedergang gerutscht und hatte sich beim Aufprall ein Bein gebrochen. Zu den Verletzten gehörte auch Erika Franke. Sie hatte sich das Handgelenk verstaucht.

Die Liste mit Unfall- und Krankmeldungen war Hechler übergeben worden, allerdings nicht, wie sonst üblich, vom Schiffsarzt persönlich. Ob er nervös war und Angst vor einer Begegnung hatte? Oder war es einfach Überheblichkeit? Hechler wußte es nicht.

Theil erschien auf der Brücke, sein Mantel glänzte vor Nebelnässe.

»Es scheint zu klappen, Theil.« Hechler sprach leise, denn er wußte, daß die Männer um ihn die Ohren spitzten. Er blickte nach oben, wo Leitners Flagge feucht am Kreuztopp hing. »Morgen werden wir in Bereitschaft sein müssen.«

»Bleiben Sie dabei, südlich an Island vorbeizulaufen, Herr Kapitän?« Bei dieser Frage sah Theil ihn nicht an.

Hechler nickte. »Ja, jedenfalls solange wir keine Feindberührung haben. Um diese Jahreszeit bringt es keine Vorteile, wenn wir nördlich durch die Dänemark-Straße laufen. Es ist einfach zu lange hell, und das bedeutet zuviel feindliche Luftaufklärung. Wenn wir zwischen Island und den Faröern durchstoßen, haben wir auf jeder Seite 150 Meilen Seeraum.«

Er beobachtete, wie zwei Matrosen eine Tragbahre in einen Unterstand des vordersten Turmes schoben, und mußte plötzlich an die junge Pilotin denken. Auch Theil machte ihm Sorgen, er wirkte so gespannt. Vielleicht wegen seiner verschwundenen Frau. Und das war nicht gut. Angesichts ihrer riskanten Operation konnte es für sie alle fatale Folgen haben.

Zufrieden hörte Hechler das Vibrieren der mächtigen Maschinen, die gut 30 Knoten bringen konnten. Wenn es darauf ankam, schaffte der Schwere Kreuzer sogar 32,5 Knoten und machte selbst manchem Zerstörer das Mithalten schwer. Während sie mit Südwestkurs durch den Nebel jagten, schien es etwas dunkler zu werden, zum Glück. Die Nacht war ihr einziger Verbündeter in dieser feindlichen See.

Hechler bemühte sich, seine Erregung unter Kontrolle zu halten. Diese schnelle Fahrt war berauschend wie Wein. Nach dem Anblick der brennenden oder dem Untergang geweihten Schiffe schien ihm die Aussicht, nun in den Atlantik vorzustoßen, plötzlich eine saubere Angelegenheit.

Theil sah, wie sich die harten Linien um den Mund seines Kommandanten milderten, und fragte sich, wie er sich wohl an seiner Stelle gefühlt hätte. Wie alle anderen Stabsoffiziere an Bord von *Prinz Luitpold* hatte auch Theil die Befehle sehr sorgfältig gelesen. Der Operationsplan zeichnete sich durch Kühnheit und Genauigkeit aus. Das Flottenkommando unter Admiral von Hanke mußte monatelang mit seiner Ausarbeitung beschäftigt gewesen sein, jedes Für und Wider abgewogen haben. Blieb nur die Hoffnung, daß nicht zu viele Menschen davon wußten. War Geheimhaltung nicht gewährleistet, dann hätte man den Plan besser gleich aufgegeben.

Von Hankes Sohn war U-Boot-Kommandant gewesen und im Atlantik geblieben; vielleicht war dies Anlaß für den alten Admiral gewesen, eine völlig neue Idee zu verwirklichen. Stets waren die deutschen U-Boote durch die weiten Wege behindert, die sie zurücklegen mußten, bevor sie in ihrem Operationsgebiet standen. Das galt auch nach der Eroberung Frankreichs trotz der U-Boot-Basen an der Atlantikküste. Um hier Abhilfe zu schaffen, war ein Bauprogramm großer U-Boote angelaufen, deren einzige Aufgabe es war, die weit draußen im Atlantik stehenden Kampfboote mit Munition, Treibstoff, Versorgungsgütern und Torpedos zu versorgen. Auf vorher festgelegten Positionen trafen sich die – im Jargon der Marine »Milchkühe« genannten – Versorger mit den Kampfbooten, deren Zeit auf See dadurch verdreifacht werden konnte. Entsprechend waren die Verluste des Feindes gestiegen, war die Moral der U-Boot-Besatzungen gestärkt worden.

Jetzt sollte auch *Prinz Luitpold* von solchen »Milchkühen« mit Treibstoff versorgt werden. Zweifellos ein Wagnis, denn bisher war so etwas noch nie versucht worden. Doch niemand von den anderen Offizieren hatte Zweifel an der Operation geäußert, und nach den Ereignissen dieses Tages waren sie wahrscheinlich froh darüber, keinen Mangel an Vertrauen gezeigt zu haben. Denn wieder einmal war ihr Schiff unbeschadet davongekommen. Sicherlich, die Sache mit der *Lübeck* war alles andere als schön, aber wenn man es realistisch betrachtete, dann hatte es keine Alternative gegeben. Und vielleicht kam sie ja auch einigermaßen gut davon, dachte Theil. Falls sie ihren Hafen erreichte, würde sie erst mal allen Ruhm ernten, während der *Prinz* immer weiter hinaus in den Atlantik lief. Und dort konnte es ganz dick kommen.

»Tut mir leid, was mir über Ihre Frau zu Ohren gekommen ist«, sagte Hechler plötzlich.

Theil starrte ihn überrascht an, blickte dann schnell weg und fragte leise: »Vom Admiral?«

»Er war verpflichtet, es mir zu sagen, Theil, aber ich hätte es auch so erfahren. Glauben Sie nur nicht, daß mir deshalb Zweifel an Ihnen kommen.«

Theil fühlte, wie die Farbe aus seinem Gesicht wich. »Es wird keinen Einfluß auf meinen Dienst haben, ganz gleich, was kommen mag.«

Hechler stand auf. »Ich gehe mal hinunter ins Krankenrevier. Übernehmen Sie hier die Brücke, Theil.«

Hechler bemerkte die erstaunten Blicke der Männer, an denen er auf dem Weg zur zwei Decks tiefer gelegenen Krankenstation vorüberging. Als Junge hatte er einen richtigen Widerwillen gegen Krankenhäuser gehabt, vor allem deshalb, weil er oft seinen gasvergifteten Vater dort hatte besuchen müssen, der immer noch daran glaubte, daß im Hospital sein Leiden gelindert werden könne. Meine arme Mutter, dachte er plötzlich. Tag für Tag die Besuche bei dem kranken Mann und dabei immer die anderen Kriegsveteranen vor Augen: ohne Arme, ohne Beine, gasvergiftet, blind – mancher wäre besser draußen in den verschlammten Gräben Flanderns geblieben.

Das Krankenrevier war weiß und hell erleuchtet. Zwei Sanitäter waren damit beschäftigt, Flaschen wieder in Regale zu stellen. In einem Korb lag eine Menge zerbrochenes Glas. Das Ausweichmanöver hatte auch hier unübersehbare Spuren hinterlassen. Einige der Verletzten lagen dösend in ihren Kojen, einer versuchte beim Erscheinen seines Kommandaten Haltung anzunehmen. Hechler winkte ab.

Der neue Schiffsarzt entsprach in keiner Weise dem Bild, das Hechler sich gemacht hatte. Er war erst 40 Jahre alt, sah aber erheblich älter aus. Sein Gesicht mit der goldgeränderten Brille war das eines Gelehrten. Er machte Anstalten, sich zu erheben, doch Hechler schloß die Tür und nahm schnell selber Platz. Dann zog er seine Pfeife hervor. »Alles in Ordnung?« wollte er wissen.

Dr. Karlheinz Stroheim blickte ihn argwöhnisch an, eine Hand strich nervös über die drei von einer Äskulapschlange gekrönten goldenen Streifen an seinem Ärmelaufschlag.

»Ich habe Ihnen alle Verletzten gemeldet, Herr Kapitän«, sagte er.

»Ich dachte, wir sollten mal miteinander reden.« Er stieß eine

Rauchwolke aus. »Und da der Prophet nicht zum Berg gekommen ist . . .«

»Es ist mir eine Ehre, Herr Kapitän.«

»Sie waren zuletzt in Wilhelmshaven stationiert, nicht wahr?«

Der Arzt nickte. »Sie wissen, was sonst noch geschehen ist?«

»Sie hatten Schwierigkeiten.«

In Stroheims braunen Augen blitzte kurz Wut auf. »Ich war zu wertvoll, um einfach liquidiert zu werden. Statt dessen haben sie mich in diese Uniform gesteckt.«

»Darin sehe ich keine Schande.« Hechler versuchte, das Geräusch der Maschinen zu überhören, das hier unten erheblich lauter war. »Es ging um Abtreibungen, nicht wahr?«

Stroheim starrte ihn an. »Woher wissen Sie das?«

»Ich wußte es nicht, ich habe es nur vermutet.« Hechler lächelte unmerklich. »Und ich wollte Sie schockieren, damit Ihnen der Unmut über die Abkommandierung vergeht.«

Stroheim ballte die Fäuste unter dem Tisch. »Tut mir leid. Ich habe eine ganze Menge mitgemacht. Eines Tages wird man meine Ansichten akzeptieren, leider für viele Frauen zu spät. Aber ich war stets der Meinung . . .«, er zögerte, als erwarte er eine Rüge, »eine Frau müsse das Recht zur eigenen Entscheidung haben.« Seine Stimme bekam plötzlich einen verächtlichen, bitteren Klang. »Es sollte bessere Gründe dafür geben, ein Kind in die Welt zu setzen, als nur weitere Soldaten für Deutschland zu produzieren.«

Hechler erhob sich. »Sie sollten sich hier unten nicht zu sehr verkriechen, Doktor. Nehmen Sie Kontakt zu den anderen Offizieren auf. Es ist nicht gut, wenn man zuviel allein ist.«

Stroheim setzte seine Brille ab und hielt sie gegen das Licht. »Sie meinen, sonst geht es mir wie Ihnen, Herr Kapitän?«

Hechler wandte sich ab. »Noch benötige ich keine Behandlung, vielen Dank.« An der Tür verhielt er. »Versorgen Sie meine Männer gut, Doktor. Auch sie sind nicht freiwillig hier – genau wie Sie.«

Als er gehen wollte, stieß er beinahe mit Erika Franke zusammen. Ihre linke Hand war bandagiert und lag in einer Schlinge. »Wenn Sie das nächste Mal abrupt die Fahrtrichtung ändern, Herr Kapitän, dann geben Sie mir bitte vorher Bescheid. Zum Fliegen brauche ich nämlich beide Hände.« Aber sie lächelte bei ihren Worten und schloß sich ihm an.

»Ich würde so gern mal wieder zu Ihnen auf die Brücke kommen«, sagte sie. »Ich hasse es, da unten eingesperrt zu sein.«

»Kommen Sie, wann immer Sie mögen.« Ihm gefiel die Art, wie sie ihren Kopf bewegte, die Farbe ihrer Augen. Er hatte sich gewünscht, sie zu sehen, der Arzt war nur ein Vorwand gewesen, begriff er plötzlich.

Ein Melder kam eilig auf ihn zu und salutierte. »Nachricht von der Brücke, Herr Kapitän.«

Hechler griff zu einem Telefon an der grauen Stahlwand. Er hörte Theils Stimme und im Hintergrund das Geräusch von See und Wind. Der Erste sagte gedämpft: »Der Admiral hat soeben die Nachricht erhalten, daß *Lübeck* versenkt worden ist.«

Sehr langsam legte Hechler auf.

Erika beobachtete ihn mit wachen Augen. »Darf ich fragen . . .«

Sein Blick war nichtssagend. »Die *Lübeck* ist versenkt worden.« Dabei hatte er das Bild ihres Untergangs vor Augen, als ob er gerade in diesem Moment geschehe.

»Sie wollten den Kreuzer nicht zurücklassen, nicht wahr?« Erika Franke sah die Frage in seinen blauen Augen und zuckte die Achseln. »Man hat es mir erzählt. Jeder an Bord scheint es zu wissen. Und alle sind sehr stolz auf ihren Kommandanten.«

»Es gibt eben keine Geheimnisse auf einem Schiff.« Er blickte sie fest an. »Ja, ich wollte bei der *Lübeck* bleiben. Und nun gibt es sie nicht mehr.« Er mußte an die brennenden Schiffe des Geleitzuges denken; sie hatten jetzt ihre Rache. Abschiednehmend berührte er den gesunden Arm der jungen Frau. »Bis nachher.« Dann öffnete er das schwere Schott und trat hinaus in die feuchte Luft. Mit schnellem Schritt strebte er dem ersten Aufgang zur Brücke zu und übersah dabei völlig die Geschützbedienungen, die Haltung angenommen hatten.

Das Opfer der *Lübeck* durfte nicht umsonst gewesen sein.

8 Treibgut

Der südafrikanische Marinehafen Simonstown war voll von Kriegsschiffen aller Arten und Größen. Er ähnelte einem Schmelztiegel, der aus zwei unterschiedlichen Arten des Seekrieges gebildet wurde. Da waren die dunkleren, getarnten Einheiten, die im Atlantik zum Einsatz kamen. Und daneben gab es jene Schiffe, deren hellgrau gestrichener Rumpf verriet, daß sie im Indischen Ozean operierten.

Da lagen große Kreuzer, die jenseits des Kaps der Guten Hoffnung die langen Seewege bewältigen konnten, und bildeten einen auffälligen Kontrast zu einer Flottille stämmiger kanadischer Korvetten, die ihrem Geleitzug von Neufundland her den Weg freigehalten hatten.

Daneben Frachter und Tanker, Munitions- und Truppentransporter. Und selbst ein sauber gestrichenes Lazarettschiff fehlte nicht.

An diesem Nachmittag lag der größte Kreuzer an der Mole, seine weiße britische Kriegsflagge hing schlaff in der grellen Sonne. Es war die HMS *Wiltshire*, ein großes, 10 000 Tonnen verdrängendes Schiff, das zu einer Klasse von Kreuzern gehörte, die in Übereinstimmung mit den Washingtoner Verträgen gebaut worden war. Sie stammte aus den 20er Jahren, hatte eine Hauptartillerie von acht 20,3-cm-Geschützen und eine große Zahl leichterer Waffen. Die acht schweren Geschütze waren in jeweils zwei Türmen auf dem Vor- und Achterdeck zusammengefaßt. Ein älteres Vickers *Walrus*-Flugboot hockte auf dem Katapult wie ein Vogel auf der Stange, und die drei schmalen Schornsteine gaben dem Kreuzer ein hoffnungslos veraltetes Aussehen. Doch das war ein Trugschluß. Die *Wiltshire* ragte hoch aus dem öligen Brackwasser, und da ihre Panzerung vergleichsweise leicht war, waren die Wohnräume relativ groß und luftig.

An diesem Sonntag befand sich, abgesehen von den Männern der Wache, niemand von der Besatzung an Bord. Offiziere und Mannschaften nutzten jede Gelegenheit zum Landgang, schwärmten in Kapstadt aus und freuten sich dieser vom Krieg unberührten Ecke der Welt.

In seiner Tageskajüte saß Captain James Cook Hemrose, Distinguished Service Order* Royal Navy, unter einem Ventilator, betrachtete seinen Drink und fragte sich, ob es weise sei, sich noch einen zweiten zu nehmen. Auf einem Stuhl lag seine Parademütze, die er morgens zur Musterung und zum Gottesdienst getragen hatte, neben einem anderen stand die Tasche mit den Golfschlägern und erinnerte ihn daran, daß er ein Match hatte absagen müssen.

Er war ein kräftiger Mann und wirkte in seinem weißen Hemd und den Bermudashorts nicht gerade vorteilhaft. Unter den Achseln waren deutlich Schweißflecken zu erkennen, daran vermochte der Ventilator nichts zu ändern. Überhaupt war ihm die drückende Hitze höchst zuwider. Hemrose war Ende 40, und der Dienst hatte ihm schwer zugesetzt. Er sah erheblich älter aus und fühlte sich auch älter.

Die Tür wurde geöffnet, und der 1. Offizier, ein Commander**, trat ein.

Hemrose machte eine Handbewegung zur Anrichte. »Mixen Sie sich einen Drink, Toby, wird Ihnen guttun.«

* britische Kriegsauszeichnung (D. S. O.) für Offiziere

** Fregattenkapitän

Der Commander blickte die Meldungen auf dem Tisch an. »Stimmt denn das alles, Sir?«

»Machen Sie mir auch noch einen, wenn Sie schon dabei sind. Aber nicht zuviel Bitters.«

Der Commander mußte lächeln. Als ob er das nicht ganz genau wüßte! Er war nun schon seit einem Jahr Hemroses Erster, war mit ihm im Atlantik, mit Konvois um das Kap und in den Gewässern vor Ceylon und Indien gefahren. Es hatte ihm gefallen, auch wenn es viel Routine und oft Langeweile gegeben hatte. Dennoch: Er konnte auf die Atlantik- und Arktisfahrten verzichten. Mochten das die Männer machen, die sich mit Ruhm bekleckern wollten.

»Ja, das stimmt alles«, sagte Hemrose kühl. »Die Jerries* haben einen ihrer Schweren Kreuzer auslaufen lassen. Wahrscheinlich die *Prinz Luitpold.*« Seine Augen wurden plötzlich hart. »Jedenfalls hoffe ich, daß er's ist.«

Der Commander nippte an seinem Gin, ihm sollte es recht sein. »Ich kann mir nicht denken, daß wir ihn noch hier unten zu sehen bekommen, nicht in diesem Stadium des Krieges.«

Hemrose seufzte. Commander Toby Godson war ein gutwilliger Dummkopf. Sie befehligten ein schönes Schiff, und das hatte ihm eigentlich genügt, jedenfalls so lange, bis dieser Funkspruch eintraf. Seitdem war Hemrose erregt, wäre aber eher gestorben, als sich etwas anmerken zu lassen. Vielleicht war der Krieg ohnehin im kommenden Jahr vorbei. Kommandant eines Schweren Kreuzers zu sein, der sich innerhalb seiner Klasse einen Namen erworben hatte, war schließlich durchaus eine gewisse Leistung. Was aber würde nach dem Ende des Krieges sein? Würde man ihn in den Ruhestand schicken wie schon seinen Vater?

Es gab einen vielkolportierten Spruch unter den Angehörigen der Royal Navy. Er lautete: »Gott und die Navy sind uns sehr nah', allerdings erst in höchster Gefahr.«

Hemrose warf einen Blick auf den ausführlichen Funkspruch seiner fernen Admiralität. Er machte ihn zum Commodore und gab ihm den Befehl über ein kleines Geschwader. Dafür hatte er alle notwendigen Schritte zu unternehmen, um den deutschen Schweren Kreuzer aufzuspüren und zu bekämpfen, sollte er durch die britischen Verteidigungslinien in den Südatlantik vorstoßen. Aber das war unwahrscheinlich, genau wie Godson schon gesagt hatte.

Wenigstens hatte ihm das den längst fälligen Auftrieb gegeben. Die

* britische Spottbezeichnung für die Deutschen

Ernennung zum diensttuenden Commodore war zwar zeitlich begrenzt, kam aber gerade im richtigen Augenblick. Es war der erste, besonders wichtige Schritt zum Flaggoffizier*, durchaus nicht unüblich in diesem Krieg. Auch Harwood, der das kleine Geschwader kommandiert hatte, das die *Graf Spee* in die Enge trieb, war unmittelbar danach zum Commodore befördert worden.

Eines der Schiffe seines Geschwaders lag bereits hier in Simonstown: der Leichte Kreuzer *Pallas*, der zur Leander-Klasse gehörte und im Dienst der Royal New Zealand Navy (R. N. Z. N.) stand. Verglichen mit *Wiltshire*, sahen die Kreuzer dieser Klasse fast nur wie größere Zerstörer aus. Doch das Schiff, sein Kommandant und seine Besatzung bildeten eine schlagkräftige, gutausgebildete Einheit, und sie waren zusammen, seit der Kreuzer in Dienst gestellt worden war.

Hemrose erhob sich und trat an eines der Bullaugen, die von der Sonne abgewandt waren. Er mußte an sein Haus in Hampshire denken und an seine Frau Beryl, die sich bestimmt freuen würde, wenn sie von seiner Ernennung erfuhr. *Diensttuender Commodore* hörte sich gut an. Zwar etwas altmodisch, aber ihm gefiel das. Entfernt war er sogar mit Captain James Cook verwandt und stolz darauf, auch wenn es ihm bei seiner Laufbahn keineswegs nützlich gewesen war.

Der Commander unterbrach seinen Gedankenflug. »Ich vergaß völlig, daß Sie mit *Prinz Luitpold* ja schon die Klingen gekreuzt haben. War es nicht am Nordkap?«

»Ich werde das nie vergessen.« Hemrose starrte durch das Bullauge und bemerkte zwei Matrosen in einem Dingi, die ein paar schwarzen Schönheiten auf der Mole etwas zuriefen.

Der Commander schien die warnenden Zeichen nicht zu bemerken. »Wie es heißt, Sir, führt diesmal Konteradmiral Leitner das Schiff?«

Hemrose starrte ihn finster an. »Auf den pfeif' ich. Der Kommandant ist der entscheidende Mann: Hechler. Er befehligte das Schiff am Nordkap, als . . .«

»Ein verkleinertes Schlachtschiff, heißt es, Sir. Gegen das ist unsere Panzerung nicht viel wert.«

Aber Hemrose hörte seinem Ersten gar nicht zu. »Kam plötzlich wie eine Klippe aus dem Schneegestöber und feuerte aus allen Rohren.« Er sah sich in seiner hübschen Kajüte um und erinnerte sich an

* Flaggoffiziere sind die Admirale in den Flotten, der Commodore entspricht dem heutigen Flottillenadmiral der Bundesmarine.

damals. »Mein Gott, hier war alles durchlöchert wie ein Pfefferstreuer.«

»Und *Prinz Luitpold* ist immer davongekommen?« fragte der Commander.

»Allerdings, ja. Das reinste Stehaufmännchen, kann ich Ihnen sagen.« Er beobachtete die beiden Matrosen, die mit ihrem Boot nun eilig davonpullten; ganz offensichtlich hatten sie bemerkt, daß er ihnen zusah. »Ich hoffe nur, daß Hechler noch das Kommando hat. Denn diesmal kriege ich ihn.« Er grinste kläglich. »Diesmal geht's ihm wie damals mir am Nordkap.«

»Wie meinen Sie das, Sir?«

Hemrose lachte laut. »Diesmal hat *er* seinen Admiral am Hals, der ihm ständig in die Suppe spucken wird.«

Der Commander nahm einen kräftigen Schluck Gin. Er war an die Unverblümtheit seines Kommandanten gewöhnt. Aber wahrscheinlich freute er sich zu früh. Die draußen operierenden Einheiten würden den deutschen Handelsstörer abfangen, bevor Hemrose seiner auch nur ansichtig wurde.

Der rieb sich die Hände. »Lassen Sie alle Stabsoffiziere zurückrufen, Toby. Zur Hundewache* möchte ich sie an Bord haben.«

»Verstehe«, nickte der Commander.

»Gar nichts verstehen Sie, Toby.« Er wurde ernst. »Zum ersten Mal in meinem Leben haben mir Ihre Lordschaften freie Hand gelassen, und ich bin fest entschlossen, davon Gebrauch zu machen.« Er schlug ihm auf die Schulter. »Und geben Sie Signal an *Pallas*: Bitte Kommandant zu mir an Bord.«

»Tut mir leid, Sir«, sagte Godson unglücklich. »Er spielt mit einigen Südafrikanern Cricket.«

Hemrose konnte nichts erschüttern. »Auch gut. Morgen um diese Zeit werden wir jedenfalls den Hafen verlassen, und ich möchte, daß Sie den gesamten Funksprech- und Nachrichtenverkehr überwachen.« Er ging zur Anrichte und suchte nach Eis, aber alles war geschmolzen. So goß er sich noch einen großen Gin ein. »Immerhin liegt nun auch die *Lübeck* auf dem Meeresgrund. Wieder einer weniger. Hat sich selbst versenkt, nachdem unsere Leute sie zusammengeschossen hatten.« Er runzelte die Stirn. »Ich möchte wissen, ob das Hechlers Idee war. Kann ich mir eigentlich gar nicht vorstellen.«

Er wandte sich um, doch der Commander war schon gegangen.

* Wache von Mitternacht bis vier Uhr morgens

Kapitän zur See Dieter Hechler schloß die schwere Stahltür zum Kommandoturm und schob sich durch den feuersicheren Vorhang.

Draußen ging der Tag erst zu Ende, aber hier drinnen war bereits tiefe Nacht. Nur die Lampen des Kartentisches schimmerten, und die Beleuchtung des automatischen Steuergeräts warf ein diffuses Licht gegen die dicken Panzerplatten. Hechler spürte die unterdrückte Erregung der Männer. Gudegast lehnte an dem vibrierenden Tisch, sein Bart wirkte dunkler im fahlen Licht. Um ihn herum standen seine Untergebenen, die meisten noch sehr jung. Als Hechler zu ihnen trat, nahmen sie Haltung an.

Der Kommandant warf einen Blick auf die Karte, sah die mit Gudegasts feiner Schrift ausgeführten Berechnungen und Kurslinien. Aus Funkmeßgerät, Kreiselkompaß und Log waren alle Angaben über Geschwindigkeit, Zeit und zurückgelegte Entfernung in den Rechner eingeflossen, Hechler konnte sie mit einem Blick erkennen.

»Wir sind durch!«

Gudegast nickte, dann wies er mit dem Stechzirkel auf ihre Kurslinie, welche die Island-Faröer-Barriere gekreuzt hatte. Dort wölbte sich der Meeresboden unvermittelt wie ein riesiger Buckel empor. Bei den U-Boot-Fahrern und den Blockadebrechern hieß diese Gegend nur der *Fleischwolf.* Wehe dem U-Boot, das hier zu tief tauchte, um den feindlichen Wasserbomben zu entgehen! Auch für die Überwasserschiffe gab es hier wenig Spielraum zum Manövrieren.

Dennoch war ihnen der Durchbruch gelungen. Der *Prinz* war durch die 300-Meilen-Lücke geschlüpft, ohne auf Widerstand zu stoßen. Nicht ein einziges Schiff war in Sicht gekommen, nicht einmal ein Flugzeug. War das Glück, ein Wunder oder das direkte Ergebnis der Köder, die von Hanke ausgelegt hatte? Unmöglich zu sagen.

Der Vorhang wirbelte zur Seite, und Leitner trat ein, gefolgt von seinem Adjutanten. Er starrte ohne zu blinzeln auf die Karte und meinte: »Wir haben es geschafft. Genau wie geplant.« Sein Blick erfaßte die Männer um ihn herum. »Vor zwei Tagen haben wir den Konvoi vernichtet, und jetzt sind wir hier!« Er schlug auf die Karte. »Im Atlantik, meine Herren! Und da wurde immer behauptet, das sei nicht zu schaffen.«

Einige Jungen grinsten oder stießen einander in die Rippen, aber Gudegast blieb unbewegt. »In fünfzehn Minuten Kursänderung, Herr Kapitän.«

Hechler nickte. »Einverstanden.«

Ein junger Matrose hielt Hechler einen Telefonhörer hin. »Anruf von der Brücke, Herr Kapitän.«

Hechler schüttelte sich. War er übermüdet oder nervös? Jedenfalls hatte er das Läuten nicht gehört. Froebe, der das Kommando auf der Brücke hatte, war am Apparat. »Wir haben ein ganz schwaches Funkecho in Rot eins-null, Herr Kapitän. Entfernung fünf Seemeilen.«

Das war nahe dran. Eigentlich zu nahe. Hechler mahnte sich zur Ruhe. »Was könnte das sein?«

»Ein ganz kleines Fahrzeug, Herr Kapitän. Dürfte kaum nach Tonnen vermessen sein.« Irgend jemand ließ sich im Hintergrund vernehmen: »Es wird bald dunkel.«

»Kursänderung zum Abfangen«, befahl Hechler. Er merkte, wie Gudegast hinter ihm radierte, um die Karte entsprechend zu ändern.

»So klein?« murmelte Leitner. »Könnte der Turm eines Unterseeboots sein, oder?« Ein weiterer Schwachpunkt in ihrem Plan – der unsichtbare feindliche Beobachter.

Wieder war Froebes Stimme zu vernehmen. »Wir haben das Objekt identifiziert, Herr Kapitän. Es handelt sich um ein Rettungsboot.«

Hechler stürmte schon aus dem Kommandoturm, und dabei war ihm völlig egal, ob das Leitner paßte oder nicht.

Auf der Brücke war es verdammt kalt, und obendrein hatte sich der Himmel bezogen. Er hob sein Glas an die Augen und merkte, wie sich das Deck leicht neigte, als Ruder gelegt wurde. Dann sah er das Boot und entspannte sich. Von diesem kleinen, einsamen Rest drohte ihnen kein Angriff. Schiffbrüchige mochten auf dem Atlantik ein gewohnter Anblick geworden sein, aber für die meisten Männer seiner Besatzung war er sicherlich neu.

Theil erschien auf der Brücke und meldete keuchend: »Ein Boot voller Leichen.« Das klang ärgerlich, als habe ihn das treibende Boot beleidigt.

»Maschinen langsame Fahrt!«

Theil blickte ihn fassungslos an. »Sie wollen doch nicht etwa stoppen, Herr Kapitän?«

»Bootsmannsmaat, veranlassen Sie, daß ein Boot ausgesetzt wird.« Hechler blickte zu Jäger hinüber. »Sie übernehmen es.«

»Um Himmels willen, Herr Kapitän!« preßte Theil zwischen den Zähnen hervor. »Damit sind wir ein Ziel wie auf dem Präsentierteller.«

»Halten Sie den Mund, Theil«, sagte Hechler leise. Täuschte ihn das verblassende Licht, oder hatte er wirklich zwischen den Toten im Boot eine Bewegung gesehen?

»Maschinen stopp!« Er lief hinaus in die Nock, als das Boot zu Wasser gelassen wurde und Sekunden später über ihre zusammenfallende Bugwelle auf das treibende Rettungsboot zufuhr. Jäger war noch gerade rechtzeitig an Bord gesprungen.

»Da sind noch Überlebende«, sagte er. Als Theil nichts erwiderte, fügte er kalt hinzu: »Wäre es Ihnen lieber gewesen, wenn wir das Boot unter Feuer genommen hätten?« Erneut hob er sein Glas und fühlte die Spannung zwischen ihnen. Dann bemerkte er plötzlich, daß Leitner neben ihn getreten war, denn er roch sein Rasierwasser. Trotzdem ließ er das Glas nicht sinken und sah, wie das Motorboot das treibende Rettungsboot zu sich heranzog und Jäger mit Stabsbootsmann Trips überstieg. Trips, der alte Seemann, war durch nichts zu erschüttern. Jäger indessen schien dem Anblick nicht gewachsen. Er lehnte am Dollbord und hielt sich ein Taschentuch vor dem Mund.

Ein Signalgast meldete: »Zwei Überlebende, Herr Kapitän.«

»Benachrichtigen Sie das Krankenrevier.«

Hechler hörte Schritte auf dem Niedergang und dann ihre Stimme, die einem Matrosen dankte, der ihr behilflich gewesen war. Erika trug wieder ihr schwarzes Lederblouson, ihr Haar wehte in der Brise. Theil trat zur Seite, so daß sie sich zwischen Hechler und den Admiral stellen konnte.

»Nur zwei?« wollte sie wissen.

Hechler nickte. Vielleicht fiel auch ihr die Sinnlosigkeit auf. *Ein Schiff gesunken, Hunderte von Männern tot, und wir stoppen für zwei lebendige Tote.* War es vielleicht das ungeschriebene Gesetz der See? Oder der Ausgleich dafür, daß sie schon so viele zum Sterben zurückgelassen hatten? Er bemerkte, daß ihre Hand die Reling so hart umfaßte, daß die Knöchel weiß aus der gebräunten Haut hervortraten. Ihre Augen schimmerten feucht – von Tränen?

»Treibgut des Krieges«, meinte Leitner, an die Pilotin gewandt.

»Mein ...« Ihre rauhe Stimme brach, sie begann noch einmal: »Ich kannte jemanden, der auch auf See geblieben ist.«

Hechler blickte Erika an. Sie sah elend aus. Die Bewegungen des Schiffes wurden immer schlimmer. *Prinz Luitpold* hob und senkte sich wie ein riesiger Moloch.

»Setzen Sie sich auf meinen Stuhl.« Er führte sie am Ellenbogen hinüber. »Und atmen Sie tief durch.« So leise, daß niemand sonst mithören konnte, fügte er hinzu: »Bleib in der Luft, mein kleiner Vogel. Die See ist manchmal ein verdammt schmutziges Pflaster.«

Er blickte über ihren Kopf hinweg. »Sie übernehmen hier, Theil. Ich gehe nach unten ins Revier.«

Irgend jemand rief: »Das Boot hat festgemacht!« Dann wurde es schnell hochgezogen, und Froebe fragte: »Soll ich das Boot da draußen mit einem Schuß versenken lassen, Herr Kapitän?«

»Nein.« Hechler hob noch einmal sein Glas, ihm war klar, daß Erika sich im Stuhl umgedreht hatte, um ihn zu beobachten. »Lassen Sie sie in Frieden.«

Ein Zittern ging durch das Schiff, und er spürte förmlich, wie die Männer vor Erleichterung aufseufzten, als die gewaltigen Propeller wieder das Wasser aufwirbelten.

Hechler stürmte den ersten Niedergang herunter, dann blieb er stehen und hielt sich mit beiden Fäusten am Geländer fest. *Was ist bloß los mit mir?* fragte er sich. *Sind die beiden Halbtoten denn so wichtig?*

Er traf Jäger und Trips schon vor dem Krankenrevier. Der junge Leutnant nahm sich zusammen, sah aber schauderhaft aus.

»Alle anderen waren schon tot.« Er schien den gräßlichen Anblick noch einmal zu erleben. »Aber sie bewegten sich hin und her, als wären sie noch am Leben. Einigen hatten die Möwen schwer zugesetzt ...« Er würgte.

»Nehmen Sie's nicht zu schwer, Herr Leutnant. Sie werden sich auch daran gewöhnen«, sagte der alte Trips.

Jäger schüttelte sich. »Einer von ihnen ist Offizier, der andere ...« Er starrte zu Boden. »Der andere wollte das Boot nicht ohne seine Katze verlassen.«

»Katze?«

»Das Tier war schon tot, Herr Kapitän«, gab Trips Auskunft. »Wir haben es im Boot gelassen. Sie müssen wochenlang auf dem Meer getrieben sein.«

»Gut gemacht. Gehen Sie beide zu meinem Steward und lassen Sie sich etwas zum Aufwärmen einschenken.«

Oberstabsarzt Stroheim wischte sich die Hände an einem Handtuch ab und gab Hechler den Blick auf die beiden Überlebenden frei. Sie lagen in Kojen neben dem Behandlungsraum. Ein Matrose stand draußen Wache, doch von diesen beiden zugedeckten Gestalten ging keine Gefahr mehr aus.

Der eine von ihnen, dessen Rockärmel zwei stumpfe goldene Streifen trugen, war eben erst zu Bewußtsein gekommen: ein noch junger Mann, der hohläugig an die Decke starrte, unfähig zu begreifen, daß man ihn gerettet hatte.

Der zweite Seemann war erheblich älter und hatte einen weißen Bart. Seine Arme waren noch immer so vor der Brust verkrampft, wie ihn Jäger gefunden hatte. Offensichtlich glaubte er nach wie vor, die

Schiffskatze in seinen Armen vor dem Hunger der anderen schützen zu müssen.

»Ich habe ihnen Beruhigungsmittel gegeben, Herr Kapitän.« Stroheim wies auf die kläglichen Kleinigkeiten aus ihren Taschen, die er auf einen Glastisch gelegt hatte. »Sie gehörten zur Besatzung der *Radnor Star*, eines Frachters.«

Der Zweite Offizier mochte das Rettungsboot geführt haben, wahrscheinlich der einzige Offizier, der mit dem Leben davongekommen war. Einen nach dem anderen hatte er die Kameraden im Boot sterben sehen, schließlich war er mit dem Alten alleingeblieben, der immer noch seine tote Katze umklammert hielt. Ein letzter Rest Disziplin mochte ihn am Leben erhalten haben. Er befehligte das Boot, was blieb ihm da anderes übrig?

Der Doktor nahm seine Brille ab und polierte die Gläser. »Das also ist der Atlantik, der Menschenfresser, vor dem man mich gewarnt hat«, sagte er.

»Werden Sie nur nicht dramatisch, Doktor.« Hechler wandte sich zur Tür. »Und lassen Sie mich benachrichtigen, sobald die beiden sich so weit erholt haben, daß man mit ihnen reden kann.«

Als er die Brücke betrat, wurde er wortlos gegrüßt. Erika saß noch immer auf seinem Stuhl, irgend jemand hatte ihr einen dicken Marinemantel umgelegt. Sie sagte kein Wort, und er war ihr dankbar dafür. Er sah, wie Jäger auf die Brücke kam und von Gudegast mit einem leichten Schlag auf den Arm empfangen wurde. *Und was ist mit mir? Glauben sie wirklich, daß ich keine Gefühle habe?* dachte er.

Überrascht starrte er hinunter, als sie plötzlich ihre Hand auf seine legte. Sie bewegte sich nicht, lag nur einfach da, als wolle sie in ihn hineinhorchen. »Ich bin hier, Kapitän Hechler«, sagte sie leise. »Ich habe alles durch Ihre Augen gesehen.«

Hechler spürte den übermächtigen Wunsch, ihre Hand zu ergreifen und an sich zu pressen. Erika hatte ihn so genau verstanden, als hätte er laut gerufen. »Ich würde gern mit Ihnen reden . . .« Er spürte, wie sie ihre Hand zurückzog. »Später.« Ihm fehlten plötzlich die richtigen Worte.

»Ich glaube nicht, daß es ein Später für uns gibt, Kapitän Hechler.« Sie glitt aus dem Stuhl, reichte einem der Matrosen mit einem Lächeln den Mantel zurück und verschwand im Schatten der Brücke; Hechler hörte noch, wie ihr ein Mann auf dem Niedergang behilflich war.

Er berührte den Stuhl, der noch warm war von ihrem Körper. Was für ein Mann mochte es sein, den sie auf See verloren hatte?

Daß es ein Später für uns nicht gibt. Ihre Worte gingen ihm nicht aus dem Sinn. Dann fiel ihm der Kopf auf die Brust, und er war augenblicklich eingeschlafen.

Abgesehen von ein paar blauen, abgeschirmten Lampen und einer Leuchte über einem Tisch lag die Unteroffiziersmesse der *Prinz Luitpold* in völliger Dunkelheit. Noch eine Stunde zuvor hatten die wachfreien Männer hier gesessen und sich einen Film angesehen, eine der Annehmlichkeiten für die Besatzung.

Hans Stöcker saß im Schein der Leuchte und nippte an einem Becher mit bitterem Ersatzkaffee. Er war eben erst von Wache gekommen, aber trotzdem wollte er noch nicht zur Koje gehen. Ihm gegenüber saß der alte Oskar Trips, dessen Kinn so mit Bartstoppeln bedeckt war, daß er noch älter wirkte als ohnehin. Er schien vor sich hinzudösen, doch plötzlich öffneten sich seine Augen, und er starrte den jungen Stöcker an. Sein Blick hatte etwas Suchendes.

»Warum gehst du nicht schlafen, Junge?« Trips roch an dem Ersatzkaffee und schauderte. »Ich möchte wissen, woraus sie diesen Muckefuck machen, wahrscheinlich aus Eicheln.«

»Ich muß immer wieder an die *Lübeck* denken«, sagte Stöcker leise.

»Du grübelst zuviel. Denk lieber an deine bevorstehende Prüfung.«

Doch der junge Oberfähnrich ließ sich nicht von seinem Thema abbringen. »Eigentlich hätte die *Lübeck* bei uns sein sollen. Zusammen wären wir doch viel stärker gewesen.«

»Und auch viel leichter aufzuspüren.« Trips strich kratzend über sein Kinn. »Außerdem sollte sie doch zurück in den Heimathafen.«

Stöcker starrte ihn an. »Wir hätten sie nicht alleinlassen dürfen.«

Trips zuckte mit den Schultern. »Was wissen wir schon? Ich habe viel wichtigere Dinge im Kopf.« Er beugte sich über den Tisch, bis ihre Gesichter nur wenige Zentimeter voneinander entfernt waren. »Diese Kisten beispielsweise.«

Wie Verschwörer blickten sich beide um, dann fragte Stöcker: »Wissen Sie, was drin ist?«

»Das steht alles in dem dänischen Brief. Wenn nur die Hälfte davon wahr ist – und warum sollte der Häftling lügen? –, dann hat unser tapferer Admiral einen gewaltigen Schatz bei sich. Kann mir gar nicht vorstellen, was er damit will.«

Stöcker kniff die Augen zusammen. »Was für einen Schatz? Ich meine, wie wertvoll?«

Sein Gegenüber warf ihm einen grimmigen Blick zu. »Hast du mal gehört, wie hoch die Baukosten für *Prinz Luitpold* waren?«

»Reden Sie keinen Quatsch . . .« Stöcker mußte lächeln.

Trips legte ihm die Hand auf den Arm. »Mit dem, was er hier versteckt hält, könnte man drei Schiffe wie dieses bauen.« Er senkte die Stimme. »Immer vorausgesetzt, daß in dem Brief die Wahrheit steht.«

Stöcker mußte an das Gesicht des Häftlings im Lüftungsspalt denken, an seine Verzweiflung. Er hatte oft an diesen Mann denken müssen, an seine Gelassenheit angesichts des nahen Todes. *Mörder* – das Wort hatte sich in seinem Kopf festgesetzt.

Trips war zufrieden, wie der junge Mann seine Mitteilung aufnahm. Er hatte niemals an Stöckers Zuverlässigkeit gezweifelt. »Es scheint, der Häftling hat den Brief an einen Freund geschrieben, um ihn zu warnen, daß die Kisten verschifft wurden.«

Stöcker hatte plötzlich wieder das ausgebrannte Geschäft und die groben Beleidigungen an den Wänden vor Augen.

»Seine Freunde waren zweifellos Juden, und einer von ihnen war ein Juwelier. Wahrscheinlich sogar ein recht bedeutender«, fuhr Trips fort. »Zumindest vor dem Krieg.«

»Ich versteh' das alles nicht.«

»Das kannst du auch nicht.« Trips' Blick wurde weicher. »Ich weiß bisher nur, daß wir wahrscheinlich einen großen Schatz an Bord haben. Und wenn ich richtig vermute, gehört er dem Konteradmiral nicht mehr und nicht weniger als uns beiden.« Bevor Stöcker etwas fragen konnte, fügte er hinzu: »Was wirst du tun, wenn dieser Einsatz vorüber ist?«

Stöcker zögerte. »Natürlich will ich in der Marine Karriere machen.«

Wieder packte Trips seinen Arm. »Und wenn wir den Krieg verlieren? Hast du auch daran schon mal gedacht?« Er wartete nicht auf eine Antwort. »Ich werde für überhaupt nichts mehr zu gebrauchen sein, ganz egal, wer gewinnt. Für meine Orden kriege ich nicht mal einen Kanten Brot. Nein, der Frieden wird sogar für die Kinder hart sein.« Er schüttelte den Kopf. »Mich werden sie fallenlassen wie den letzten Dreck.«

Stöcker wurde es unbehaglich. »Ist ja auch egal. Die Kisten sind doch verschlossen und gut bewacht.«

»Ich weiß. Der Admiral hat den einen Schlüssel, der Kommandant den anderen.« Er tippte sich an die Nase. »Doch es gibt noch ein Duplikat, mein Freund.« Bei Stöckers Erstaunen grinste er. »Du hast schon verstanden. Es gehört mir.«

Trips stand auf. »Halt ja den Mund, sonst stehen wir im Handumdrehen vor einem Exekutionskommando.« Er beugte sich vor. »Aber du sollst wissen, was los ist für den Fall, daß ich zuviel Eisen von den

Tommies einfange. Nun sind wir Partner, klar?« Er ging davon und ließ Stöcker unter der einzelnen Leuchte sitzen.

Marineoberstabsarzt Dr. Stroheim sah von seinem Buch auf. Erika Franke stand in der offenen Tür.

»Können Sie auch nicht schlafen?«

Sie ging zu einem Stuhl und ließ sich nieder. Ihr Blick fiel auf die beiden reglosen Schiffbrüchigen in ihren weißen Kojen. »Mein Handgelenk macht mir zu schaffen. Besonders, wenn ich darauf liege . . .«

Er nahm ihre Hand und griff nach einer Schere. Die junge Frau erschien ihm äußerst attraktiv, und er konnte sich kaum vorstellen, daß sie eine Berufspilotin war, deren Können keinen Vergleich mit den männlichen Fliegerassen zu scheuen brauchte. Sie paßte überhaupt nicht in diese eiserne Kriegsmaschine.

»Sind Sie auch neu an Bord?« Sie hatte eine sehr direkte Art zu fragen.

Er blickte sie an. Sie schien überanstrengt, und unter ihren gelbbraunen Augen lagen tiefe Schatten. »Stimmt. Einsam unter Fremden.« Es schien ihn zu amüsieren.

Ihre Haut fühlte sich fiebrig an. Er mußte an seine anderen Patientinnen denken, an den Skandal, der ihn beinahe ins Gefängnis gebracht hätte. Er war ruiniert. Aber seine Patientinnen hatten Einfluß oder wenigstens mächtige Freunde gehabt, so war es bei dieser Abkommandierung geblieben.

Da war zum Beispiel die Frau des Kommandanten. Sie stammte aus einer alteingesessenen Familie und stand stets im Mittelpunkt der Gesellschaft, jenem Dschungel, der nur wenigen Privilegierten Sicherheit bot. Seltsam, daß sich hohe Mitglieder der Partei, »Männer des Volkes«, wie sie sich gern selbst nannten, derart vor Frauen wie ihr fürchteten.

Ob der Kommandant wußte, was mit ihr los war? Ein Kollege hatte sie ihm als höchst ergötzliche Hure beschrieben und sich auch in anderen Dingen sehr indiskret geäußert. Eines Tages war er einfach verschwunden.

»Das Gelenk ist noch steif«, sagte er.

»Ich muß aber morgen oder übermorgen fliegen«, sagte sie.

»Bis dahin ist alles wieder in Ordnung.« Was die sich wohl dachten? Fliegen? Sie konnten jeden Moment auf den Feind stoßen. Die Engländer würden bestimmt nichts unversucht lassen, um *Prinz Luitpold* zu stellen.

Erikas Blick fiel auf das Grammophon und den Plattenstapel, und sie hob die Brauen. »Händel? Sie überraschen mich. Ist das etwa patriotische Musik?«

»Ich mag Händel.«

»Tun Sie stets, was Sie mögen?«

»Ich versuche es zumindest.« Er blickte sie an, und es fiel ihm nicht schwer, sie sich nackt auf seiner Couch vorzustellen.

»Ich wollte einfach noch mit jemandem reden«, sagte sie, »und ich wußte, daß Sie noch wach sein würden. Als die Schiffbrüchigen an Bord gebracht wurden, war ich oben beim Kommandanten.«

Er schwieg und wartete. Das war es also. Mit ihrem Handgelenk stand es keineswegs so schlimm, daß es nicht noch hätte warten können.

»Er ist ganz anders, als ich ihn mir vorgestellt habe«, sagte sie.

»Ein Rätsel?«

Sie lächelte ihn an. »In etwa. Er scheint sich sehr um seine Leute zu sorgen. Aber wie kann er da seine Aufgabe erfüllen?«

Stroheim spreizte die Hände. »Vielleicht zerreißt es ihn ja innerlich. Ich kenne ihn noch zu wenig, um das sagen zu können.«

»Aber Sie kennen seine Frau, nicht wahr?«

Er starrte sie überrascht an. »Woher wissen Sie das?«

»Ein guter Freund hat es mir erzählt.«

»Sie ist sehr schön«, sagte Dr. Stroheim.

»Ich habe sie kennengelernt.« Sie mußte an Inges suchenden Blick denken, an ihre Arroganz, die der Vorsicht wich, nachdem sie begriffen hatte, wer Erika Franke war. Weil sie als Pilotin schon Aufträge für den Führer erledigt hatte, glaubten alle, sie müsse Einfluß an höchster Stelle haben. Ja, sie erinnerte sich genau an die erstaunten Augen, an den perfekt geformten Körper, den sie so ungeniert in ihrem weitausgeschnittenen Kleid zur Schau stellte. Aber sie konnte sich Hechler und seine schöne Frau beim besten Willen nicht als Paar vorstellen. Vielleicht hatten sie sich beide zu sehr verändert.

»Sind sie eigentlich noch verheiratet oder so ähnlich?« wollte sie wissen.

»›So ähnlich‹ trifft es besser, glaube ich.«

Sie öffnete und schloß die Hand, prüfte den Schmerz im Gelenk, ohne eine Miene zu verziehen. *Bleib in der Luft, mein kleiner Vogel,* hatte er ihr zugeflüstert.

»Also dann gute Nacht.« Sie blickte die beiden schlafenden Männer an. ›Treibgut‹ hatte Leitner sie genannt. »Na, richtiger ist wohl schon guten Morgen.«

Er sah ihr nach, bis sie verschwand, dann öffnete er sein Buch.

Auch diesmal war es also wie schon so oft: Selbst mitten in Gefahr und Tod gab es einen Lichtblick, wie eine Blume im dunklen Wald oder einen Stern in der Nacht. Seufzend schlug er die Beine übereinander. Immerhin hatte Erika ihm wieder das Gefühl gegeben, ein Mensch zu sein.

9 Ansichtssache

Bis auf die übliche leichte Dünung war das Meer spiegelglatt und leuchtete unter der Sonne wie Glas. Über dem Horizont stand leichter Dunst und verwischte den Unterschied zwischen Himmel und Meer. Das war für den Südatlantik ungewöhnlich. Die beiden Schiffe lagen sehr nahe beieinander; es sah nicht nur so aus, als ob sie einander schützten, es war tatsächlich so. Ihre geringe Geschwindigkeit ließ sie fast bewegungslos erscheinen.

Der Dampfer *Port St.Clair*, ein 8000-Tonnen-Frachter aus Sierra Leone, hatte das zweite Schiff im Schlepp. Es war eine langsame, nervenaufreibende Reise, denn das zweite Schiff gierte häufig so, daß es den schleppenden Frachter immer wieder überholte, und mußte mühsam wieder auf Kurs gebracht werden.

Der Erste Offizier des Frachters beobachtete seinen Kapitän, der in der Brückennock stand und achteraus starrte. Seltsam, dabei waren die Kapitäne der beiden Schiffe alte Rivalen, die sich eigentlich nicht ausstehen konnten. Aber ganz offensichtlich verband sie diese Feindschaft enger als die lange Leine, an der der zweite Frachter geschleppt wurde.

Dieser zweite Frachter, der Dampfer *Dunedin Pioneer*, hatte sich in Freetown zusammen mit anderen Handelsschiffen dem Geleitzug angeschlossen. Doch schon nach ein paar Tagen war seine Maschine ausgefallen. Eigentlich kein Wunder, dachte der Erste, schließlich war der Frachter beträchtlich älter als er selbst.

Die Konvoi-Bewacher waren keineswegs damit einverstanden, beide Schiffe zurückfallen zu lassen, während sich der Rest auf den Weg nach Liverpool machte. Normalerweise hätte der Kommandierende Offizier der *Port St.Clair* mit ihrer wertvollen Ladung aus Reis, Neuseelandbutter und Fleisch befohlen, im Konvoi zu bleiben. Die *Dunedin Pioneer* hätte eigentlich ihrem Schicksal überlassen werden müssen, bis ihr ein Schlepper geschickt werden konnte oder ein deutsches U-Boot über sie hergefallen wäre. Doch die Rivalität zwischen den beiden Kapitänen, die manchmal regelrechtem Haß ähnelte, war plötzlich einer unerklärlichen Kameradschaft gewichen.

Der Erste ließ sich die jüngsten Meldungen durch den Kopf gehen: Irgendwo im Südatlantik trieb sich ein deutscher Handelsstörer herum, der noch nicht aufgespürt worden war. Wahrscheinlich stimmte das gar nicht, und die Navy sah mal wieder Gespenster. Entweder war das deutsche Kriegsschiff längst zu seiner Heimatbasis zurückgekehrt oder auf eine alliierte Patrouille gestoßen. Es war schon seltsam, hier draußen einen so wunderschönen Tag zu erleben. Nur zu bald konnte der Südatlantik auch sein anderes Gesicht zeigen. Aber dann würden sie hoffentlich bereits um das Kap und auf dem Rückweg nach Neuseeland und in die Sonne sein.

Er ging hinaus in die Brückennock und wartete, bis sein Kapitän ihn bemerkte. Der beobachtete unter seiner fleckigen Schirmmütze hervor die Schlepptrosse, die sich immer wieder aus dem Wasser hob, einen Augenblick in der Luft hing und dann klatschend zurück in die See fiel.

»Dieser verdammte Eimer«, stieß er durch die Zähne.

»Haben Sie schon von dem deutschen Handelstörer gehört, Sir?« wollte der Erste wissen.

Der Kapitän rieb sich das stoppelige Kinn. Er würde sich erst wieder rasieren, wenn sie die Barre von Liverpool passiert hatten. Bis dahin lohnte es sich nicht angesichts der Tatsache, daß sie jederzeit in die Luft fliegen konnten. Sie hatten die Kapverdischen Inseln in der vergangenen Nacht an Steuerbord gelassen und würden morgen, spätestens übermorgen auf das schützende Geschwader stoßen. Wie es hieß, handelte es sich um Kreuzer aus Simonstown.

»Hätten längst abhauen sollen«, sagte er mehr zu sich selbst. Dann wandte er den Kopf und blickte seinen Ersten fröhlich an. »Wenn es hier tatsächlich einen deutschen Handelsstörer gibt, was ich bezweifle, dann ist es doch recht beruhigend zu wissen, daß der Konvoi ihm noch vor uns direkt vor den Bug laufen wird. Geschieht ihnen recht, nachdem sie uns einfach zurückgelassen haben.« Er lachte in sich hinein.

Der Erste Offizier nickte und wollte die Hände auf die Reling legen. Doch er zog sie mit einem Fluch zurück, denn das Metall war glühend heiß. Die ganze Brücke glich einem Backofen.

Plötzlich entwich dem Schiff hinter ihnen eine Rauchwolke, zog um das Achterdeck und dann davon.

»Wenn der Chief seine Maschine nicht zum Laufen kriegt, kann ich diesen Blödmann wirklich den ganzen Weg schleppen«, knurrte der Kapitän.

Ein Pfeifton unterbrach die Stille; der Erste ging ins Steuerhaus und zog einen kleinen Messingpfropfen aus dem Sprachrohr zur Funkbude. Dann kehrte er auf die offene Brücke zurück und meldete erregt: »Der Funker hat einen Spruch aufgefangen: Der Konvoi wird von einem deutschen Handelsstörer angegriffen.«

Die Männer starrten einander an, dann flitzte der Kapitän zum Kartenraum hinter dem Steuerhaus. »Los, los, zeigen Sie mir, wo in drei Teufels Namen die jetzt sind.« Schweigsam trug er den Kurs in die Karte ein, den der Konvoi genommen hatte. »Geben Sie der *Dunedin Pioneer* Bescheid! Aber benutzen Sie dazu die Morselampe. Und lassen Sie sich den Empfang bestätigen!«

Allein im Kartenraum, starrte er auf die Seekarte nieder. Sie war vielbenutzt und schmutzig. Sein Schiff war schon so oft in Konvois mitgelaufen, und stets waren sie ein willkommenes Ziel für Bomber und U-Boote gewesen. Aber jetzt schien es ernst zu werden. Er sah die anderen Schiffe vor sich, wie sie ankerauf gegangen waren und sich in zwei langen Linien formiert hatten, während die Begleitzerstörer sie umkreisten wie Schäferhunde ihre Herde. Der Erste kam schweratmend zurück. Sie kannten beide die Gefahr, denn sie waren schon auf anderen Schiffen torpediert worden und wußten, wie gering die Überlebenschancen waren. Am meisten haßten und fürchteten sie die U-Boote, die unsichtbaren Killer.

Der Kapitän sah seinen Ersten an. »Alarmieren Sie die Männer, Bob. Zwei zusätzliche Ausgucks sollen aufziehen. Außerdem soll das Geschütz besetzt werden.« Das Geschütz, eine alte 10,5-cm-Kanone aus dem Ersten Weltkrieg, war auf dem erhöhten Achterdeck montiert.

Diesmal würde es anders sein, dachte der Kapitän. Ein Handelsstörer, einer dieser verdammten deutschen Kreuzer, wie mochte er in diesem Stadium des Krieges noch durch die auf der Lauer liegenden alliierten Patrouillen geschlüpft sein? Wie es hieß, kam die Invasion in der Normandie gut voran, besser als man zu hoffen gewagt hatte.

Er hörte einige seiner Männer auf den Niedergängen darüber schimpfen, daß sie an das Geschütz gerufen worden waren. Wartet nur, dachte er grinsend, bald werdet ihr über ganz andere Dinge jammern.

Er blickte zum Himmel auf: nur ein paar Wolken im klaren Blau. Und bis zur Dämmerung noch acht Stunden. Sie machten ganze sechs Knoten. Ohne diesen lahmen Elefanten im Schlepp hätten sie viel schneller laufen können, wären ihre Chancen erheblich größer gewesen.

Der Erste und der Zweite Offizier betraten den Kartenraum und blickten ihn wortlos an. Der Zweite war noch sehr jung, doch er lernte schnell.

»Sehen Sie hier«, sagte der Kapitän, »dieser Lump kann unseren Kurs kreuzen. Viel wahrscheinlicher ist indessen, daß er sich abseits hält, bis das auslaufende Geschwader über ihn herfällt.« Er starrte auf die Karte. »Man kommt sich vor wie blind und taub.«

»Könnten wir nicht einfach abhauen?« wollte der Erste wissen.

»Würden Sie das wirklich tun?«

»Wir könnten umkehren, Sir«, warf der Zweite Offizier ein.

Der Kapitän lächelte. »Sir.« Das hörte sich gut an, zeigte aber auch, daß der Zweite noch ein rechtes Greenhorn war.

»Ich kann doch die *Dunedin Pioneer* nicht einfach allein lassen. Das würde er mit mir auch nicht machen.«

Jeder sah den anderen an und erwartete einen Lösungsvorschlag. Üblicherweise vertrauten sie einander, doch jetzt schien ihnen aufzugehen, wie verletzlich jeder war. Der Kapitän beendete schließlich das Schweigen. »Hilft alles nichts, wir werden weiterfahren wie bisher.«

Von draußen kam ein metallisches Geräusch, als die alte 10,2-cm-Kanone übungsweise auf ihrem Podest gedreht wurde. Eine tolle Waffe gegen diesen verdammten Kreuzer, dachte der Kapitän. Doch einige der Matrosen am Geschütz sahen grinsend zu ihm herüber. Seltsamerweise wünschte sich der Alte in diesem Augenblick, er hätte sich doch rasiert und sein weißer Mützenbezug wäre so untadelig frisch wie jener der Royal-Navy-Offiziere.

»Nachricht von der *Pioneer*, Sir«, sagte der Zweite. »In fünfzehn Minuten machen sie Dampf auf.«

Sie alle atmeten auf, und der Kapitän befahl: »Sagen Sie dem verdammten Kerl, daß er sich gefälligst beeilen soll.« Er versuchte, seine Erleichterung vor den Untergebenen zu verbergen.

Minuten später rief ein Matrose auf Ausguck: »Da kommt ein Flugzeug, Sir!«

»Was? Wo?« Der Kapitän lief durch das Brückenhaus in die Nock. »Wann werden Sie endlich lernen, eine ordnungsgemäße Meldung zu machen?« brüllte er den Ausguckposten an. Dann griff er zu seinem starken Glas. Ein Flugzeug – und das hier draußen, hunderte Meilen von Land entfernt. Das konnte doch gar keine feindliche Maschine sein. Vielleicht hielten sie nach ihm Ausschau? Möglicherweise bekam er Anweisung zur Kursänderung oder sollte sich mit einem Schlepper treffen. Sie würden sich ganz schön wundern, wenn das andere Schiff plötzlich die Schleppleine loswerfen und Dampf aufmachen würde, jene dicken, verräterischen Wolken aus seinem Schornstein stieß, die auf den Begleitschiffen wüste Flüche hervorriefen. Er sah die Sonne auf dem Flugzeug glitzern und starrte es an, bis jeder Zweifel ausgeräumt war.

»Eine deutsche Maschine«, sagte er trocken.

»So weit? Das ist doch ...«, warf der Zweite ein.

Der Kapitän wandte sich ab. »Von dem deutschen Handelsstörer. Verständigen Sie die *Dunedin Pioneer.* Und dann soll der Funker sofort das Notsignal senden ...«

Aber selbst dafür war es bereits zu spät. Während das kleine Flugzeug noch wie ein Spielzeug am Himmel herumturnte, hob sich der Dunst am Horizont. Sie sahen verschwommene Blitze, die fast völlig in dem starken Sonnenlicht untergingen. Dann wartete der Kapitän und zählte die Sekunden, bis die Granaten mit fürchterlichem Pfeifen nahe an ihrem Achterschiff ins Wasser schlugen. Säulen stiegen empor, die hörer waren als das Schiff, bevor sie in einer Wolke aus Gischt und Rauch in sich zusammenfielen.

»Notruf senden! Unverschlüsselt«, schrie der alte Kapitän. *»Werden von deutschem Handelsstörer angegriffen!«*

Wieder fielen Granaten vom Himmel, und der Kapitän fühlte, wie sich der Rumpf schüttelte, als sei er auf Grund gelaufen. Er schwankte zur Reling und blickte nach achtern. Durch den Rauch konnte er kaum etwas sehen, aber die *Dunedin Pioneer* war noch da, sie stand in rechtem Winkel zu seinem Kurs. Entweder hatten sie drüben die Schleppleine gekappt oder sie war durch den Beschuß gerissen. Dann starrte er ungläubig einen schwarzen, schweren Körper an, der sich im Wasser drehte und langsam versank. Es war ihr eigenes Achterschiff, das da verschwand, während die alte Kanone völlig nutzlos gen Himmel ragte. Er packte die Reling und rief: »Boote aussetzen! Alle Mann von Bord! Was zum Teufel treibt der Funker?«

Das Glas der Steuerhausfenster splitterte, Männer fielen schreiend in einem Hagel von Glas- und Holzsplittern. Das Schiff hatte gestoppt. Seine Laderäume liefen bereits voll, der Maschinenraum verwandelte sich in ein Inferno aus zischendem, alles verbrühendem Dampf. Wieder das entsetzliche Pfeifen einer Granate, diesmal explodierte sie auf dem Vorschiff.

Der Kapitän rutschte aus der Nock. Während er vergeblich zu schreien versuchte, stand die Todesangst in seinen Augen. Er registrierte den Lärm der aus ihren Verankerungen brechenden Ladebäume, das wilde Rauschen des einströmenden Wassers unter seinen Füßen und die Tatsache, daß er sich vor Schmerzen nicht bewegen konnte. Er starrte noch immer den Wetterunterstand seiner Brücke an. Aber dann brach die See brausend darüber herein und schwemmte das gesamte Brückenhaus fort. Als das alte Schiff langsam versank, trat plötzlich eine Stille ein, als sei die Welt in diesem Augenblick sprachlos geworden.

Auf der *Dunedin Pioneer* starrten die Männer in dumpfer Apathie über die weite, leere See zum Horizont. Wie Tiere, die darauf warten, geschlachtet zu werden.

Doch nichts geschah. Sogar das kleine Flugzeug war irgendwo in der Weite des Himmels verschwunden. Der Kapitän ging quer über die Brücke und blickte auf den Ölteppich und die Trümmer nieder, die darin emporstiegen. Um ihn herum standen seine Männer, so schokkiert, daß sie weder Worte fanden noch sich zu bewegen vermochten.

Der Kapitän befahl seinem Ersten: »Lassen Sie ein Boot zu Wasser, schnell.« Er konnte den Blick nicht von den schwimmenden Trümmern losreißen. Sie waren alles, was von ihrem Begleitschiff übriggeblieben war. Von seinem alten Feind, der sein bester Freund gewesen war. Die Stimme brach ihm fast, als er hinzufügte: »Die verdammten Bastarde hatten für uns anscheinend keine Zeit mehr.«

Und als wolle sie ihn verspotten, begann die Maschine plötzlich wieder zu arbeiten.

»Maschinen stopp!« Commodore James Cook Hemrose saß mit steifem Rücken auf seinem Brückenstuhl und betrachtete, was von dem Konvoi übriggeblieben war: ein Schlachtfeld voller Trümmer.

Der Commander stand neben ihm, während ihr Kreuzer seine Fahrt verlangsamte und die endlose Ansammlung von Trümmern, Leichen und Leichenteilen mit seinem hohen Vordersteven zerteilte. Eine halbe Meile hinter der *Wiltshire* folgte der neuseeländische Leichte Kreuzer *Pallas* mit blinkender Signallampe. Der Geleitzug hatte sich offenbar erst in dem Augenblick zur Auflösung entschlossen, als bereits die ersten Salven des deutschen Kreuzers einschlugen. Höllische Schläge, dachte Hemrose verbittert.

»Boote fertig zum Aussetzen!«

Hemrose suchte die See ab. Er haßte den Gestank von auslaufendem Bunkeröl und verbrannter Farbe. Ein paar Figuren darin wurden von den Wellen gegen die Wrackstücke gedrückt. Sie schimmerten schwarz vom Öl, das sie überzog, und waren zweifellos mehr tot als lebendig; aber immerhin lohnte es einen Versuch.

»Signalisieren Sie *Pallas*, daß sie uns decken soll, Toby!«

Die Signallampe begann zu klappern, doch das Geräusch klang merkwürdig gedämpft.

»Abfieren!« rief eine entfernte Stimme. Auch das Motorboot mit dem Schiffsarzt und einem Sanitätsmaat war bereit zum Ausschwenken.

Hemrose starrte verbissen einen langen Gegenstand an, der im Wasser dümpelte wie ein havariertes Unterseeboot: der Kiel eines gekenterten Zerstörers, der den Konvoi begleitet hatte. Von der Korvette gab es weit und breit keine Spur.

Ein anderer Zerstörer war mit Beschädigungen davongekommen. Nun lag er längsseits an einem Frachter, der selber Schlagseite hatte. Mit Schläuchen wurden von Schiff zu Schiff einige Brände bekämpft, während Matrosen mit Tragbahren hin und her liefen, auf denen zugedeckte Bündel lagen. Ein Tanker war fast vollgelaufen, schwamm aber noch, während seine Maschinen und Pumpen auf höchsten Touren arbeiteten, um ihn über Wasser zu halten. Am Stumpf seines Mastes flatterte die britische Nationalflagge, irgendein Spaßvogel mußte sie dort gehißt haben.

»Bis auf diese traurigen Überreste ist der gesamte Konvoi vernichtet worden.« Verbittert schlug Hemrose mit der Faust auf die Armlehne seines Brückenstuhls. »Einen Tag noch! Hätten sie ihn gehabt, dann wären sie mit der Eskorte aus Gibraltar zusammengetroffen, mit den drei Zerstörern von den Bermudas und mit uns.«

Der Commander starrte auf die treibenden Trümmer und die menschlichen Körper dazwischen. Einige von ihnen trugen Marineuniform oder Teile davon. Das kalte Grausen konnte einen überkommen; selbst Hemrose mußte wissen, daß es für keinen von denen noch eine Chance gab.

Die Admiralität hatte mittlerweile bestätigt, daß es sich bei dem Handelsstörer um *Prinz Luitpold* handelte. Stündlich kamen neue Nachrichten über das Schiff.

Hemrose beobachtete die Bootsgasten, die sich untereinander mit kleinen Signalflaggen verständigten. Ihm war durchaus klar, was der Commander an seiner Seite dachte. Wäre *Wiltshire* zur rechten Zeit aufgetaucht, dann hätten sie mit Glück vielleicht einen Treffer landen können, der dieses verdammte deutsche Schiff schwer beschädigt hätte.

Jetzt aber konnte der deutsche Kreuzer überall und nirgends sein. Die letzten Meldungen gingen ihm durch den Kopf. Dabei war auch der Funkspruch des alleinfahrenden Frachters *Dunedin Pioneer* gewesen, der bisher noch in Ruhe gelassen worden war. Immerhin hatte dort jemand an Bord klaren Kopf behalten und mitgeteilt, daß die winzige Silhouette des deutschen Schiffes beobachtet worden war, wie es mit voller Fahrt in südwestlicher Richtung verschwand.

»Freie Jagd, Sir?« wollte der Commander wissen.

Hemrose hatte daraufhin zusammen mit seinem Navigations- und seinem Nachrichtenoffizier eine ganze Stunde lang die Karten studiert, während sie mit voller Fahrt zur letzten Position des Geleitzugs gelaufen waren.

Ohne die *Dunedin Pioneer* zu versenken, hatte sich der Handelsstörer davongemacht. Dafür mußte es einen Grund geben. Während er den ölverschmierten Booten zusah, die sich ihren Weg durch die schwimmenden Trümmer bahnten, ging ihm dieser Gedanke zum hundertsten Mal durch den Kopf.

Freie Jagd – wohin? Zur brasilianischen Küste? Oder zurück, entlang ihres früheren Kurses?

Der deutsche Kreuzer hatte gewütet wie eine Katze im Taubenschlag. Und dabei war jedes verfügbare Schiff der Royal Navy im Einsatz. Ein Alptraum für die Admiralität und das alliierte Oberkommando. Es durfte keine Unterbrechung bei der Versorgung der Invasionstruppen in Frankreich geben. Der Ärmelkanal war voll schwimmender Einheiten jeder nur denkbaren Art, die Treibstoff, Munition und Nachschubgüter transportierten. Dazu kamen die Soldaten, die von den nun leeren Schiffen nach Großbritannien zurückgebracht wurden, die Sterbenden und Verwundeten.

Nach den letzten Meldungen befanden sich gegenwärtig siebzehn Konvois in See. Zwar wurden die meisten gut geschützt, doch die Eskortfahrzeuge waren nur auf U-Boote und Fliegerangriffe vorbereitet, nicht aber auf einen verdammten Schweren Kreuzer wie die *Prinz Luitpold.*

Hemrose verstand noch immer nicht, wie das überhaupt passieren konnte. Nach den Fotos der RAF-Aufklärer zu urteilen, war *Prinz Luitpold* nach dem Gefecht nahe der Bäreninsel wieder auf ihren Liegeplatz in Bodø beordert worden. Irgendwie gab das Ganze keinen Sinn, und sicherlich würde später auch jemand den Kopf dafür hinhalten müssen. Aber eine Entschädigung für das grauenvolle Geschehen hier war das nicht. Hemrose versuchte, sich das Inferno in London vorzustellen. Auch für die Leute dort hatte sich einiges geändert. Die Bedrohung war gewachsen, seit zu den Flugbomben vom Typ V-1 nun auch die Raketen mit der Bezeichnung V-2 gekommen waren. Man konnte einen solchen Handelsstörer nicht einfach ignorieren. Seinetwegen mußten ganze Konvois umgeleitet, aufgehalten oder sogar aufgelöst werden.

Der Kommandant blickte sich auf der offenen Brücke um und sah nur besorgte Gesichter. Ein Kadett würgte in sein Taschentuch, während er auf die treibenden menschlichen Überreste im Wasser starrte.

»Machen Sie, daß Sie von meiner Brücke kommen, Sie Pfeife!« fuhr Hemrose den Jungen an. »Und lassen Sie sich hier erst wieder sehen, wenn Sie ein Mann geworden sind!«

Das war grausam und ungerecht, aber es kümmerte ihn nicht.

Ein dritter Kreuzer war mit Höchstfahrt unterwegs, um in zwei Tagen zu ihnen zu stoßen. Es sei denn ... »Ich möchte alle Offiziere auf der Brücke sehen, Toby«, sagte Hemrose zu seinem Commander. »Auch den Oberzahlmeister und den Bordkaplan.«

Nachdem der Commander seine Anweisungen weitergegeben hatte, sagte er: »Freie Jagd geht nicht, Toby. Er hat keinen verfolgt und die *Dunedin Pioneer* sogar mit voller Absicht entkommen lassen. Hechler wollte, daß sein Kurs an uns weitergemeldet wird.« Er fühlte sich erleichtert, weil er eine Entscheidung getroffen hatte. »Nein, ich gehe davon aus, daß er den Kurs sofort geändert hat, sobald er außer Sicht des Frachters war. Wir brauchen uns nur eine Karte mit den Kursen der anderen Konvois anzusehen, dann wissen wir, was er vorhat. Es liegt allein an uns, ihn aufzuspüren. Soweit ich es abschätzen kann, Toby, haben wir von der Admiralität verdammt wenig Anweisungen und Hinweise zu erwarten.« Er rümpfte die Nase. »Geben Sie Befehl, daß die Boote wieder eingesetzt werden, damit wir weiterlaufen können. Der Zerstörer kann bei den Überlebenden bleiben, bis die Eskorte auftaucht.«

Er hörte, wie der Commander einen Seufzer der Erleichterung ausstieß. Immerhin waren in ihrer Umgebung bisher keine U-Boote gemeldet worden. Das Deck begann zu zittern, und *Pallas* umrundete sie, um ihre vorgeschriebene Position wieder einzunehmen.

Der dritte Kreuzer würde schon einen Unterschied machen, dachte Hemrose. Er sah, wie die ersten Überlebenden weggetragen wurden, in ölverschmierte Decken gewickelt. Viele waren es wahrlich nicht.

»Alter Kurs, halbe Fahrt!« Er lehnte sich in seinem Brückenstuhl zurück. »Lassen Sie mir bitte einen Brandy bringen, Toby. Ich muß nachdenken.«

Schon blieben die bewegungslosen Schiffe und die großen Ölflekken achteraus zurück; die Trümmer schienen den ganzen Horizont zu füllen.

Plötzlich war dieser Krieg für Commodore Hemrose eine ganz persönliche Angelegenheit geworden.

Es kam ihm vor, als müsse er sich erst von einem Alptraum befreien, um in die Wirklichkeit vorzustoßen. Sogar die Deckenleuchte, durch einen Vorhang teilweise abgeschirmt, warf einen harten, unwirklichen Schatten. Es war kalt und still. So mußte sich der Tod anfühlen.

Der Mann lag bewegungslos in seiner Koje, hatte die Hände zu Fäusten geballt und wartete darauf, daß seine Sinne wieder funktionierten oder ihn ganz im Stich ließen. Allmählich wurde ihm klar, daß er in einer weißen Koje lag, die hohe Seitenwände hatte. Ein Sarg, dachte er in seiner Panik. Er zermarterte sich das Hirn nach einer Erklärung für seinen gegenwärtigen Zustand. Es war, als ob er kleinste Stücke eines Puzzles zusammensetzen müßte.

Er versuchte, seine angespannten Glieder zu lockern, hielt aber die Hände fest gegen die Seiten gepreßt. Sein Körper war völlig nackt, doch warm unter einem Bettlaken und einer weichen Decke. Eine Woge der Hoffnung kämpfte mit seinem Alptraum. Er fühlte das Beben von Maschinen in seinem Rückgrat, hörte vertraute Geräusche um sich herum. Dennoch überkam ihn erneut Verzweiflung. Dies war nicht sein Schiff. Er kniff die Augen zusammen, als könne er damit die entsetzlichen Bilder vertreiben: die hoch auflodernden Flammen und das explodierende Metall, als der Torpedo sie traf. Oder waren es zwei Torpedos, die mitten im Schiff explodiert waren? Wieder versuchte er es und schien sich plötzlich eines Namens zu erinnern: *Radnor Star.* Ein altes Schiff, das zu einem Konvoi gehört hatte, der von St. John's auf Neufundland nach Liverpool fuhr. Ein Frachter, bis zum Rand voll mit Maschinenteilen, Ausrüstung, gepanzerten Fahrzeugen und anderem Material. Das arme alte Mädchen mußte nach dem Treffer wie ein Stein untergegangen sein. Er öffnete die Augen und starrte in die einzelne Leuchte. *Aber danach?* Was war danach gewesen?

Es bereitete ihm Schmerzen, sich zu erinnern. Er war an Oberdeck gewesen, hatte etwas in der Hand gehalten und sollte sich beim Kapitän melden. Dann war die Explosion erfolgt; wildverzerrte Gesichter hatten ihn umgeben, Münder, die unhörbare Schreie ausstießen, und Rauch, dichter, ätzender Rauch, den er noch immer schmecken konnte.

Und dann war da das Boot. Wasser, das über seine Füße schwappte und über seine Oberschenkel, als irgend jemand versuchte, das Boot von dem Strudel wegzupullen, in dem das Schiff unterging. Aber warum hatte sie niemand gesehen? Plötzlich kam die Erinnerung wieder, scharf und klar wie das angstvolle Pochen seines Herzens, wie die Angst eines Kindes, das sich unter der Decke zu verstecken sucht.

Es war Nacht gewesen. Daran hatte es gelegen.

Er fühlte, wie ihm der Schweiß über Brust und Bauch lief. Dann kam das Rettungsboot. Warum weigerte sich sein Verstand, das alles zu überprüfen? Er hörte eine ferne Glocke läuten, hörte das Geräusch von Schritten auf Eisenplatten. *Wo zum Teufel bin ich nur?*

Er versuchte es erneut: *Mein Name ist Peter Younger.* Er wollte lachen, war aber dem Weinen näher. Immerhin wußte er seinen Namen, also konnte er kaum tot sein. Es fiel ihm schwer, nicht laut aufzuschreien, als sich ein anderes Bild aus dem Nebel schälte: Männer, die Wasser ausschöpften, und andere, die mit zwei Ruderriemen versuchten, das Boot zu bewegen. Eine riesige See, die es erst hochhob und dann wieder wie ein Holzscheit fallen ließ. Und später die tödliche Stille des Todes. Einige waren zu stark verbrannt, andere starben vor Erschöpfung, und ein paar, die keine Augen mehr hatten, wurden Opfer der räuberischen Seevögel. *Alle mußten sterben.* Schwach erinnerte er sich an die heisere Stimme von Colin Ames, dem Zweiten Offizier der *Radnor Star*, ganz nahe an seinem Ohr. Auch er mußte gestorben sein.

»Geh'n Sie ans Ruder, Sparks*!« Mehr hatte Ames nicht gesagt. Sparks? Ja, jetzt wußte er es wieder: Er war Funkoffizier auf dem Frachter und auf dem Weg zur Brücke gewesen, um dem Kapitän einen Funkspruch zu überbringen, als die Welt plötzlich explodierte. Er erinnerte sich, daß ihm jemand eine Jacke umgelegt hatte. Offensichtlich hatte er seine eigene verloren. Younger überprüfte seine Gliedmaßen. Zwar tat ihm alles weh, aber offensichtlich fehlte nichts. Dann waren andere verzerrte Gesichter vor ihm aufgetaucht, fremde Stimmen, Hände, die ihn in ein Boot zogen, während ein großes Schiff in einiger Entfernung wartete. Er spannte alle seine Sinne an. Es mußte sich um dieses Schiff hier gehandelt haben.

Plötzlich erinnerte er sich auch, daß er zu schwach gewesen war, um zu protestieren oder sich gar zu wehren; doch ihm war völlig klar gewesen, daß er nicht von seinen toten Kameraden und dem Boot getrennt werden durfte, das er so lange gesteuert hatte, bis auch der letzte Riemen von den Wellen davongetragen worden war.

Nun waren alle tot, genau wie ihr altes Schiff. Nichts war geblieben.

Neuer Schrecken befiel ihn, als er daran dachte, wie seine Mutter das Telegramm aufnehmen würde, in dem ihr sein Tod mitgeteilt wurde. Sicher, es hatte schon eine Menge solcher Telegramme in der Straße gegeben, in der er wohnte. Er konnte sich weder an den Namen der Straße erinnern noch an die Stadt, in der sie lag. Aber es war eine Hafenstadt, und vor ihm erschienen die Bilder von Vater und Onkeln. Alle in Uniform. Alle Seeleute.

Er hörte Schritte und versuchte, den Kopf über den Rand der Koje zu heben.

Zuerst konnte er nicht fassen, was er sah. Alles war weiß und hell, Flaschen und Töpfe standen in sauberen Regalen. Das erinnerte ihn an ein Krankenhaus, aber daneben lag ein Stapel Schallplatten.

* Britische Bezeichnung für Funker

Ob er möglicherweise verrückt war?

Stück für Stück kamen die Informationen in seinem Gehirn an. Zwei Uniformjacken hingen nebeneinander an einer Garderobenstange aus Messing. Eine trug drei Ärmelstreifen, die andere zwei, darüber befanden sich ihm unverständliche Abzeichen und an der rechten Brust – er hielt den Atem an – der Nazi-Adler.

Nebenan in der anderen Koje sah er einen ruppigen weißen Bart, ein altes Gesicht mit den Furchen tiefsten Schmerzes oder unauslöschlicher Erinnerungen an furchtbare Dinge. Kein Zweifel: das war Old Shiner, ein Unikum an Bord der *Radnor Star*, angeheuert als Bootsmann. Doch er war viel mehr. Es gab eigentlich nichts, was er nicht konnte. Er war seit seinem zwölften Jahr auf See. Younger sah plötzlich wieder vor sich, wie der alte Mann im Boot hockte und die Bordkatze an seinen ausgemergelten Körper preßte. Er versuchte, seine Gedächtnislücken zu überbrücken, doch alles, woran er sich erinnern konnte, war Wärme und die Tatsache, daß ihn nichts drängte, am Leben zu bleiben.

Dann kam es ihm so vor, als habe er die Stimme einer Frau gehört, aber das war wohl unmöglich. Er und Old Shiner hatten also überlebt. Aber sie befanden sich nicht an Bord eines deutschen U-Bootes. Er sah plötzlich wieder die verschwommene Silhouette des großen Schiffes vor sich und erinnerte sich an die Injektionsnadel, die in seinen Arm gestochen worden war.

Er zuckte zusammen, als ein Schatten auf seine Koje fiel; das Gesicht eines Mannes mit goldgeränderter Brille beugte sich zu ihm herunter.

»Na, Mr. Ames, geht's uns jetzt besser?«

Die Stimme ließ ihn innerlich erschauern. Das mußte der Schock sein. Offensichtlich war der Mann Arzt, und er sprach mit dem gleichen Akzent wie die Deutschen in englischen Filmen.

Er wollte dem Mann schon erklären, daß sein Name Younger sei, aber dann fiel sein Blick auf die ölverschmierte Jacke mit den beiden matten Ärmelstreifen: die Jacke von Ames, die ihm Schutz vor Wind und Wasser geboten hatte. Ein Gefühl der Wut, des Hasses und der grenzenlosen Einsamkeit durchzuckte ihn.

Der Doktor nahm sein Handgelenk. »Das war verdammt knapp, junger Mann.«

Younger bewegte seine ausgetrockneten Lippen. »Welches Schiff?« flüsterte er heiser.

»Prinz Luitpold.« Der Griff um sein Handgelenk wurde gelockert. »Deutsche Kriegsmarine.«

Dem jungen Funker sagte der Name nichts.

»Was ist mit Old Shiner?«

»Ist das sein Name?« Der Arzt lächelte. »Er wird überleben, aber ich fürchte, sein Geist ist verwirrt.«

Younger hörte sich aufschreien, aber seine Worte hatten keinen Sinn. Er hörte, wie die Tür geöffnet wurde, sah einen bewaffneten Matrosen eintreten, der fragend zu ihm hinsah. Es war wirklich wie in den Kinofilmen.

Der Arzt sorgte mit einer Handbewegung dafür, daß der Matrose verschwand. »Jetzt sollten Sie etwas essen. Sie sind noch jung und werden bald alles vergessen haben.«

Younger preßte das Gesicht ins Kissen, um seine Tränen zu verbergen. Also waren alle tot. Er sah die Spritze funkeln und versuchte sich ihr zu entziehen, aber der Griff des Arztes war wie eine Klammer. »Ihr habt sie getötet!« Er merkte, wie die Hand mit der Spritze zögerte. »Verdammte Mörder!«

Später beobachtete Dr. Stroheim, wie der Körper des jungen Seemannes ruhiger wurde, wie sein Gesicht die Anzeichen der Seelenqual und des Hasses verlor. Er ging hinüber zu der anderen Koje. Dort hielt der alte Mann noch immer die Arme um eine Katze gepreßt, die längst nicht mehr bei ihm war. Der *Prinz* hatte keinen Anteil an der Vernichtung ihres Schiffes, aber das war kein Trost.

Der Arzt mußte an die Geschütze denken, deren Donnern das Schiff bis zum Kiel erzittern ließ, an die gedämpften Rufe aus der Bordsprechanlage, während sie den Konvoi Schiff für Schiff vernichtet hatten. Probeweise hielt er die Hände vor sich hin und stellte erstaunt fest, wie ruhig sie waren. Da hatten sie ihn zur Bestrafung auf dieses Schiff abkommandiert, aber so, wie es aussah, würden sie sich auf sein Können verlassen müssen.

Eine Laune des Schicksals hatte diese beiden Menschen in seine Obhut gebracht, als zusätzliche Herausforderung. Der älteste und der jüngste Mann im Rettungsboot hatten überlebt.

Er schlüpfte in sein Jackett und gab dem Wachtposten einen Wink. Wenn Haß eine Hilfe beim Überleben war, dann würde dieser junge Offizier namens Ames länger leben als sie alle.

Hechler wickelte sich fester in den dicken Wachmantel und fühlte, wie die feuchte Kälte trotzdem in seine Glieder kroch. Wenn er sich in seinem hohen Stuhl etwas vorbeugte, konnte er das lange Vorschiff der *Prinz Luitpold* sehen. Es glitzerte vor Nässe. Klatschend ergoß sich Gischt über die Ankerketten und den Wellenbrecher.

Es war Nachmittag, doch unter dem wolkenverhangenen Himmel bereits ziemlich dunkel. Er sah den Konteradmiral um Turm *Anton* herumkommen. Trotz der Gischt trug er den Kopf hoch und wirkte auf die Entfernung sehr jugendlich. Er ging neben Oberleutnant Bauer, dem Nachrichtenoffizier des Kreuzers. Man könnte meinen, sie seien Brüder, dachte Hechler. Bauer unterhielt sich oft mit dem Admiral, wahrscheinlich war der Kommandant von *Prinz Luitpold* ihr bevorzugtes Thema.

»Neuer Kurs zwo-eins-fünf, Herr Kapitän«, rief Gudegast.

Jedenfalls hatte Leitner Wort gehalten und ihm die Führung des Schiffes überlassen. Nur einmal hatte er seinen Rat gefordert. Das war, als sie in südwestlicher Richtung von dem zerschmetterten Konvoi und dem einen zurückgelassenen Frachter davonliefen.

»Natürlich werden die Briten nach uns suchen«, hatte Hechler geantwortet. »Da wir noch in Sichtweite des geschleppten Schiffes südwestlichen Kurs eingeschlagen haben, werden sie glauben, daß wir unmittelbar danach Kurs geändert haben. Daß wir sie bewußt auf eine falsche Fährte locken wollten. Ich jedenfalls würde das annehmen.«

Leitner hatte sich das durch den Kopf gehen lassen; seine opalfarbenen Augen waren ausdruckslos geblieben.

»Und wenn sie's nicht tun, Hechler? Nehmen Sie mal an, der britische Admiral denkt genauso wie Sie.« Doch dann hatte er grinsend genickt. »Natürlich werden sie glauben, daß wir hinter dem nächsten Konvoi her sind.«

Die Operationsabteilung des OKM hatte ihnen in einem verschlüsselten Funkspruch mitgeteilt, daß sich ein großer Konvoi von Truppentransportern auf dem Weg um das Kap der Guten Hoffnung befinde. Er brachte Soldaten aus den Commonwealth-Ländern, die die Truppen an der Invasionsfront in Frankreich verstärken sollten: eine Beute, die jedes U-Boot-Rudel im Atlantik anlocken würde. Und die deshalb eine entsprechend starke Eskorte haben mußte, die nur auf die U-Boote wartete.

Hinzu kam, daß sich bereits schwere Einheiten der britischen Home Fleet auf dem Weg zum Konvoi befanden, um seine Sicherung zu verstärken. Er war einer der größten jemals zusammengestellten Geleitzüge: zu groß, um umkehren zu können, und viel zu wichtig, um zu stoppen.

Deshalb war *Prinz Luitpold* mit dem ursprünglichen Kurs weitergelaufen. Wenn sich tatsächlich Beute zeigte, dann mußten sie ihr erstes Treffen mit einer »Milchkuh« eben verschieben. Doch sie hatten noch reichlich Treibstoff an Bord.

Hechler beobachtete die beiden vom Wind gebeutelten Männer, bis sie unterhalb der Brücke verschwanden. Er mußte an Leitners Ansprache denken, die er am Morgen über Bordlautsprecher an die Besatzung gehalten hatte: aufmunternd, leidenschaftlich und mitreißend. Wer den Mann nicht kannte, würde ihm alles glauben.

Der Admiral hatte sich lang und breit über den Verlust der *Lübeck* ausgelassen, das Opfer, das von dem Schiff gebracht worden war. »Wir dürfen niemals vergessen, daß sie für uns gekämpft hat, damit wir in den Atlantik durchbrechen konnten. Ihre Besatzung hat für uns und unser geliebtes Vaterland ihr Leben hingegeben!«

Und dann hatte Hechler gesehen, wie er sich mit einer Hand über die Wange fuhr, als wolle er eine Träne abwischen. War das wirklich nur gespielt? Ganz sicher wußte er es nicht.

Eines allerdings stand fest: Der junge Admiral war ein Mann mit zwei Gesichtern. Nach dem Angriff auf den Konvoi war Leitner überall herumgegangen und hatte mit der erfolgreichen Besatzung gesprochen, hatte Anerkennung ausgedrückt und auch mal einem Matrosen auf die Schulter geklopft. Doch kaum war er auf der Brücke, da hatte er im nächsten Atemzug mit scharfer Stimme Beschwerden über diesen und jenen Mann vorgebracht. Hatte Theil befohlen, die Männer auf ihre Nachlässigkeit hinzuweisen. So würden die Maßregelungen von der Brücke kommen und nicht von dem populären, unermüdlichen Admiral.

Schließlich war es noch zu einer kurzen Szene wegen der geheimnisvollen Kisten des Admirals gekommen. Hechler hatte um Genehmigung gebeten, die Kisten weiter unten stauen zu lassen, denn er wollte den freiwerdenden Raum mit zusätzlicher Munition für die Waffen kurzer Reichweite füllen.

»Die Kisten gehören mir!« hatte Leitner gebrüllt. »Mir ganz persönlich ist die Obhut über sie anvertraut worden, und das ist mein letztes Wort. Wie sie befördert werden, ist ganz allein meine Sache!« Seine Stimme hallte von den gepanzerten Wänden der Brücke wider. »Ich habe Vertrauen in dieses Schiff und seinen Kommandanten. Aber sollten wir versenkt werden, werden auch diese Kisten mit untergehen, verstanden?«

Also hatten sie wohl einen beträchtlichen Wert. Hechler hörte Theils Schritte auf den Grätings und ging hinaus zu ihm.

»Alles in Ordnung, Theil?« wollte er wissen. Noch herrschte ein etwas gespanntes Verhältnis zwischen ihnen, obwohl Theil seine alte Begeisterung gezeigt hatte, als der Konvoi vernichtet worden war. Hechler hatte viel über das Gefecht nachgedacht. Es war so einfach gewesen, er konnte keine Befriedigung über diesen ungleichen Kamp empfinden. Schließlich hatte er sich eingeredet, daß die andere Seite es genauso mit *Prinz Luitpold* gemacht hätte. Und auch die britischen Matrosen hätten sie in dem Bewußtsein zurückgelassen, daß die Deutschen verbrennen oder ertrinken würden.

Es war eben Krieg. Dafür hat man sie ausgebildet, ihn hatten sie zu führen.

Theil zuckte die Schultern und blickte sinnend auf den grauen Ozean. »Jawohl, Herr Kapitän. Ich habe gerade den einen Gefangenen befragt, den Offizier namens Ames. Der andere Mann fantasiert. Ich kann einfach nicht verstehen, daß man den Alten noch einmal für diensttauglich erklärt hat.«

Auch Hechler war der Ansicht, dieser alte Seemann hätte längst an Land leben und mit seinen Enkelkindern spielen sollen, statt auf hoher See in einem offenen Boot um sein Leben kämpfen zu müssen. Sie waren fünf Wochen lang auf dem Meer getrieben. Wie konnte ein Mensch das ertragen?

Theil berichtete weiter: »Ames weiß nicht, was passiert ist. Er erinnert sich nur noch an den Torpedotreffer im vorderen Laderaum. Danach ist sein Schiff innerhalb weniger Minuten gesunken.«

Hechler warf einen Blick auf seine Uhr. In zwanzig Minuten würden sie sich mit der »Milchkuh« treffen. Wenn alles klappte ... Ihm schien es fast unglaublich, daß sich zwei Schiffe so unterschiedlicher Art und Größe mitten in der Weite des Ozeans begegnen konnten.

Mittschiffs erklang ein heiseres Brüllen, und Hechler drehte sich um. Er wollte nach achtern gehen und den Test der neuen Arado beobachten, die schon auf dem Katapult glänzte. Leitner hatte ihm gesagt, daß die Maschine bald abgeschossen werden würde. Auch das Team der PK-Berichter würde dort sein, um Erikas wagemutigen Start zu filmen.

Er hatte die junge Frau getroffen, als er die Brücke verließ, um die verschiedenen Gefechtstationen aufzusuchen. Sie hatten einander angesehen wie Fremde und nur wenige Worte über das Gefecht mit dem

Konvoi gewechselt. Nun war sie bereit, mit der Arado zu starten, nur um den Wunsch eines Neurotikers zu erfüllen, der Patriotismus in den Kinos verbreiten wollte.

»Reiner Wahnsinn, die Maschine jetzt starten zu lassen«, meinte Theil mürrisch. »Stellen Sie sich nur vor . . .«

Er brach ab. Immerhin gab es keine feindlichen Flugzeugträger in diesem Teil des Atlantiks, jedenfalls wenn man dem Oberkommando der Marine Glauben schenken durfte. Aber das U-Boot? Schon der Schatten eines Flugzeugs würde es dazu veranlassen, so schnell wie möglich zu tauchen. Die Arado mochte dann hinter ihnen herfliegen wie ein Nestjunges, das von seinen Eltern verlassen worden war, bis ihr der Sprit ausging.

»Er kommt, Herr Kapitän«, flüsterte Theil.

Leitner betrat mit schnellen Schritten die Brücke, sein weißer Seidenschal flatterte leuchtend im schneidenden Wind. Er lächelt den Männern auf der Brücke freundlich zu und erwiderte Hechlers Gruß.

»Nach meiner Uhr . . .« Er runzelte die Stirn, als sich Gudegast vernehmen ließ: »Erbitte Genehmigung zur Kursänderung für den Flugzeugstart, Herr Kapitän.«

Hechler nickte. »Erteilt. Geben Sie der Maschine entsprechende Anweisung.«

Leitners gute Stimmung kehrte zurück. »Sehen Sie nur, Hechler, es klart auf. Das wird für unsere Volksgenossen in der Heimat sicherlich sehr ermutigend, Filme wie diesen zu sehen.«

Der Adjutant war seinem Admiral auf die Brücke gefolgt. »Die PK-Männer bitten Sie zu sich.« Verschüchtert blickte er Hechler an. »Ich habe hier eine Liste mit den Fragen, die Ihnen gleich gestellt werden.«

Leitner seufzte dramatisch. »Was man alles im Namen der Pflicht tun muß!«

Gudegast blickte vom Sprachrohr hoch, während der Rudergänger die Kursänderung bestätigte, und beobachtete Leitner, der zum hinteren Niedergang marschierte. Dann sah er Leutnant Jäger an, der zusammen mit Korvettenkapitän Froebe Wache hatte. »Erfüllt Sie das nicht mit Stolz, Jäger?« wollte er mit sanfter Stimme wissen. »Stählt es in Ihnen nicht den Willen, Ihr Leben fürs Vaterland zu opfern?« Er grinste. »Manchmal könnte man verzweifeln.«

Er mußte an das Bild von Gerda denken, mit dem er begonnen hatte. Nur die Erinnerung an ihren weichen Körper hatte ihm geholfen, das Massaker an den vielen hilflosen Seeleuten zu überstehen. Auch die Bomberpiloten, die Nacht für Nacht ihre verderbenbringenden Ladungen auf Deutschland niederfallen ließen, machten sich keine

Gedanken über die Leiden, die sie verursachten. Die U-Boot-Kommandanten sahen in ihren Fadenkreuzen keine Schiffe und keine Seeleute, nur Ziele. Doch in ihrem Fall war das anders.

Hechler hatte Gudegasts Worte gehört, ignorierte sie aber. Gudegast befreite sich von der Anspannung der vergangenen Stunden eben auf seine eigene Weise.

»Flugzeug klar zum Start, Herr Kapitän!«

»Alle Maschinen langsame Kraft voraus!«

Hechler stieg von seinem Stuhl und beugte sich über die Windschutzscheibe, der feuchte Wind pfiff ihm ins Gesicht. Er sah die PK-Leute achtern stehen und einige Matrosen in Ausgehuniform mit ihrem Admiral sprechen. Die Arado stand vibrierend auf dem Katapult.

Erika hatte den Kopf mit der Lederhaube gesenkt, um mit einem Besatzungsmitglied an Deck letzte Worte zu wechseln. Dann schloß sie die Plexiglashaube und gab mit ihrem behandschuhten Daumen das Startzeichen.

Hechler fühlte, wie sich sein Magen zusammenzog. Jetzt gab es nichts mehr, was er für sie noch tun konnte. Was ist eigentlich mit mir los? dachte er. Lag es an Inges heuchlerischer Leidenschaft oder an seiner Einsamkeit? Er verkrampfte sich innerlich, als die schimmernde Arado vom Katapult abgeschossen wurde und sofort davondröhnte. Mit hoher Geschwindigkeit entfernte sich das Flugzeug von dem vergleichsweise langsamen Kreuzer.

Leitner kam auf die Brücke zurück. Blinzelnd sah er dem kleinen Flugzeug nach, das über dem Wasser zu kreisen begann. »Ich hoffe, sie fliegt näher heran. Schließlich steht da hinten eine Kamera und kein Geschütz.«

Hechler nahm sein Glas und folgte dem Flugzeug mit den Augen. Es glitzerte in der Sonne.

»Noch fünf Minuten, Herr Kapitän!« ließ sich Gudegast wieder vernehmen.

»Na, mal sehen, wie es klappt«, meinte Leitner.

Was da aus dem Wasser emportauchte, hatte eher Ähnlichkeit mit einem Schwarm Fische als mit einem U-Boot. Lange Gischtfahnen standen in der Luft, Blasen stiegen auf, doch als das U-Boot schließlich in einer Entfernung von etwa achthundert Metern neben ihnen herlief, hatte es etwas Majestätisches an sich.

»Mein Gott, ist das Ding groß!« rief Jäger.

Leitner warf einen Blick auf den Versorger. »Das ist eine völlig neuartige Idee, ein Beweis für Weitblick und Erfindungsgeist.«

Das große U-Boot lag wie ein riesiger Wal in der hochgehenden See. Anders als von den Kampfbooten ging von ihm kein Gefühl der Bedrohung aus. Noch während sie hinüberblickten, kletterten Männer vom Turm herunter auf das Deck, Luken wurden geöffnet, Ladebäume ausgefahren und Schlauchleitungen hervorgeholt. Über Lautsprecher erschollen auf *Prinz Luitpold* Befehle, worauf Männer zu den vorbereiteten Winden liefen, um die Treibstoffschläuche an die Bunkerventile des Kreuzers anzuschließen. Hechler sah, wie die U-Boot-Besatzung ihnen zuwinkte. Es mußte schon ein bewegender Anblick sein, dachte er, in feindlichen Gewässern plötzlich einem so großen eigenen Schiff zu begegnen.

Zwar hatte das U-Boot keine Post aus der Heimat mitgebracht, aber die Matrosen des Kreuzers hatten die Möglichkeit, dem Boot Post für zu Hause mitzugeben. Sicherlich würde es Wochen dauern, bevor die Briefe die Frauen und Mütter erreichten, trotzdem wünschte Hechler jetzt, er hätte seinen Eltern geschrieben. Er sah seine Mutter vor sich, wie sie ein frühzeitiges Abendbrot für den Fall vorbereitete, daß es einen Luftangriff geben sollte. Und seinen Vater, der die Zeitung las und dabei immer wieder husten mußte.

Das Telefon schnarrte, Jäger meldete: »Meldung vom L. I., Herr Kapitän: Alle Anschlüsse fest.«

»Sehr gut, Jäger. Sagen Sie der Maschine, sie sollen das Schiff so ruhig wie möglich halten.« Es würde Stunden dauern, gerissene Leitungen neu zu verlegen, und hier kam es auf jede Minute an.

Hechler beobachtete die öligen Schläuche, die sich im Wasser bewegten, während das Öl hindurchgepumpt wurde. Unten führte ein Matrose mit MPi den gefangenen englischen Offizier spazieren. Der machte einen recht niedergeschlagenen Eindruck und schien keinen Blick für die Männer zu haben, die mit dem Bunkern beschäftigt waren.

»Ich halte es nicht für richtig, ihn hier so frei herumlaufen zu lassen«, sagte Theil.

Hechler mußte lächeln. »Ich glaube nicht, daß er eine Bedrohung für uns darstellt, Theil.«

Er blickte zum Himmel auf und suchte die Arado, doch die war nicht zu sehen. Jetzt war Erika in ihrem Element, dachte er, nun würde sie sich frei und ungezwungen fühlen. Ganz anders der gefangene Seemann da unten.

Doch der junge Offizier, der ein Jackett trug, das ihm nicht gehörte, war alles andere als verzweifelt. Auf seinem Weg zum Oberdeck, begleitet von dem Wachtposten mit MPi, hatte er ein Geräusch gehört, das ihm äußerst vertraut war: das Tüt-tüt-tüt eines Morsesenders. Der Funkraum des Kreuzers glich einem Labor, drei Mann mit Kopfhörern arbeiteten darin. Und bei ihrem Anblick war ihm ein Gedanke durch den Kopf geschossen.

Das konnte eine große Chance sein. Sie würde ihn zwar das Leben kosten, aber darauf kam es nicht mehr an. Er war längst tot, war in dem offenen Boot zwischen seinen abgemagerten, augenlosen Kameraden gestorben. Wenn die Zeit gekommen war, mußte er nur ein einziges kurzes Funksignal senden, um die Einheiten der Royal Navy wie eine Schar Racheengel an diesen verdammten deutschen Kreuzer heranzuführen. Er warf einen Blick nach oben und glaubte, vor der niedrigen Wolkendecke den Kommandanten zu sehen.

Auch wenn er bereits tot sein würde, bevor die ersten Salven auf dem Kreuzer einschlugen, war es die Sache wert.

Der bewaffnete Matrose an seiner Seite bemerkte, wie sich Ames' Gesicht zu einem wilden Grinsen verzog, und seufzte. Es war bestimmt kein Spaß gewesen, wochenlang in der Einsamkeit des Atlantiks zu treiben, dachte er.

Erika Franke lockerte ihren Sicherheitsgurt etwas, dann blickte sie nach Steuerbord, während sie die Arado in einen leichten Sturzflug gleiten ließ. Der Kreuzer war schon weit abgefallen, und sie konnte ihn sich überhaut nicht mehr so vorstellen, wie er ihr zuerst erschienen war: riesig, unverletzbar und furchteinflößend. Jetzt wirkte seine Silhouette durch den unregelmäßigen Tarnanstrich seltsam gebrochen. Etwas abseits davon lag der funktionelle Rumpf des riesigen Versorgungs-U-Bootes, das Leitner ihnen beschrieben hatte.

Sie bemerkte, wie sich feuchter Niederschlag auf der Cockpithaube festsetzte, und stellte ihren Kompaß neu ein. An der Gischt lag es nicht, dafür war sie noch zu hoch. Die drohenden Wolken zeigten nahenden Regen an. Sie biß sich auf die Lippen. Wenn die Sicht noch schlechter wurde, mußte sie umgehend zum Schiff zurückkehren.

»Es wird Regen geben«, sagte sie in das Kehlkopfmikrophon. Westphal, ihr Beobachter, registrierte die Bemerkung mit einem Grunzen. Er war ein untersetzter, schwerfälliger Mann, der sich ganz offensichtlich darüber ärgerte, mit einer Frau fliegen zu müssen. Aber das war keine neue Erfahrung in Erika Frankes Leben.

Zum letztenmal änderte sie ihren Kurs in eine Richtung, die sie vom Schiff wegführte. Wenn sie nur fliegen und alles hinter sich lassen könnte, bis ... Plötzlich hielt sie inne, weil Hechlers ernstes Gesicht vor ihrem geistigen Auge auftauchte.

Er war ein sehr verschlossener Mann, verletzt durch etwas, das nicht mit dem Krieg zu tun hatte. Sie hörte seine Stimme, sah seine zuverlässigen, blauen Augen. Seine Gegenwart vermittelte ihr stets ein Gefühl der Ruhe, als fliege man plötzlich nach einem Gewitter in helles Sonnenlicht hinaus.

Während der Beschießung des Konvois hatte sie keinerlei Furcht verspürt. Das hatte ihr der Vater beigebracht, als er sie zum ersten Mal in seinem Flugzeug mitgenommen hatte. Wenn man doch nichts ändern kann, hatte er ihr immer wieder gesagt, dann hat auch die Furcht keinen Sinn.

Dennoch hatte sie sich äußerst hilflos gefühlt. Mochte das Schiff auch noch so mächtig und stark wirken, es hatte wie verrückt gebebt, und es war ihr vorgekommen, als würden alle Nieten herausgesprengt, alle stählernen Planken wegplatzen. Doch dann hatten Hechlers Besonnenheit, seine ruhige Stimme und seine Zuversicht sie eingehüllt wie eine Decke.

Die Ar 196 begann plötzlich in der Luft zu schwanken, und sie erhöhte eilig die Drehzahl, bis der Propeller wieder zu einer flimmernden Scheibe wurde und der Motor ruhig lief. Die Maschine hatte zwar eine Waffe an Bord, aber keine Munition. Das war Erika Franke nur recht.

Sie mußte an die beiden Überlebenden aus dem Rettungsboot denken, die von dem jungen Leutnant Jäger an Bord gebracht worden waren. Ein netter Junge, sie hatte seine Blicke beim gemeinsamen Essen in der Offiziersmesse durchaus bemerkt. Beim Gedanken an ihn mußte sie lächeln. Sie war jetzt 28 Jahre alt, aber in mancher Hinsicht sehr viel älter, als Jäger es sich je vorstellen konnte. Sie hatte gelernt, die Männer in zwei Kategorien einzuteilen. Da waren diejenigen, die sie nur als eine leichte Beute fürs Bett betrachteten. Und dann die anderen, die ihre Zurückhaltung als Kälte und zu stark ausgeprägte Männlichkeit deuteten.

Während sie auf das unendliche, bewegte Meer hinunterblickte, stand ein anderes Gesicht mit klaren Konturen vor ihr: Claus. Ihn hatte sie geliebt. Der Krieg in Italien hatte sie zusammengeführt, obwohl er verheiratet war. Er hatte davon gesprochen, sich scheiden zu lassen, doch dazu war es nie gekommen. Von einem Freund hatte sie erfahren, daß er gefallen war. Sein Schiff war torpediert worden und mit der gesamten Besatzung gesunken.

Westphals mürrische Stimme brachte sie wieder in die Wirklichkeit zurück. »Wir müssen umkehren. Die Sicht nimmt immer stärker ab.«

Also würden sie jetzt zurückfliegen, dachte sie. Das PK-Team würde ihre Landung filmen und auch, wie sie beim Anbordkommen von Konteradmiral Leitner begrüßt wurde. Seltsamerweise glaubten Typen seines Kalibers immer, Männer von Welt spielen zu müssen, die ein Auge auf jede hübsche junge Frau warfen.

Erika Franke hatte schon viele Männer vom Schlage Leitners getroffen. Es erstaunte sie immer wieder, daß sie – die eigentlich lieber als Frauen auf die Welt gekommen wären – von der Maschinerie des Krieges derart fasziniert waren. Wieder ging ihr Hechler durch den Sinn. Ob er von seiner Frau beherrscht wurde? Wohl kaum.

Sie zog die Maschine in eine scharfe Linkskurve und fühlte, wie ihr die Gurte fast die Luft abschnürten, während die Arado auf die See zustürzte, als wolle sie mit dem Backbordflügel das Wasser durchschneiden.

War das da unten ein Spiel des Lichts auf dem ruhelosen Meer mit seinen Wellen, oder war es ein von Menschenhand geschaffener Schatten?

»Da unten! Sehen Sie mal!« Sie bediente den Gashebel mit äußerster Vorsicht.

Westphal war in Gedanken weit fort gewesen. Er hatte die weichen Haare unter ihrer Lederhaube angestarrt und sich vorgestellt, wie sie sich gegen ihn zur Wehr setzen würde, wenn er sie mit Gewalt nahm.

»Was? Wo?« rief er laut, aus seinen Phantasien hochschreckend.

Aber da hatte Erika das U-Boot schon erkannt. Es war von einem dunklen Blaugrau und schnittig wie ein Hai. Es fuhr mit starker Heckwelle, und über dem Kommandoturm stand eine Rauchwolke.

Westphal hatte sich jetzt gefangen, seine Stimme klang schroff.

»Ein feindliches U-Boot. Ganz offensichtlich laden die Brüder über den Schnorchel ihre Batterien auf.« Er beugte sich vor, um ihre Schulter zu berühren. »Fliegen Sie schnell zum Schiff zurück.«

Sie legte das Seitenruder leicht nach Backbord. Westphal war etwas ganz Wichtiges entgangen: Das Boot ragte zu hoch aus dem Wasser. Falls es tatsächlich über den Luftmast unter Diesel fuhr und die Batterien auflud, dann wäre es auf Sehrohrtiefe geblieben. Und in diesen sicheren Gewässern hätte es überhaupt nicht zu tauchen brauchen. Also war das U-Boot beschädigt und nicht mehr in der Lage zu tauchen.

Ihre Gedanken jagten sich, sie bildete sich ein, Hechlers Stimme zu hören und den Kreuzer und das Versorgungs-U-Boot nahe beieinander liegen zu sehen. Und niemand dort war sich der Bedrohung bewußt, die da herankam.

Mochte das feindliche Boot auch beschädigt sein, so würde der feindliche Kommandant doch nicht eine Sekunde zögern und angreifen, sobald er *Prinz Luitpold* im Fadenkreuz hatte. Erika Franke hatte mittlerweile eine ganze Menge über die Marine gelernt, und dazu gehörte auch, was ihr der 1. Artillerieoffizier Kroll gesagt hatte, als er von seinem neuen Radargerät schwärmte. Ein aufgetauchtes U-Boot, das nicht mehr weit entfernt war, konnte vom Radar nicht erfaßt werden. Genau diese Situation aber war nun gegeben.

Sie schob den Gashebel vor und ließ die Arado steil nach unten kippen. Die Maschine erbebte, und das Geräusch des Fahrtwindes schien das Brummen des BMW-Motors zu übertönen. »Was zum Teufel machen Sie?« schrie Westphal von hinten ins Bordmikrophon. »Die werden uns gleich sehen!«

Gesehen hatten die ameisengroßen Figuren auf dem Deck des U-Bootes sie sicherlich längst. Wahrscheinlich hatten sie mit ihrem Sonar auch schon die Motorengeräusche des Versorgers oder sogar des Schweren Kreuzers aufgefangen.

»Haben Sie etwa Angst?« lachte sie. Der Schatten der Arado jagte wie ein verzerrtes Kruzifix übers Wasser, dann machte er förmlich einen Luftsprung, als Erika Franke zu den Wolken hochzog. »Bis wir wieder beim Schiff sind, wird sie Ihnen vergangen sein!«

Doch auch sie zuckte zusammen, als die ersten Explosionen neben dem linken Flügel krachten und die Maschine wild zu tanzen begann. Sie blickte auf den Kompaß, ihr Gehirn arbeitete eiskalt und schnell. Sie sah die beiden deutschen Schiffe vor sich, sah auch das feindliche U-Boot, das auf sie zulief. Wahrscheinlich war es eins von den großen amerikanischen Hochseebooten. Sie hielt den Atem an, schob den Steuerknüppel nach vorn und spürte, wie die Schwimmer bebten, als die Maschine aus den Wolken stieß.

Das wäre jetzt genau richtig für die Kameras der PK-Leute, dachte sie flüchtig. Die Detonationen der Granaten auf beiden Seiten und die Garben der Leuchtspurmunition lagen so dicht bei der Arado, daß sie instinktiv die Beine anzog. Das Flugzeug schüttelte sich, und sie hörte, wie unter ihr Metall barst. Doch der Motor arbeitete zuverlässig weiter. Es wurde nun wirklich Zeit, zum Schiff zurückzukehren. Mittlerweile mußten sie dort die Beschießung gehört haben. Sie wandte sich in ihrem Sitz um und wollte Westphal zurufen, daß sie zurückfliegen würde. Doch die Worte blieben ihr in der Kehle stecken, als sie den Mann sah. Seine Zähne lagen bloß, im Todeskampf hatte er die Fäuste in die Gurte gekrallt. Die Gläser seiner Fliegerbrille waren voller Blut. Er sah aus wie eine Figur aus einem Alptraum.

Die Maschine schüttelte sich erneut. Der Steuerknüppel wurde ihr beinahe aus der Hand gerissen, als in unmittelbarer Nähe eine Granate detonierte. Es kam ihr vor, als werde alle Luft aus ihrem Körper gepreßt, und als sie nach unten sah, bemerkte sie eine Blutspur, die durch ihre Fliegerkombination hinunter auf ihren Leibriemen lief. Dann traf sie der Schmerz wie eine heiße Eisenlanze, und sie hörte sich selbst aufschreien, während sie versuchte, den künstlichen Horizont zu stabilisieren und den Kompaß zu erkennen, um die richtige Anflugrichtung zu finden.

Der brennende Schmerz füllte ihre Augen mit Tränen, und sie wagte nicht, nach hinten zu blicken, wo ihr toter Kamerad sie mit fürchterlichem Grinsen anstarrte. Sie wußte, daß sie den Kreuzer nicht über Funk warnen durfte, denn dann mußte für das feindliche U-Boot zur Gewißheit werden, was man dort unten jetzt vielleicht nur ahnte.

»Lieber Gott«, flehte sie, »hilf mir doch!«

Doch das Dröhnen des Motors übertönte ihre Stimme, und jede Vibration des Flugzeugs bereitete ihr neue Pein. Der Beschuß hatte aufgehört, und einen Augenblick glaubte sie, sie habe das Bewußtsein verloren und müsse jetzt sterben wie die Männer im Rettungsboot. Wolken hüllten sie ein, dann teilten sie sich plötzlich, und ihr Cockpit wurde in strahlendes Sonnenlicht getaucht.

Sie schrie laut auf, eine Hand gegen die Seite gepreßt; dann merkte sie, wie das Blut über ihren Oberschenkel in den Fliegerstiefel lief.

Da unten lagen der Kreuzer und das Versorgungs-U-Boot, durch dünne Leitungen und Rohre miteinander verbunden; das sah aus wie zarte Spinnweben. Plötzlich begann sich der Kreuzer vor ihrer Frontscheibe zu drehen, schien schneller und immer schneller zu werden. Alles andere war ausgelöscht, als sie mit ihrem Flugzeug direkt auf die Brücke zu stürzen glaubte.

Ihr Gehirn registrierte gleichzeitig eine ganze Reihe von Dingen. Die Verbindungen zwischen den beiden Schiffen wurden gekappt, und hinter *Prinz Luitpold* stieg eine mächtige Heckwelle empor, als der Kreuzer Fahrt aufnahm. Die junge Pilotin kämpfte gegen die Bewußtlosigkeit an, ihr ganzes Sinnen war nur darauf gerichtet, die Maschine waagrecht zu halten, mit leicht hochgezogener Nase. Ich habe ihn gewarnt, dachte sie, aber ich werde nie mehr erfahren, ob es noch rechtzeitig war.

11 Die Wahrheit kann warten

Hechler trat neben Gudegast an den Kompaß. Bis jetzt war alles gutgegangen, aber schon eine plötzliche Winddrehung konnte zur Kollision der ungleichen Schiffe führen.

»Gehen Sie auf zweihundertzwanzig Grad, aber informieren Sie den Kommandanten des U-Bootes vorher.« Er berührte den Arm des stämmigen Mannes. »Wir wollen doch nicht, daß der ganze Atlantik eine Ölhaut bekommt.« Er ging wieder hinaus auf die offene Brücke und glaubte zu fühlen, wie unter ihm der Treibstoff durch die Leitungen strömte.

Sein Schiff war auch in dieser Hinsicht das beste seiner Klasse. Die im vergangenen Jahr eingebauten Zusatzbunker hatten seine Reichweite bei durchschnittlicher Marschfahrt auf mehr als 7000 Seemeilen erhöht.

Er mußte an die junge Pilotin in ihrem vor Neuheit glänzenden Flugzeug denken. Ihre Anwesenheit beruhigte ihn sehr, aber er wußte auch, daß sie ihm fehlen würde, wenn sie Befehl bekam, das Schiff zu verlassen. Vielleicht hatte sie gar keinen festen Auftrag, sondern war nur Teil des Propagandatheaters, das Leitner veranstaltete.

Theil nahm das Glas von den Augen. »Die Arado ist schon ziemlich lange in der Luft, Herr Kapitän.« Er schien besorgt. »Und es ist nichts von ihr zu sehen.«

Hechler blickte nach achtern. Eines der regulären Bordflugzeuge stand bereits wieder startklar auf dem Katapult, die Mechaniker lungerten davor herum, denn sie hatten im Moment nichts zu tun. Leitner kam mit schnellen Schritten auf die Brücke, die Lippen zu einem schmalen Strich zusammengepreßt. »Wo zum Teufel bleibt denn das Mädchen?« Er bewegte sich wie blind, und einige der Männer sprangen eilig zur Seite.

»Sollten wir nicht eins von unseren Flugzeugen nach ihr suchen lassen, Herr Admiral?« schlug Theil vor.

»Was Blöderes fällt Ihnen wohl nicht ein?« schnarrte Leitner böse.

Hechler bemerkte, wie sich die Matrosen in der Nähe Blicke zuwarfen. Einige waren offensichtlich besorgt, andere davon angetan, daß auch ein Stabsoffizier mal einen Anpfiff einstecken mußte.

»Ich bin ganz seiner Meinung, Herr Admiral«, sagte Hechler ruhig.

Ein Blick Theils traf ihn, doch Hechler blieb gelassen. Nun bin ich nur gespannt, ob er auch mir sagt, was ich für ein Idiot bin, dachte er.

Der junge Admiral gab sich gelassen. »Das dauert viel zu lange«, sagte er milde.

Hechler blinzelte Theil zu; der Admiral hatte klein beigegeben – jedenfalls im Moment. Dann ging er hinüber auf die andere Seite der Brücke und beobachtete die Treibstoffübernahme. Im Ersten Weltkrieg waren die deutschen Handelsstörer auf Kohlendepots angewiesen gewesen, die man bereits vor Kriegsausbruch angelegt hatte, um diese gefährliche Form der Piraterie praktizieren zu können. Trotz seiner Angst um die junge Pilotin mußte er plötzlich lächeln. *Piraterie – war er nicht auch ein moderner Pirat?*

Er blickte seine Männer an, die jederzeit bereit waren, Befehle für Kursänderungen oder den Maschinenraum entgegenzunehmen, weiterzuleiten oder auszuführen. Trotz aller Disziplin, die hier herrschte, war irgend etwas nicht in Ordnung. Hechler wußte, daß es weder an Leitners Ausbruch noch an Theils Betroffenheit lag, der wie ein Kadett vor versammelter Mannschaft abgefertigt worden war. An die scheinbar wunderlichen Einfälle der Offiziere hatten sie sich längst gewöhnt.

Nein, es war eine innere Unruhe, die sie alle befallen hatte.

»Befehl an Versorger: höchste Wachsamkeit«, sagte er. »Und alle Mann auf Gefechtstationen!«

Der Admiral warf ihm aus der anderen Ecke der Brücke einen Blick zu. »Das wird sie beunruhigen, Hechler.«

»Ich *bin* beunruhigt, Herr Admiral.« Hechler zwang sich zu einem Grinsen. Unter sich hörte er, gedämpft durch die dicken Stahlplatten, das Läuten der Alarmglocken.

»Bleiben Sie auf jeden Fall hier auf der Brücke, Theil.«

Leitner kletterte auf den Brückenstuhl und zog den Mützenschirm tiefer über die Augen. Als ein Kriegsberichterstatter um die Genehmigung zum Betreten der Brücke ersuchte, fauchte er bissig: »Der Mann soll warten, bis ich soweit bin.«

»Geben Sie dem Katapultpersonal Anweisung, die Arado zum Start vorzubereiten, Theil«, sagte Hechler leise. Theil sprach kurz ins Telefon, und Sekunden später begann der Motor des Bordflugzeugs knatternd und dröhnend anzuspringen; dann lief er rund.

Leitner fuhr in seinem Stuhl herum. »Das ist verdammter Blödsinn . . .«

Er kam nicht dazu, seinen Satz zu vollenden, denn aus dem Bordlautsprecher schrie eine Stimme: »Geschützfeuer in Nordwest!«

Hechler war wie der Blitz am roten Telefon. »Treibstoffübernahme sofort abbrechen!« Er stand am Appart und zählte die Sekunden, bis er schließlich die Stimme unten aus dem Maschinenraum hörte. »Bereiten Sie alles für höchste Umdrehungen vor.« Er hängte den

Hörer auf. Mehr gab es nicht zu sagen. Wie kein anderer an Bord kannte der L. I. den geringen Spielraum, der ihnen blieb.

Leitner tauchte neben ihm auf. »Was zum Teufel geht hier vor?«

»Das Geschützfeuer bedeutet, daß es sich um ein feindliches Schiff handelt, Herr Admiral.« Er drehte sich um, als ein Ausguck rief: »Flugzeug in Rot vier-fünf. Anflugwinkel vier-null!«

»Alarm für Mittelartillerie!« Ohne hinzublicken konnte sich Hechler vorstellen, wie die Rohre der 10,5-cm-Flak bereits gen Himmel schwenkten. Er nahm sein Glas und hatte die Arado sofort vor Augen. Sie schwankte stark, schien aber noch intakt zu sein. Mit klopfendem Herzen verfolgte er jede Bewegung der Maschine.

»Achtung bei Vorleinen!« brüllte Theil plötzlich. Hechler sah hinunter und entdeckte, daß das große U-Boot verdammt nahe an den Rumpf des Kreuzers gedrückt wurde. »Verbindungen kappen!« schrie er. Dann wandte er sich wieder dem Flugzeug zu, das in niedrig hängenden Wolken verschwunden war.

»Aufgetaucht laufendes U-Boot in Rot zwo-null. Entfernung viertausend«, quäkte eine Stimme aus dem Lautsprecher auf der Brücke.

»Wie kann denn das passieren?« wollte Leitner wissen, der neben Hechler getreten war.

»Maschinen volle Fahrt voraus!« gab Hechler an den Maschinenraum und fühlte, wie fast unmittelbar darauf ein starkes Zittern durch den Rumpf lief. Jetzt oder nie! Wenn die Stahltrossen nicht gekappt waren, würden sie den Versorger mit sich ziehen.

Der Ausguckposten an Backbord lehnte sich fest gegen sein statisch montiertes Glas. Er stemmte die Beine auf dem Deck nach hinten, als habe er das ganze Gewicht des Schiffes allein zu tragen.

»Das Flugzeug ist wieder in Sicht, Herr Kapitän! Richtung Rot sechs-null!«

Hechler hielt sich an der Reling fest, denn plötzlich schien das Deck unter ihm anzusteigen, dann schoß das Schiff nach vorn.

»Feuer frei!«

Die drei Doppeltürme der 10,5-cm-Mittelartillerie dröhnten los, noch bevor die Männer auf der Brücke sich Stopfen in die Ohren schieben konnten.

»Der Versorger taucht, Herr Kapitän!« rief Theil.

Fontänen von Gischt schossen um das große Boot empor, als die Preßluft aus den Tauchtanks gedrückt wurde, die sich nun mit Wasser füllten. Die Heckwelle zeigte an, mit welcher Geschwindigkeit das Boot unter der Wasseroberfläche verschwand.

Hechler mußte den Blick von der Arado wenden, die über das

Schiff schwankte und dann klatschend aufs Wasser niederging, als sei eine Schnur gerissen, an der sie hing. Er hatte die gezackten Löcher im Rumpf der Maschine gesehen, einige von ihnen schienen mitten durch die Kabine zu laufen.

»Backbord zwanzig!« Er umklammerte die Sprachrohre mit solcher Kraft, daß der Schmerz seine Gedanken an das, was er da eben gesehen hatte, auslöschte. Erika hatte also das Feuer des feindlichen U-Bootes auf sich gezogen, um sein Schiff und ihn zu warnen.

Stimmen schrien Kommandos, dann feuerte die Mittelartillerie erneut, und am Horizont, dort wo der Feind lag, stiegen Wassersäulen empor. »Treffer!« schrie eine Stimme aus der Bordverständigung. »Wir haben ihn getroffen!«

»Torpedolaufbahnen an Backbord!«

Theil sprang an das Sprachrohr, doch Hechler hielt ihn zurück. »Wir lassen das Schiff auf Kurs!«

Er warf einen schnellen Blick zu dem Versorger hinüber. Der Bug des großen Bootes war bereits im Wasser verschwunden, nun durchstieß auch der gedrungene Turm die Oberfläche. Ganz offensichtlich hatte der Kommandant nicht die mindeste Absicht abzuwarten, ob *Prinz Luitpold* getroffen wurde und er Überlebende des Kreuzers aufnehmen mußte.

Die Explosion kam wie ein gewaltiger Donnerschlag. Dichter schwarzer Rauch lag plötzlich über dem Wasser, so dick, daß er wie eine feste Masse wirkte, die sich nun auf Decks und Aufbauten, Masten und das ganze Schiff legte. Mit einem Mal war der Tag zur Nacht geworden.

Hechler tastete sich zum vorderen Teil der Brücke und fiel dabei fast über einen jungen Signalgasten, den es von den Füßen gerissen hatte. Er erinnerte sich nur schwach an den Namen des Jungen, der – eben 17 Jahre alt – erst vor dieser Feindfahrt an Bord gekommen war.

Hechler zog ihn an seiner Marinebluse hoch. »Reißen Sie sich zusammen, Heimsath!« brüllte er. »Diesmal hat es uns noch nicht erwischt!«

Die Torpedos mußten das große Unterseeboot ausgerechnet in dem Augenblick getroffen haben, als das Heck beim Tauchen in die Höhe ragte. Von ihm war nichts übriggeblieben. Treibstoff, Munition, Reservetorpedos, alles war zusammen in die Luft geflogen, und die Überreste waren annähernd eine halbe Quadratmeile verstreut; einige waren auf Vorschiff und Hauptdeck von *Prinz Luitpold* gelandet.

»Das Ziel taucht weg, Herr Kapitän!«

Ob es tauchte oder sank, das machte jetzt auch keinen Unterschied mehr. Ihre letzte Salve hatte es offensichtlich außer Gefecht gesetzt. Wahrscheinlich würde es jetzt langsam auf den Grund des Meeres sinken und dort mit allen Männern vom Wasserdruck zerquetscht werden. Ein stählernes Grab . . .

»Langsame Fahrt voraus!« Hechler wischte sich mit dem Ärmel übers Gesicht. Immer noch lag der ätzende Qualm schwer auf dem Schiff und trieb einem die Tränen in die Augen. Er hielt sich mit beiden Händen an der Reling fest. »Rettungsboot klar zum Aussetzen!« Er sah Theils ungläubigen Blick. »Abfieren!«

Langsam und zögernd, als seien sie unfähig zu begreifen, weshalb es das eine Schiff getroffen und das andere verschont hatte, begannen die Männer, die Befehle auszuführen.

Leitner wischte sein Fernglas ab und starrte durch den sich langsam verziehenden Rauch. »Eine Minute später, Hechler, und es hätte uns erwischt.«

Hechler hielt sein Glas fest auf die Arado gerichtet, die noch auf den Wellen tanzte.

»Maschinen stopp! Boot aussetzen!« Wieder suchte er nach dem Flugzeug und bereitete sich innerlich auf das vor, was ihn erwartete.

»Geräusche eines unter Wasser zerbrechenden Schiffes, Herr Kapitän«, meldete eine Stimme. Es mußte sich um das feindliche U-Boot handeln, denn von den Trümmern des Versorgers würde man im Horchraum kaum noch etwas vernehmen.

Hechler zuckte zusammen, als er durch das Glas die Gestalt auf dem zweiten Sitz der Ar 196 erblickte: ein verzerrtes Gesicht mit gebleckten Zähnen und geballten Fäusten; davor die zusammengesunkene Gestalt am Steuerknüppel.

»Bordarzt sofort an Oberdeck!« befahl er mit schneidender Stimme.

Das Motorboot kam in Sicht, wie es auf die Arado zuhielt. Leitners Stimme schien von weither zu kommen: »Wenigstens schwimmt die Maschine noch, Gott sei Dank!«

»Das Boot soll sie zum Bordkran schleppen, Herr Kapitän«, vernahm Hechler eine andere Stimme.

War die Maschine wirklich Leitners einzige Sorge, obwohl erst vor wenigen Augenblicken so viele Männer gestorben waren? Hechler umklammerte sein Glas mit beiden Händen, als der Buggast des Rettungsbootes über den Schwimmer auf die Leiter zum Cockpit kletterte und die Haube öffnete. Dann wandte er sich um und signalisierte zum Kreuzer: ein Mann tot.

Also lebte sie!

Er ließ das Glas sinken und ging mit langsamen Schritten zum Kartentisch. Um ihn herum stand die Wache, verdreckt vom Rauch und immer noch betäubt von der Schnelligkeit, mit der das Verderben zugeschlagen hatte.

»Sobald wir das Boot an Bord genommen haben, erhöhen wir die Fahrt und ändern Kurs wie vorgesehen.« Gudegast nickte. »Sie übernehmen, Theil. Lassen Sie das gesamte Oberdeck und den Rumpf inspizieren. Es ist immerhin möglich, daß wir kleinere Schäden erlitten haben.« Doch noch während er sprach, war er ganz sicher, daß *Prinz Luitpold* auch diesmal unbeschädigt geblieben war.

Er wandte sich zu Leitner um. »Bitte die Brücke verlassen zu dürfen, Herr Admiral.«

»Genehmigt.« Leitner blickte weg.

Oben an der Leiter zögerte Hechler, um zu beobachten, wie die Arado vom Bordkran aus dem Wasser gehoben und auf das Katapult gesetzt wurde. Der Doktor und die Sanitäter warteten mit zwei Tragbahren. Nun mußte er Erika mit ihnen teilen. Ob ihr Zustand eine Hoffnung zuließ? Immerhin: wenigstens lebte sie. Und nur ihretwegen waren sie alle noch am Leben. Er warf einen Blick auf die breiten Schultern des Admirals. In ihm hatte er sich zweifellos einen Feind gemacht, aber das war ihm jetzt auch egal.

Er nickte Theil zu, dann eilte er den Niedergang hinunter. Die Welt da oben konnte warten.

Die Offiziersmesse der *Prinz Luitpold* war nur dünn besetzt. Die erste Wache war fast zur Hälfte vorbei, und die Offiziere der nächsten Wache versuchten, noch etwas Schlaf zu finden. Dann würde ein Bootsmann sie wecken, und wenn sie Glück hatten, würde ein Läufer ihnen einen Becher starken Kaffee bringen, bevor sie die gefürchtete Mittelwache antreten mußten.

Ein paar Offiziere, die sich nicht entschließen konnten, ihre Kameraden zu verlassen, saßen dösend in tiefen Sesseln, andere diskutierten mit leiser Stimme die Torpedierung des Versorgers. Einer meinte, man könne von Glück sagen, daß der Treibstoff schon in den Bunkern des Kreuzers war, bevor der Torpedo traf. Sonst wäre sicherlich auch *Prinz Luitpold* dem Inferno zum Opfer gefallen. Doch die meisten dachten wohl eher daran, wie eine Meile nach der anderen die Heimat immer weiter hinter ihnen zurückblieb. Das Schiff hatte einen gewaltigen Bogen gemacht und fuhr nun in Richtung Südost. Wenn sie ihre Marschgeschwindigkeit von 15 Knoten beibehielten, mußten sie in zwei Tagen den Äquator überqueren und in den Südatlantik eindringen.

Viktor Theil, der ranghöchste Offizier in der Messe, stand mit dem Rücken zur Bar, ein Glas Zitronensaft in der Hand. Er war sich seiner Stellung auch hier, wo das Durchschnittsalter so gering war, sehr bewußt und gewillt, jederzeit ein Vorbild zu sein. Korvettenkapitän Werner Froebe, der ihm unmittelbar unterstellt war, stand groß und ungewohnt feierlich neben ihm, hielt den Griff eines Bierseidels umklammert und wollte wissen: »Fanden Sie, daß es heute gut lief?«

Theil blickte ihn wachsam an. Die Frage klang unschuldig, aber sie barg Zündstoff. »Auf jeden Fall haben wir das neue Flugzeug sicher an Bord bekommen«, gab er zur Antwort. »Soweit ich sehen konnte, sind die Beschädigungen nur oberflächlich. Schade um den Beobachter.«

Froebe verzog das Gesicht. »Soweit ich gehört habe, ist die Pilotin durch einen Granatsplitter verletzt worden.«

Theil ließ den Saft in seinem Glas kreisen. »Es hätte schlimmer kommen können.«

Er blickte zu der rotgestrichenen Glocke beim Schott hinüber. Sie sah aus wie ein Auge, das sie stets beobachtete. Wenn sie nur einen Moment unaufmerksam waren, würde sie plötzlich losklingeln, hier wie in jeder anderen Abteilung des Schiffes: ein Geräusch, an das man sich nie gewöhnte.

Selbst in seinem Haus schreckte er manchmal bei Nacht hoch ... Er knirschte mit den Zähnen. Daran wollte er jetzt nicht denken. Irgendwann würde sich alles von selbst aufklären und Britta zu ihm zurückkehren. Sie war schließlich im Unrecht. Aber am Ende würde er ihr vergeben, und sie würden miteinander glücklich sein wie nie zuvor.

Froebe beobachtete ihn unsicher. »Ich hoffe nur, die wissen, was sie mit uns machen.«

»Wer?« Theil wollte das Gespräch beenden, aber irgend etwas in Froebes Stimme veranlaßte ihn zu der Frage.

»Die da oben«, sagte Froebe, »im Oberkommando der Kriegsmarine. Die nicht wie wir damit beschäftigt sind, den blutigen Dreck wegzuräumen.«

Zwei junge Offiziere rückten interessiert näher, und der eine sagte: »Zu Hause werden sie von unseren Erfolgen erfahren. Und auch vom Opfer der *Lübeck*.«

Theil lächelte: »Natürlich. Für uns ist es eine Ehre, dem Vaterland in dieser Weise zu dienen.«

Ein Mann schob sich in das fahle Licht, der Bordarzt. Sein Jackett stand offen, seine Krawatte war verrutscht. Er sah die Männer nacheinander aus müden Augen an. Dann sagte er zu Theil: »Ich habe da unten zehn Verletzte, aber allen geht es ganz gut.«

Theil nickte. Die Männer hatten Schnittwunden und andere Verletzungen durch Trümmer bei der Explosion des Versorgers davongetragen. »Die haben verdammtes Glück«, meinte der eine junge Offizier. »So bleibt ihnen wenigstens das Wachegehen erspart.«

Der Arzt blickte zu dem Jungen hinüber. »Übrigens: Die *Lübeck* ist keineswegs im Kampf gesunken, sie wurde von der eigenen Besatzung versenkt.«

Theil hatte plötzlich das Gefühl, sein Kragen werde ihm zu eng. Einige Männer an der Bar wurden aufmerksam und blickten zu ihnen herüber. Die übliche Schläfrigkeit zwischen den Wachen war dahin, die Luft schien elektrisch geladen.

Theil brüllte los: »Was erzählen Sie da? Wie können Sie es wagen, derartige Lügen zu verbreiten?«

Stroheim lächelte Theil ruhig an. »Ich war im Funkraum, einer der Funker hatte sich den Finger gebrochen. Sie hörten gerade einen englischsprachigen Sender ab, ich glaube, von den Bermudas. Die haben das gemeldet.« Seine Stimme wurde hart, während er in Theils fassungsloses Gesicht starrte. »Und ich habe noch etwas erfahren, was Ihnen überhaupt nicht gefallen wird: Die Alliierten stehen am Rhein! Hören Sie mir eigentlich zu?« Er starrte blicklos in den Raum hinein. »Der Iwan dringt von Osten vor, und die westlichen Alliierten stehen bereits am Rhein!« Er sah Theil wieder an. »Verstehen Sie, Mann? Wir fahren in unser Verderben!«

»Halten Sie den Mund!« brüllte Theil. »Wie können Sie es wagen . . .«

Stroheim machte eine abwehrende Handbewegung. »Was ist denn eigentlich los mit Ihnen, meine Herren? Im Funkraum weiß man über alles Bescheid. Ist das hier ein anderes Schiff oder so?«

Froebe unterbrach ihn verzweifelt: »Seien Sie doch still, Doktor, das hilft uns auch nicht weiter.«

Der Arzt nahm die Brille ab und massierte seine Augen. »Was hilft uns denn?« Er musterte das Hitlerbild an der Wand. »Alles Lügen. Mit Lügen sind sie an die Macht gekommen, mit Lügen haben sie uns geführt, und nun fahren wir wegen ihrer Lügen zur Hölle.«

»Ich fordere Sie auf, mich umgehend zu begleiten!« Theils Stimme war schneidend. Er hatte sich wieder in der Gewalt, aber in seinen Zorn mischte sich Unruhe.

Der Arzt lachte bitter. »Selbstverständlich, Herr Kapitän. Hat die Wahrheit Sie so erschüttert?«

Froebe sah eine andere Person sich aus einem Sessel erheben und durch eine Tür verschwinden: Leitners Adjutant. Nun würde der Admiral in spätestens drei Minuten über dieses Gespräch informiert sein.

Der Doktor folgte Theil hinaus. »Daß mir keiner von Ihnen krank wird, bevor ich wieder zurück bin«, sagte er sarkastisch.

Froebe lehnte sich an die Bar. »Sie haben von all dem nichts gehört, ist das klar?« Seine Augen sahen den Mann hinter der Bar durchdringend an. »Der Arzt war übermüdet und hatte getrunken.«

»Alles klar, Herr Kapitän.«

Froebe sah, wie sich der Vorhang hinter dem Doktor schloß. *Aber mal angenommen, es stimmte?* Spielte es dann noch eine Rolle, ob sie einen Konvoi aufhielten oder ein Dutzend? Was war wirklich noch von Bedeutung, wenn das Ende bevorstand? Plötzlich mußte er an seine Frau und seine Kinder denken, die an der holländischen Grenze wohnten. Und er kam sich vor wie ein Verräter, als er Gott still dankte, daß sie nun zuerst von den westlichen Alliierten und nicht von den Russen erreicht wurden.

Hechler schloß die Tür der Admiralskajüte hinter sich.

»Sie wollten mich sprechen, Herr Admiral?«

Leitner warf ihm einen Blick zu. »Ich wünsche jederzeit zu wissen, wo Sie sich aufhalten!«

Hechler beobachtete ihn, während Leitner sich wieder über den Kartentisch beugte. Er hatte erwartet, daß der Admiral aus der Haut fahren und ihn anschreien würde. Denn offensichtlich war er über das Gespräch zwischen Theil und dem Arzt informiert worden.

Theil hatte ihn in seiner Tageskajüte aufgespürt. Die Tür zu seinem Schlafraum war geschlossen, dort lag die junge Pilotin. Sie hatte ein Schlafmittel bekommen, nachdem Stroheim sie versorgt hatte. Ein Splitter hatte sie dicht über der linken Hüfte erwischt, und nach Stroheims Angaben hatte sie eine Menge Blut verloren. Ein Knochen war gesplittert, doch der Arzt konnte noch nicht sagen, wie stark.

Hechler hatte neben ihrem Bett gestanden und den sauberen Verband angestarrt, in dessen Mitte sich ein kleiner roter Fleck zeigte. Ihre Pyjamajacke war verrutscht, und er zog sie ihr über die Brust. Dabei berührte er ihre Haut und merkte, daß sie fiebrig heiß war. Dennoch war es ein Wunder, daß sie, von einigen Prellungen abgesehen, sonst völlig unverletzt geblieben war.

Er mußte an Theils Erregung denken und an Stroheims offensichtliche Gleichgültigkeit. Er war sich keineswegs klar drüber, was er mit Stroheim machen sollte, aber nun hatte Leitner ihn telefonisch herbeordert. Das gab ihm immerhin etwas Zeit.

»Oberleutnant Bauer hat mir soeben ein paar neue Funksprüche gebracht, und ich habe sie umgehend ausgewertet.«

Hechler betrachtete Leitners gepflegten Kopf und schwieg zunächst. Also Bauer. Dann sagte er: »Herr Admiral, Bauer ist einer meiner Offiziere, und als Kommandant erwarte ich, daß ich über jeden Funkspruch sofort unterrichtet werde, falls er mein Schiff betrifft.«

Kalt sah Leitner ihn an. »Bauer untersteht in erster Linie mir. Ich entscheide ...«

Hechler merkte, wie ihm die gepanzerte Bordwand zu eng wurde, als der Ärger in ihm hochstieg.

»Also stimmt das mit *Lübeck*?«

Der Admiral drückte das Kreuz durch, sein Gesicht verfinsterte sich, als er Hechler anfuhr: »Ja, mir ist bekannt, was geschehen ist.«

»Aber Sie haben der Besatzung gesagt, das Schiff sei kämpfend untergegangen.«

»Reden Sie gefälligst nicht in diesem Ton mit mir, Hechler«, fuhr Leitner ihn an. »Die Entscheidung, die ich getroffen habe, war absolut richtig. Was die Männer jetzt denken, ist ihre Sache.«

»Ich kann es einfach nicht glauben.«

Leitner lächelte verbindlich. »Weil Rau ihr Kommandant war? Lieber Tod als Schande? Ich kann in Ihrem Gesicht lesen wie in einem Buch, Hechler. Sie mit Ihren überholten Idealen und Vorstellungen haben sich bis heute nicht geändert.«

Hechler blickte ihm in die Augen. »Denken Sie doch nur an die *Graf Spee*! Sie hätte kämpfen sollen bis zur letzten Patrone, statt dessen wurde ihrem Kommandanten die Selbstversenkung befohlen. Das hat uns mehr geschadet als ein möglicher Verlust des Schiffes durch den Feind. Es war völlig unsinnig!«

Leitner schlug mit der Hand auf den Tisch. »Und Langsdorff hat sich anschließend erschossen. War das etwa die Tat eines tapferen Kommandanten?«

Er zog sich in den Schatten zurück, aber noch hatte er seine Stimme nicht gemäßigt. »Ich will keine Diskussionen darüber. Vergessen Sie nicht, daß *ich* hier das Kommando führe. Und wenn Theil nicht in der Lage ist, für Ordnung in der Offiziersmesse zu sorgen, wenn er so einen Idioten defätistische Reden halten läßt, dann wird er abgelöst!« Er ging mit schnellen Schritten auf und ab. »Dafür könnte ich den Mann erschießen lassen! Und das nach allem, was ich für ihn getan habe. Er ist wirklich höchst undankbar!«

»Er kam sofort mit dem Doktor zu mir, Herr Admiral«, warf Hechler ein.

»Und da haben Sie ihm wahrscheinlich auf die Schulter gehauen, und damit war die Angelegenheit erledigt. Ein Offizier Ihrer Besatzung kann doch nichts falsch machen! Das ist Undankbarkeit, Hechler. Mein Vertrauen wird von jedem an Bord mißbraucht . . .«

»Aber er hat bestimmt so gehandelt, wie er es als richtig empfunden hat, Herr Admiral.«

»Nachdem die Hälfte der Offiziere gehört hatte, was Stroheim von sich gab.« Leitner stand schwer atmend am Tisch. »Ich hätte es wissen sollen, hätte mich nicht von Ihrem Glauben an den Mann täuschen lassen dürfen. Kein Wunder, daß seine verrückte Frau abgeholt worden ist . . .« Er hielt plötzlich inne.

Hechler ballte die Fäuste. »Was war das, Herr Admiral? Wann wurde sie abgeholt? Ich habe ein Recht, es zu wissen!«

Leitner fuhr sich mit den Fingern durchs Haar. »Als wir in Vejle lagen«, sagte er unbestimmt.

Also hatte Leitner die ganze Zeit Bescheid gewußt, während Theil, von der Sorge um das ungewisse Schicksal seiner Frau bedrückt, seinen Dienst versah.

»Was hatte sie verbrochen?«

»Sie hat Ärger gemacht, weil ihre Eltern ins KZ gekommen sind. Ich nehme an, sie gehörten zum Widerstand.«

»Sitzt sie im Gefängnis?«

»Die Gestapo hat sich ihrer angenommen.« Leitner blickte auf die Karte. »Mehr weiß ich nicht.«

Hechler griff in die Tasche seiner Jacke und umklammerte den Kopf seiner Pfeife. »Weiß Bauer darüber Bescheid?«

»Selbstverständlich.«

»Und wer noch?«

»Nur Sie.« Leitner lächelte sanft. Dann griff er zum Telefon und forderte den Navigationsoffizier auf, zu ihm auf die Brücke zu kommen. »Der Krieg geht weiter, Hechler. In einer Woche spätestens starten wir einen Angriff, der den Feind in höchste Verwirrung stürzen wird.«

»Würden Sie mir nähere Einzelheiten darüber mitteilen, Herr Admiral?« Hechler war selbst überrascht, daß seine Stimme so ruhig klang. Hätte er eine Pistole anstelle seiner Pfeife in der Tasche gehabt, dann hätte er den Admiral erschossen.

»Sobald ich meine Entscheidung getroffen habe, ja.«

»Dann würde ich jetzt gern gehen.«

Er war schon an der Tür, als Leitner ihn noch einmal ansprach. »Es ist Ihre Sache, ob Sie Theil über das Schicksal seiner Frau unterrichten oder nicht. Aber zuerst kommt das Schiff, das haben Sie selbst gesagt. Was bringt es, wenn Theil informiert wird? Er hat genau wie wir alle seine Pflicht zu tun, bis er daraus entlassen wird. Ich dulde es nicht, daß er oder ein anderer meine Pläne durchkreuzt. Hoffentlich habe ich mich deutlich genug ausgedrückt?«

»Völlig, Herr Admiral.«

»Gut, Hechler, dann können Sie gehen.« Er beugte sich wieder über die Karte.

Hechler tastete sich seinen Weg durch die Finsternis. Die feuchtkalte Nachtluft ließ ihn frösteln.

Auf der offenen Brücke war es völlig still. Im Brückenhaus standen die Wachgänger schweigend auf ihren Posten, aber Hechler war sicher, daß sie alle von dem Zusammenstoß zwischen Theil und dem Schiffsarzt wußten. Er merkte, daß Theil auf ihn wartete, sah seinen dunklen Schatten gegen den blassen Stahl.

»Ich habe den Arzt ins Revier geschickt, Herr Kapitän«, sagte Theil leise.

»Gut, Theil. Ich werde ihn mir morgen vorknöpfen.«

Doch Theil war immer noch ärgerlich. »Dieses ständige Gerede von der *Wahrheit*! Warum sollen wir über alles informiert werden, wenn es unserer Sicherheit schadet? Ich glaube ihm kein Wort. Wir wären doch bestimmt informiert worden . . .«

Hechler hörte nicht mehr zu. *Ich möchte wissen, was du tun würdest, wenn dir die Wahrheit bekannt wäre,* dachte er. *Wenn ich dir mitteilen würde, daß sich deine Frau in den Händen der Gestapo befindet.*

Er blickte über die Windschutzscheibe und ließ sich von dem hochsprühenden Wasser erfrischen. Wahrscheinlich befand sie sich in Haft, und das unter ganz schrecklichen Umständen. Womöglich war sie bereits tot. Aber wie dem auch sein mochte, es brachte nichts, sich darüber Gedanken zu machen.

»Erst kommt die Pflicht. Und die Wahrheit kann solange warten«, schloß Theil.

Hechler ließ sich in seinen Deckstuhl gleiten und berührte Theils Arm. »Es wird schon so sein, wie Sie sagen.«

Es kam ihm vor, als habe Theil eine Entscheidung für ihn getroffen.

12 Zweifel

Konteradmiral Andreas Leitner erschien strahlend am Eingang des Kommandoturms und wartete darauf, daß Hechler ihm Meldung machte.

»Alle Divisionsoffiziere zur Stelle, Herr Admiral!« Hechler nahm die Hand an die Mütze und stellte fest, daß Leitner ganz in Weiß gekleidet war. Auch seine Mütze mit der breiten Goldstickerei trug einen weißen Überzug.

Im Kommandoturm war es trotz der Ventilatoren drückend heiß, und das durch die Sehschlitze einfallende Sonnenlicht verstärkte noch das Unbehagen der versammelten Männer.

Leitner stieg über das Süll und nickte seinen Untergebenen zu. In den kommenden Minuten, wenn nicht länger, würde *Prinz Luitpold* von den jüngeren Offizieren geführt werden. Die älteren waren alle hier. Theil stand neben dem stämmigen Gudegast, Froebe neben Kroll, und selbst Stück, der Leitende Ingenieur, war da. Er trug einen makellos weißen Overall und wirkte etwas fehl am Platze. Auch Oberleutnant Meile war erschienen, der Verpflegungsoffizier, der jederzeit sagen konnte, wie viele Dosen Bohnen oder Würstchen pro Seemeile verbraucht wurden; natürlich fehlte auch Oberleutnant Bauer, der Nachrichtenoffizier, nicht in dieser Runde.

In einer Ecke sah Hechler den Bordarzt sitzen, der sich bewußt im Hintergrund hielt.

Leitner räusperte sich, warf einen Blick auf seinen Adjutanten und sagte: »So, Dieter, dann wollen wir mal anfangen.«

Hechler bemerkte, wie Gudegast eine Augenbraue hob und dabei Froebe anblickte. Der grinste zurück. Leitners Art, vor den versammelten Offizieren mit seinen Adjutanten so familiär umzugehen, war höchst ungewöhnlich. Aber ihr Interesse wandte sich dem Dienst zu, als der junge Theissen eine neue Seekarte auf den Tisch legte, in die Leitner alle Angaben eingetragen hatte, die er über Funk erhalten hatte.

Hechler erinnerte sich an die schnelle Äquatortaufe, die an diesem Morgen auf dem Vorschiff stattgefunden hatte. Währenddessen blieben die Läufe der Flakwaffen gen Himmel gerichtet, und die Ausguckposten suchten weiterhin mit gespannter Aufmerksamkeit ihre Sektoren ab. Im Umkreis von hundert Seemeilen gab es weder einen Flugzeugträger noch ein U-Boot der Alliierten – so jedenfalls lauteten die Informationen über Funk. Doch wenn auch die Geheimdienste in den vergangenen zehn Jahren zu schlagkräftigen Instrumenten ausgebaut worden waren, konnte man doch nicht erwarten, daß sie sich niemals irrten.

Hechler hatte auf der Brücke gestanden und zugesehen, wie Obermaat Brezinka mit falschem Bart und abenteuerlichem Kostüm aus Flaggentuch als Meeresgott Neptun posiert hatte. Auf seinem kurzgeschnittenen Haar thronte eine sehr überzeugend aussehende Krone. So hatte er den Kreuzer und seine Besatzung in seinem Reich willkommen geheißen und die Novizen einer wahrlich rauhen Zeremonie unterworfen, die aber alle ohne Klagen über sich ergehen ließen.

Dabei fiel Hechler die junge Pilotin ein, die er in seiner Schlafkajüte besucht hatte. Jetzt trug sie einen anderen Pyjama, den der Sanitätsmaat offensichtlich irgendwo aufgestöbert hatte, und bedachte ihn mit einem scheuen Lächeln. Wieder hatte es eine sehr zurückhaltende Begrüßung gegeben, doch diesmal waren sie einander nicht mehr so fremd gewesen. Es war eher wie ein Wiedersehen nach langer Zeit. »Kümmert man sich auch gut um Sie?« Seine Frage klang ihm selbst dumm und unbeholfen. Er hätte ihr so gern gesagt, wie oft er in seinem Brückenstuhl saß und nur an sie dachte. Da gingen ihm dann die Worte, die er jetzt nicht fand, so leicht durch den Kopf.

Sie hatte gelächelt und versucht, sich auf die Ellenbogen aufzurichten. Doch als dabei in ihren Augen plötzlicher Schmerz aufzuckte, hatte er ihr geholfen, sich wieder zurückzulehnen.

»Sie waren auch da, als ich an Bord zurückkam«, sagte sie.

»Ja«, bestätigte er. »Wir waren alle stolz auf Sie.« Er blickte auf seine Hände nieder. »Aber als ich die Schäden am Flugzeug sah . . .«

Sie streckte ihren Arm aus, und ihre Hände berührten sich. »Irgendwie wußte ich, Sie würden mich schon herausholen.«

Damit lehnte sie sich wieder zurück, ließ aber ihre Hand weiter auf seiner. »Was macht eigentlich das Flugzeug?« Beide mußten plötzlich lachen. Als ob es darauf angekommen wäre . . .

Hechler blickte hoch, als ihn Leitners Stimme wieder in die Gegenwart rief.

»Es wurde bestätigt, daß der große Truppenkonvoi mit Höchstfahrt auf Nordkurs ist.« Er wartete, bis der Adjutant ihm einen Zeigestock auf die Karte legte. »Er umrundet das Kap der Guten Hoffnung und erhält dann den ganzen Weg bis Gibraltar starken Geleitschutz. Der wird dort noch verstärkt, und obendrein steht ihm dann ein Luftschirm zur Verfügung.« Er sah ruhig in die Runde, und Hechler fragte sich, ob er nach Anzeichen für Zweifel und mangelnde Loyalität suchte.

Hechler blickte Theil an. Dieser machte äußerlich einen ruhigen

Eindruck, aber die Hände, die verkrampft an den Nähten seiner Hose lagen, ließen erkennen, daß seine Ruhe nur gespielt war.

»Wenn die Engländer einen Schwachpunkt haben, dann ist das ihr übertriebener Schutz für Truppentransporte. Dafür vernachlässigen sie dann den Schutz der Materialkonvois. Sie machen sich einfach nicht klar, daß sie ohne Kriegsmaterial alles verlieren können, einschließlich jener Menschen, die sie mit so großem Aufwand schützen. Es ist eine falsche Gleichung, meine Herren, und wir werden ihnen zeigen, wie sinnlos sie ist.«

Der Zeigestock bewegte sich um das Kap der Guten Hoffnung herum, wo sich der Atlantik mit dem Indischen Ozean traf.

»In kritischen Zeiten sind schon ganze Armeen steckengeblieben, weil der Nachschub nicht geklappt hat. Selbst unsere eigenen Truppen in Rußland mußten deshalb oft Niederlagen hinnehmen.«

Hechler fiel die *Tirpitz* ein, die in ihrem norwegischen Fjord nutzlos liegen mußte, weil ihr Treibstoff für die deutschen Panzer in Rußland benötigt wurde. Dort hatten britische Kleinst-U-Boote sie aufgespürt und schwer beschädigt. Hechler war noch immer der Ansicht, daß das wertvolle Dieselöl in den Bunkern des Schlachtschiffs mehr bewirkt hätte als in den Tanks eines Panzerregiments, das dann im Schnee steckenblieb.

»Zwei Tage hinter dem schwerbewachten Truppenkonvoi folgt ein zweiter Geleitzug aus schnellen, großen Tankern.« Leitner senkte die Stimme, während sein Zeigestock auf den Persischen Golf wies. »Hier ist er zusammengestellt worden. Zwölf große Tanker, meine Herren, bedenken Sie! Sie bringen das lebenswichtige Blut für eine ganze Armee.«

Dann wurde sein Ton wieder sachlich. »Abgesehen von dem stets Unvorhersehbaren brauchen wir nicht mit Überraschungen zu rechnen. Nach meinen Informationen«, er warf Hechler einen schnellen Blick zu, »hat der Feind nicht die mindeste Ahnung, wo wir stehen. Und er weiß auch nicht, auf welche Weise wir unseren Nachschub erhalten.« Er nickte kurz in die Runde. »Das ist Planung, meine Herren. Planung, die althergebrachtes Denken und eine überholte Strategie hinter sich läßt.« Er nickte seinem Adjutanten zu. »Zeigen Sie es den Herren.«

Der Zeigestock verharrte auf einem winzigen Punkt im Atlantik, nordwestlich von Ascension.

Leitner betrachtete ihre Gesichter, als sie sich vorbeugten. »Die Insel St. Jorge.«

»Ein Felsen«, sagte Gudegast, »der wie eine Nadel aus dem Meeresboden ragt. Sonst nichts.«

»Ich will über Ihre Skepsis hinwegsehen.« Leitner hatte ein dünnes Lächeln auf den Lippen. »Sie sind wohl mehr damit vertraut, Waren zwischen den Häfen zu befördern, als sich mit der Kriegskunst auseinanderzusetzen.«

Gudegast wollte ihm die passende Antwort geben, doch er hielt den Mund, als er Froebes Griff spürte.

»Auf dieser Insel befindet sich eine Funkstation«, sagte Leitner. »Sie wurde kurz vor Ausbruch des Krieges fertiggestellt.«

»Soweit bekannt ist, hat dieser kleine Sender eine größere Reichweite als jener auf den Falkland-Inseln«, warf sein Adjutant ein.

»Sollen wir ihn zerstören, Herr Admiral?« fragte Hechler, nur um die Spannung zu brechen und seine Offiziere davor zu bewahren, wie dumme Schuljungen abgekanzelt zu werden.

»Ich habe von einer Überraschung gesprochen«, erklärte Leitner freundlicher. Nur die Augen verrieten seinen Triumph, das Gefühl, daß er ihnen allen überlegen war. »Falls wir nicht von einem feindlichen Schiff daran gehindert werden, will ich diese Funkstation nicht zerstören, sondern erobern.«

Sie starrten einander an. Ihre Ungläubigkeit wich überraschtem Grinsen, als Leitner erklärte: »Wir werden das Landungskommando per Flugzeug absetzen. Dadurch hat der Feind keinerlei Möglichkeit, die patrouillierenden Schiffe zu warnen und einen Alarm auszulösen. Hier, mitten im Südatlantik, wird kein Mensch einen derartigen Angriff erwarten.« Er wandte sich zu Hechler um. »Was halten Sie davon?«

Hechler stellte sich die einsame Funkstation vor. Für den Feind war es sicherlich kein großer Verlust, wenn ein Langstrecken-U-Boot plötzlich auftauchte und die Funkmasten zerschoß. Doch bekam diese Station im selben Moment unschätzbaren Wert, in dem sie die Position des *Prinzen* weitergeben konnte.

»Erobern und dann falsche Funksprüche absetzen«, beantwortete Hechler die Frage des Admirals.

»Ja«, sagte Leitner, »sobald wir fertig sind.« Das klang etwas enttäuscht, wohl weil Hechler nicht gewartet hatte, bis er selbst den ganzen Plan erklärt hatte.

Was machte das jetzt noch aus? Bei dieser gewaltigen Entfernung von ihrem Heimathafen war alles ein Risiko. Gelang es, den Feind im Ungewissen zu lassen und sich nicht zu verraten, dann würden sie ihre abenteuerliche Fahrt fortsetzen können und eine endgültige Konfrontation vermeiden.

»Wir sprechen morgen weiter darüber. In aller Frühe, meine Herren!« Der Admiral blickte Hechler und die übrigen Offiziere ein paar Sekunden an, dann machte er auf den Hacken kehrt und verließ den Kommandoturm.

»Mit dem Flugzeug? Na, besser die als ich«, sagte Gudegast.

Theil trat an Hechlers Seite. »Was halten Sie davon, Herr Kapitän?«

Hechler warf einen Blick auf die Karte. Wenn das Überraschungsmoment verlorenging, dann würde der Angriff zu einer offenen Einladung an jedes feindliche Geschwader werden, auf die kleine Insel St. Jorge zuzulaufen. Angenommen, auch ihn erreichte wie die *Lübeck* ein Funkspruch mit dem Befehl, sein Schiff zu versenken – was würde er dann tun? Was *konnte* er tun?

»Ein ausgesprochen wagemutiger, ja verwegener Plan, Theil«, beantwortete er die Frage seines Ersten. »Er bedeutet, daß wir einige Freiwillige auf der Insel zurücklassen müssen. Für sie ist der Krieg dann wohl vorbei, und wahrscheinlich wird man sie danach als Helden feiern.« Er suchte in Theils Gesicht Zeichen der Skepsis, doch Theil sagte mit glühendem Eifer: »Wenn es um Deutschland geht, wird sich jeder Mann an Bord freiwillig melden!«

»Vielleicht.« Er hörte Gudegast über eine Bemerkung von Froebe schimpfen, und plötzlich schoß ihm der Gedanke durch den Kopf: Ob Theil wohl etwas ahnte? Kein Mann konnte doch eine Frau lieben, ohne ihre Seelenqualen und ihre Not zu fühlen ...

Aber um ihrer aller Willen hatte das Schiff Vorrang.

Er sah den Schiffsarzt sich zur Tür wenden und sagte: »Ich würde gern mit Ihnen sprechen, Doktor.«

»Herr Kapitän?« Dr. Stroheim blickte ihn fragend an.

»Kommen Sie bitte zu mir auf die Brücke, ich muß Sie etwas fragen, Doktor.«

Theil beobachtete sie böse. Die beiden benahmen sich wie zwei Verschwörer, und das nach allem, was geschehen war.

Es ging doch sicherlich um die junge Pilotin. Wie konnte Kapitän Hechler nur so einfältig sein? Der Kommandant eines so großen Schiffes mußte doch über solchen Dingen stehen! Es ist eine schreiende Ungerechtigkeit, dachte er. *Ich müßte hier eigentlich Kommandant sein!* Aber vielleicht hatten sich die Dinge schon seit langem ohne sein Wissen in die falsche Richtung entwickelt. Vielleicht hatte Britta eine unvorsichtige Bemerkung gemacht oder etwas Falsches getan. Natürlich würde man das ihm anlasten und nicht ihr. Er ballte die Fäuste, der Gedanke machte ihn fast krank. Es war alles nur ihre Schuld. Wenn der Krieg vorüber war, würden jüngere Offiziere an ihm vorbeiziehen. Vielleicht würde man ihn sogar in den Ruhestand versetzen!

Er mußte daran denken, wie freundlich Hechler mit dem Arzt gesprochen hatte, und eine ungekannte Stärke erwuchs in ihm. Ja, das war die Chance zu zeigen, was in ihm steckte, zu welchen Leistungen er fähig war.

Hechler spürte, wie sich die Armlehne des Stuhls in seine Seite bohrte und dann langsam zurückwich, als sich das Schiff wieder aufrichtete. Sie hatten die Geschwindigkeit auf 12 Knoten gedrosselt, und das war für den *Prinz* höchst ungemütlich. Mit seinem scharfgeschnittenen Atlantik-Bug war er daran gewöhnt, das Wasser mit hoher Geschwindigkeit zu durchschneiden.

Trotz des klaren, leuchtend blauen Himmels war es auf der offenen Brücke kühl, nachdem die Mittagshitze abgeklungen war. Die Sonne sah aus wie eine bronzene Kugel und sorgte dafür, daß leichter Dunst die klare Linie des Horizontes verhüllte. Hechler klappte den Kragen seines schweren Wachmantels hoch und musterte sein Spiegelbild in der Schutzscheibe. Er hatte die Mütze tief in die Stirn gezogen, der alte graue Seemannspullover lugte unter dem Mantel hervor. Nicht unbedingt das Idealbild eines Marineoffiziers, dachte er.

Ein Läufer reichte ihm und dem Doktor einen Becher Kaffee. Stroheim fühlte sich nicht recht wohl in dieser Ecke der Brücke. »Morgen kriegen wir wieder einen schönen Tag«, sagte Hechler.

»Ist das gut für uns?« Der Arzt betrachtete Hechlers prägnantes Profil, ein Gesicht, das Charakter und Entschlußkraft verriet. Kein Wunder, daß er auf Erika Franke solchen Eindruck gemacht hatte.

Hechler nippte an seinem Kaffee. »Für unsere Piloten macht das den Einsatz sicherlich leichter«, beantwortete er die Frage des Arztes und dachte dabei an die junge Frau in seiner Koje. Es war Leitners Idee gewesen, sie mit den anderen nach St. Jorge starten zu lassen, womöglich mit einer Filmkamera als einziger Bewaffnung. Wenigstens blieb ihr das nun erspart. Aber es gab noch eine andere Antwort auf Stroheims Frage: Wenn der kommende Tag klar wurde, konnte das ihre Entdeckung durch ein feindliches Kriegsschiff oder ein Flugzeug bedeuten – und den Anfang einer gnadenlosen Jagd.

»Sie haben sich wirklich dumm benommen mit Ihrem Gerede in der Messe, Doktor. Ich sollte Sie bestrafen, aber . . .« Er wandte sich in seinem Stuhl um und blickte den Arzt an.

Stroheim lächelte verlegen. »Vielleicht war's wirklich dumm von mir. Tut mir leid. Aber ich war in dem Moment furchtbar wütend, weil ich überhaupt nichts tun konnte.«

Hechler wandte sich ab und betrachtete den Horizont, der immer mehr verschwamm. *Bald wird er mich fragen, ob das, was er gehört hat, wohl stimmt.* »Sie haben zwar den Status eines Nichtkombattanten, Doktor, aber dem Risiko des Gefechts sind Sie genauso ausgesetzt wie wir alle.«

Stroheim blickte über das Wasser und erschauerte trotz seines dikken Mantels. Er wollte froh sein, wenn es endlich Nacht würde. Das Schiff schien ihm dann stärker, unverletzlicher, so wie sein Krankenrevier seine ganz persönliche Fluchtburg geworden war.

Stroheim studierte den bronzenen Widerschein auf den Wellen und wußte, daß er sich auf dem Meer niemals heimisch fühlen würde. Gerade hier oben, an einem der höchsten Punkte des Schiffes, wurde ihm das besonders bewußt. Die See war für ihn nur eine unendliche, haifischblaue Wüste, endlos in jeder Richtung, und darin schien das Schiff zu schrumpfen, bis es zerbrechlich und ungeschützt wirkte. Er mußte an Gudegast denken. Das war ein Mann nach seinem Geschmack, mochte der stämmige Navigationsoffizier auch jedem näheren Kontakt aus dem Weg gehen. Der fühlte sich hier draußen zu Hause und fand sich zurecht, wie sich andere in einer nebligen Großstadt auskannten. Er warf Hechler einen Blick zu. Und wie stand es mit dem Kapitän? Dieser Mann paßte in kein Schema, war ein Einzelgänger, der sich einem Befehl beugte, ohne sich aufzulehnen.

»Werden Sie eigentlich manchmal von Zweifeln gequält?« wollte Stroheim wissen. Einen Augenblick hielt er den Atem an aus Sorge, er wäre mit seiner Frage zu weit gegangen, hätte die dünne Schicht des Vertrauens zerbrochen.

Hechler schwang sich in seinem Stuhl herum, im Licht des sterbenden Tages wirkten seine Augen blauer als sonst.

»Zweifel? Wie kommen Sie darauf?« Er war ärgerlich, daß der Arzt seinen Schutzschild so schnell durchlöchert hatte. »Ich habe Tag für Tag Zweifel. Ich muß das Wetter in Frage stellen, mich selbst, die Stärken und die Schwächen jedes einzelnen Mannes. So ein Schiff ist wie eine Kette. Ein einziges schwaches Glied kann zur Katastrophe führen.« Er lächelte gequält. »Zufrieden, Doktor?«

Stroheim grinste. »Ich bin sehr froh, daß Sie hier das Kommando haben. Ich persönlich hasse die See, aber wenn ich schon hier sein muß, dann lieber mit Ihnen.«

Hechler blickte ihn nicht an. »Sie sind ein Mann von Welt. Während ich zur See gefahren bin und mein Handwerk gelernt habe, haben

Sie viel gesehen und viel getan. Ihnen muß der Krieg inzwischen völlig sinnlos vorkommen.«

»Ja, zuerst dachte ich tatsächlich, es sei das Ende des Lebens, wie ich es kenne«, gab Stroheim zu. »Aber dann habe ich gelernt, damit zu leben. Die Menschen benötigen zu allen Zeiten Ärzte.« Bitterkeit klang aus seinen Worten.

»Soweit ich gehört habe, hatten Sie Schwierigkeiten mit den Behörden.«

Stroheim zog eine Grimasse. »Das scheint allmählich jeder zu wissen.« Dann wurde er ernst. »Aber ich bin ein guter Arzt und obendrein Chirurg. Wahrscheinlich hätte ich mich sonst längst in Feldgrau an der Ostfront wiedergefunden. Dann doch lieber so eine Kreuzfahrt hier.«

»Ihre Lebensart ist mir nicht bekannt.« Hechler machte eine Handbewegung über die Scheibe hinweg. »*Das* ist meine Welt.«

Der Kommandant quälte sich also mit einem Problem herum. Dr. Stroheim kannte sich da aus, hatte das bei seinen Patienten oft genug erlebt.

Hechler blickte in die Runde und senkte die Stimme. »Ich kenne jemanden, der auch Schwierigkeitn hatte. Doch er ist festgenommen worden.«

Stroheim hielt den Atem an. »Das passiert oft.«

Hechler schien ihn überhaupt nicht zu hören. »Ich frage mich, wie der Prozeß gegen sie aussehen wird? Hier an Bord wird Recht schnell und, wie ich hoffe, fair praktiziert. Ich würde niemals einen Mann meiner Besatzung bestrafen, nur um meine Autorität unter Beweis zu stellen.«

Stroheim blickte querab, wo einige große Fische aus dem Wasser sprangen und klatschend wieder verschwanden. Er fühlte, daß Hechler ihn beobachtete, und daß seine eher zufälligen Fragen wichtig waren. »Jedenfalls kommt es darauf an, welcher Sicherheitsdienst darin verwickelt ist.«

»Nehmen wir mal an, es sei die Gestapo. Sicherlich müssen sie ihre Arbeit tun, aber ob sie dabei immer mit aller Sorgfalt vorgehen?«

Stroheim ballte die Fäuste in den Taschen. Ausgerechnet die Gestapo. Das waren die Schlimmsten.

»Dieser Abschaum«, sagte er knapp. Dabei hatte er dasselbe Gefühl der Sorglosigkeit, mit dem er zu Theil über den Empfang der Feindnachrichten in englischer Sprache gesprochen hatte. »Das sind Leute, die nur Terror verbreiten.« Er blickte Hechler in die Augen. »Wenn Ihre Bekannte sich in Händen der Gestapo befindet, kann sie etwa soviel Gnade erwarten wie ein Ketzer von den spanischen Inquisitoren!« Er wandte sich ab. »Tut mir leid, Herr Kapitän, ich habe nicht das Recht . . .«

Er fuhr zusammen, als Hechler seinen Arm packte. »Sie brauchen sich nicht zu entschuldigen, Doktor. Ich habe Sie um Auskunft gebeten, und Sie haben mir geholfen.« Er lockerte den Griff und blickte Stroheim an. »Ich habe vor diesen Dingen zu lange die Augen verschlossen.«

Füße klapperten auf den Niedergängen: Wachwechsel. Männer kamen mürrisch herauf, und andere waren froh, daß sie wieder in ihre Kojen abtauchen konnten.

Stroheim wich einen Schritt zurück, als Hechler zu ihm sagte: »Ich muß Ihnen nur noch eine Frage stellen.« Er versuchte zu lächeln, aber seine Augen blieben ernst. »Sie kennen doch meine Frau, sie ist vor Ihrer Abkommandierung wegen einer Abtreibung bei Ihnen gewesen. Aber diesmal konnten Sie ihr nicht helfen . . .«

Der Arzt starrte ihn an. »Sie wissen das?«

»Ich habe es vermutet. Wie Sie wissen, kam sie zu mir auf das Schiff. In meine Kajüte.«

»Sie wären nicht der erste Mann gewesen, der so getäuscht wurde, Herr Kapitän«, sagte Stroheim leise. »Sie hätte natürlich behauptet, das Kind sei von Ihnen.«

Hechler wandte sich ab. Wie konnten Menschen die See hassen?

»Ich danke Ihnen, daß Sie mir Gesellschaft geleistet haben, Doktor.«

Stroheim ging davon, während Kapitänleutnant Emmler, der 2. Artillerieoffizier, die Brücke betrat, um die Hundewache anzutreten.

Stroheim hatte schon den Niedergang erreicht, da hörte er Hechlers Stimme und wandte sich um. »Herr Kapitän?«

»Das bleibt aber unter uns, Doktor.«

Stroheim nickte, die Aufrichtigkeit des Kommandanten bewegte ihn plötzlich. »Selbstverständlich. Dann bis zum nächsten Mal.«

Hechler blickte wieder über das Meer und wunderte sich darüber, daß er so offen hatte mit dem Doktor reden können. Eigentlich hätte es der Auskunft von Stroheim gar nicht bedurft, in seinem tiefsten Innern hatte er die Antwort längst gekannt. Und das war es, was am meisten schmerzte.

Die kleine Kammer wirkte eher wie ein Lagerraum als wie ein Platz, an dem man leben und schlafen konnte. Da standen Regale voller Drahtschlingen, Trossen und Holzblöcke. Merkwürdige Kästen waren unter der Koje verkeilt, und in der Luft lag der Geruch von Farbe, Tauwerk und Tabaksrauch.

Rolf Brezinka saß mit übereinandergeschlagenen Beinen auf seiner Koje und hatte eine große Pfeife zwischen den Zähnen. Die Luft hier unten war stickig, denn die Ventilation war zurückgedreht. Er trug nur ein Unterhemd und eine fleckige Arbeitshose. Als Obermaat war ihm der Zugang zur Offiziers- und zur Feldwebelmesse an Bord verwehrt.

Ihm gegenüber saß Oskar Trips, der grauhaarige Stabsbootsmann, und rauchte eine Zigarre. Die beiden Männer waren alte Freunde, und wenn sie auch einen großen Teil ihres Lebens bei der Kriegsmarine gedient hatten, so waren sie doch zwischen den Kriegen auf Schiffen der Handelsmarine gefahren – und hier vorwiegend auf solchen der Hamburg-Amerika-Linie.

»Eine Menge Fragen auf einmal, Oskar.« Brezinka stieß Rauchwolken aus seiner Pfeife und grinste sein Gegenüber durch den dicken blauen Qualm an. »Mann, wir haben ja schon eine Menge zusammen ausgeheckt, aber so etwas noch nicht.«

Auch Trips grinste. Zuerst wollte er die ganze Angelegenheit unter den Tisch fallen lassen und den jungen Stöcker mit etwas Seemannsgarn zufriedenstellen. Doch je mehr er darüber nachgedacht hatte, um so geringer war ihm das Risiko erschienen. Die Kisten des Admirals enthielten Diebesgut, er konnte keinen anderen Ausdruck dafür finden. Trips hatte während des Norwegenfeldzugs auf einem Zerstörer Dienst getan und erlebt, wie Offiziere ihre Beute an Bord gebracht und in die Heimat verschifft hatten. Es waren dieselben Leute, die wie ein Unwetter über jeden kleinen Matrosen herfielen, der eine Flasche Bier auf die Seite gebracht hatte. Irgendwas stimmte da nicht. Und Leitner steckte bis zum Hals in dieser Sache drin. Dabei wäre ein Schiff der letzte Platz gewesen, an dem Trips so einen Schatz verstaut hätte, wenn er nicht jedem einzelnen Mann der Besatzung vertrauen konnte.

»Nehmen wir mal an, wir irren uns«, sagte er. »Vielleicht enthalten die Kisten tatsächlich nur geheime Papiere und ähnliche Dinge.« Er sah Brezinka an, daß er keineswegs daran glaubte. »Dann lassen wir eben alles, wo es ist.«

Brezinka nahm die Pfeife aus dem Mund und zielte damit auf seinen Freund. »Du verdammter Gauner!« Er grinste. »Wie sollen wir uns denn vergewissern? Vor der Kammer stehen Tag und Nacht Wachtposten, und wir wollen doch nicht, daß die halbe Besatzung davon erfährt. Für ein Erschießungskommando fühle ich mich eigentlich noch zu jung. Nee, mein Lieber, vielen Dank.«

»Geht mir nicht anders.« Trips rieb sich das Kinn. »Es gibt nur einen Zeitpunkt, zu dem die Tür nicht bewacht ist...«

Der Obermaat runzelte die Stirn. »Ich weiß: wenn alle Mann auf

Gefechtstationen sind. Dann bist du aber in deinem Turm, und ich bin bei der Leckbekämpfung. Nein, Junge, so läuft das nicht.«

Trips seufzte. »Und wie wär's mit Rudi Hammer?«

Der Obermaat blickte ihn ungläubig an. »Der verrückte Rudi? Du mußt genauso irre sein wie er!«

Hammer gehörte als Bootsmann zur Leckabwehr, und obwohl er nicht besonders viel redete, war er doch bei fast jedem beliebt. Das mochte zum guten Teil daran liegen, daß er ein wunderlicher Kauz war. Sein Hobby waren Glasarbeiten, obwohl er ausgebildeter Mechaniker war. Sein Divisionsoffizier hatte ihn schon mehrfach verdonnert, weil er Glas »abgezweigt« und damit seine kleine Kammer vollgestopft hatte. Selbst bei Theil hatte er sich deshalb schon zum Rapport melden müssen. Rudi war das alles egal, und einige vermuteten, daß die von ihm mit Hingabe betriebene Beschäftigung mit dem Glas seine Methode war, den Krieg seelisch gesund zu überstehen.

»Auf den kann man sich doch nicht verlassen, Oskar«, gab Brezinka zu bedenken. »Der kriegt es fertig und verrät den ganzen Plan dem Offizier vom Dienst.«

»Niemals, Rolf.« Trips schüttelte den Kopf. »Wie du weißt, kann er Offiziere nicht ausstehen.«

»Aber ...« Brezinka suchte nach den richtigen Worten. »Ich komme schon ins Schwitzen, wenn ich nur daran denke. Nein, das Beste wird sein, wir vergessen alles ganz schnell.«

»Aber überleg doch mal«, gab Trips zu bedenken. »Wenn Rudi wirklich Zweifel hat, an wen wird er sich wenden?«

Der Obermaat schluckte. »An mich, das stimmt schon.«

»Genau.« Trips beugte sich vor, um seine Zigarre auszudrücken. »Ich werde es ihm klarmachen. Der Rest ist dann deine Sache.« Er spürte, daß sein Freund noch schwankte. »Denk mal dran, wie wir dem Amerikaner das Fischerboot verkauft haben, das dem Hafenmeister gehörte ...«

Der Obermaat grinste traurig. »Das hätte uns höchstens Gefängnis eingebracht. Aber jetzt kann es uns den Kopf kosten.«

»Die werden uns abservieren, wenn der Krieg vorüber ist, genau wie beim letzten Mal. Und ich habe keine Lust, auf der Straße zu landen und um mein Brot zu betteln. Du etwa?«

Brezinka nickte entschlossen. »Du hast ja recht, alter Freund. Also, laß uns einen Blick in die Kisten werfen.« Er zwinkerte. »Egal, was passiert.«

Sie mußten beide lachen, dann schüttelten sie sich feierlich die Hände. »Aber der verrückte Rudi muß mitmachen!«

Sie lag gegen die Kissen gelehnt, und im Licht der Koje wirkte ihr Gesicht noch immer sehr blaß.

Hechler hörte, wie der Sanitätsobermaat die Tür schloß, und setzte sich nach kurzem Zögern neben die Koje.

Sie beobachtete ihn. »Sie sehen müde aus.«

Er registrierte, daß sie die Hände unter dem Laken verbarg. Wahrscheinlich damit ich sie nicht anfasse, dachte er.

»Und wie fühlen Sie sich?«

Sie lächelte. »Die Schiffsbewegungen sind schlimm. Ich bin fast seekrank geworden.« Sie sah seine Bestürzung und fügte hinzu: »Aber es geht mir schon besser. Wirklich.«

Hechler hörte irgendwo ein Scheppern, das Läuten eines Telefons. Für ihn? Nein, der rote Apparat an der Koje schwieg. Er erklärte ihr, daß sie die Fahrt des Schiffes hatten drosseln müssen, um zur rechten Zeit den Treffpunkt zu erreichen.

Sie hörte ihm ruhig zu, ihre Augen ließen ihn nicht los.

»Werden Sie eigentlich niemals müde?« Sie zog die Hände unter dem Laken hervor und griff nach seiner Hand. »Sie finden keine Ruhe, nicht wahr?«

Er blickte auf ihre Hand nieder, sie war schmal, aber stark. Und er merkte, wie er sie drückte.

»Sie wissen, daß die Arados vor dem Schiff herfliegen sollen?«

Sie nickte. »Ja, der Admiral kam herunter, um es mir zu sagen.« Sie schien zu merken, daß er daraufhin seine Hand zurückziehen wollte. »Nicht doch, bitte . . .«

Hechler verzog das Gesicht. »Ich benehme mich schon wieder wie ein Idiot.«

Sie drückte seine Hand und lächelte. »Aber wie ein höchst liebenswerter Idiot.«

»Ist die Sache denn überhaupt möglich?« wollte er wissen. Er sah die beiden Piloten vor sich, wie sie vom Kurs abkamen, wie sie flogen, bis ihnen der Sprit ausging, und dann ins Wasser stürzten.

Erika schien überrascht, daß er danach fragte. »Sie sollten ihr Ziel finden. Und dann . . .«

Hechler verscheuchte die trüben Gedanken. »Werden Sie ganz schnell wieder gesund.« Er studierte ihr Gesicht, Zug für Zug. »Mein kleiner Vogel braucht seine Freiheit.« Er lächelte. »Ich wünschte nur . . .«

Sie bemerkte sein Zögern und fragte weich: »Sie wünschten, ich wäre gar nicht hier? Sie werden mit Ihrem Schiff früher oder später kämpfen und machen sich meinetwegen Sorgen, ja?« Sie versuchte sich aufzurichten, fiel aber wieder in die Kissen zurück. »Glauben Sie, ich weiß nicht, was in Ihnen vorgeht? Ich habe Sie beobachtet, habe gehört, was Ihre Männer von Ihnen sagen. Ich habe alle Auskünfte gesammelt, die ich über Sie kriegen konnte.« Sie schüttelte ihren Kopf auf dem Kissen. »Haben Sie einfältiger Mann denn noch immer nicht gemerkt, daß ich mir nur eines wünsche: daß Sie mich mögen?« Sie schluchzte auf, und die Tränen liefen ihr über die Wangen. »Dabei sehe ich so erbärmlich aus. Wie sollten Sie da etwas für mich empfinden?«

Hechler schob eine Hand unter ihren Kopf und drehte ihn zu sich. Ihr Haar war feucht. Sein sehnlichster Wunsch war es, sie an sich zu pressen und mit ihr zusammen die Hoffnungslosigkeit zu vergessen. Er wischte ihr die Tränen mit einer Ecke des Bettbezuges ab und murmelte: »Ich wage es wirklich nicht, dir mein schmutziges Taschentuch zu geben.« Er sah sie unter Tränen lächeln und versicherte ihr: »Du siehst überhaupt nicht erbärmlich aus. Das könntest du gar nicht, selbst wenn du's wolltest.« Er versuchte, ruhig zu bleiben. »Und ich mag dich auch. Mehr als ich sollte. Wie schön wäre es . . .«

Sie legte ihm zwei Finger auf den Mund. »Sag's nicht. Nicht jetzt, wo die Welt um uns zusammenfällt. Laß uns festhalten, was wir haben.« Sie zog sich näher an ihn heran, bis ihr Haar sein Gesicht berührte.

Die Anstrengung war mehr als genug für sie, und er konnte die Müdigkeit, die sie überkam, fühlen wie seine eigene. Er schüttelte ihre Kissen auf und zog ihr das Bettuch bis unters Kinn. In der Tageskajüte machte sich die Ordonnanz so laut zu schaffen, daß es sicherlich eine Warnung vor dem Doktor war, der seine Runde ging.

Er beugte sich über sie und küßte sie zärtlich.

Draußen läutete das Telefon, und er wandte sein Gesicht der Tür zu, als die weißgekleidete Ordonnanz erschien. »Der Admiral, Herr Kapitän.«

Hechler nickte und blickte hinab. Erika war bereits eingeschlafen, doch um ihren Mund spielte noch immer ein leichtes Lächeln.

Laß uns festhalten, was wir haben.

Ja, das wollte er. Und Augenblicke zuvor hatte er noch geglaubt, daß es nichts gab, woran er sich halten konnte.

13 Entdeckungen

Commodore James Cook Hemrose richtete sein Fernglas auf den Leichten Kreuzer, der immer näher kam, und blickte ihm nach, wie er in weitem Bogen auf seine Position achternaus von *Pallas* zulief.

Eigentlich hätte es für ihn ein sehr stolzer Augenblick sein sollen. Der Neuankömmling war schließlich die dritte Einheit seines kleinen Geschwaders: die *Rhodesia*, ein Leichter Kreuzer der *Fiji*-Klasse, ein sehr elegantes, mit zwölf 15-cm-Geschützen bewaffnetes Schiff, das schnell und obendrein fast werftneu war. Es wurde von Captain Eric Duffield geführt, einem Jahrgangskameraden von Hemrose. Beide waren zusammen in der Marineschule Dartmouth gewesen. Hemrose zog eine ärgerliche Grimasse. Das schien eine Million Jahre zurückzuliegen.

Er sah drüben das Blinken einer Signallampe und hörte seinen Signalgast rufen: »Meldung von *Rhodesia*, Sir: ›Fühle mich sehr geehrt, zu Ihnen zu stoßen‹.«

Zunächst war Hemrose geneigt, eine witzige Erwiderung hinübermorsen zu lassen, doch er fühlte sich von Duffield auf den Arm genommen. Duffield haßte nichts so sehr, wie unter sein Kommando gestellt zu werden. Sie waren schon immer Rivalen gewesen, selbst bei den Frauen.

»Bestätigen!« bellte er kurz. Es war schon eigenartig: Diese neuen Leichten Kreuzer verdrängten weniger als sein Schiff, aber dennoch wirkten sie größer, ausladender.

Er senkte das Glas und beobachtete, wie der neue Kreuzer mit schäumender Bugwelle auf Position lief. Das Wetter war ausgezeichnet, gegen den blauen Himmel bot die *Rhodesia* mit ihrer quadratischen Brücke, den dünnen Schornsteinen und den vier Drillingstürmen ein klares Bild. Sobald Duffield sein Schiff genau auf Position hatte, würde er zweifellos wieder einen Spruch absetzen, um ihm mitzuteilen, wie bedauerlich er es fand, daß die Jagd bereits vorüber war. Und natürlich meinte er damit genau das Gegenteil.

Hemrose bemerkte den Commander und fragte ihn: »Wann ist unsere ETA* in Simonstown?«

Der Commander warf ihm einen unsicheren Blick zu. Seit die Neuigkeiten in der Offiziersmesse bekannt geworden waren, war Hemrose noch schwieriger als sonst. Godson hatte ja Verständnis für seine Gefühle, andererseits mußte er sich insgeheim eingestehen, daß er nicht

* ETA = Estimated Time of Arrival (geschätzte Ankunftszeit)

besonders traurig sein würde, wenn sie nun nicht in ein Gefecht mit den treffsicheren Geschützen der *Prinz Luitpold* gerieten.

»Wir werden morgen um 16.00 Uhr anlegen.«

Hemrose hatte sich das Hirn zermartert, seit dieser lange Spruch von der Admiralität eingegangen war und danach ein noch längerer Bericht des Geheimdienstes mit der höchsten Geheimhaltungsstufe. Die Sache war ganz einfach. Er würde seine Enttäuschung schlucken und die Anordnung befolgen müssen. Ein amerikanisches U-Boot hatte ein kurzes Notsignal gefunkt, aus dem hervorging, daß es Kontakt mit dem deutschen Handelsstörer hatte. Und dann hatte es noch ein kurzes Signal abgegeben, das man nicht mehr entziffern konnte – die letzte Nachricht des U-Bootes.

Als amerikanische Kriegsschiffe die Untergangsstelle gefunden hatten, war nichts mehr da gewesen, sah man von einer zwei Meilen langen Ölspur ab und dazu einigen Korkspänen, wie sie innerhalb eines Unterseebootes verwendet wurden, um den Rostbefall zu verringern. Später, als die Dunkelheit schon hereingebrochen war, hatte ein Schiff Leichenteile aufgefischt, die sich bei näherer Untersuchung als Überreste deutscher Seeleute erwiesen.

Es war bekannt, daß das amerikanische Unterseeboot einen Zusammenstoß mit einem Frachter gehabt hatte, der ohne anzuhalten davongefahren war. Der Kommandant des amerikanischen Bootes hatte über Funk mitgeteilt, daß er zu seiner Basis zurückkehre, weil er nach Beschädigung der Zelle und des Tiefenruders nur noch teilweise getaucht fahren konnte.

Hemrose hatte diese Nachricht mit aller Sorgfalt geprüft und dann den Kommandanten des neuseeländischen Kreuzers zu einer Besprechung gebeten.

Der Kiwi* hatte die Nachricht sehr beherrscht zur Kenntnis genommen.

»Offensichtlich hat der Amerikaner einen glücklichen Treffer erzielt. Sollte uns wohl zu großen Taten anfeuern. Aber er hat einen hohen Preis dafür bezahlt.«

Jetzt ließ Hemrose sich in den Brückenstuhl fallen und seufzte. »Geben Sie Simonstown Nachricht, Toby. Das Geschwader muß beim Eintreffen sofort bunkern. Aber die sollen uns Leichter schicken, wir gehen nicht an die Kais.« Er schlug die Hände zusammen. »Bei neuen Meldungen will ich sofort klar zum Auslaufen sein.«

Der Commander öffnete den Mund, schloß ihn aber wieder. Offen-

* Spitzname für Neuseeländer

sichtlich war der Chef noch nicht bereit, das Unvermeidliche zu akzeptieren. »Wird ihnen nicht recht sein, Sir«, meinte er nur.

Hemrose glitt aus seinem Stuhl und knurrte: »Die Divisionsoffiziere sollen sich umgehend im Kartenhaus versammeln. Ich glaube, ich weiß, was dieser verdammte Deutsche macht.«

Im kühlen Schatten des großen Kartenraums musterte Hemrose seine Männer. Eine ziemlich gemischte Gesellschaft, dachte er. Gleichzeitig mußte er zugeben, daß sie sich gut in ihre neue Rolle hineingefunden hatten. Selbst der Bordgeistliche hatte eine spezielle Art von Predigten entwickelt, die sich teilweise auf neutrale Quellen stützten. Hemrose hatte gar nicht zu hoffen gewagt, daß alles so gut klappen würde. Bis auf die Nachricht über das amerikanische U-Boot.

Ihm war völlig klar, daß ihn jeder Mann beobachtete und versuchte, seine Laune einzuschätzen. Das gefiel ihm. Er hatte festgestellt, daß Furcht die beste Stütze für die Autorität des Kommandanten war.

Der Erste Navigationsoffizier hatte die Karte täglich mit allen Meldungen aktualisieren lassen: den Kursen der bekannten Geleitzüge und der Einzelfahrer in der Weite dieses Meeres, das zwei Kontinente berührte. Selbst die Route eines einsamen Lazarettschiffs war eingezeichnet worden. Letztere gingen ein hohes Risko ein. Wie schnell konnte ein U-Boot-Kommandant so ein Lazarettschiff versenken, bloß weil er sich nicht die Zeit nahm, nach dem Roten Kreuz oder seiner auffälligen Beleuchtung bei Nacht Ausschau zu halten. Andererseits war es ebenso möglich, daß ein U-Boot so ein Schiff versenkte, weil es sich auf der Rückfahrt befand und bisher nicht viele Erfolge gehabt hatte.

Hemrose versuchte, sich seinen deutschen Gegenspieler vorzustellen. Nein, der war ganz sicher nicht der Mann, der ein Schiff voll Verwundeter und Kranker auf den Meeresgrund schickte. Hemrose bewunderte Hechler zwar nach dem, was er über den deutschen Kommandanten aus Berichten des Geheimdienstes und einigen Zeitungsartikeln erfahren hatte, nicht besonders; aber er kannte diesen Mann als einen Kämpfer. Er erinnerte sich noch daran, wie sein Schiff unter den Einschlägen der schweren 20,3-cm-Granaten geschwankt hatte. Hechler war ein Mann, der viel riskierte, der aber seinen Ruf niemals aufs Spiel setzen würde, indem er Verwundete töten ließ.

»So, meine Herren, was wissen wir nun also wirklich?« begann er. Als sie schwiegen, fügte er hinzu: »Einige Überreste deutscher Seeleute sind aufgefischt worden, aber wir können nicht sicher sein, daß es sich um Besatzungsmitglieder der *Prinz Luitpold* handelt. Falls ja, könnte es auch sein, daß sie beschädigt abgelaufen ist und wieder zurückkommt, sobald ihre Schäden beseitigt sind.«

Der Erste Navigationsoffizier, ein Oberleutnant zur See mit frischem Gesicht, der sich sogar in Hemroses Augen schon bewährt hatte, sagte: »Ich vermute letzteres, Sir. Sie ist wahrscheinlich beschädigt worden und läuft jetzt zur Basis zurück.« Er blickte die anderen Offiziere an und suchte Unterstützung. »Warum auch nicht? Sie hat einen Konvoi ausgelöscht und dazu einige andere Schiffe. Wenn sie jetzt nach Norwegen oder in einen anderen Hafen zurückkehrt, wird man ihr einen jubelnden Empfang bereiten.«

Hemrose nickte, doch sein Gesicht veränderte sich nicht. »Nicht schlecht gedacht, mein Lieber. In diesem Fall darf dann unsere Home Fleet den Saukerl abfangen.« Er blickte in die Runde. »Noch Ideen?«

Der Geistliche räusperte sich. »Aber nehmen wir mal an, *Prinz Luitpold* ist immer noch unbeschädigt unterwegs, Sir. Wohin wird sie sich zunächst wenden? Wie wird sie mit Treibstoff versorgt?«

»Eine gottverdammt gute Frage!« Er bemerkte, wie der Geistliche bei seinem groben Kommentar zusammenzuckte. »Wahrscheinlich wird der Kreuzer versuchen, Anschluß an den großen Konvoi der Truppentransporter zu finden. Aber ich bin der Meinung, daß er zuviel Zeit vertan hat. Obendrein haben die Begleitschiffe bisher schon zwei U-Boote ohne eigene Verluste versenken können.«

Der junge Navigationsoffizier wies auf die Karte. »Es gibt da noch den Konvoi, der Eisenerz fährt, Sir. Der müßte sich jetzt etwa bei den Falkland-Inseln befinden.« Er hob die Karte, um ihren südlichsten Teil sehen zu können. »Dann sind da noch zwei vor Durban, beide für Großbritannien bestimmt, und schließlich der aus schnellen Tankern bestehende Geleitzug aus dem Persischen Golf.«

Hemrose sah das Netz der Geleitzugrouten vor seinem inneren Auge. Im Ersten Weltkrieg und auch jetzt waren die so lebenswichtigen Versorgungslinien beinahe unterbrochen worden. Wäre es tatsächlich passiert, hätte das für Großbritannien und seine immer schwächer werdenden Alliierten den völligen Zusammenbruch bedeutet. Immer wieder waren die Verluste der Geleitzüge so stark gewesen, daß sie kaum noch durch Neubauten zu ersetzen waren. Vom ersten Tag des Krieges war hier eine Vernichtungsschlacht mit fürchterlichen Verlusten geführt worden. Und dennoch fuhren immer wieder Männer auf Handelsschiffen hinaus, geschützt von einer Handvoll klapperiger Eskortschiffe, die oft mit ihnen starben.

Er vesuchte sich vorzustellen, wie er sich verhalten würde, wenn er mit seiner *Wiltshire* als Handelsstörer unterwegs wäre wie jetzt Hechler. Wäre er unbeschädigt, würde er weitermachen. Aber der Gottesmann hatte ein handfestes Problem des Deutschen aufgezeigt: die Versorgung mit Treibstoff. Es mußte schon noch etwas Großes geschehen, bevor *Prinz Luitpold* den Rückmarsch antrat. Ob es ihm wirklich um den Eisenerz-Konvoi ging? Er beugte sich über die Karte. Früher wäre Eisenerz sicherlich lebenswichtig gewesen, aber jetzt nicht mehr. Immerhin waren die Russen weiter auf dem Vormarsch und die Alliierten kurz davor, den Rhein zu überqueren.

Ob er die von Durban ausgelaufenen Konvois überfallen würde? Hemrose überprüfte die Eintragungen des Navigationsoffiziers: Zeiten, Datumsangaben, Wettermeldungen und Einzelheiten über die Bewacher. »Nein – ich würde mich um den großen Preis kümmern«, sagte er rüde und schob die oberen Karten zur Seite. »Um die Tanker, meine Herren. Das ist von allen der wertvollste Geleitzug, ganz gleich, was die Zeitungen darüber schwätzen.«

»Ein großes Risiko, Sir«, warf der Commander ein. Unter Hemroses Blick zuckte er zusammen. »Für die Deutschen, meine ich.«

»Natürlich ist es das.« Hemrose richtete sich gerade auf. »Aber vielleicht schneidet er den Weg auf der falschen Seite des Kaps der Guten Hoffnung ab.«

»Wenn auch Ihre Lordschaften und der Oberbefehlshaber ähnliche Vermutungen haben . . .«, warf der Commander ein.

Hemrose strahlte ihn an. Godsons Einfältigkeit wirkte manchmal richtig beruhigend. Er nickte, seine Stimmung besserte sich. »Haben Sie Simonstown entsprechend informiert?«

»Ja, Sir, alle sind einverstanden.«

Hemrose rieb sich die Hände. »Dann also Kommandantenbesprechung, sobald wir geankert haben.«

»Und wenn wir uns irren, Sir?« Der Navigator blickte von der Karte hoch.

Hemrose ließ sich mit der Antwort Zeit. »Sie meinen, wenn *ich* mich irre, Pilot?« Alle lachten höflich. Er nahm seine goldbestickte Mütze in die Hand und warf einen Blick darauf. Mit einer weiteren Reihe Eichenlaub auf dem Schirm würde sie sich gut machen, dachte er.

»Das hätte meine Frau aber gar nicht gern«, sagte er, und niemand der Anwesenden merkte, daß er es ernst meinte.

Korvettenkapitän Josef Gudegast stand mit den Händen in den Hüften im Kommandoturm und wartete darauf, daß die beiden Arado-Piloten sich weitere Notizen auf ihrem Block machten. Der Tag würde warm werden, aber noch war die Luft hier kalt und abgestanden. Die schwere Stahltür schwang auf, und Gudegast sah die Silhouette des Kommandanten vor dem grauen Himmel.

»Wir sind fast fertig, Herr Kapitän.«

Hechler warf den beiden Piloten einen Blick zu, sie waren aufgesprungen und hatten Haltung angenommen. »Stehen Sie bequem.« Er wußte, daß Gudegast sich um alles kümmern würde, er hatte solche Dinge schon oft genug erledigt. Dennoch bedurften die Piloten genauer Anleitungen. Beide Wasserflugzeuge waren von allem Entbehrlichen befreit worden und sollten auch keine Bomben tragen.

Darauf angesprochen, hatte Leitner erklärt: »Wir wollen die Funkstation für unsere Zwecke benutzen und den Sendemast auf keinen Fall zerstören.« Jetzt stand er oben auf seiner Brücke und wartete ungeduldig darauf, daß die Dinge in Bewegung gerieten.

Hechler vergegenwärtigte sich noch einmal den vorgesehenen Ablauf: Beide Flugzeuge würden auf einem schmalen Wasserstreifen landen, der gut geschützt war, und das achtköpfige Landungskommando in Schlauchbooten absetzen. Eng würde es in den Flugzeugen werden, dachte er. Außerdem war Oberleutnant zur See Bauer als Bordnachrichtenoffizier sicherlich der richtige Mann für die Funkstation, aber es mangelte ihm an Kampferfahrung. Deshalb war ihm ein erfahrener Stabsbootsmann als Unterführer beigegeben worden. Nach den letzten Meldungen des Marinenachrichtendienstes bestand die Besatzung der Funkstation, die nicht voll in Betrieb war, nur aus drei Mann. »Eine merkwürdige Art, seinen Kriegsdienst zu verrichten«, hatte Gudegast gemeint. »Entweder sagt man ihnen, der Krieg ist vorbei, kommt heim, oder sie hören nichts, dann haben die Deutschen gewonnen.«

»Der Krieg ist für sie ganz schnell vorbei, wenn sie versuchen, die Funkstation zu zerstören«, hatte Theil ihn angefahren.

Der arme Theil, er sah angespannter aus denn je und hatte tiefe Falten um den Mund.

»Die Wettermeldungen sind ausgezeichnet.« Hechler blickte die beiden Piloten an und erinnerte sich an Leitners zornigen Ausbruch, als er den Vorschlag gemacht hatte, daß die neue Arado zur Insel geschickt werden sollte, um wenigstens die eine der kriegsmäßig ausgerüsteten Maschinen für den Notfall an Bord zurückhalten zu können.

»Das ist Defätismus, Hechler! Sie immer mit Ihrer übertriebenen Vorsicht! Die neue Maschine kommt erst dann zum Einsatz, wenn ich's befehle!«

Dabei schien er selber unter Hochdruck zu stehen. Ein Angriff auf einen Feind, der keinerlei Anzeichen von seinem Vorhandensein gab, glich nun mal einer Fahrt im dichten Nebel ohne alle Hilfsmittel.

Hechler blickte zur Uhr. »Noch fünf Minuten.« Er nickte den Piloten zu: »Hals- und Beinbruch!« Plötzlich mußte er an die Briefe denken, die er an die Eltern der Männer geschrieben hatte, die in der Ostsee gefallen waren. Ihre Gesichter waren schon fast aus seiner Erinnerung verschwunden. Er bahnte sich einen Weg auf die äußere Brücke, bemerkte die Ausguckmänner und die Besatzungen der Geschütze, die dort dichtgedrängt auf ihren Gefechtstationen standen. Er konnte förmlich hören, wie sie einander zuraunten: »Da geht der Kommandant. Sieht er bedrückt aus?«

Er wartete, bis ein Matrose seinen Brückenstuhl trockengewischt hatte, dann nahm er darin Platz.

Korvettenkapitän Werner Froebe hatte die Morgenwache. Sein Gesicht war rot von der kühlen Luft, die großen Hände hatte er um das Gehäuse des Kreiselkompasses gelegt. Das sah aus, als halte er eine Kaffeetasse in Händen. Neben ihm lehnte der junge Jäger, immer auf dem Sprung, einen Befehl auszuführen oder mit einer Meldung loszulaufen. Nach dem Kampf gegen den Konvoi und der Rettungsaktion schien er gealtert, reifer geworden zu sein.

Hechler dachte an die beiden Überlebenden aus dem Rettungsboot. Der alte Bootsmann dämmerte noch immer vor sich hin, und Stroheim hatte ihm erzählt, daß er kaum zur Kenntnis nahm, was um ihn herum geschah. Ganz anders der junge Offizier namens Ames. Er war völlig wiederhergestellt.

Theil gesellte sich zu Hechler und stellte das starke Fernglas ein.

»Wenn wir den Konvoi abgefangen haben, Theil, werden wir in Richtung Heimat laufen und notfalls unseren Weg durch die britische Flotte erkämpfen«, sagte der Kommandant.

Bei der ersten Arado wurden die Vorbereitungen für den Start getroffen, Hechler bekam den scharfen Geruch des hochoktanigen Treibstoffs in die Nase. Ein Telefon schrillte. »Fertig zum Start, Herr Kapitän!« meldete ein Matrose.

Hechler war sicher, daß der Admiral oben über der Brüstung seines gepanzerten Nestes lehnte, um zu sehen, was vor sich ging. Aber er drehte sich nicht, um hinaufzusehen. »Start freigegeben!«

Der Motor heulte auf; die Ar 196 wurde von dem kurzen Katapult geschossen, senkte blitzschnell die Nase zum Wasser, wurde abgefangen und ging in den Steigflug über. Rasch entfernte sie sich von dem langsam fahrenden Schiff.

Am Steuerbordniedergang vernahm er Stimmen, dann sagte Jäger: »Wir bekommen Besuch, Herr Kapitän.«

Hechler blickte gerade noch rechtzeitig hinüber, um auf Theils Gesicht mißbilligende Ablehung zu erkennen. Außerdem huschte ein Grinsen über das Gesicht eines Signalgasten.

Erika überquerte die Brücke sehr vorsichtig und suchte an einem Pfeiler nach Halt. Hechler nahm ihre Hand und führte sie zu seinem Brückenstuhl. Als er nach oben blickte, glaubte er die Mütze des Admirals zu sehen, die ganz schnell verschwand.

»Wie geht es Ihnen?« Er bemerkte, daß sie sich die schmerzende Seite hielt. Weshalb mochte sie gekommen sein? Sie hatte zahlreiche Niedergänge erklettern müssen und war immer noch von dem starken Blutverlust geschwächt.

Sie ließ sich auf dem Stuhl nieder und drückte ihr Kinn in den Schal. »Der Doktor sagt, mir geht's gut.« Sie beobachtete die zweite Arado, die mit dröhnendem Motor davonzog. Bei seiner Tarnung hob sich das Flugzeug kaum von der hochgehenden See ab. »Und ich fühle mich auch schon viel besser.«

Hechler vernahm Froebes Stimme: »Die Kamera schwenkt herum. Nun werden wir auch noch zu Filmstars!«

Er blickte Erika an und nahm sich vor, seine gegenwärtigen Probleme vor ihr zu verbergen. Da war die nächste Treibstoffübernahme, da war der Konvoi, der wieder Menschen und Material kosten würde. Aber vielleicht war Leitner danach ja zufrieden.

»Sie sehen auch gut aus«, übertrieb er. »Sie haben sogar schon wieder Farbe bekommen.«

Sie blickte ihn an, und einen Moment war ihm so, als hätten sie einander im Geiste umarmt. Dabei hatten sie sich überhaupt nicht bewegt.

Ein Läufer kam heran. »Meldung aus dem Funkraum, Herr Kapitän. Sie empfangen eine Rundfunkmeldung und bitten um Instruktionen.«

Hechler nickte. »Gehen Sie hinunter, Theil. Vielleicht hat es ja gar nichts zu bedeuten, aber wir benötigen jede Information, die wir bekommen können.«

Er mußte an Froebes sarkastischen Kommentar denken und an das Ende des Versorgungs-U-Bootes unter Wasser. Eigentlich hätten nach Leitners ursprünglichem Plan die Frauen des Kamerateams mit den Filmrollen an Bord der »Milchkuh« gehen sollen. Nun waren die beiden bestimmt sehr angetan von der Aussicht, auf den nächsten Versorger warten und vorher vielleicht noch an einem Gefecht teilnehmen zu müssen. Doch wenn sie weiter Glück hatten, würde das Risiko diesmal gering sein. Die gesamten schweren Begleitschiffe befanden sich bei dem aus Truppentransportern bestehenden Geleitzug. Anzunehmen, daß sich der Tankerkonvoi vorwiegend auf seine hohe Geschwindigkeit verließ und nur eine kleine Eskorte für den Weg durch die Biskaya bis nach Großbritannien bekam.

Erika blickte noch immer in sein Gesicht, ihre lohfarbenen Augen leuchteten im schwachen Licht des dunstigen Morgens. Dann legte sie die Hand auf die Reling, nur wenige Zentimeter von seiner entfernt.

Ein Matrose rief: »Kein Funkkontakt mehr mit der letzten Arado, Herr Kapitän.«

»Danke.« Hechler sah auf Erikas Hand nieder, sie zog ihn geradezu physisch an. Immerhin gab es keine Ungewißheit mehr zwischen ihnen, mochte ihre Zukunft auch in den Sternen stehen.

»Denkst du immer noch an sie?« fragte sie leise.

Hechlers Blick wurde starr. »Nein, ich . . . Ich bin nicht sicher. Aber wenn ich sagen wollte, daß ich mein ganzes Leben, das private Leben, mit ihr vertan hätte, das wäre wohl Verrat.« Er konnte sich nicht erinnern, jemals so offen über seine innersten Gefühle gesprochen zu haben. Er kam sich nackt vor, bar jeder Möglichkeit, sich zu verteidigen.

»Ich weiß, was du denkst, Dieter. Aber ich glaube, du bist im Irrtum. Schon deshalb, weil du so offen und ehrlich bist.«

Er wurde sich plötzlich klar, daß sie wieder in das vertraute Du verfallen war, daß sie ihn mit seinem Vornamen ansprach und daß ihre Finger ein paar Sekunden auf seinem Handgelenk gelegen hatten.

»Ich habe noch nie einen Mann wie dich getroffen.« Sie zog ihre Hand zurück und erschauerte. »Soll ich es sagen? Wirst du mich verachten, wenn ich es sage?«

Er blickte sie an, die anderen auf der Brücke schienen in nebligem Gischt zu verschwinden. »*Ich* werde es sagen«, hörte er seine Stimme. »Und zum Teufel mit dem Für und Wider.«

»Die Entscheidung liegt bei uns«, sagte sie.

Er blickte zur Seite, weil es ihm nicht gelang, die richtigen Worte zu finden. »Ich begehre dich«, sagte er schließlich, und die Worte kamen ihm entsetzlich flach, ja grob vor. Er sah sie an und erwartete, Geringschätzung oder Ärger zu sehen. Deshalb war er geradezu erschrocken über das Glück, das aus ihren Augen leuchtete.

»Das wollte ich von dir hören«, flüsterte sie. »Ich habe es von Anfang an gewußt.« Sie schüttelte den Kopf, als könne sie es noch immer nicht glauben. »Ich würde so gern mit dir reden.«

»Der Funkraum, Herr Kapitän.« Jäger hielt ihm einen Telefonhörer hin.

»Ja?«

»Es war eine brasilianische Radiostation, Herr Kapitän«, hörte er Theils Stimme. Sie klang so gereizt, als wolle Theil andeuten, er hätte auch einen jüngeren Offizier hinunterschicken können, um das festzustellen.

Hechler blickte zum Horizont. Das Licht wurde immer stärker, der

Tag zog herauf. Bis zu jenem einsamen Funkposten auf der kleinen Felseninsel waren es 100 Seemeilen. Die Arados mußten jetzt eigentlich da sein, überlegte er. Noch fünf Minuten, dann wollte er auf höchste Fahrtstufe gehen, und sie würden in gut drei Stunden dort sein. Bis dahin ... Er blickte auf seinen Stuhl, aber der war leer. »Sie ist nach unten gegangen, Herr Kapitän«, sagte Jäger ruhig, aber in seinem jungen Gesicht standen unzählige Fragen.

Theils kräftige Stimme drang wieder an sein Ohr, sie klang nervös. »Läßt sich nicht ändern, Theil«, sagte Hechler. »Überpüfen Sie trotzdem alles noch einmal.« Er drückte Jäger den Hörer in die Hand. »Navigationsoffizier zu mir.« Er lächelte, als er sah, daß Gudegast bereits auf der Brücke stand und die Haube vom Kartentisch nahm.

»Na, was halten Sie davon?«

Gudegast schob die Unterlippe vor. »Sie sind jetzt oder nie gelandet, Herr Kapitän.«

Hechler nickte. Falls die Aktion schiefgegangen wäre, hätte der Funkraum einen entsprechenden Alarmruf von der Insel aufgefangen. Allerdings bestand natürlich immer die Möglichkeit, daß die Piloten ihr Ziel verfehlt hatten. Er sah Gudegasts Gesichtsausdruck und wußte, daß diese Möglichkeit ausschied.

»Übernehmen Sie. Volle Fahrt voraus! Höchste Aufmerksamkeit für Funkmeß. Der Eins AO soll das Landungskommando noch einmal mustern.«

Hechler würde nicht an Land gehen. Aber es wäre für ihn eine Befreiung gewesen, endlich wieder festen Boden unter den Füßen zu haben. Zusammen mit ihr, die Hände ineinander verschlungen, spazierenzugehen. Einen Augenblick versuchte er, sich das vorzustellen. Er hatte ihr gesagt: *Ich begehre dich*. Er überprüfte seine Gefühle, und seine Worte schienen dabei immer mehr Gewicht zu bekommen. Es war wirklich so. Er zog sich auf den Stuhl. Sicherlich hatte es Männer gegeben, die sie geliebt hatten, vielleicht war sie sogar verheiratet gewesen. Aber das alles spielte überhaupt keine Rolle mehr. Ihre Beziehung war Wirklichkeit, war keineswegs nur ein Traum.

Theil betrachtete die gebeugten Schultern der Funker, hörte das endlose »Tüt-tüt-tüt« der Morsezeichen und Funksignale. Leutnat Ziegler, der junge Subalternoffizier vom Dienst, blickte voller Besorgnis zu ihm und sagte: »Ich bin mir nicht sicher, Herr Kapitän. Mein Vorgesetzter hat mir für diesen Fall keine Instruktionen dagelassen ...«

Theil warf ihm einen durchbohrenden Blick zu. »Ich kümmere mich darum.« Er ging zur Tür von Oberleutnant Bauer und rüttelte ärgerlich daran.

»Sie ist verschlossen, Herr Kapitän«, stammelte Ziegler.

»Das seh' ich selbst, Mann!« Theil wußte, daß er unvernünftig handelte, aber irgendwie wurde er nicht mit der Situation fertig. Vielleicht weil er Hechler so vertraut mit der jungen Pilotin gesehen hatte. Der Mann war doch verheiratet, was dachte er sich dabei?

»Geben Sie mir den Schlüssel, Ziegler!«

Der junge Offizier zog eine Schublade auf. Der Schlüssel hatte einen roten Anhänger: »Nur im äußersten Notfall zu benutzen!« Theil knirschte mit den Zähnen. Kaum anzunehmen, daß sich jemand über farbige Anhänger an den Schlüsseln aufregen würde, wenn das Schiff mit dem Bug voran auf den Meeresbooden sank.

Er warf die Tür hinter sich ins Schloß und ließ sich in Bauers Stuhl fallen. Merkwürdig, daß er in diesen Raum keinen Fuß mehr gesetzt hatte, seit das Schiff von der Werft abgeliefert worden war. Ein geheimer Platz. Ein Nervenzentrum.

Theil merkte, daß er ruhiger wurde, und atmete ein paar Mal tief durch.

Auf dem Schreibtisch stand eine gerahmte Fotografie eines jungen Marineoffiziers. Theil nahm sie hoch und grunzte belustigt. Es war Bauer selbst. Geradezu typisch für diesen Mann, dachte er. Am Schlüsselanhänger schaukelte ein weiterer, viel kleinerer Schlüssel.

Theil horchte auf das geschäftige Treiben jenseits der Tür. Alles schien wieder normal. Er schob den Schlüssel in eine Metallschublade und hielt den Atem an, als er sie aufzog.

Immerhin war er stellvertretender Kommandant. Während des Gefechts war sein Platz bei der relativ sicheren Leckabwehr, während Hechler meist auf der offenen Brücke stand und nicht hinter der Panzerung des Kommandoturms. Theil hatte sich oft Gedanken darüber gemacht. Viele Offiziere in seiner Position hatten schon in die Fußstapfen eines Toten treten müssen.

Auch Leitner konnte im Gefecht getötet werden. Theil sah sich plötzlich zu seinem Haus zurückkehren, vom Führer persönlich dekoriert.

Seine Hand griff zögernd nach dem blaßrosa Hefter mit Adler und Hakenkreuz, der den Stempel des Marinenachrichtendienstes trug. Er klappte ihn auf und glaubte, sein Herz müsse stillstehen. Denn obenan stand sein eigener Name! Darunter klebte eine Fotografie von ihm, die gemacht worden war, als er zum ersten Mal an Bord ging. Seine Finger waren plötzlich taub, er glaubte, die Seite nicht umwenden zu können. Schließ die Schublade, fuhr es ihm durch den Kopf, verlaß den Raum, und zum Teufel mit dieser brasilianischen Radiostation. Da bemerkte er unten auf der ersten Seite eine Neueintragung, mit der Maschine geschrieben. Sein Blick war verschleiert, als er darunter Leitners Unterschrift sah, von Bauer gegengezeichnet.

In der ersten Zeile stand Brittas Name. Es war eine kurze Aktennotiz mit ihren Personalien, darunter zwei Zeilen, die ihm wie Feuerzeichen entgegenbrannten: *Akte beim Marinenachrichtendienst geschlossen, die Betreffende wurde von der Gestapo in Haft genommen.*

Theil wußte nicht mehr, ob er die Schreibtischschublade wieder verschlossen hatte und wie er seinen Weg aus dem Funkraum fand. Der junge Leutnant nahm Haltung an. »Nichts mehr von der Radiostation, Herr Kapitän. Ich . . .« Er starrte hinter dem Fregattenkapitän her, der an ihm vorbeischwankend den Funkraum verließ. Theil kämpfte sich an Oberdeck und stützte sich ein paar Minuten auf das Geländer des Niedergangs.

Britta verhaftet? Unmöglich! Einen Moment war er versucht, wieder nach unten zu eilen, um die Akte noch einmal zu lesen. Aber es schien wirklich wahr zu sein: Britta war verhaftet. Er kniff die Augen zusammen und versuchte sich vorzustellen, wie er sie zuletzt gesehen hatte. Doch alles, was vor seinem inneren Auge erschien, war das leere Haus, waren die vertrockneten Blumen und die Nachbarn, die hinter den Gardinen standen und ihn beobachteten.

Er wollte laut aufschreien. Sie alle wußten es längst, mußten es wissen. Auch Leitner und der kriecherische Bauer. Er dachte an Hechler und kam sich vor wie ein Tier in der Falle. Auch der Kommandant mußte es wissen, wahrscheinlich schon seit Wochen.

Er dachte an die Gestapo. Wie die meisten hatte er es stets vermieden, mit der Geheimen Staatspolizei in Kontakt zu kommen. Natürlich hatte er allerhand gehört. Über Folterungen und Brutalität im Namen des Nationalsozialismus. Und er mußte an Brittas Gesicht denken, an das Flehen ihrer Augen und die blauen Flecken an ihrem Körper, nachdem sie damals versucht hatte, etwas über das Schicksal ihrer Eltern herauszubekommen.

Gestapo. Das war mehr als nur ein Wort. Es bedeutete Brittas Tod.

Das Schiff begann sich zu schütteln, um Theil herum zitterte alles. Der Kreuzer nahm Fahrt auf, um zu der kleinen Insel zu laufen.

Was sollte er tun, was sagen?

Er wandte das Gesicht hierhin und dorthin und klammerte sich an das Geländer, als müsse er fallen, wenn er es losließ. Womöglich war Britta schon tot. Oder ihre Folterer hatten sie so weit gebracht, daß sie alles zugab, was man von ihr verlangte.

»Nein!« Sein Schrei hallte von den Stahlplatten wider, als liege er selbst im Todeskampf.

14 »Auf Wiedersehen . . .«

Oberleutnant Hans Bauer stieg den steilen Felshang hinab und blickte auf die beiden Wasserflugzeuge, die in der leichten Dünung schaukelten. Sie waren gut verankert, aber für alle Fälle hatte er den Piloten befohlen, an Bord zu bleiben.

Er stellte sich breitbeinig hin, seine feinen schwarzen Stiefel ergänzten perfekt die Uniform. Die schwere Pistole an seiner Hüfte und der seidene Schal, den er sich um den Hals geschlungen hatte, gaben ihm – so glaubte er wenigstens – ein besonders dramatisches Aussehen. Er genoß jeden Augenblick dieser Landeoperation, die weitgehend perfekt verlaufen war. Nur eine unerwartete Entdekkung hatte der deutsche Stroßtrupp machen müssen: Außer der Besatzung der Funkstation gab es noch zwei Männer – Mechaniker, wie er jetzt wußte –, die man für die Wartung der Anlage hier stationiert hatte.

Bauer malte sich aus, was er dem Konteradmiral sagen würde. Leitner würde ihn zweifellos für sein schnelles Handeln loben. Er beschattete die Augen mit der Hand, um die verkürzte Silhouette des Kreuzers besser zu sehen, der – wie an der hohen Bugwelle zu erkennen – mit voller Fahrt auf die kleine Insel zulief. Nachdem im frühen Morgenlicht ein Schatten an der Kimm aufgetaucht war, hatte es unendlich lange gedauert, bis sie erkennen konnten, daß es die *Prinz Luitpold* war. Ja, Leitner würde bestimmt sehr zufrieden mit ihm sein. Er runzelte die Stirn. Ob auch der Kommandant zufrieden war, mußte sich erst herausstellen.

Seine Stiefel knirschten auf dem rauhen Boden, als Bauer sich umwandte und die kleine, verlassene Station betrachtete. Sie bestand eigentlich nur aus einer Nissenhütte mit halbrunder Front und Rückseite und darübergelegtem Wellblechdach; dazu zwei Funkmasten. Der eine war klein, der andere hingegen sehr hoch und äußerst dünn. Ein Wunder, daß er den Stürmen widerstand.

Er sah zwei seiner Männer mit den Maschinenpistolen im Arm und gratulierte sich zu der Auswahl, die er getroffen hatte. Sie waren alle erfahrene Soldaten und würden nach diesem gelungenen Unternehmen Auszeichnungen erhalten.

Neben dem kleinen Gebäude lag eine Leiche, mit einer Plane bedeckt und mit ein paar Steinen beschwert: einer der Mechaniker. Er hatte die Männer bei der Landung beobachtet, hatte sich dann umgewandt und war mitten durch seine erstaunten Kameraden zur Nissenhütte gelaufen. Ob er eine Warnung hatte absetzen oder die Station zerstören wollen – Bauer wußte es nicht. Seine schwere Luger war wie von selbst losgegangen. Wieder sah er die schreckgeweiteten Augen des Mannes vor sich, während er zusammenbrach. Nach dem zweiten Schuß hatte alle Bewegung im Körper des Mannes aufgehört. Danach hatten sich die übrigen Engländer verängstigt zusammengedrängt und nur noch Augen für die Waffen gehabt, die auf sie gerichtet waren.

Bauer hatte ihnen befohlen, jede Anordnung ohne Zögern auszuführen. Dann hatte er die Funkstation durchsuchen lassen und sein Augenmerk vor allem darauf gerichtet, ob es Sprengsätze im Sende- und Empfangsgerät gab. Zuletzt hatte er die Männer unter Bewachung in einem Lager einschließen lassen. Er rückte seine Mütze noch etwas schiefer; nun trug er sie so wie der junge Admiral, der ein leuchtendes Beispiel für die ganze Besatzung war.

Er bemerkte den Stabsbootsmann, einen grimmig dreinblickenden Mann namens Malek, der den Abhang herunterkam. In seinem Koppel steckten zwei Stielhandgranaten. Ihn hatte Bauer nicht für dieses Unternehmen ausgesucht, Theil hatte ihm den Mann zugeteilt. Bauer war plötzlich seinem Schicksal dankbar, daß er zu Theil keine engeren Beziehungen gepflegt, sondern ihn nur als Vorgesetzten respektiert hatte. Theil verdankte doch alles seinem Vaterland, wie konnte er sich in Verrat verwickeln? Er hätte doch seine Frau besser kennen müssen als jeder andere. Statt dessen ... Ein Seufzer entfuhr ihm.

Der Stabsbootsmann salutierte: »Wann wollen wir den Toten beerdigen, Herr Oberleutnant?«

Bauer warf ihm einen kalten Blick zu. »Das sollen die Gefangenen erledigen. Damit ihnen alle dummen Gedanken vergehen.«

Malek sah über Bauers Schulter zum Kreuzer hinaus. Sie hatten auf der Insel keine Waffen gefunden, auch Sprengsätze gab es nicht. Selbst die Gefangenen waren nichts weiter als harmlose Zivilisten. Die Schießerei war allein des Oberleutnants Fehler, aber die Folgen würde er sicherlich mittragen müssen. Es hatte Bauer offensichtlich Freude bereitet, den Mann zu töten. Am liebsten hätte er wahrscheinlich auch noch die übrigen niedergeknallt. Malek kannte Offiziere vom Schlag Bauers. Warum mußte er ausgerechnet einem solchen Mann zugeteilt werden?

Als die Gefangenen später dabei waren, mit Hacken und Spaten im felsigen Boden eine Grube auszuheben, betrat Bauer die Funkstation und musterte voll Abscheu die Plakate nackter Frauen an den Wänden. Wie dekadent das alles war! Wie konnten die Engländer nur hoffen, den Krieg zu gewinnen, selbst wenn die Amerikaner mittlerweile ihre Alliierten waren?

Bauer sah sein Elternhaus vor sich, mit den Gemälden seiner Vorfahren an den Wänden, alles stolze, hochdekorierte Offiziere. Sie erinnerten ihn stets an seine eigene Aufgabe und an seine leuchtende Zukunft. Leitner hatte ihm versprochen, daß er schon bald befördert und in den Stab abkommandiert würde, sobald sie erst den sicheren Heimathafen erreicht hatten. Natürlich verschloß Bauer nicht die Augen vor den Beziehungen, die offensichtlich zwischen Leitner und seinem Adjutant bestanden, aber die konnten für ihn Leitners Qualitäten als Vorgesetzter und Vorbild in keiner Weise mindern.

Malek beobachtete den Oberleutnant und war froh, daß das Schiff immer näher kam. Der *Prinz* war ihm vertraut, hier hatte er seine Kameraden, auf die Verlaß war. Aus dem kleinen Schornstein der Nissenhütte stieg ihm der Duft von frischgebrühtem Kaffee in die Nase. Wirklich kaum zu glauben, daß die Engländer hier echten Kaffee und ganze Stapel von Lebensmittelkonserven hatten, die er kaum noch kannte. Er wollte ein paar Dosen für die Messe mitnehmen. Mit Mühe lenkte er seine Gedanken von einer alten Ausgabe der englischen Zeitung *Daily Mail* ab, die er in der Hütte gefunden hatte. Er konnte den englischen Text einigermaßen lesen, außerdem hätten ihm die Fotos und Karten mit den schreienden Schlagzeilen genug gesagt. Danach hatten die Alliierten längst Frankreich und Belgien erobert, und es gab nur noch in der Bretagne und am Pas de Calais einigen deutschen Widerstand. Wie es hieß, waren auch die Abschußstellungen der V-1 und der V-2 – der geheimen Vergeltungswaffen – längst überrannt worden. Aber das konnte eigentlich nicht wahr sein. Dann hätten die Alliierten mehr als 400 000 deutsche Gefangene gemacht.

Dabei war die Zeitung nicht einmal neu. Was mochte in der Zwischenzeit geschehen sein? Als vorbildlicher Unteroffizier hatte er die Zeitung selbstverständlich vernichtet, bevor die anderen sie lesen konnten.

Malek blickte sich um, als er Bauer aus einem schmalen Gebetbuch ein paar kurze Worte vorlesen hörte. Währenddessen standen die anderen Engländer auf ihre Spaten gestützt um das Grab. Malek hätte am liebsten vor dem Offizier ausgespuckt, der einen unbewaffneten Mann kaltblütig erschossen hatte und ihn nun mit allen Ehren begrub.

Er sah Bauer die Hand zum Führergruß heben und dann das Gebetbuch mit derselben Entschlossenheit in die Tasche stecken, mit der er seine Pistole gezogen und auf den Mann abgefeuert hatte. Die Spaten traten wieder in Tätigkeit, und Bauer ging zur Nissenhütte zurück.

»Seine Pflicht muß man tun, Malek«, sagte er zu dem Stabsbootsmann, »ganz gleich, was geschieht.«

Malek setzte sich auf einen Felsbrocken und wartete darauf, daß ihm ein Becher Kaffee gebracht wurde.

Angenommen, ging es ihm durch den Kopf, nur mal angenommen, Deutschland verliert den Krieg. Natürlich war das unvorstellbar, aber wenn ... Wenn der *Prinz* dann hier unten im Südatlantik war, was dann? Er wandte sich wieder nach dem Kreuzer um, der ihm in den letzten Minuten doppelt so groß geworden zu sein schien.

Hechler würde sie schon irgendwie nach Hause bringen.

Die erste Arado lag am Kreuzer längsseits und wurde bereits hochgenommen. Eine ganze Anzahl Männer sorgte dafür, daß die Maschine nicht gegen die Aufbauten stieß, während *Prinz Luitpold* in der schweren See hart zur Kehr ging. Leitner war auf die Außenbrücke heruntergekommen, und der Rauch seiner Zigarre hing wie Parfümduft über dem Windschutz. »Mit der Genauigkeit einer Präzisionsuhr ... Was habe ich Ihnen gesagt?« Er blickte Hechler an und war offensichtlich zum Scherzen aufgelegt. »Das war ein gelungener Schlag.«

Hechler richtete sein Fernglas auf die einsame Funkstation. Sie würden ein weiteres kleines Kommando an Land setzen, zu dem auch zwei Funker der *Prinz Luitpold* gehörten, die mit den britischen Codes ausgerüstet waren. Selbst wenn der Feind seinen Code inzwischen geändert hatte, würde angesichts des verzweifelten Notrufs niemand danach fragen. Natürlich konnte immer noch etwas schieflaufen. Es brauchte nur plötzlich ein Schiff zu erscheinen, das der kleinen Insel und ihrer Besatzung einen Besuch abstatten wollte. Für diesen Fall hatte man ein entsprechendes Alarmsignal vereinbart; der *Prinz* würde dann ablaufen. Vielleicht war der Tankerkonvoi auch verspätet oder hatte kehrtgemacht? Aber das war unwahrscheinlich.

Was konnte dann noch passieren? Vielleicht würden sie auf feindliche Kriegsschiffe treffen, die sie so lange bekämpfen würden, bis schwere britische Einheiten dazukamen. Er hatte mit Gudegast noch einmal die weiteren Zusammenkünfte mit den Versorgern besprochen. Es gab drei Treffpunkte zur Auswahl, und die »Milchkühe« würden auf Position stehen, ganz gleich, was geschah.

Er warf einen Blick zu Leitner hinüber. Der Admiral war schließlich nicht auf den Kopf gefallen. Er würde bestimmt nach Hause zurückkehren wollen, sobald der nächste Geleitzug aufgerieben war. Möglich, daß sie auf dem Rückmarsch noch dieses oder jenes feindliche Schiff aufbringen konnten – schnelle, einzeln fahrende Truppentransporter oder kleine Konvois.

Gegenwärtig gab es keinen feindlichen Funkverkehr. Wahrscheinlich rätselten die Alliierten immer noch herum, wie der deutsche Handelsstörer versorgt wurde. Es hatte den Anschein, als seien alle anderen Geleitzüge in den Häfen zurückgehalten worden, bis die Position des *Prinzen* festgestellt war.

Hechler dachte durchaus realistisch, aber er schloß niemals den Wert des glücklichen Zufalls aus. Doch ihr Glück konnte nicht ewig währen. Oft hatte er sich vorgestellt, wie die Engländer einen Kampfverband aus der Biskaya in den Atlantik entsandten, um die *Prinz Luitpold* zu vernichten. Zu diesem Verband gehörte zumindest ein Flugzeugträger, und alles, was der feindliche Admiral dann noch benötigte, war die Sichtmeldung durch ein Flugzeug.

Er hörte Tritte auf dem Niedergang. Theil erschien, die Augen hinter einer Sonnenbrille verborgen.

»Ich habe den Ankertrupp auf dem Vordeck verdoppelt, Herr Kapitän«, sagte er, »und Anweisung gegeben, die Kette zu kappen, falls erforderlich.«

Hechler ließ ein leises Lachen hören. »Man kann nicht vorsichtig genug sein, Theil, was?«

Theil antwortete nicht. »Haben Sie bereits die Männer bestimmt, die auf der Insel zurückbleiben, Herr Kapitän?«

»Ich habe mit dem Doktor gesprochen, Theil. Drei Mann sind noch immer im Revier.«

»Ja, ich kenne ihre Namen, Herr Kapitän. Aber ich glaube, daß sie simulieren.« Seine Stimme war gelassen.

Hechler wandte sich ihm zu und fragte so leise, daß Leitner es nicht hören konnte: »Ist mit Ihnen alles in Ordnung?«

Theil drückte das Kreuz durch. »Absolut, Herr Kapitän.«

»Gut«, nickte Hechler. »Wir können auch die beiden überlebenden Engländer auf die Insel bringen.«

»Hier wird man sie eines Tages sicherlich abholen. Und dann kann uns niemand den Vorwurf machen, daß wir unmenschlich mit ihnen verfahren seien.« Theils Worte schienen ihn selbst zu amüsieren. »Übrigens, ein Mann ist drüben an der Funkstation getötet worden.«

»Wann?« wollte Hechler erregt wissen. »Und warum ist mir das nicht sofort gemeldet worden?«

»Ich bin informiert worden«, sagte Leitner. »Sie waren gerade damit beschäftigt, Ihr Schiff vor Anker zu legen. Erinnern Sie sich?«

Hechler dachte plötzlich daran, daß Bauer dem Admiral berichtet hatte, nachdem er von einem anderen Offizier abgelöst worden war. Wann war das gewesen, vor einer Stunde? Oder erst vor ein paar Minuten?

Theil hatte die Hand auf seine Brust gelegt, als habe er dort Schmerzen. »Bauer hat einen der Mechaniker erschossen.« Er wartete einen Moment, dann setzte er rauh hinzu: »Einen Zivilisten.«

Leitner fuhr wütend herum: »Mann, was erwarten Sie? Unsere Männer durften kein Risiko eingehen. Bauer hat so gehandelt, wie er es richtig fand, und ich decke seine Entscheidung. Millionen sind in diesem Krieg schon gestorben, und ich zweifle nicht daran, daß ihnen weitere Millionen folgen werden!« Er schrie Theil ohne Rücksicht auf die umstehenden Wachgänger an. »Ein Toter mehr oder weniger beunruhigt mich nicht im mindesten. Sie können abtreten!«

Theil blickte den Admiral hinter seinen dunklen Gläsern ausdruckslos an. »Zweifellos, Herr Admiral!« Er wandte sich um und verließ eiligen Schritts die Brücke.

»Ich frage mich wirklich, was das soll.« Leitner grinste, aber seine Augen blieben kalt.

Bisher war Hechler der Meinung gewesen, seinen Ersten zu kennen. Nun war er sich dessen keineswegs mehr sicher. »Niemand sieht gern, daß Zivilisten getötet werden, Herr Admiral. Ich gebe zu, daß es in diesem Fall vielleicht unumgänglich war, aber ...«

»Ihr *Aber* ist völlig überflüssig!«

Plötzlich hatte Hechler genug von Leitner, genug auch von Theil. Wenn dieser erst entdeckte ... Er nahm sein Fernglas hoch, um die Männer am Strand zu beobachten und so seine Besorgnis zu verbergen. Angenommen, Theil wußte es schon? War das überhaupt möglich? Bevor Leitner in seinem Ärger die Neuigkeiten über die Frau des Ersten verbreitet hatte, war über Hechlers Lippen kein Wort gekommen.

Nervliche Anspannung, Kampfmüdigkeit, das vergebliche Hoffen auf ein eigenes Kommando, am liebsten auf das Kommando über dieses Schiff – all das zusammen mochte seine Wirkung auf Theil haben.

»Sprechen Sie bitte mit den Männern, die Sie ausgesucht haben. Das Wort ihres Kommandanten hat für sie bestimmt besonderes Gewicht.« Leitners Stimme war wieder ruhig, aber als sich ihre Augen trafen, spürte Hechler die Boshaftigkeit dieser hingeworfenen Bemerkung.

Sag ihnen, daß du sie hier in der Fremde sitzenläßt. Warum? Für Deutschland? Würde ihnen das immer noch genügen? Er knirschte mit den Zähnen. Mehr konnte er ihnen nicht geben.

»Sagen Sie dem Krankenrevier Bescheid, daß ich gleich hinunterkomme«, befahl er Jäger, während er die Brücke verließ.

Ein Läufer baute sich vor dem Admiral auf: »Die Kameramänner erbitten Genehmigung, die Brücke betreten zu dürfen, Herr Admiral.«

Leitner wandte sich ab und öffnete den Kragen seines weißen Waffenrocks. »Selbstverständlich.« Er musterte die anderen Männer auf der Brücke: Gudegast, der über seine Karten gebeugt war, den Bootsmann vom Dienst, den jungen Jäger und die übrigen unterwürfigen Gesichter.

»An diesen Film werden sich noch unsere Kinder erinnern, meine Herren! Er soll ein Beispiel für Ruhm und Ehre unseres Schiffes sein«, verkündete Leitner.

Gudegast sah auf, als der Admiral über die Brücke marschierte. Unsere Kinder? Mit denen würde der schwule Heini wohl keine Probleme haben, dachte er.

Immer noch befand sich das Schiff im Zustand erhöhter Alarmbereitschaft, mochten die Männer im Augenblick auch nicht auf Gefechtsstationen sein. In der Unteroffiziersmesse zischte die Luft aus den Ventilationsschächten. Sie war komprimiert und roch nach Öl. Die Bullaugen waren mit Stahlblenden verschlossen, und auch die meisten wasserdichten Schotts waren geschlossen. Mochte das Schiff auch vor Anker liegen, die Generatoren und Maschinen liefen noch immer. *Prinz Luitpold* konnte notfalls binnen kürzester Zeit mit voller Fahrt aus dem Stand ablaufen.

Die kleine Gruppe hatte sich am Tisch um einen Mann geschart, der dabei war, mit geschickten Fingern ein Muster aus farbigen Glasstükken zu legen. Rudi Hammer wollte eine kleine Dose damit verzieren, vielleicht als Geschenk für eine junge Frau. Die Ruhe des Mannes zehrte an seinen Nerven, doch Oberfähnrich Hans Stöcker, der ihm zusah, wußte, daß er Hammer nicht stören durfte. Ihm gegenüber zeigte der grauhaarige Oskar Trips nicht das geringste Zeichen von Ungeduld.

Die geschickten Finger Hammers fügten die Teile zusammen, ein grobes Stück flog zur Seite. Der Mann, den sie den verrückten Rudi nannten, war in jeder Hinsicht blaß – seine Haare, seine Wimpern und selbst seine Haut waren auffallend hell. Es fehlte nicht viel, und man hätte ihn als Albino bezeichnen können.

Stöcker versuchte nicht mehr an jenen Tag zu denken, an dem ihm die Hand eines Unbekannten den Brief zugesteckt hatte. Alles, was danach kam, war wie ein böser Traum. Er warf einen Blick auf Oberbootsmann Ehmke, einen mürrischen, humorlosen Mann, der auf dem ganzen Schiff offensichtlich nur einen Freund hatte, nämlich Oskar Trips. Hans Stöcker verspürte den dringenden Wunsch, sein Gesicht abzuwischen, das naß von Schweiß war. Lag das wirklich nur an der stickigen Luft? Er wußte es besser. Es war die Angst vor dem, was er angefangen hatte. Es war ihm wie eine wagemutige Tat erschienen, als er seinen Freund Trips in das Geheimnis um den Brief eingeweiht hatte. Doch dann war ihnen die ganze Sache aus der Hand geglitten. Mittlerweile waren Obermaat Brezinka und nun sogar der verrückte Rudi und Ehmke in das Geheimnis eingeweiht.

Stöcker konzentrierte sich auf das Glasmuster. Was würden Mutter und Vater sagen, wenn sie es erfuhren? Es war alles so einfach gegangen, als wäre es Bestimmung. Sogar das Zusammentreffen mit Sophie. Doch diesen Gedanken schob er sofort zur Seite. Sie hatte sich dem jungen Leutnant Jäger zugewandt.

»So, alter Freund, nun spuck mal aus, was du weißt«, sagte Trips plötzlich. »Und laß hören, was los ist. Schließlich wollen wir langsam Bescheid wissen.«

Hammer legte die flache Kneifzange hin, die er benutzt hatte, um überstehende Glasstücke abzuschneiden. »Beinahe hätte ich jetzt dieses Stück zerbrochen.« Er schüttelte den Kopf. »Wenn der Krieg zu Ende ist, werden sie sämtliche Glaser der Welt brauchen, um die zerstörten Städte wieder aufzubauen.«

Trips faßte ihn bei der Schulter. »Mein Lieber, wenn das stimmt, was wir glauben, kannst du dir nach dem Krieg eine eigene Glasfabrik kaufen.«

Hammer lächelte freundlich reserviert. Er sah in seiner Uniform beinahe wie ein Hochstapler aus. »Einfach war es nicht«, sagte er ernst.

»Nun red schon, Mann«, drängte Ehmke grob.

Trips warf ihm einen warnenden Blick zu. »Langsam, Ludwig! Du mußt ihm Zeit lassen.«

Hammer lächelte. »Es stimmt wirklich. Und dabei habe ich erst zwei Kisten geöffnet.« Er spreizte die Hände. »Juwelen in unglaublichen Mengen. Edelsteine jeder Art. Und Gold . . . Eine Fabrik, Oskar? Eine ganze Stadt kann ich von meinem Anteil kaufen.«

Die anderen Männer blickten sich an, aber Stöcker hatte das Gefühl, als zerrisse es ihm die Eingeweide. Sie sprachen von ihrem Anteil. Also hatte jeder bereits akzeptiert, daß er einen erhielt. Er hörte sich leise fragen: »Und wenn sie uns erwischen?«

Überraschenderweise war es Hammer, der ihm antwortete. »Wir können an Bord auf die verschiedenste Weise sterben, Hans. Ich glaube nicht mehr an Wunder. Wir haben tapfer gekämpft, aber wir sind dabei, den Krieg zu verlieren.« Er schien überrascht von dem Ausdruck ihrer Gesichter. »Seht doch der Wirklichkeit ins Gesicht, Kameraden. Schließlich ist sie jetzt nicht mehr so schlimm, nachdem wir das entdeckt haben, oder?«

Trips holte eine Flasche hervor. Alkohol im Dienst – darauf konnte Degradierung stehen, für sie alle. Feierlich füllte er den Schnaps in vier Becher, dann stießen sie miteinander an. »Auf unser Wohl!«

Nur Stöcker hatte das Gefühl, daß er sich übergeben müsse. Doch der böse Traum hatte längst alle Dimensionen gesprengt. Für ihn war es bereits zu spät gewesen, als er damals den Brief entgegengenommen hatte.

Hechler ging an Backbord unter den Rohren der Flak entlang, nickte von Zeit zu Zeit diesem und jenem Mann seiner Besatzung zu und machte auch Pausen, um kurz mit den diensthabenden Bootsleuten zu sprechen, deren Untergebene bei der Arbeit waren. Ob hier oder draußen auf hoher See, das machte keinen Unterschied. Der Ozean war ihr gemeinsamer Feind, und die Tatsache, daß sie vor Anker lagen, machte sie nur noch angreifbarer, die Gefahr noch bedrohlicher. Die Rauchfahne, die aus dem Schornstein stieg, zeigte an, daß Stück und seine Ingenieure und Mechaniker ebenfalls jederzeit bereit waren. Die dienstfreien Männer standen in Gruppen zusammen, nicht weit von ihren Gefechtstationen, und auch ihnen war Nervosität anzumerken.

Ein Leutnant kam über das Deck auf Hechler zu. »Motorboot ist bereit, Herr Kapitän!«.

Hechler erblickte hinter ihm die kleine Gruppe Männer, die künftige Besatzung der einsamen Insel. Drei von ihnen trugen noch immer Verbände. Es war schwer gewesen, ihnen klarzumachen, was von ihnen verlangt wurde. Dabei hatte sich Hechler gar nicht erst mit einer Rede aufgehalten, etwa über Deutschland und die großen Opfer, die andere vor ihnen erbracht hatten. Er hatte ihnen ganz schlicht gesagt: »Alles, was ihr tut, Kameraden, das tut ihr für uns und für unser Schiff.«

Ein Oberfunkmeister hatte das Kommando erhalten, ihm stand ein

Oberfunkmaat zur Seite; die übrigen Männer kamen aus dem Krankenrevier.

»Ich komme zurück, sobald es geht«, hatte er ihnen versprochen. Ihm war nicht verborgen geblieben, wie sehr sie sich bemühten, tapfer zu sein und ihn nicht im Stich zu lassen.

Nun trat er zusammen mit dem Leutnant an die Reling neben der Jakobsleiter, die hinunter zur Barkasse führte. Hechler seufzte. Wie mochte ihnen zumute sein, wenn sie drüben standen und zusahen, wie sich ihr Schiff immer weiter entfernte und schließlich hinter dem Horizont verschwand?

Sie waren an der Jakobsleiter versammelt. Hechler schüttelte jedem Mann die Hand. Er hatte den Oberfunkmeister mit einem Brief ausgestattet, den dieser den Engländern oder anderen Ausländern übergeben konnte, wenn sie die Insel betraten. Unter normalen Umständen hätte man seine Männer anständig behandelt, das war ihm klar. Nun aber lag da ein Zivilist begraben, und das konnte die Situation der Deutschen auf der Insel erschweren. Der Brief war als Erklärung gedacht.

Er bemerkte, daß die beiden Gefangenen bereits in dem dümpelnden Boot saßen. Der alte Bootsmann hatte ihn nur verständnislos angesehen, als er ihm mitteilte, daß er bald frei sein würde. Der andere, Ames, hatte sich zwar nicht direkt feindselig, aber doch herausfordernd verhalten, und Hechler hatte den Oberfunkmeister vor diesem Mann gewarnt. Wahrscheinlich war es besser, ihn nicht mehr an Bord zu haben, dachte er. Als Offizier verstand er etwas von Navigation und hatte ein Gefühl für die See, wie es auch Gudegast eigen war. Schließlich konnte man einen Mann nicht rund um die Uhr bewachen, es sei denn, man legte ihn in Eisen. Er wäre sicherlich in der Lage gewesen, zu entkommen und beispielsweise die Rudermaschine oder ein anderes wichtiges Teil zu sabotieren, selbst wenn es ihn das Leben gekostet hätte.

»Ich schicke Ihnen ein Flugzeug«, sagte er zu dem Oberfunkmeister. »Es sei denn . . .« Beinahe hätte er die Schultern gezuckt, aber dann sah er den Schmerz auf den Gesichtern der Männer. »Es ist Krieg, Kameraden. Unser Erfolg liegt in euren Händen.«

Er blickte sich um und bemerkte, wie das Licht der Sonne von einem Fernglas widergespiegelt wurde. Ganz offensichtlich hatte Leitner von seiner Brücke aus die Reaktion der Männer beobachtet.

Theil, fuhr es ihm durch den Kopf, auch Theil hätte eigentlich hier sein sollen. Irgend etwas mußte mit ihm geschehen, bevor sie wieder Feindberührung hatten. Wenn das Glück sie erst verließ . . .

Hechler legte die Hand an die Mütze, als die Männer hintereinander die Jakobsleiter hinabstiegen. Einer von ihnen, dessen Arm in einem Gipsverband steckte, wandte sich zu seinen Messekameraden um, die ihm zuwinkten. Plötzlich begann ein Mann an der Reling mit beachtlicher Stimme zu singen. Als Hechler hinaufblickte, sah er überall Männer an der Reling stehen. Ihre Stimmen fielen in den Gesang ein, der übers Wasser scholl: »In der Heimat, in der Heimat, da gibt's ein Wiederseh'n!«

Hechler beobachtete das Boot, bis es zwischen den hohen Wellen verschwand, dann ging er langsam nach achtern. Dabei mußte er an seinen Bruder Lothar denken. Seine Kameraden und er hatten genau dieses Lied gesungen, das so fröhlich klang, als sie an Bord gegangen waren.

»Das muß sehr schmerzlich für dich gewesen sein.«

Erika stand am Sicherheitsschott, einen Fuß auf das Süll gestützt. Er wußte nicht, wie lange sie ihn schon beobachtete, und dennoch hatte er auf seltsame Weise ihre Nähe gespürt.

»Ja.« Er stellte sich neben sie, die schwere, hohe Eisentür schützte sie gegen Blicke.

»Wenn der Krieg erst gewonnen ist, werden sie sehr schnell wieder freikommen«, sagte sie leise. »Und wenn nicht ...« Sie schwieg.

Er nahm ihre Hände in seine. »Ich habe viel über dich nachgedacht.« Er hatte das Gefühl, daß er sie bedränge. »Vielleicht zu sehr. Aber ich habe unsere Worte dort oben nicht vergessen.« Er bemerkte ihr Lächeln.

»Ihr alle glaubt, daß ihr aus Eisen seid. Ein Eiserner Pirat, bist du das?«

Er blickte auf ihren Mund und überlegte, wie es sein würde, wenn sich ihre Lippen fanden.

Erika Franke sah ihm ins Gesicht, bemerkte seine Unentschlossenheit. »Aber ich kenne auch den wirklichen Dieter Hechler.«

»Wenn wir wieder auf See sind ...« Er brach ab, versuchte es noch einmal: »Wenn wir auf den Feind treffen – dann möchte ich, daß du in Sicherheit bist. Ganz gleich, was geschieht, ich muß einfach wissen, daß dir keine Gefahr droht. Nach dem Krieg ...«

Sie schlug die Augen nieder. »Solange will ich nicht warten, Dieter.« Ihre Wangen überzogen sich rot. »Jetzt denkst du sicherlich, ich sei schamlos und billig, oder?«

Er berührte zart ihre Haare. »Nein. Ich bin nur beschämt, daß ich dich sagen lasse, was ich selbst gedacht habe.«

Der Zweite Nachrichtenoffizier, Leutnant Ziegler, bog um das

Schott und blickte sie verblüfft an. Stotternd machte er seine Meldung: »Herr Kapitän, die Besatzung der Funkstation hat sich soeben gemeldet.« Er warf der jungen Pilotin einen schnellen Blick zu. »Sie haben die Signaleinrichtungen überprüft und keine Feindsprüche mehr aufgefangen.«

»Danke.« Hechler entließ ihn. Als der junge Offizier davonmarschierte, sagte Erika: »Wir haben dem Jungen aber einen gehörigen Schreck eingejagt.«

Er wußte, daß er jetzt gehen mußte. »Später . . .«

Sie wich zurück. »Ich warte auf dich.«

Hechler stieg hinauf zur Brücke und ging nach vorn auf die Grätings. Stimmen erschollen aus den Sprachrohren, Läufer und Bootsleute telefonierten, aller Augen waren auf die Ankerketten gerichtet, die auf dem Vorschiff in Bewegung geraten waren.

»Stopp!«

Glocken schrillten, und Gudegast sagte zu Hechler: »Wir steuern Kurs eins-drei-fünf, Herr Kapitän.«

Irgend jemand hinter ihm sprach leise mit einem Kameraden. »Siehst du die armen Schweine da am Strand, Max? Wenn sie mich so zurückgelassen hätten . . .«

»Ich setze dich persönlich auf der nächsten Insel aus, wenn du nicht die Klappe hältst«, fuhr ihn ein Bootsmann an.

Hechler fühlte, wie die Sonne durch die dicke Windschutzscheibe sein Gesicht wärmte. Die Ankerketten rollten sich auf dem Vordeck mit lautem Gerassel immer schneller zusammen. Ob sie danach wohl jemals wieder ausrauschen würden? Trotz seiner Befürchtungen mußte er lächeln. Ein Fliegender Holländer. Sein Lächeln vertiefte sich. *Der Eiserne Pirat*. Er glaubte, ihre Stimme zu hören. Wahrscheinlich hatte der Feind einen sehr viel häßlicheren Namen für ihn und sein Schiff.

Er beugte sich vor und sah Theil neben Leutnant Schäfer stehen, der für das Vorschiff zuständig war. Im Gefechtsfall war er als Turmgruppenkommandeur für Turm *Anton* eingeteilt. Theil hatte die Arme vor der Brust verschränkt, als müsse er sich selbst Halt geben. Vielleicht würde sich seine Stimmung bessern, wenn sie erst offenes Wasser erreicht hatten.

»Anker sind frei, Herr Kapitän!«

Hechler blickte den Wachhabenden so geistesabwesend an, daß dieser im ersten Augenblick dachte, er müsse die Meldung wiederholen.

»Maschinen langsame Fahrt voraus!« Das Schiff vibrierte stärker, und der merkwürdige Landbuckel blieb immer weiter zurück. »Steuerbord zehn!«

Gudegast beugte sich über den Kreiselkompaß und prüfte noch einmal ihren Kurs.

»Gleichbleibend eins-drei-fünf.« Er griff zum Telefonhörer und bemerkte, daß der Apparat gereinigt worden war. »Chief? Hier spricht der Kommandant. In einer halben Stunde Umdrehungen für 25 Knoten.«

Theil kam auf die Brücke. »Anker sind gesichert, Herr Kapitän!« Er blickte sich auf der Brücke um. »Ich bin keineswegs traurig, daß wir wieder unterwegs sind.«

»Gibt es etwas, worüber Sie mit mir sprechen möchten, Theil? Hier sind wir allein.« Hechler blickte seinen Ersten an.

»Ich mache mir große Sorgen um meine Frau.« Theils Blick wirkte starr, obwohl es schwierig war, das hinter den dunklen Gläsern abzuschätzen.

»Verstehe, Theil.«

»Tun Sie das wirklich, Herr Kapitän?« Theil beobachtete zwei Seevögel, die über der Windschutzscheibe gen Himmel stiegen. Ihr heiseres Schreien wehte laut zu ihnen herab und schien die Zweisamkeit der Männer zu stören. »Eigentlich wäre es meine Aufgabe gewesen, mit dem Doktor die Inselbesatzung auszusuchen, Herr Kapitän«, sagte er ruhig, fast geschäftsmäßig. »Wie Sie wissen, hatte ich damit bereits begonnen.«

Hechler zog seine kalte Pfeife aus der Tasche und steckte sie in den Mund. »In letzter Instanz war ich dafür zuständig, Theil.«

Der Erste nickte langsam, seine dunklen Gläser wirkten wie die Höhlen in einem Totenschädel.

»Verstehe, Herr Kapitän. Der Kommandant muß auch die schwerste Aufgabe auf sich nehmen, wenn es um Männer geht, die ihm vertrauen.« Er legte die Hand an die Mütze. »Melde mich zur Leckwehr ab, um die Feuerbekämpfung zu überprüfen.«

Hechler beschloß, auf die andere Seite der Brücke zu gehen. Theil hat recht, dachte er, *ich muß es ihm sagen.* Doch die Worte des Ersten, sein rätselhaftes Gehabe, hielten ihn davor zurück. Es war wie eine Warnung.

Er wandte sich um und bemerkte, daß Gudegast ihn vom Kompaß her beobachtete. Der Navigationsoffizier senkte den Blick sofort, doch Hechler hatte die Sorge darin gesehen. Glaubte er etwa, daß Theil zusammenbrechen würde?

Hechler hob sein Fernglas und suchte damit nach dem Sendemast, doch er war kaum noch auszumachen. Korvettenkapitän Froebe, der Zweite, kam heraus auf die Vorbrücke und salutierte.

»Na, Froebe, was gibt's?« Wieder beschlich Hechler das merkwürdige Gefühl, auf der Hut sein zu müssen.

»Tut mir leid, daß ich Sie belästigen muß, Herr Kapitän, aber einer meiner Divisionsoffiziere hat sich beschwert. Er hat mir gedroht . . .«

»Niemand hat das Recht, Sie zu bedrohen, Froebe«, unterbrach ihn Hechler. »Sie sind Teil der Kommandostruktur an Bord, sogar ein besonders wichtiger Teil.« Er bemerkte, wie erleichtert seine Worte von dem hochaufgeschossenen Offizier aufgenommen wurden.

»Es war der Bordnachrichtenoffizier, Herr Kapitän.«

Hechler hörte es mit unbewegtem Gesicht. Also dieser eingebildete und eitle Bauer. Er hatte sich wegen der Tötung des Zivilisten sicherlich keine großen Gewissensbisse gemacht. Schließlich hatte Leitner sich vor ihn gestellt.

»Bauer beschwerte sich darüber, daß Fregattenkapitän Theil während seiner Abwesenheit in sein Büro eindrang, nachdem er den Wachhabenden gezwungen hatte, ihm den Schlüssel zu geben.«

Es traf Hechler wie ein Schlag.

Das also war es! Es war so offenkundig, daß er sich fragte, wie er es hatte übersehen können. Schließlich hatte er Theil selbst nach unten geschickt.

»Ich habe Ihre Meldung zur Kenntnis genommen, Froebe.« Er schien zu lächeln, aber sein Mund fühlte sich plötzlich pelzig an.

Froebe verneigte sich, zufrieden und erleichtert.

»Sagen Sie Bauer, er soll sich zusammenreißen. Richten Sie es ihm von mir aus!«

Er hörte Froebes Schritte auf dem Niedergang verklingen und biß hart auf das Mundstück seiner Pfeife. Also wußte Theil jetzt Bescheid. Was würde er tun?

Als die Sonne am Horizont das Wasser berührte, saß Hechler noch immer in seinem Stuhl, ohne auf seine Fragen eine Antwort gefunden zu haben.

15 Mittelwache

Gudegast kauerte über dem Kartentisch und rieb sich die müden Augen. Zwei Uhr morgens, aber er konnte nicht schlafen. Immer wieder vergewisserte er sich, daß er nichts vergessen hatte. Er las seine in gestochener Schrift gemachten Aufzeichnungen und verglich sie mit den beiden vor ihm liegenden Karten. Unter ihm zitterte das Schiff, aber das war er längst gewohnt. *Prinz Luitpold* lief mit 28 Knoten Fahrt nach Südosten durch die glatte See.

Draußen an Deck war es jetzt wunderschön, der Sternenhimmel wölbte sich von einem Horizont zum anderen. Doch hier drinnen, in dem gedämpften Licht des Kartenraums, schien die Welt nur auf dem Papier zu bestehen. Das Mittagsbesteck*, dazu sorgsam erstellte Angaben über die Gezeiten, das Wetter und ihre Geschwindigkeit waren hier verzeichnet.

Gudegast versuchte, nicht an ein heißes, belebendes Bad zu denken, mit dem wohlriechenden Badesalz, das er in Vejle aufgetrieben hatte. Das war eine Ewigkeit her, dachte er sehnsüchtig. Er kratzte sich am Arm und dachte an seine üppige Gerda in ihrem kleinen Haus über dem Fjord. Für sie hier draußen würde es ab jetzt gar kein Bad mehr geben. Das Wasser war streng rationiert und würde immer kostbarer werden, bis sie wieder zu Hause waren. Zuhause – wo war das noch für ihn?

Er hörte Schritte an Deck und vermutete, daß die Ausguckposten gewechselt wurden. Draußen wirkte der Ozean wie leergefegt, doch hier drin spürte man die Vorzeichen des kommenden Kampfes. Alles, was er bekommen würde, war eine Salzwasserdusche. Gudegast grinste in seinen Bart. In der Handelsmarine, wo die Reeder mit jeder Mark rechneten, mußte man sich mit schlechtem Essen, fehlerhaften Lüftern und Maschinen abfinden, die genau dann ihren Geist aufgaben, wenn sie am dringendsten benötigt wurden. Es hatte eine ganze Zeit gedauert, bis er sich an die Kriegsmarine und ihr Luxusleben auf Kosten des Steuerzahlers gewöhnt hatte.

Die Tür wurde leise geöffnet, und Gudegast wandte sich ärgerlich um. Doch er unterdrückte den Fluch und sagte statt dessen: »Ich hab' alles noch mal durchgerechnet, Herr Kapitän.«

Hechler trat in Südwester und Ölzeug an den Tisch und gab Gudegast damit die Gewißheit, daß auch der Kommandant nicht schlafen konnte. *Wenn ich Kommandant wäre . . .* Er dachte gar nicht weiter. Um nichts in der Welt hätte er das Kommando über ein Kriegsschiff haben wollen.

Hechler verglich die Karten und Eintragungen. »Wenn wir nicht schneller laufen, brauchen wir fünfundsiebzig Stunden.« Er stellte sich den Ozean vor, sah sein Schiff, wie es dem Konvoi entgegenlief. Bis jetzt hatte es keine Funksprüche vom Operationsstab der Briten gege-

* Mittagsbesteck des Schiffes = Standort zur Mittagszeit

ben, und das Schweigen bedeutete mit einiger Sicherheit, daß sich der Geleitzug auf seinem Weg befand, bereits das Kap der Guten Hoffnung umrundet hatte und seine Fahrt in nordwestlicher Richtung fortsetzte. Fünfundsiebzig Stunden waren einfach zuviel. Hechler starrte auf die mit Bleistift eingezeichneten Linien und Kreuze. Aber wenn er die Geschwindigkeit erhöhen ließ, würde ihr Treibstoffvorrat noch schneller zusammenschmelzen.

»Dreißig Knoten«, sagte er.

Gudegast sah ihn ernst an. Der Schwere Kreuzer konnte noch schneller laufen. Aber hier waren sie nicht auf Probefahrt, wo ihnen schnell Hilfe zuteil wurde, wenn Störungen auftraten.

»Ich habe schon mit dem Chief gesprochen, Gudegast«, lächelte Hechler. Er spürte die Vorsicht seines Navigationsoffiziers, aber auch sein Vertrauen. »Stück meint, daß es zu verantworten ist.«

Gudegast beobachtete ihn. »Anschließend können wir ja an einem der vereinbarten Treffpunkte Treibstoff übernehmen.«

Hechler lächelte. Gudegasts Bemerkung klang wie eine Frage. »Der Admiral möchte den zweiten Treffpunkt anlaufen. 2500 Meilen weiter westlich.«

Daraufhin zog Gudegast die zweite Karte näher heran. Ein dickes Kreuz im Gitternetz markierte die vorgesehene Position. Die genauen Daten und Zeiten lagen in einem verschlossenen Umschlag in Hechlers Safe. Gudegast schürzte die Lippen. »Das ist sicherlich das letzte, womit der Feind rechnet.«

»Was Sie wirklich meinen, ist doch, daß wir uns weiter nördlich halten und auf diese Weise 900 Meilen sparen könnten, richtig?«

Gudegast zeigte grinsend die Zähne. »So ähnlich, Herr Kapitän.«

»Wirtschaftlichste Fahrt mit geringstem Treibstoffverbrauch ist nicht immer die richtige Antwort.«

Gudegast griff zu seinem Rechenschieber. »Eine Zeitlang wird das sicherlich klargehen. Und danach fällt uns schon eine Alternative ein.«

Hechler nickte. »Ich lasse die Geschwindigkeit in zwei Stunden erhöhen, zum Wachwechsel. Dann wüßte ich gern, was Ihnen eingefallen ist.« Eine Hand schon auf der Klinke, blieb er stehen. »Sehen Sie zu, daß Sie noch etwas Schlaf bekommen, Gudegast. Ich verlasse mich auf Sie.«

Die Tür schloß sich, und Gudegast starrte sie erstaunt an. Er respektierte den Kommandanten und mochte ihn menschlich, hätte aber nie erwartet, daß Hechler auch Gefühle verriet. Mit einem leichten Grinsen wandte er sich wieder seinen Karten zu. Bei nächster Gelegenheit wollte er ein Porträt des Kommandanten zeichnen. So, wie er war, mit dem Ozean dahinter. Er freute sich schon darauf.

Hechler hatte keinerlei Schuldgefühle, weil er sich nicht auf der Brücke oder in seiner kleinen Seekabine befand. Er blickte in den langen, nur von Notlampen beleuchteten Gang, sah die glatten Metalltüren und die Halterungen der Feuerschläuche, die ihm wie ein Omen künftiger Ereignisse schienen. Schnell ging er an einem salutierenden Wachposten vorbei und war ganz sicher, daß der Mann hinter ihm herstarrte. Es war ihm gleichgültig. Das Schiff hatte ihn lange genug gefangengehalten. Er blieb kurz stehen und lauschte auf die Geräusche ringsum. Rund 1600 Menschen lebten in diesem schnittigen Rumpf, unter ihnen so unterschiedliche Charaktere wie Theil und Gudegast, wie der junge Jäger und der scharfzüngige Kroll.

Plötzlich stellte er fest, daß er vor der Tür zu seinen eigenen Räumen stand. Vielleicht wurde ihm jetzt bewußt, was er suchte? Möglicherweise hatte ihm auch sein Herz den Weg hierher gewiesen. Er fühlte, wie es gegen die Rippen schlug, spürte eine fürchterliche Unsicherheit, die ihn zögern ließ. Morgen war der entscheidende Tag, danach würde sich ihre Zukunft nur noch in Stunden messen lassen.

Aber das Morgen konnte warten. Er klopfte an die Tür und öffnete sie.

Die Tageskajüte war völlig dunkel. Er sah Erika im Schlafraum neben der Koje sitzen. Sie blickte ihn an, und das Rechteck der Verbindungstür wirkte wie der Rahmen eines Fotos.

Sie trug seinen Schlafrock mit den Initialen auf der Brust. Er hatte ihn von seinem Bruder zum letzten Geburtstag bekommen, den sie gemeinsam feiern konnten, und obwohl er schon etwas abgenutzt war, hätte er ihn doch mit niemand anderem geteilt.

Als er auf sie zutrat, sagte sie: »Ich hab' ihn schon ein paarmal getragen. Irgendwie hat er mir geholfen.«

Er legte seine Hände auf ihre Schultern und zog sie zu sich hoch. Eine Weile standen sie einander so gegenüber, dann riß er sie an sich. Sie setzte ihm keinen Widerstand entgegen, auch nicht, als er über ihr Haar strich und sie mit der anderen Hand an sich preßte.

»Ich mußte einfach kommen, Erika«, murmelte er.

Sie hob das Gesicht von seiner Brust. »Ich habe mir inständig gewünscht, dich hier zu haben.« Und sich in seinen Armen zurücklehnend: »Willkommen in unserem Zuhause auf Zeit.«

Sie lächelte ihn an, aber er fühlte die Spannung zwischen ihnen, die Nervosität, die ihre äußere Gelassenheit Lügen strafte. Hechler setzte sie auf die Koje, kniete vor ihr nieder und vergrub den Kopf in ihrem

Schoß. Er fühlte ihre Hand in seinem Haar, die ihn sanft und fordernd streichelte und für sie beide sprach.

»Du wirst nicht auf See bleiben, Dieter«, sagte sie weich. »Ich weiß, daß du nicht bleiben kannst.«

Als er versuchte, zu ihr aufzuschauen, hielt sie ihn fest und zog ihn noch dichter zu sich heran.

»Sag nichts, sondern hör mir zu. Du hast gesagt, daß du mich begehrst. Wir können beide nicht mehr warten.« Er versuchte sich zu befreien, doch ihr Arm hielt seinen Kopf fest umspannt. »Ich – ich bin fast zu schüchtern, um so etwas zu sagen. Aber es bedeutet mir soviel . . .« Er faßte nach ihrem Handgelenk und sah in ihre Augen, aus denen eine große Liebe sprach.

»Ich liebe dich genauso, wie du bist.« Er spürte sie erschauern, als seine Hand den Morgenmantel öffnete und seine Lippen ihre warme Haut küßten. Er schob den Stoff weiter auf, bis ihre Brüste nackt vor ihm lagen. Da nahm er ihre Brustwarzen zwischen die Lippen und spürte, wie sie hart wurden.

Er legte sie sanft auf die Koje und streifte ihr den Morgenrock ganz ab. Dabei bemerkte er die bleiche Narbe an ihrer Seite – gezackt wie der Biß eines wilden Tieres. Sie faßte nach seinem Kopf, als er mit den Lippen ihre Wunde streichelte.

Es kam ihm vor, als sei sein ganzes Leben auf diesen einen Augenblick konzentriert. Sein Verlangen nach ihr war so stark, daß es ihn schmerzte, und dennoch wünschte er sich, daß es nie vorbeigehen würde. Selbst als er ihre Arme mit Küssen bedeckte und seine Finger über ihren Leib in das dunkle, behaarte Dreieck gleiten ließ, glaubte er, jede kostbare Sekunde festhalten zu müssen, als sei es die letzte. Sie hatte ihre Passivität aufgegeben, riß ihm hastig die Kleider vom Leib und zog ihn dann an sich.

Einen Moment blickten sie einander in die Augen, wobei sich ihre Gesichter fast berührten. Dann spürte er ihre Hand, die ihm den Weg zu ihr wies. Als sie vereint waren, wußte Hechler, daß ein Leben ohne sie – mochte kommen, was wollte – für ihn keinen Sinn mehr haben würde.

Hechler rückte sich in dem hohen Stuhl zurecht. Sein Gesicht war von salziger Gischt verkrustet, seine Rippen schienen unter dem Druck des Windes zusammengepreßt zu werden, als das Schiff mit hoher Fahrt durch den rauhen Atlantik lief. War nun auf einmal alles leichter? Waren die Millionen Sterne über ihm plötzlich kleiner geworden? Nur auf See, auf der offenen Brücke unter dem unendlichen Himmel, könne –

so hieß es – ein Mann die Wirklichkeit begreifen und die Allmacht Gottes.

Er rieb sich die Augen mit dem Handschuh und vernahm hinter sich das Geräusch einer erschreckten Bewegung. Sicherlich war es nicht unbedingt ein Vergnügen, die Mittelwache in Anwesenheit des Kommandanten durchstehen zu müssen. Er dachte an das einladende Licht über der unordentlichen Koje in seiner Seekammer. Üblicherweise hätte er sich in voller Bekleidung hineingeworfen, ohne sich darum zu kümmern, ob er sich hätte rasieren müssen wie jetzt. Nichts hätte ihn mehr gekümmert. Sein einziger Gedanke wäre Flucht aus der Verantwortung für wenige Minuten oder Stunden gewesen. Doch jetzt war das anders. Jetzt mußte er wach bleiben, um die Erinnerung an die wunderbaren Minuten mit ihr nicht zu verlieren.

Alles stand in seltener Schärfe vor seinem inneren Auge: ihr Körper, der sich an seinen drängte. Ihr lustvoller Schrei, der protestierende Druck ihrer Hände auf seinen Schultern, als er Anstalten machte, sich zurückzuziehen. Er hatte sie verletzt, aber das war lange her ...

Er fuhr sich mit der Hand über das Gesicht und faßte den Entschluß, sich zu rasieren. Sein Gesicht mußte genauso rauh gewesen sein wie seine Kleidung auf ihrer weichen Haut. Er konnte sich nicht daran erinnern, jemals soviel Offenheit und Vertrautheit erlebt zu haben. Und sie waren ihnen auch danach geblieben. Das war mehr als nur eine kurze Verpflichtung und weit mehr als eine momentane Leidenschaft.

Hinter ihm entstand Bewegung, und er hörte die Stimme eines Maaten: »Darf ich Ihnen Kaffee bringen, Herr Kapitän?«

Er blickte nach unten und nickte. Was es auch sein mochte, es würde ihm jetzt schmecken wie der beste Champagner.

»Ich bin in meiner Seekammer«, sagte er. »Muß mich erst mal rasieren.« Dann warf er einen Blick auf das Leuchtzifferblatt seiner Uhr. Wenn die Zeit gekommen war, den Kurs zu ändern und die Geschwindigkeit zu erhöhen – mochte es auch zum letzten Mal sein –, wollte er sich nicht mit Alternativen aufhalten. Das alles lag hinter ihm. Für ihn zählte nur noch das Jetzt, nichts anderes war mehr wichtig.

Hechler mußte an das Landungskommando denken, das er auf der winzigen Felseninsel mit der Funkstation zurückgelassen hatte. Was mochten die Männer jetzt wohl tun? Vielleicht lasen sie oder schrieben Briefe. Und verschwendeten keinen Gedanken daran, ob diese Briefe jemals befördert oder überhaupt von ihren Lieben gelesen würden.

Dann ging ihm der Tanker-Geleitzug durch den Kopf. Wenn es gelang, die Schiffe zu versenken, mußte das eine empfindliche Lücke in die Treibstoffversorgung der Alliierten reißen. Die Frage war nur: für wie lange? Für zwei Wochen, für zehn? Schon ein paar Tage konnten für die kämpfenden Armeen von entscheidender Bedeutung sein, die auf den Winter warteten, ihren heißersehnten Verbündeten.

Und er mußte an die Besprechung mit Admiral von Hanke in Kiel denken, in der er sich über die Stärke der deutschen Verbände an der russischen Front geäußert hatte. Wurde womöglich auch der Führer in seinem Hauptquartier durch die Karten mit den Siegesmarkierungen, den Pfeilen und Flaggen getäuscht? War es denkbar, daß niemand es wagte, ihm die furchtbare Wahrheit zu sagen? Die Hälfte seiner schlagkräftigsten Divisionen lag längst im Schlamm und Schnee Rußlands begraben. Eigentlich sinnlos, einen Gedanken daran zu verschwenden. Auch sein Schiff war nur Teil des Ganzen, und nicht einmal Dönitz, der Generalstab oder selbst Hitler waren in der Lage, wirklich die gesamte Situation zu überschauen.

Hinter ihm hustete jemand, er hörte leise Stimmen, als die Wache abgelöst wurde. Froebe sprach mit Ahlmann, ging mit ihm an den Kartentisch und ließ sich unter der Abdeckhaube von Ahlmann und seinem Assistenten etwas erklären. Dann nahm er Haltung an, blickte den Kommandanten an, um sich zu vergewissern, daß Hechler wach war, und meldete: »Wachwechsel vollzogen, Herr Kapitän.«

Füße klapperten auf dem Stahldeck, der Duft von frischgebrühtem Kaffee machte sich breit, er schien die eben eingetroffenen Männer der neuen Wache zu begrüßen. Unter Deck bemühten sich inzwischen die Abgelösten, den entgangenen Schlaf nachzuholen. Andere waren schon zufrieden, wenn sie – umgeben von Kameraden – ihren Gedanken nachhängen konnten. Sie beschäftigten sich mit den Angehörigen in der Heimat, mit den Luftangriffen und ihren Folgen, dem Mangel an Lebensmitteln, dem nächsten Urlaub und dem vergangenen: Gedanken, wie sie jeder Seemann in solcher Situation hatte.

Im großen Maschinenraum und den angrenzenden Kesselräumen standen die Männer in ihren weißen und blauen Overalls und überwachten im brüllenden Lärm die Instrumente. Sie riefen einander Worte zu, die kaum verstanden wurden, oder sangen zotige Lieder, die ungehört verhallten. Stück, der Chefingenieur, stand auf dem schimmernden Laufgang neben seinem kleinen Schreibpult mit Telefon und Maschinenbuch. Er hatte schon die Aufsicht geführt, als auf der Werft die ersten Maschinenteile in den großen, schlanken Rumpf gesetzt wurden. Und noch heute traute er keinem seiner Ingenieure, wenn es darum ging, wichtige Anweisungen auszuführen.

Kessler, Kapitänleutnant (Ing.) und Zweiter Ingenieur auf *Prinz*

Luitpold, spürte Schmerzen in den Schultern, als er mit seinen behandschuhten Händen das Gitter umfaßte. Er fühlte den Atem des Schiffes, hörte die donnernden Geräusche zu seinen Füßen. Dieser Kreuzer war das schönste Schiff, das er kannte. Er zog eine Grimasse. Wie gut, daß er hier unten war! Was man sich von dem tapferen Admiral erzählte, konnte hier wahrlich niemandem imponieren. Kessler starrte ins Bilgenwasser, das im grellen Licht des Maschinenraums blaugrün schimmerte. Es erinnerte ihn an den Weihnachtsbaum seiner Kindheitstage, an den ersten flüchtigen Blick am Heiligen Abend auf den Baum, an die Geschenke und das Lächeln seines Vaters. Er hatte sich überwinden müssen, im letzten Urlaub nach Hause zu gehen. Das Haus seiner Eltern war dem Erdboden gleichgemacht. Natürlich hatte er davon gehört, wie er auch Hechlers mitleidiges Gesicht gesehen hatte, als er ihm mitgeteilt hatte, daß die Stadt bombardiert worden war. Kessler hatte um Urlaub gebeten, doch Hechler hatte ihm erklärt, daß andere Vorrang hatten, weil sie Frau und Kinder versorgen mußten.

Natürlich hatte der Kommandant recht gehabt. So hatte Kessler gewartet, bis er mit seinem Urlaub dran war. Er wußte noch immer nicht so recht, was er daheim erwartet hatte. Vielleicht eine Lücke zwischen den anderen Häusern der Straße – viel mehr konnte von seiner Kindheit und seinen Familienangehörigen nicht übriggeblieben sein. Statt dessen war die ganze Straße ein einziger Trümmerhaufen, und einige andere Straßen waren es auch.

Er umklammerte das Geländer so fest, daß seine Finger schmerzten. Ob er jemals darüber hinwegkommen würde?

Das Läuten des Telefons war im Lärm der Maschinen nur ein kümmerliches, kaum vernehmbares Geräusch. Er stellte sich Hechler vor, der oben auf der offenen Brücke stand, vor sich den schier endlosen Ozean.

»Zu Befehl, Herr Kapitän.«

Hinter sich hörte er die Stimme Stücks und wandte sich um. Der Leitende Ingenieur stand in weißem Overall vor den Rohren und Rädern.

»Der Alte?«

Kessler blickte auf die zitternde Uhr. »Jawohl, L. I.« Stück war wieder einmal früher dran als üblich, aber Kessler war froh darüber.

Der Chefingenieur lehnte sich mit dem Gesäß gegen das Geländer und verschränkte die Arme über der Brust. Er konnte durch den Dampf sehen, und seine scharfen Ohren erzählten ihm mehr als das Maschinentagebuch. Sein Blick fiel auf Kessler, und er machte sich Gedanken darüber, was sein Vertreter wohl ausgebrütet hatte. Einen

Augenblick spielte er mit dem Gedanken, seine Vermutungen zu äußern, doch dann ließ er es. Für Gedankenlesen war in dieser geräuschvollen Welt kein Platz.

Er blickte nach oben zu den Manometern, da schrillte die Glocke erneut. Gleichzeitig schwangen die drei Zeiger des Maschinentelegrafen mit großer Geschwindigkeit herum.

Stück grinste und tat, als wolle er in die Hände spucken. »Auf geht's, Kessler! Geben wir der Bestie Futter!« Sekunden später drehten sich die drei Wellen mit zunehmender Geschwindigkeit, mußten sogar die Männer der Wache oben nach einem Halt suchen. Stück überwachte die zunehmende Drehzahl. Dieses Schiff war ein wirkliches Vollblut!

Theil lag in seiner Koje und spürte das Steigen der Geschwindigkeit. Seit er die Brücke verlassen hatte, lag er wach auf seinem Bett. Seine Augen schienen wund zu sein vor Verzweiflung. Würde es etwas bringen, wenn er zum Admiral ging und ihn aufforderte, dem nächsten U-Boot-Versorger eine Nachricht zukommen zu lassen? Sofort war er sich klar darüber, daß das seine Situation in keiner Weise bessern würde. Wenn er wollte, hätte Leitner ihm längst mitteilen lassen, daß er unter Arrest gestellt war.

Er rollte sich auf die andere Seite und starrte verzweifelt auf seine Uhr. Bald schon würde ihn ein Läufer wecken, und dann mußte er etwas unternehmen, oder er würde unter der Last auf seiner Seele zusammenbrechen.

Das Schiff schüttelte sich stärker, in der Kammer stießen die verschiedensten Dinge scheppernd zusammen. Es war, als wollten sie ihn vertreiben. Schlagartig wurde ihm bewußt, daß ihn das Schiff jetzt mehr brauchte als je zuvor. Und zur gleichen Zeit begriff er, daß er nicht mehr leben wollte. Er konnte während der Nachtwache über Bord springen und würde innerhalb weniger Sekunden im Kielwasser verschwunden sein. Oder er konnte sich seine Pistole an die Schläfe setzen – ein Augenblick angstvoller Ungewißheit, dann war alles vorbei. Der Gedanke an die Waffe, die über seiner Koje hing, erregte ihn. Er sah sich selbst in Bauers Kammer, sah das Gesicht des Verhaßten wie eine scharlachrote Blume zerspringen, nachdem ihn die Kugel niedergestreckt hatte. Theil fragte sich, ob auch er einen unbewaffneten Zivilisten hätte erschießen können.

Nein. Aber dieser Gedanke erleichterte ihn nicht. Ein unbewaffneter Mensch wie Britta! Vielleicht war sie ja inzwischen freigelassen, nach Hause zurückgekehrt und hatte sich darangemacht, den verwahrlosten Garten in Ordnung zu bringen. Er vergrub das Gesicht im Kissen, um sein lautes Schluchzen zu unterdrücken.

Zwei Kammern weiter lag Oberleutnant Willi Meile, der für die Verpflegung zuständige Verwaltungsoffizier, und betrachtete genüßlich die nackte junge Frau, die ihre Brüste umfaßte und vor Erschöpfung schwer atmete. Meile gehörte nicht zum kämpfenden Personal. Seine Welt waren Lebensmittel und Getränke, Farben und Tauwerk – alles, was mit dem Verbrauch an Bord und der Ersatzteilbeschaffung zu tun hatte. Er hatte sich an eine der Marinehelferinnen des PK-Teams herangemacht, kaum daß sie an Bord gekommen war. Zweifellos war sie keine Schönheit, aber sie hatte einen gutgewachsenen Körper und war jung. Nun fühlte Meile sich wie im Himmel. So etwas hatte es für ihn noch nie gegeben.

Die aktiven Offiziere und U-Boot-Kommandanten mochten sich daheim in ihrem Ruhm sonnen. Aber es hieß, halb Hamburg sei in der Hand ehemaliger Chefstewards der Hamburg-Amerika-Linie, denen Marinebasen wie Wilhelmshaven durchaus gewinnbringende Möglichkeiten für ihre privaten Geschäfte als Nachschuboffiziere boten. War der Krieg erst zu Ende, würden jene, die über Lebensmittel und Getränke verfügten, die neuen Helden sein.

Er stützte sich auf einen Ellenbogen und massierte die Brüste der jungen Frau. Er hatte mit voller Absicht das Licht angelassen, um sich nichts entgehen zu lassen. Ihre nackten Schultern waren rot, wo er sie gebissen hatte. »Ich kann nicht mehr. Du bist ja wie drei Männer in einem . . .«, stieß sie atemlos hervor. Doch dann verstummte sie, denn er küßte sie und erstickte ihren Widerstand, während seine Hand sie trotz ihrer Erschöpfung aufs neue erregte. Keiner von beiden merkte, daß der Lärm der Maschinen anstieg.

In der anschließenden Kammer knipste der junge Leutnant Jäger das Licht über seiner Koje an und starrte auf seine Armbanduhr. Er wollte nicht warten, bis er geweckt wurde, sondern sich noch rasieren, bevor er auf Gefechtstation ging. Er glaubte, nebenan den erstickten Schrei einer Frau zu hören, und schüttelte den Kopf. Meile war das reinste Tier, wenn er mit Frauen zu tun hatte. Er zwang sich, nicht an die sanfte Sophie zu denken. Je schneller sie die drei Frauen beim nächsten Treffen mit einem Versorger von Bord gaben, um so besser. Er mußte an Hechlers Gesicht denken, als dieser mit der jungen Pilotin gesprochen hatte. Nein, sie würde wohl bleiben.

Jäger erhob sich und spürte das Zittern des Schiffes unter seinen nackten Füßen.

In der Kommandantenkajüte gegenüber griff Erika Franke nach

ihren Kleidern, um in ihre Kammer, die sie mit einer Marinehelferin teilte, zurückzukehren. Sie machte Licht und musterte ihre Narbe. Noch schmerzte sie. Sie ließ die Hand über ihren Körper gleiten, so wie er es getan hatte; immer noch konnte sie ihn fühlen. Sie hatte bisher nicht gewußt, wie es war, so geliebt und besessen zu werden, Siegerin und Eroberte zugleich zu sein. Noch einmal blickte sie sich in der leeren Kajüte um. Hierher würde sie wohl nicht mehr zurückkehren, jedenfalls nicht, bevor sie wirklich zusammengehörten.

Aus der Pantry hörte sie leise Geräusche. Das war der gute Pirk, sein Diener und gleichzeitig sein Schutzengel. Ein Segen, daß er sie akzeptiert hatte. In der Tageskajüte stützte sie sich kurz an die Wand und lauschte auf das ansteigende Geräusch des Schiffes. Es war, als sei seine Kraft nun entfesselt und könne nie wieder unter Kontrolle gebracht werden, es sei denn durch Sieg oder Zerstörung.

Ihre Finger zögerten auf dem letzten Lichtschalter. Sie würde nichts von all dem je vergessen, nicht seine rauhen Kleider, die an ihrer nackten Haut scheuerten, nicht die Kraft seines Körpers, die Liebe und Gier zugleich verströmte. Die Kajüte versank in Dunkelheit, und Erika schloß leise die Tür.

Als sie an dem dösenden Wachtposten vorbeiging, wußte sie, daß sie nichts bereute.

16 Die Nachricht

Peter Younger, der ehemalige Funkoffizier der *Radnor Star*, zog die Knie bis ans Kinn hoch und beschattete die Augen mit der Hand. Immer noch war es für ihn ungewohnt, festen Boden unter den Füßen zu spüren. Noch Stunden nachdem er mit dem kleinen deutschen Landungskommando auf die Insel gekommen war, hatte er wie ein Betrunkener geschwankt. Nachdem der deutsche Handelsstörer Anker gelichtet hatte und außer Sicht gekommen war, hatte Younger geglaubt, daß nun jede Minute seine letzte sei. Er hatte das Grab gesehen und gehört, wie es dem Mechaniker ergangen war. Doch eigenartigerweise mieden die Männer der Funkstation jeden Kontakt mit ihm. Er warf einen Blick auf den alten, weißbärtigen Bootsmann, der wie er selbst an einem Felsen lehnte und die Sonne auf seine geschlossenen Augen scheinen ließ. Er hätte ebensogut tot sein können, dachte Younger.

Träge beobachtete er einen Deutschen, der mit umgehängter Maschinenpistole patrouillierte. Von Mason, der die Station vor der Besetzung geleitet hatte, wußte er, daß sie nicht länger in der Lage waren, ordnungsgemäß Nachrichten zu funken. Deshalb wurden auch keine mehr erwartet. Der Feind hatte die Operation gut vorbereitet. Mason berichtete, daß ein deutscher Funker ein falsches Signal gesendet hatte. Beim Empfang mußte den Engländern aufgefallen sein, daß da nicht der übliche Telegrafist an der Arbeit war. Etwas herablassend hatte Mason hinzugefügt, daß nur ein Funker so etwas verstand. Younger hatte seine Unruhe gut verborgen. *Das kannst du dreimal sagen,* hatte er gedacht.

Younger hatte sich entschieden, seinen Plan mit niemandem zu besprechen. Die Mannschaft der Funkstation war wie betäubt seit dem Tod ihres Kameraden. Verängstigt, dachte er wütend, war noch milde ausgedrückt. Andererseits würden die Deutschen einen Gefangenen nicht grundlos töten. Denn wenn die Besatzungen der bald zu erwartenden englischen oder amerikanischen Kriegsschiffe hier noch mehr Gräber fanden, war es durchaus möglich, daß sie die Genfer Konvention vergaßen und Rache nahmen. Daran würden sicherlich auch die Krauts* denken.

Er durfte ihnen keine Möglichkeit geben, den Sender zu zerstören. Younger hatte bereits die Entfernung geschätzt und sich den Wachtposten ausgesucht, den er überwältigen würde, um die Funkstation zu erreichen. Dieser deutsche Seemann wurde oft zur Wache eingeteilt. Offensichtlich war er mit seiner Armverletzung für andere Aufgaben – und sei es auch nur die eines Kochs – nicht einzusetzen. Mehr als eine Pistole konnte er nicht tragen, und die hatte er im zugeknöpften Holster. Younger versuchte, sich in die Lage des deutschen Oberfunkmeisters zu versetzen. Er konnte ihn sehen, wie er auf der Leiter zum Funkraum stand, die Mütze baumelnd in der Hand, während er sein Gesicht in die Sonne hielt.

Er war noch jung, aber schon vorzeitig kahl. Äußerlich machte er einen nachdenklichen Eindruck, wirkte nach innen gekehrt und hatte das sensible Gesicht eines Geistlichen. Ganz offensichtlich machte er sich Gedanken über ihre mißliche Lage.

Younger befeuchtete sich die Lippen und versuchte, jeden Muskel einzeln zu entspannen. Beim Gedanken an das, was er vorhatte, war er selbst überrascht von der Stärke seines Willens. Keinen Moment überkam ihn Furcht. Er mußte an den Torpedo denken, der das alte Frachtschiff in die Luft gejagt hatte, an die schreienden Verbrannten und an jene, die von den Wirbeln der sinkenden *Radnor Star* in ihr

* von Sauerkraut = Spitzname für Deutsche

atlantisches Grab gezogen wurden. Er würde es für sie tun. Für den Alten, für Colin Ames und all die übrigen.

Mit einem schnellen Blick bemerkte er, daß der alte Bootsmann die Augen geöffnet hatte und ihn ansah, ohne ihn zu erkennen. Seine Augen waren von derart hellem Blau, daß der Mann blind schien.

Younger lächelte zu ihm hinüber: »Na, Old Shiner, alles in Ordnung?« Er fragte sich, ob der alte Mann überhaupt wußte, wo sie waren.

Der alte Bootsmann öffnete und schloß die Hände. Sie lagen neben seinem Körper, als gehörten sie nicht zu ihm. Mit heiserer Stimme wollte er wissen: »Wann gibt's denn was zu essen, Funker?«

Younger warf den beiden Deutschen einen verstohlenen Blick zu, aber sie schienen nichts gehört zu haben. »Nenn mich bloß nicht so, Kumpel!« zischte er.

»Aber Sie sind doch Peter Younger.« Der alte Mann nickte zufrieden. »Dann sind Sie auch unser Funker.«

Younger seufzte. »Ames ist tot, und ich habe seinen Platz eingenommen. Wenn die Krauts wüßten, wer ich bin, hätten sie mich nicht mal auf eine Meile an diesen Ort herangelassen.« Er packte den hageren Arm des Alten mit festem Griff. »Du mußt mir helfen! Tu's für unsere toten Kameraden und die alte *Star*, ja?«

Plötzlich zuckte Begreifen in den Augen des alten Bootsmannes auf. »Sie sind alle hin. Fast alle. Jim, Colin und ...« In plötzlicher Verzweiflung blickte er um sich. »Wo ist ...?«

Younger tätschelte seinen Arm und sagte leise: »Jetzt ist alles gut, Shiner. Deine Katze hat nichts mehr gespürt. Und jetzt liegt sie bei den anderen.« Er sah den Schatten des Wachtpostens über die Felsen fallen. »Alles nur wegen dieser verdammten Deutschen!«

Der alte Mann schloß die Augen. »Sie ist tot, sagen Sie?«

Younger blickte zu Boden. *Hilf mir,* flehten seine Gedanken. *Um Gottes willen, hilf mir.*

»Es war ein U-Boot«, sagte er laut. »Aber sie sind alle gleich. Sie denken nicht wie wir. Die glauben, ein Krieg bedeutet, daß man für irgend jemanden in den Kampf zieht.« Er mußte sich erst mal festen Halt verschaffen. »Kannst du mir helfen?«

»Dann sagen Sie mal, was wir jetzt tun sollen, Funker.« Der Alte lächelte, aber das ließ ihn eher noch trauriger aussehen. »Oh, Verzeihung, ich meine Mr. Ames.«

Younger setzte sich aufrecht hin. Ihm war plötzlich klar, was er tun würde. Nun schien alles wie in Zeitlupe abzulaufen. Er ließ sich durch den Kopf gehen, was Mason ihm über die Funker erzählt hatte, die einander sehr gut kannten. Das wußte er natürlich längst. Schon der Funkoffizier, der ihn ausgebildet hatte, hatte ihm gesagt, daß man oft den Funker am Morserhythmus erkennen konnte, bevor man überhaupt sein Schiff identifiziert hatte.

Ob Mason oder einer der anderen ein Signal aussenden wollten, wenn ihre Wächter das nicht bemerkten?

Beim Gedanken daran brach Younger der Schweiß aus. Der Kreuzer war nach Süden gelaufen, um den wertvollsten Konvoi anzugreifen. Und die Insel mußte schon von äußerster Wichtigkeit sein, wenn man die deutschen Seeleute hier zurückgelassen hatte. Keiner von ihnen schien jedoch zu wissen, wo der Angriff erfolgen sollte, wohl damit sie für den Fall ihrer Gefangennahme nichts verraten konnten, bevor dem Kreuzer die Flucht geglückt war. Das gräßliche Bild des treibenden Rettungsbootes erschien wieder vor ihm, die Stunden, in denen er sich so fürchtete, daß er nicht wagte, die Augen zu öffnen, während er über der Ruderpinne fast einschlief. Die Toten warteten alle auf ihn, das Grauen hatte ihn nie losgelassen.

Viel würde das, was er vorhatte, sicherlich nicht bewirken, aber es konnte dazu beitragen, daß ein paar andere hilflose Seeleute gerettet wurden. Er hoffte, seine alte Mutter würde erfahren, daß er einen tapferen Tod gestorben war. Mit trockenen Lippen lächelte er. Vielleicht würde man ihm posthum das George Cross* verleihen. Dann hätte sein Vater etwas, wovon er in seiner Stammkneipe stolz erzählen konnte.

Ein Schatten fiel auf die beiden Männer. »Gleich gibt es zu essen!« Der Oberfunkmeister stand vor ihnen, er war offensichtlich der einzige Deutsche, der englisch sprach.

»Danke.«

Der Deutsche blickte auf den alten Bootsmann hinunter. »Ist er okay?«

Old Shiner hielt die Augen geschlossen. »Mir geht's bestens, danke.«

Der Deutsche wandte sich ab und ging hinunter zum Wasser. Nur eine Felsnadel im großen Nirgendwo, dachte Ernst Genscher. Er war in Leipzig zu Hause, dort mußte es jetzt schon recht kalt sein. Der Winter hielt in dieser Stadt gewöhnlich früh Einzug. Er dachte an seine Kindheit, an die vielen Kirchtürme und die schönen Häuser. Ein großer Teil war – das hatte er beim letzten Urlaub gesehen – inzwischen Opfer der Bombenangriffe geworden. Russische Gefangene hatte er

* George Cross = Tapferkeitsauszeichnung für engl. Zivilisten

gesehen, ausgemergelte Gestalten, die eher Vogelscheuchen glichen als Menschen, wie sie dabei waren, Trümmer beiseite zu räumen und die Leichen zu bergen. Bewacht wurden sie von Männern in SS-Uniformen. Dabei mußte er an Oberleutnant Bauer denken, seinen Divisionsoffizier, und ein bitteres Lächeln umspielte seine Lippen. Ihm verdankte er es, daß man ihn auf diese Insel abkommandiert hatte. Bauer – das war auch so einer, der vorzüglich in die Reihen der SS an der »Heimatfront« gepaßt hätte.

Wie lange mochte der Krieg noch dauern? Zusammen mit seinen Kameraden hier würde er wohl in ein Kriegsgefangenenlager in England oder Kanada kommen. Das war nicht mal so schlecht. Wohl so ähnlich wie auf dieser verdammten Insel, dachte er. Trotzdem machten sich alle hier größere Sorgen, als sie zugaben. Einige waren fest überzeugt, daß der *Prinz* zurückkommen würde, um sie abzuholen. Aber ihm war kein Fall bekannt, in dem ein Tiger zurückgekommen wäre, um eine als Köder angebundene Ziege zu reißen. Er warf einen Blick auf seine Uhr. In ein paar Stunden würde er das Signal absetzen, genau vor Sonnenuntergang. Sein sensibles Gesicht verzog sich zu einem breiten Grinsen. Das alles war schon eigenartig.

Die drei Kommandanten saßen in den tiefen Sesseln von Commodore Hemroses Tageskajüte und hielten dem Steward ihre Gläser zum Nachfüllen hin.

Hemrose schlug die Beine übereinander und zupfte sein Hemd vom Körper weg. Die Luft war heiß und stickig, und selbst bei geöffneten Bullaugen ließ es sich kaum aushalten. Eigentlich war das Barometer recht konstant geblieben, dachte Hemrose. Trotzdem schien ein Sturm in der Luft zu liegen. Den konnten sie nun wahrlich nicht brauchen.

Er beobachtete seinen Steward, der gerade dabei war, das Glas von Captain Eric Duffield aufzufüllen. Der Kommandant der *Rhodesia* war ein großer, kräftiger Mann, der in seinen jungen Jahren recht markante Gesichtszüge gehabt hatte. Jetzt war er etwas zu weichlich nach Hemroses Geschmack. Immerhin hatte er sich beim Sport hervorgetan, aber auch das war längst vorbei.

Hemrose wußte längst nicht mehr, wie viele Cocktails er getrunken hatte, und es war ihm auch egal. Das hier lief ohnehin mehr auf einen Leichenschmaus hinaus als auf ein paar fröhliche Drinks, denen ein gutes Abendessen folgen würde. Auf einen Leichenschmaus für den kaltgestellten Geschwaderchef.

Der Commodore erhob sich mit einiger Anstrengung und ging zum nächsten offenen Bullauge. Die Lichter Simonstowns glitzerten im

Wasser wie ein Schwarm Glühwürmchen. Hier und da suchten sich kleine Boote an den ankernden Schiffen vorbei einen Weg durch die Dunkelheit.

»Hier könnte man sich niederlassen«, hörte er Duffields Stimme. »Mir wäre Südafrika recht, wenn der Krieg vorbei ist. Aber man weiß ja nie.«

Hemrose biß die Zähne zusammen. Natürlich wird er auch dann im aktiven Dienst bleiben, dachte er, wird immer weiter befördert werden und schließlich Kommandant einer Flottenbasis sein oder einen hübschen Job im Stab bekommen.

»Noch haben wir den verdammten Krieg nicht gewonnen«, gab der neuseeländische Kommandant, Captain Chantril, zu bedenken. Auch er hoffte noch immer, daß sie eine Chance bekamen, den deutschen Kreuzer aufzuspüren und zu vernichten. Dann würden sie in die Annalen der Royal Navy eingehen.

Hemrose wandte sich um, winkte dem Steward mit seinem Glas und sagte: »Ich kann es immer noch nicht glauben, meine Herren.«

Duffield lächelte. »Meinen Sie glauben oder akzeptieren? Das ist ein großer Unterschied.«

Hemrose überhörte den Einwand. »Ein großes Schiff, das westwärts läuft und ohne ein Spur verschwindet? Nicht einmal Wrackteile gibt es.«

»Vergessen Sie die *Sydney** nicht, Hemrose«, gab Chantril zu bedenken. »Bis heute ist ihr Verlust ein einziges Rätsel.«

Duffield blickte auf die Uhr. Er konnte es nicht erwarten, wieder auf sein Schiff zurückzukehren, um allen an Bord zu berichten, wie Hemrose versuchte, mit seiner Niederlage fertig zu werden. »Die Jungs in den Hinterzimmern der Admiralität wissen bestimmt mehr, als sie uns sagen.«

Hemrose funkelte ihn an. »Die meisten von ihnen sind völlig unbrauchbar.«

Duffield hüstelte. »Wahrscheinlich werden wir nie Genaueres erfahren.«

Hemrose blies sich eine Haarsträhne aus dem Gesicht. Er merkte, daß er allmählich betrunken wurde. »Der Hechler saust noch irgendwo da draußen herum. Dafür verwette ich meinen Ruf.«

Die anderen schwiegen. Wahrscheinlich waren sie der Meinung, sein Ruf sei ohnehin nicht mehr viel wert.

»Wir sind rund um die Uhr Patrouille gefahren.« Hemrose wies auf

* Leichter Kreuzer der australischen Marine

die Karten, die eingegangenen Funksprüche und das Schiffstagebuch. »Wir haben wirklich getan, was wir konnten, Gentlemen.«

Die beiden anderen Kommandanten starrten ihn an. Es war wirklich atypisch für Hemrose, einen Fehler zuzugeben, wenn auch nur indirekt.

Der Gedanke daran, dieses verdammte Essen noch durchstehen zu müssen, machte Hemrose ganz krank. Chantril ging ja noch, der war ein Seemann von echtem Schrot und Korn, aber heute abend konnte er auch mit ihm nichts anfangen. Außerdem mußte er Beryl mal wieder einen Brief schreiben und seinen Bericht für die Admiralität fertigstellen. Danach würde er so müde sein, daß man den Teppich unter ihm wegziehen konnte. Vielleicht würden die beiden anderen seine Entschuldigung akzeptieren und auf ihre Schiffe zurückkehren?

Er blickte ärgerlich hoch und wußte im Augenblick nicht, ob er seine Gedanken ausgesprochen hatte.

»Was ist denn nun schon wieder?« wollte er wissen.

Der eintretende Commander nickte den sitzenden Offizieren einen Gruß zu und überreichte seinem Vorgesetzten einen Funkspruch.

Hemrose mußte die Worte zweimal lesen. Sein Gesicht glänzte plötzlich vor Schweiß, als er begriff, was ihm da mitgeteilt wurde.

»Von der Admiralität, Gentlemen«, sagte er langsam. »Vor dreißig Minuten ist dort ein Funkspruch von der Station St. Jorge eingegangen.« Aus Duffields Gesicht konnte er ablesen, daß der keine Ahnung hatte, wo sich diese einsame Station überhaupt befand. »Der Text lautet: *Werden von deutschem Kreuzer angegriffen.*« Er ließ das Blatt sinken und blickte die Männer grimmig an. »Weitere Nachrichten gibt es nicht. Wir müssen also unsere eigenen Schlüsse ziehen.«

»Mein Gott, ich weiß, wo das ist!« Chantrils Stimme war laut geworden. »Nordöstlich von Ascension!«

»Und die ganze Zeit . . .« Duffield vollendete seinen Satz nicht.

Hemrose blieb ernst und gelassen, obwohl er am liebsten gebrüllt hätte. »Ja, und die ganze Zeit haben wir geglaubt, der Deutsche sei längst vernichtet.« Er machte eine kurze Pause, dann fügte er hinzu: »Oder wenigstens glaubten das einige von uns.«

Chantril stand auf und stieß dabei gegen sein Glas, ohne es zu bemerken. »Was macht er wohl dort?«

Hemrose lächelte sanft. »Wen interessiert das? Wahrscheinlich wird er einen letzten Angriff versuchen und dann durch irgendein Schlüsselloch in einen freundlich gesonnenen südamerikanischen Hafen schlüpfen, wie es damals auch *Graf Spee** gemacht hat. Kapitän Hechler«, er

* Deutsches Panzerschiff (Schwerer Kreuzer)

spuckte den Namen förmlich aus, »weiß ganz genau, daß nördlich von ihm ein Verband schwerer Kriegsschiffe steht. Also wird er nach Süden ablaufen und sich später selbst versenken.«

»Können wir uns auf diesen Funkspruch denn wirklich verlassen?«

»Was? Sie zweifeln an den Jungs aus den Hinterzimmern der Admiralität? Wie find' ich denn das?« Der Spott belebte ihn förmlich.

Commander Godson trat wartend von einem Fuß auf den anderen. Die Nachricht hatte ihm den Atem geraubt. Es war, als öffne man die Tür, um einen Freund zu begrüßen, und stehe statt dessen vor einem Wahnsinnigen. Hemrose blickte ihn an und war sicher, daß sein Gesichtsausdruck dabei noch lange erwähnt werden würde: ernst und zuversichtlich.

»Geben Sie einen Funkspruch an die Admiralität, Toby: *Geschwader läuft unverzüglich aus!*« Er dankte Gott dafür, daß er darauf bestanden hatte, den Treibstoff aus Leichtern zu übernehmen, sonst hätte er jetzt noch eine weitere Stunde vergeudet. Er warf einen Blick auf die goldene Armbanduhr, die er von seiner Frau geschenkt bekommen hatte.

»Alle Funk- und Signalgasten in einer Stunde auf Stationen«, befahl er, und als der arme Godson eilig die Kajüte verließ, fragte er die beiden anderen Kommandanten: »Noch einen Drink, Gentlemen? Es muß leider der letzte sein, bevor Sie gehen.« Er sah in ihre Gesichter. »Rufen Sie Ihre Schiffe von hier aus an, um das Auslaufen zu beschleunigen. Ich habe keine Lust, allein abzudampfen.« Ihm war noch in Erinnerung, wie elegant und schnell die *Rhodesia* herangekommen war und geankert hatte.

»Es muß Schicksal sein«, sagte er später. »Ich wußte, daß es uns bestimmt war, auf den Deutschen zu treffen.« Bewegt blickte er sich in seiner Kajüte um. »An die Arbeit, Gentlemen.«

Zur befohlenen Zeit erklomm Hemrose die Brücke der *Wiltshire.* Die wasserfesten Schotten waren verschlossen, alle Männer auf ihren Stationen, der Kreuzer bereit zum Auslaufen. Hemrose sah zurück auf die Lichter an der Küste. Ganz bestimmt hätte der deutsche Handelsstörer nicht zugelassen, daß die Station noch einen Funkspruch absetzen konnte, hätte er gewußt, daß drei britische Kreuzer auf der Lauer lagen. Im Geist sah er die Karte vor sich. Nun würde er die Falle schließen, in die sich der Deutsche selbst begeben hatte.

Er legte die Hand an die Mütze, als Godson meldete, daß das Schiff bereit zum Auslaufen sei. Jetzt war Beförderung nicht mehr nur eine vage Möglichkeit. Schon in allernächster Zeit würden zwei Reihen goldenes Eichenlaub seinen Mützenschirm zieren.

Er wandte sich um und blickte seinen Obersignalmeister an. »Geben Sie Befehl ans Geschwader: *Anker auf und folgt eurem Vater!*«

Das war die Art von Signalen, an die sie sich erinnern würden. Er konnte ein Grinsen nicht unterdrücken. Die Tatsache, daß Duffield ihn dafür hassen würde, bereitete ihm große Genugtuung.

Hechler erwachte wie ein Ertrinkender, der nach Luft ringt. Als er sich auf den Ellenbogen stützte und nach dem schrillenden Telefon griff, wußte er bereits, um was es ging. Er wunderte sich nur, daß er überhaupt hatte schlafen können.

Froebe war am Apparat. »Der Funkraum hat den Spruch von der Insel empfangen, Herr Kapitän.« Seine Stimme klang fröhlich. »Genau zur vorgeschriebenen Zeit.«

Hechler sah sich in seiner Seekabine um. Zwar herrschte hier nie besondere Ordnung, aber seine Kleidung lag griffbereit.

»Danke, Froebe. Veranlassen Sie bitte alles Erforderliche. Ich komme sofort.« Er hängte ein. Was Erika jetzt wohl machte? Ob sie bedauerte, was geschehen war? Er glitt von seiner Koje und hätte gern geduscht, aber dafür war jetzt keine Zeit.

Er dachte an Oberfunkmeister Genscher, den er auf der Insel zurückgelassen hatte. Er hatte dem Befehl gehorcht. Nun würde die Nachricht um die Welt gehen: Der deutsche Handelsstörer war also immer noch vorhanden, seine Spur war in einem ganz bestimmten Sektor des Atlantiks gefunden worden. Nun bekamen die Stäbe Arbeit, wurden Überstunden gemacht, mußten hohe Offiziere umdenken und ihre Planungen ändern. Der *Prinz* war also nahe der kleinen Insel gesichtet worden – und fuhr in Wirklichkeit mit Höchstgeschwindigkeit in entgegengesetzter Richtung davon.

Bedächtig machte Hechler seinen Oberkörper frei. Die angrenzende Tür wurde geöffnet, und Pirk erschien mit einer Schüssel heißem Wasser für die Rasur. Mochte es draußen Eis oder Sonnenschein, Granaten oder feindliche Flugzeuge geben, Pirk war immer mit dem zur Stelle, was gerade benötigt wurde.

Das Telefon schrillte erneut, diesmal war Theil am Apparat. »Sollen die Gefechtstationen schon besetzt werden, Herr Kapitän?«

»Nein, noch nicht!« Hechler mußte überraschenderweise in diesem Augenblick an Nelson denken. »Ordnen Sie ›Backen und Banken‹ an, Theil. Und die Smutjes sollen sich was Anständiges einfallen lassen. Wer weiß, wann die Männer wieder zu essen bekommen.«

Theil grunzte Zustimmung. »Angriff bei Tagesanbruch, Herr Kapitän?«

»Jawohl. Wie vorgesehen. Geben Sie mir bitte Bescheid, wenn der Admiral auf seiner Brücke ist.«

Er wandte sich dem Spiegel zu und berührte sein Gesicht, so wie Erika es getan hatte. »Das wird eine lange Nacht, alter Freund.«

Aber Pirk war schon gegangen. Hechler seifte seine Wangen sorgfältig ein und überdachte dabei noch einmal alle Einzelheiten. Die Arados mußten noch vor Tagesanbruch startbereit sein. Jede Gefechtstation und jede Geschützbesatzung mußte kontrolliert werden. Das würde die Aufgabe der Divisionsoffiziere sein. Dann die letzte Mahlzeit für lange Zeit – oder, wenn alles schiefging, die letzte überhaupt. Er ließ den Plan im Geist vor sich ablaufen, suchte nach Fehlern. Das Landungskommando hatte seine Aufgabe erfüllt, nun war es an ihnen, die Initiative zu ergreifen. Er grinste sein Spiegelbild an. Es hatte eine Zeit gegeben, da hatten ihn Zweifel geplagt. Damals hatte er geglaubt, der Feind verfolge eine geheime Strategie, die weder ihm noch dem Flottenkommando bekannt war.

Jetzt wußte er, wo es langging. Es gab keinen Geheimplan. Wieder einmal hatte das Glück *Prinz Luitpold* gelächelt.

Kurz nach Mitternacht trat Hechler auf die Brücke. Das letzte Nikkerchen hatte seine Müdigkeit vertrieben. Vielleicht aber war es auch die Aussicht auf das bevorstehende Gefecht. In der Dunkelheit bewegten sich einige Matrosen, andere schienen so reglos auf ihren Stationen zu stehen, als seien sie niemals ausgewechselt worden. Es war eine wunderbare Nacht. Die See war fast glatt, der Himmel von Sternen übersät. Gudegast hatte ihm aber schon gemeldet, daß es Regen und Südostwind geben würde. Er schien seiner Eingebung stets mehr zu glauben als den Funksprüchen und Vorhersagen der Meteorologen.

Leitners schmale Silhouette schob sich durch die Wachgänger. Hechler spürte den Duft seines Eau de Cologne, noch bevor der Admiral in den vorderen Teil der Brücke getreten war. »Ein guter Anfang«, sagte er ruhig. »Sie werden diesen Tag nicht vergessen.«

Hechler war froh, als der Admiral sich wieder in seine Räume zurückzog. Vielleicht wollte er sich auf das Gefecht vorbereiten, vielleicht auch die letzten Stunden mit seinem Adjutanten verbringen. Hechler war das völlig gleichgültig.

Während sich die Stunden dahinschleppten, änderte sich das Wetter. Es wurde erheblich kälter, der Wellengang wurde stärker, das Kielwasser gischtete immer stärker, und der zunehmende Wind brach die Wellenkämme. Der *Prinz* war für diese Art Wetter gebaut. Während sich der Bug ins Wasser senkte und die Gischt sich sprühend über das Vorschiff ergoß und dann durch die Speigatten und Ankerklüsen wieder ablief, schien das Schiff völlig erhaben über den Seegang zu sein.

Weitere Nachrichten kamen in ständiger Folge. Es mußte doch sehr seltsam für die Männer in den fernen Stäben sein, hatte Hechler so manches Mal gedacht, daß sie ihre Anweisungen hinausfunkten und der Empfänger nicht riskieren konnte, sie zu bestätigen. Vom Flottenkommando war die Nachricht gekommen, daß ein kleiner britischer Kreuzerverband Simonstown verlassen hatte. Agenten mußten die Meldung über eine Informantenkette weitergegeben haben, kaum daß die Tommys die Anker gelichtet hatten. Ein Wunder war das eigentlich nicht, denn Deutschland hatte viele Freunde in Südafrika. Als das Kaiserreich am Ende des Ersten Weltkrieges kapitulieren mußte, hatten – so wurde erzählt – über Johannesburg schwarze Fahnen geweht.

»In zehn Minuten auf Gefechtstationen«, sagte Hechler. Dabei griff er in seine Taschen, um festzustellen, ob er nichts vergessen hatte. Beim Verlassen seiner Seekabine hatte er einen Blick auf Inges Bild in der Schublade geworfen – und es zum ersten Mal ohne Bitterkeit tun können.

»Die Kombüsen sollen bis zum letzten Augenblick in Betrieb bleiben. Ich möchte, daß jeder Mann heiße Suppe oder Kaffee bekommt, bevor es losgeht.«

Er hörte eine Winde quietschen und wußte sofort, daß die Männer der Torpedowaffe dabei waren, das erste Bordflugzeug auf dem Katapult startklar zu machen. Sollte der Start fehlschlagen, mußten die Männer in der Ar 196 sehen, wo sie blieben. Das Flugzeug der jungen Pilotin stand mit abgenommenen Tragflächen im Hangar hinter dem Katapult. Ob die Presseleute die Maschine so aufnehmen sollten? Aber vielleicht hatte Leitner ja auch ganz andere Dinge damit vor.

Gudegast trat heran. »In zwanzig Minuten sollten wir die Fahrt erhöhen, Herr Kapitän.« Das klang völlig ruhig.

»Gut.« Hechler sah auf seine Uhr. »Geben Sie Alarm!«

Die Glocken schrillten durchs ganze Schiff. Ihnen folgten dumpfe Schläge von Stahl auf Stahl, als die letzten Schotten geschlossen wurden. Auf der Brücke summten und schrillten Telefone, erklangen Stimmen aus den Sprachrohren. Eine unsichtbare Armee trat zum Kampf an.

»Türme *Anton, Bruno, Cäsar* und *Dora* feuerbereit!«

»Schwere und Leichte Flak feuerbereit, Herr Kapitän!«

Von jedem Geschütz, von den Munitionsmagazinen und den Torpedorohren kamen die Klarmeldungen. Hechler sah seine Männer im gepanzerten Rumpf vor sich. Unten im Krankenrevier warteten Dr. Stroheim und seine Assistenten. Ihre Instrumente lagen blitzend bereit für die Verwundeten. So wie jetzt mußte es auch bei Coronel und bei den Falklands gewesen sein, vor der Doggerbank und am Skagerrak. Hechler steckte seine Pfeife zwischen die Zähne und lächelte. Wahrscheinlich war es selbst damals bei Trafalgar nicht viel anders gewesen.

Er hörte sich fragen: »Was ist mit der Leckwehr?«

»Gefechtsbereit«, antwortete Froebe. »Es gab nur eine gewisse Verzögerung wegen eines Kurzschlusses, Herr Kapitän.«

Dort befand sich Theil, der das Schiff führen mußte, sollte ihm etwas zustoßen. Ein Volltreffer auf der Brücke zum Beispiel.

»Der Admiral, Herr Kapitän.«

Hechler nahm den Hörer entgegen. »Herr Admiral?«

»Lassen Sie eine neue Flagge aufziehen.« Leitner meinte eine neue Kommandoflagge, die anzeigte, daß sich ein Konteradmiral an Bord befand. »Ich komme umgehend.«

Hechler bestätigte und legte auf. Zu den Männern auf der Brücke sagte er: »Ich gehe mal ans Ortungsgerät.« Gudegast nahm eine Karte und folgte ihm. Hechler hörte, wie Froebe einem Signalgasten den Befehl gab, im Kreuztop eine neue Kommandoflagge aufzuziehen. Ob das wohl von den Kameras der Kriegsberichter festgehalten wurde?

Während der Kommandant in den Vormars hinaufstieg, waren die Männer mit ernsten Gesichtern dabei, ihre Vorbereitungen zu treffen. In den Granatkammern beförderten die Feuerwerksgasten die Geschosse zu den Munitionsaufzügen, die Geschützführer ließen ihre Folgezeigersysteme in die vorgegebene Richtung laufen, die Rohre hoben sich mit gierig geöffneten Mündungen.

Über ihnen allen saß Korvettenkapitän Kroll, der 1. AO, in seinem schmalen Stahlstuhl am Zielgeber im Vormars. Seine Männer hatten Stoppuhren in Händen und Kehlkopfmikrofone und Kopfhörer umgeschnallt: ein eingespieltes Team, zu dem auch Oberfähnrich Hans Stöcker gehörte, der in sein noch leeres Logbuch starrte, eine Hand auf dem Telefonhörer. Sie bildeten eine eigene Welt an Bord, auf ihnen lag die Last, die Feuerkraft des Schiffes im Kampf zum Tragen zu bringen.

Stöcker mochte gar nicht an den milden Ausdruck in Rudi Hammers Gesicht denken, als die Alarmglocken alle auf Gefechtstationen riefen. »Der beste Zeitpunkt für unseren kleinen Plan, oder?« Er hatte scheu gelächelt. »Jetzt hat doch jeder mit sich selbst zu tun.«

Sie wurden bestimmt erwischt! Stöcker umfaßte den Telefonhörer mit beiden Händen, seine Augen waren verschleiert, als er auf das

Logbuch blickte. Es war völlig verrückt, der reine Wahnsinn, was sie da vorhatten. Und es würde sie den Kopf kosten.

Aus dem Lautsprecher erklang eine Stimme: »Schwere Artillerie, Sprenggranaten mit Kopfzünder laden!«

Stöcker rutschte fast vom Stuhl, als Ruder gelegt wurde und das Schiff mehr Fahrt aufnahm. Manchmal hatte er in derartigen Situationen das Gefühl, der Vormars würde sich vom Schiff entfernen, wenn sich der ganze Rumpf wie im Protest gegen die hohe Belastung schüttelte.

Kroll wandte sich um und blickte Kapitänleutnant Georg Emmler an, den 2. AO. Zusammen hatten sie die Verantwortung für den Einsatz der Geschütze. Ihnen nachgeordnet waren weitere Offiziere, Unteroffiziere und Mannschaften, die alle nur auf den Befehl warteten: *Ziel aufgefaßt, Feuer frei!*

Kroll biß sich auf die Lippen. Auch diesmal war es wieder ein Konvoi. Aber eines Tages würde er bestimmt die Chance bekommen zu zeigen, was er und seine Männer im Kampf mit einem ebenbürtigen Gegner leisten konnten.

»Geschütze geladen, Herr Kapitän!«

Er blickte finster drein. Das hatte zehn Sekunden zu lange gedauert. Na, auch das würde er bald abstellen.

Oben auf der äußeren Brücke sah Hechler wieder in den Sternenhimmel; er leuchtete schon schwächer. Gischt netzte sein Gesicht. Er hörte, wie die Wassertropfen auf den Kartentisch und die Leinwandhaube schlugen.

»Schiff ist klar zum Gefecht, Herr Kapitän«, meldete eine Stimme.

Die Kombüsen waren jetzt geschlossen, die Köche und ihre Helfer bildeten nun einen Teil der Leckwehrgruppen und der Krankenträger. Hechler griff nach der Reling unterhalb der Windschutzscheibe und blickte in die Dunkelheit. Sie wollten ihren Vorteil wahrnehmen, daß die Schiffe des Konvois gegen die aufgehende Sonne wie eingerahmt stehen würden. Noch war keine Eskorte ausgemacht worden. Es konnte bedeuten, daß die Sicherung dieses Geleitzugs nur sehr schwach war.

»Backbord fünfzehn!« Hechler hörte, wie sein Befehl leise wiederholt wurde.

»Kurs null-vier-null gleichgleibend!«

Der Bug tauchte noch tiefer ins Wasser, und die See kochte über das Vorschiff; es war, als habe eine geräuschlose Breitseite kurz vor ihnen eingeschlagen.

Als das Schiff Kurs änderte, wurden die beiden schweren Türme unterhalb der Brücke nach Steuerbord geschwenkt. Ohne sich umzuwenden, wußte Hechler, daß gleichzeitig auch die beiden achteren Türme *Caesar* und *Dora* ihre langen, schlanken Rohre herumschwangen. Noch war die See dunkel, deshalb wirkten die langen hellen Wellenkämme wie Vogelschwingen, die aufstiegen und sich senkten und jedesmal eine andere Gestalt hatten.

»Der Admiral ist auf seiner Brücke, Herr Kapitän!«

Hechler zog das Handtuch, das er sich um den Hals gelegt hatte, fester. Eines mußte man Leitner lassen: Er machte seinen Auftritt wieder im rechten Augenblick. Hechler mußte an Erika denken. Zwar hatte sie sich keinerlei Furcht anmerken lassen, doch unten im Rumpf hinter den schweren, wasserdichten Schotten eingesperrt zu sein, das kostete viel psychische Kraft.

Irgend jemand flüsterte und wurde sofort von einem Maat zurechtgewiesen. Hechler hatte sein Fernglas unter das Ölzeug geschoben, um es so lange wie möglich trocken zu halten. Doch auch ihm war nicht entgangen, was der Wachtposten seinem Kameraden zugeflüstert hatte: Eine dünne, schwache Linie, die aussah wie poliertes Zinn, so kalt und ohne Farbe, erschien am Horizont. Der Morgen dämmerte langsam herauf. So hatte es ihm sein Vater beschrieben, so war es auch über den Gräben des Ersten Weltkriegs gewesen, wenn das Licht eines neuen Tages auf die schreckliche Wüste Flanderns fiel.

»Radar – Brücke!« Sie warteten gespannt. Und dann kam wieder die Stimme aus dem Lautsprecher: »Ziel in Sicht. Grün vier-fünf, Entfernung 120 hundert*!«

Hechler zog seine Mütze tiefer über die Augen, der Schirm war naß und fühlte sich an wie Eis. Er erhob sich und blickte nach Steuerbord über den Bug hinaus. Sie hatten ihr Ziel gefunden. Nun lag es an Kroll und seinen Männern.

»Feuer frei!«

17 Blut gegen Blut

Die paarweisen Abschüsse der hinteren Türme waren ohrenbetäubend, und der Wind drückte Wolken ätzenden Dampfes auf das Steuerborddeck herunter. Viele Männer senkten die Köpfe, um Hustenanfälle zu unterdrücken. Hechler beobachtete im Fernglas die federartigen Wassersäulen der einschlagenden Granaten am Horizont. Sie

* An Steuerbord in 45 Grad. Entfernungen jeweils in hundert Metern.

wirkten aus der Ferne zierlich und völlig harmlos, obwohl sie vor den feindlichen Schiffen die Höhe der Masten erreichten.

»Zwölf Tanker im Konvoi«, verkündete die Stimme aus dem Lautsprecher leidenschaftslos. »Schätzungsweise drei Begleitschiffe.«

»Funkraum meldet feindliche Signale, Herr Kapitän«, berichtete Froebe, der vor einer Batterie Telefonhörer saß.

»Feuer!« Im Lautsprecher klang Krolls Stimme völlig verändert. Der Abschuß der acht Geschütze übertönte sie sofort.

Hechler blickte zum Himmel. Nach den vorhergehenden sonnigen Tagen wirkte er fast bedrohlich. Wolkig war er obendrein. Er stellte sich vor, wie die Schiffe des Geleits jetzt fieberhaft Funksprüche an die Sicherungsstreitkräfte und an die Admiralität in London absetzten. Gespannt beobachtete er, wie ein großer Blitz plötzlich den Horizont erhellte, so daß zum erstenmal mehrere Schiffe erkennbar wurden. Sie sahen niedrig und schwarz aus, doch im Schein des Feuers konnte man ihren Kurs und ihre Geschwindigkeit bestimmen.

»Ein Geleitschiff ist getroffen und sinkt«, kam wieder die Stimme aus dem Lautsprecher. Auf den Bildschirmen der Funkmeßgeräte würde es ein kleiner Punkt sein, der immer mehr hinter den schnellen Tankern zurückfiel und schließlich ganz verschwand.

Wieder dröhnte die Schiffsartillerie. Lange konnte es nicht mehr dauern, bis sich der Konvoi aufsplittern würde. Hechler hielt den Atem an, als der Geschoßhagel über einen der Tanker am Horizont herfiel. Das Schiff explodierte augenblicklich, und die Entfernung verstärkte den furchtbaren Eindruck noch, weil es schien, als krieche das Feuer am Horizont weiter.

»Feuer!«

Immer noch zuckte Hechler zusammen, wenn die acht Geschütze losdonnerten. »Langsam voraus!« Er überquerte die Brücke und sah einen Signalgasten mit der Handlampe bereitstehen.

»Start!«

Die erste Arado schoß über das 14 Meter lange Katapult aus dem Schatten hervor, legte sich in eine Kurve und umkreiste kurz darauf ihre Mastspitzen.

»Feuer!«

Die gesamte Brückenkonstruktion schien sich unter der Wucht des Abschusses zu schütteln. Hechler mußte den Befehl zur Fahrterhöhung noch ein zweites Mal an den Maschinenraum geben. Falls die Zeit ausreichte, wollte er nun die zweite Stufe ihres Operationsplans einleiten.

Irgend jemand schrie: »Noch ein Treffer! Nun brennen schon zwei!«

Hechler lief über die Brücke und hörte dabei mit halbem Ohr den krächzend aus dem Lautsprecher kommenden Bericht des Arado-Piloten. Die See dort vorn schien in Flammen zu stehen. Er sah schwere Rauchwolken langsam vom Wasser aufsteigen und nahm an, daß die Arado sich bereits nahe am Geleitzug befand.

»Der Konvoi löst sich auf, Herr Kapitän!« Krolls Stimme übertönte das vielfältige Murmeln um ihn herum. »Die Formation teilt sich in zwei auseinanderlaufende Marschsäulen.«

Hechler ließ das Glas sinken und wischte es mit einem Tuch trokken. Dann richtete er es wieder auf den Geleitzug. Wir müssen näher ran, dachte er.

»Feuer!«

»Feuer einstellen!« Das war Krolls Stimme, sie klang verwirrt.

Hechler griff zum Telefon, das ihn mit dem Feuerleitstand verband. »Kommandant. Was ist los?«

Kroll traute seinem eigenen Radarbild nicht mehr. »Ein einzelnes Schiff bricht aus der zweiten Linie aus, Herr Kapitän«, sagte er.

»Was ist das? Warten Sie!« Hechler drängte sich durch die Männer in den kleinen Anbau, der die modernsten Funkmeßgeräte beherbergte. Dort befand sich jetzt neben dem zweiten Sonar noch ein zusätzlicher Bildschirm. Er beugte sich darüber, und es dauerte nicht lange, da hatten sich seine Augen an die flackernden Symbole gewöhnt. Er sah das Kampfgeschehen so vor sich, wie es sich dem unsichtbaren Auge der *Prinz Luitpold* darstellte. Sah die brennend liegengebliebenen Schiffe, die der Strahl der Antenne erfaßte, sah die noch fahrenden Tanker. Und dann sah er ein einzelnes Echo. Es war ein sehr großes Echo, das sie bisher für einen Tanker gehalten hatten. Doch es war viel größer als die übrigen und fuhr nicht etwa davon, sondern kam direkt auf sie zu. Hechler mußte sich regelrecht zwingen, auf die Brücke zurückzukehren.

»Können Sie das Echo identifizieren?«

Krolls Stimme klang argwöhnisch. »Nach unseren Informationen gibt es beim Konvoi keine größeren Kriegsschiffe.«

Hechler wandte sich ab. »Machen Sie weiter. Wir ändern Kurs auf null-sechs-null.« Wieder erzitterte die Brücke unter dem Abschuß, die breiten Zungen der Detonationen erleuchteten die tropfnassen Aufbauten des Kreuzers. Plötzlich stand Jäger neben Hechler und meldete: »Vom Arado-Piloten, Herr Kapitän. Der Einzelfahrer ist ein Handelsschiff. Ein Passagierschiff offenbar.«

Einen Augenblick dachte Hechler, es könne sich um ein Lazarettschiff handeln, das versuchte, vom Konvoi freizukommen oder beschädigt und nicht mehr unter Kontrolle war.

Eine Figur in Ölzeug und Südwester schob Jäger beiseite. Es war Gudegast. »Neuer Kurs null-sechs-null liegt an, Herr Kapitän.« Er umklammerte die Reling.

»Können Sie sich vorstellen, was das ist?« wollte Hechler von ihm wissen.

Gudegast nickte ruckartig. »Die Meldung kam mit den neuesten Funksprüchen, Herr Kapitän. O ja, ich weiß genau, was da auf uns zukommt!« Er duckte sich, als die Geschütze wieder loswummerten und am Horizont Blitze emporstiegen. Kroll kümmerte sich nicht um den Einzelfahrer. Er wollte die Tanker an der Flucht hindern.

Gudegast starrte den Kommandanten an, seine Augen funkelten im Widerschein. »Es handelt sich um die alte *Tasmania*, Herr Kapitän. Ich habe sie in den Jahren vor dem Krieg oft gesehen, wenn sie Kreuzfahrten nach Skandinavien unternahm.« Er ballte die Fäuste. »Und jetzt haben sie daraus einen bewaffneten Hilfskreuzer gemacht!«

Hechler griff zum Telefon. »Eins AO, Zielwechsel auf den Einzelfahrer. Es handelt sich um den Hilfskreuzer *Tasmania*!«

»Verstanden, Herr Kapitän!«

Gudegast starrte ihn an. »Sie hat überhaupt keine Chance. Sie kennen diese Schiffe doch: keinerlei Panzerung und nur ein paar Geschütze aus dem Ersten Weltkrieg.«

»Feuerbereitschaft für 10,5«, ordnete Hechler an. »Rufen Sie die Arado an.« Er fuhr zu Gudegast herum: »Haben Sie die anderen Hilfskreuzer vergessen, Gudegast? Denken Sie bloß an den alten Frachter *Jervis Bay*, der dennoch das Gefecht mit *Admiral Scheer* aufgenommen hat – ein alter Frachter gegen einen Schweren Kreuzer! Natürlich wurde die *Jervis Bay* versenkt, die Männer wußten auch, daß es hoffnungslos war, als sie sich auf den Kampf einließen. Aber ihr Opfer rettete mehrere Schiffe des Geleitzugs, die sich im Schutz der Nacht davonmachen konnten. Das sollten wir niemals vergessen!«

Er wandte sich dem Radarschirm zu, als die vier vorderen Rohre der 20,3 herumgeschwenkt wurden, einen Augenblick zum Stillstand kamen und dann mit einer Salve losbrüllten. Langsam hellte sich der Himmel auf. Hechler beobachtete die explodierenden Granaten, dann sah er die Einschläge im Wasser, die großen Fontänen. Und nun erblickte er auch den schnell näher kommenden feindlichen Hilfskreuzer, der mit seinem dunkelgrauen Anstrich sehr groß und gefährlich aussah. Er hatte drei hohe, schmale Schornsteine, die sich in ihren Silhouetten überlappten, als das Schiff stärker auf den deutschen Kreuzer zuschwenkte. Die nächste Salve fiel direkt auf den Kurs der *Tasmania*, und Hechler glaubte schon, sie sei getroffen worden.

Jäger sagte gepreßt: »Sie ist ebenfalls mit 20,3-cm-Geschützen bewaffnet.«

Das war fast Ironie. Dieselbe Bewaffung hinsichtlich Kaliber und Zahl wie auf *Prinz Luitpold.*

»Ihre Geschwindigkeit?«

»Achtundzwanzig Knoten, Herr Kapitän!« Er schwankte etwas, als die beiden hinteren Türme losbrüllten und ein paar Fetzen Farbe von der Brücke flogen, die sich durch den heißen Pulverdampf gelöst hatten. »In Friedenszeiten.«

Hechler starrte dem dunklen Schatten entgegen, während er noch einmal sein Glas abwischte. Sie befanden sich auf gegenläufigem Kurs, und das bedeutete immerhin, daß sie mit rund 60 Knoten aufeinander zuliefen. Die *Tasmania* mochte alt sein und kaum eine Chance gegen seinen Kreuzer haben, aber wenn es ihr gelang, auch nur einen glücklichen Treffer anzubringen, dann würden sie aufgehalten werden, und die restlichen Schiffe des Konvois konnten entkommen. Alle Augenzeugen würden sich dieses Tages erinnern – immer vorausgesetzt, sie überlebten ihn.

»Feuer!«

Eine Gabel. Der Hilfskreuzer wurde von den Wassermassen überschüttet, aber mindestens ein Schuß war ein Treffer, hatte die ungepanzerte Seite des Rumpfes durchschlagen und war tief im Inneren explodiert. Es sah aus wie ein glühendes rotes Auge.

»Das sollte sie stoppen!« rief Jäger erregt.

Gudegast packte ihn am Arm. »Sehen Sie genauer hin, Junge!«

Jäger starrte ungläubig auf das Schiff. »Sie setzen in allen Masten Gefechtsflaggen!«

Gudegast stand hinter Hechlers breiten Schultern. »Mein Gott, das alte Mädchen will's wirklich wissen!«

»Feuer!«

Eine Breitseite von allen vier Türmen. Die Geschosse gabelten den schmalen Rumpf ein und bliesen einen der altmodischen Schornsteine um. Er fiel über Bord wie Papier.

Jäger griff nach dem Kartentisch, weil der ihm zu entgleiten drohte, als eine Granate heulend über die Brücke flog und weit hinter dem Kreuzer im Wasser detonierte.

»Feind eröffnet Feuer um . . .«, schrieb er ins Schiffstagebuch. Der Rest verschwand unter einer Gischtfontäne. Hechler wandte sich um, als das Wasser über dem Schiff zusammenfiel.

»Befehl an den Piloten. Er soll den Feind überfliegen und versuchen, einen Treffer zu erzielen.«

Er blinzelte nicht einmal, als auf dem Hilfskreuzer zwei Blitze aufflammten. Seine Geschütze standen so, daß er nur mit drei oder höchstens vier gleichzeitig feuern konnte. Als ihre nächste Salve an der Wasserlinie der *Tasmania* explodierte, biß er sich auf die Lippen. Qualm und Feuer schienen über die Wellen zu fließen, eine Granate mußte tief im Rumpf explodiert sein. Doch noch immer beantwortete sie das Feuer, nur klangen die alten Geschütze im Vergleich zu denen der *Prinz Luitpold* erstaunlich hohl.

Ein Läufer reichte Hechler den Telefonhörer, das Gesicht aschfahl, als eine Granate nahe der Brücke vorbeiorgelte. Es war Leitner.

»Was ist denn los mit Ihrer Artillerie?« brüllte der Admiral. »Sorgen Sie gefälligst dafür, daß der Feind versenkt wird!«

Wortlos gab Hechler den Hörer zurück. Er beobachtete, wie es unterhalb der Brücke des feindlichen Schiffes aufblitzte; ein Mast fiel herab, aber die weiße Kriegsflagge wehte noch immer über dem Schiff, und auch die Bugwelle war noch genauso stark wie zuvor.

»Achtern steht sie völlig in Flammen, Herr Kapitän!« rief Froebe. »Ich möchte wissen, was das Schiff zusammenhält . . .«

Hechler ließ das Glas auf seine Brust fallen. Die Entfernung verringerte sich rapide. Der Hilfskreuzer wurde immer größer und schien wie ein Ungetüm übers Meer zu jagen. »Wir drehen gleich nach Backbord ab. Wir wollen unseren Zuschauern doch etwas bieten.« Natürlich ging es ihm auch darum, seinen Kreuzer in eine Position zu bringen, aus der er mit voller Breitseite schießen konnte. Dafür aber war Geschwindigkeit erforderlich.

»Sie verliert an Fahrt!« Der Schrei aus dem Ausguck brach jäh ab, als die beiden vordersten Geschütze des Hilfskreuzers feuerten. Es gab ein fürchterliches Durcheinander, in dem die Einschläge und Explosionen gedämpft schienen. Halb taub zog sich Hechler an der Reling entlang zur Steuerbordseite. Ein Mann lag dort am Boden und schrie vor Schmerzen. Sein Gesicht war vom Glas der Windschutzscheibe fürchterlich zerschnitten. Rauch, Pulvergestank und der Geruch verbrannter Farbe hingen in der Luft.

»Weiterhin null-sechs-null, Herr Kapitän!« Das Sprachrohr im Steuerhaus war nicht bemannt, und Hechler sah auch weshalb. Der Oberbootsmann lehnte tot am Flaggenspind. Äußerlich war ihm nichts anzusehen, aber sein schmerzverzerrtes Gesicht erzählte eine eigene Geschichte. Hechler stellte sofort einen neuen Mann an diesen Platz.

»Geben Sie dem Steuermann Anweisung, auf Kurs zu bleiben!« Er rutschte auf Blut aus, dann richtete er sein Fernglas auf das feindliche

Schiff. Es sah schlimm aus. Aus Löchern an den Seiten quollen Flammen. Die letzten inneren Explosionen schienen der *Tasmania* den Rest gegeben zu haben.

»Maschinenraum bittet um Genehmigung, die Fahrt zu reduzieren, Herr Kapitän.«

»Kommandant. L. I., was ist los?« Hechler preßte den Telefonhörer unter seinem Südwester ans Ohr.

Stücks Stimme klang fest: »Wir haben Ärger mit den Pumpen, Herr Kapitän. Bis jetzt konnten wir nicht feststellen, wo. Ich warte noch auf die Meldungen. Offensichtlich hat die letzte Granate . . .«

»Alle Maschinen halbe Kraft«, unterbrach ihn Hechler. Von Steuerbord voraus war eine starke Explosion zu vernehmen, Bruchstücke von Stahl und Holz regneten vom Himmel, und überall auf dem Wasser schienen plötzlich Trümmer zu schwimmen.

»Sie sinkt!« schrie ein Matrose.

Einige Granaten kleineren Kalibers explodierten noch in dem kenternden Hilfskreuzer, und Hechler griff zum Telefon, das ihn mit der Feuerleitzentrale verband. Plötzlich erinnerte er sich an Gudegasts Verzweiflung. »Zielwechsel auf den Konvoi!« Zwar meinte Hechler es keineswegs so, aber es hörte sich an wie ein Anpfiff für den 1. AO.

Ihre beiden vorderen Türme schwangen schon herum und suchten sich neue Ziele. Doch die Tanker hatten sich in alle Richtungen zerstreut, jeder bildete nun ein separates Ziel.

Im stark gepanzerten Kommandoturm preßte Gudegast die Augen an einen Sehschlitz. Der *Prinz* war getroffen worden, wie schwer, ließ sich nicht feststellen. Er konnte das Stimmengewirr aus der Bordverständigung hören, vernahm den ständigen Befehlsfluß, während die Leckwehr in Aktion trat. Gudegast hatte gefühlt, wie die Explosion die Decksplatten aufgerissen hatte, es war, als wären sie auf ein Riff gelaufen. Nun aber war alles, was er sehen konnte, Rauch.

In Gedanken sah er das Passagierschiff *Tasmania* der Cunard White Star Line vor sich, wie es über den Nordatlantik zu Kreuzfahrten in die malerischen Fjorde Norwegens ausgelaufen war. Einmal war er sogar an Bord gewesen, als ein Offizier Geburtstag feierte. Sie hatte ihn stark beeindruckt: ohne den kleinsten Rostfleck, mit elegant geschwungenen Decks und Passagieren, die mit ihren Kameras promenierten. Ein luxuriöses Schiff, der repräsentative Zeuge seiner Epoche. Nun wurde ihm fast übel, während er mit ansah, wie die *Tasmania* sich auf die Seite legte und ein weiterer Schornstein aus seiner Halterung gerissen wurde. Es folgten noch mehr Explosionen, und einen Augenblick dachte Gudegast, Kroll feuere immer noch auf das Wrack.

»Laßt sie doch endlich in Frieden!« schrie er. »Sie kann euch doch nichts mehr tun, ihr verdammten Hunde!«

Seine Untergebenen beobachteten ihn furchtsam aus dem Hintergrund, in ihren Augen spiegelte sich der Feuerschein der Explosionen, der durch die Sehschlitze drang.

Gudegast drückte die Hebel herunter und fühlte, wie sein Gesicht mit eiskaltem Regen überzogen wurde, als die schwere Stahltür aufschwang. Er trat hinaus auf den schmalen Laufgang und nahm – ohne zu wissen, was er tat – seine Mütze ab. Ein schönes Schiff war vernichtet worden, weil ein paar hirnverbrannte Idioten es unbedingt in den Krieg schicken mußten.

Peter Younger kniete auf dem Fußboden des kleinen Schuppens, in dem die Gefangenen über Nacht eingeschlossen waren, und preßte seine Augen gegen ein Loch in der Wand. Es war früher Morgen, und er hörte einige Deutsche rufen. Wie das gemeint war, konnte er nicht feststellen.

Old Shiner lehnte mit hochgezogenen Schultern an einer Wand und sah dem jungen Funkoffizier zu. »Die haben derart viel Krach gemacht, daß ich nicht schlafen konnte«, knurrte er.

Younger biß die Zähne zusammen, während er angestrengt durch das Loch starrte. »Sie haben ein Schnapslager aufgebrochen und sich ordentlich die Nase begossen«, berichtete er.

Er hätte mit so etwas rechnen müssen. Nachdem der falsche Funkspruch herausgegangen war, hatte man die Gefangenen zusammengetrieben und eingeschlossen. Younger machte sich Vorwürfe, daß er keinerlei Vorsorge für einen solchen Fall getroffen hatte.

Mason, der die Funkstation geleitet hatte, ließ sich neben ihm nieder.

»Ist es denn nicht zu spät dafür?« wollte er wissen. Sein Ton war vorsichtig, weil Younger während der Nacht zornig geworden war. Er hatte den Männern von seinem Plan berichtet, und Mason hatte wissen wollen, weshalb er das alles auf sich nehme. »Woher wissen Sie überhaupt soviel?«

»Weil wir auf diesem verdammten deutschen Kreuzer Gefangene gewesen sind!« hatte er Mason angebrüllt. »Deshalb!«

»Ich muß es versuchen«, sagte er jetzt. »Vielleicht retten wir damit ein paar Kameraden das Leben. Oder es gelingt uns, eigene Schiffe auf die Spur der Krauts zu setzen.«

»Wenn die uns nicht bald die Tür aufschließen, pisse ich mir in die Hosen«, verkündete Old Shiner drohend.

Younger schloß die Augen und preßte die Stirn gegen das warme Metall, bis er wieder klar denken konnte. Der arme alte Shiner war doch nicht ganz verrückt. Er sah Mason an. »Wenn der deutsche Wachtposten die Tür aufschließt, langen wir ihn uns und schnappen uns seine Waffe.«

»Nach der Genfer Konvention steht uns eine Toilette zu«, ließ sich der alte Bootsmann vernehmen. »Hab' ich mal in einem Buch gelesen.«

Mason starrte ihn an. »Allmächtiger Gott!«

»Wie ist's, machen Sie mit?« Younger ließ nicht locker. *Oder bist du auch so einer wie dein Kamerad, der unter Aufsicht der Deutschen den Funkspruch abgesetzt hat?* dachte er. Aber er brauchte Mason. Nur mit ihm konnte er rechnen.

Mason nickte unglücklich. »Wahrscheinlich bedeutet es unseren Tod, darüber sind Sie sich doch klar, oder?«

Younger zuckte mit den Schultern. »Darüber hab' ich mir noch keine Gedanken gemacht.«

Er stand auf und ging zur Wellblechtür des Schuppens. Wahrscheinlich würden ihn die anderen ruhig machen lassen und dann zusehen, wie man ihn erschoß und neben dem Mechaniker begrub. Wie im Sucher einer Kamera sah er sekundenlang wieder das treibende Rettungsboot vor sich, die starren, augenlosen Gesichter, den ganzen Schrecken. Sein Blick fiel auf Old Shiner. Das arme Schwein war schon so oft torpediert worden, daß man sich fragte, weshalb er überhaupt noch lebte.

»Ich versuch's«, sagte Mason leise. Er war so verängstigt, daß er die Worte kaum herausbrachte.

Younger packte seinen Arm. »Wenn ich erst in der Funkbude bin, geht das Signal raus, bevor Sie zweimal zwinkern können.« Er wunderte sich selbst über sein Selbstvertrauen, schließlich hatte er das Innere des Funkraumes noch nie gesehen. Es war auch möglich, daß die Deutschen die Sendeanlage zerstört hatten, nachdem sie den falschen Alarm ausgelöst hatten. Nein, entschied er, ob Deutsche oder nicht, sie alle waren Seeleute, und kein Seemann würde die einzige Verbindung, die sein Leben retten konnte, freiwillig zerstören.

»Er kommt!« Mason drückte sich an die Wand und flüsterte: »Jesus . . .«

Younger prüfte noch einmal das Gewicht der Keule in seiner Hand. Es war ein langes Stück Feuerholz aus dem Schuppen, das für die paar kühleren Wintermonate bestimmt gewesen war. Nicht gerade die beste Waffe, aber wahrscheinlich war der Wachtposten nach der Schnapsorgie noch benommen. Der Gedanke an den deutschen Anführer ging ihm durch den Kopf. Dessen Disziplin schien bei den übrigen Männern nichts mehr zu fruchten. Younger hielt den Atem an, bis seine Schläfen klopften, als er hörte, wie der Posten mit dem Schlüssel herumfummelte und versuchte, das Schlüsselloch zu finden. Er fluchte, dann fiel das Vorhängeschloß zu Boden.

Laß es klappen, lieber Gott! flehte Younger. Er warf sein ganzes Gewicht gegen die Tür, sie flog auf und traf den deutschen Matrosen, der sich nach dem Vorhängeschloß gebückt hatte, hart am Schädel. Alles passierte in Bruchteilen von Sekunden, und dennoch schien es eine Ewigkeit zu dauern. Younger wußte nicht, wie oft er die hölzerne Keule auf den Kopf des Mannes hatte niedersausen lassen, doch sie war rot von Blut und Hautfetzen, als er sie schließlich fortwarf und dem Toten die Maschinenpistole entriß.

Dann lief er auf die Felstreppe der Funkstation zu und spurtete hinauf. Dabei erwartete er jeden Augenblick den Einschlag einer Kugel zwischen den Schultern. Hinter sich hörte er Mason keuchen und vor sich hinmurmeln.

Als er die Anhöhe erreicht hatte, drehte er sich um und warf einen Blick hinunter. Da war der niedergestreckte Deutsche, waren die verängstigten Gesichter der im Schuppen Zurückgebliebenen. Younger glaubte, ihm müsse das Herz brechen, als er die See erblickte: so weit und unpersönlich, ja geradezu feindlich.

Das alles war für ihn vorbei. Sein Schiff, seine Kameraden, alles ...

Mit einem Schrei trat er die Tür der Funkbude ein. Sie flog auf, der Deutsche mit dem verbundenen Arm starrte ihn entgeistert an. In der gesunden Hand hielt er einen Becher mit Kaffee.

Dann passierten viele Dinge gleichzeitig. Der Deutsche grapschte nach dem Holster auf einem Stuhl, um seine Pistole zu ziehen. Younger riß am Abzug der Maschinenpistole und merkte entsetzt, daß nichts geschah. Entgeistert starrte er auf die stumme Waffe. *Die Sicherung!* Er fummelte an der MPi herum, registrierte, daß der Deutsche jetzt seine Pistole in der Hand hielt und daß Mason hinter einer Kiste auf den Knien lag. Er brabbelte Unzusammenhängendes, Tränen der Angst liefen ihm übers Gesicht. Irgend etwas zuckte verschwommen durch Youngers Gesichtsfeld, dann sah er, wie eine schwere Eisenstange auf den verbundenen Arm des Deutschen niedersauste. Der Deutsche ließ seine Pistole fallen, sie klapperte auf den Boden, und biß sich die Lippen blutig, als sein Gehirn den Schmerz des zerschmetterten Arms registrierte.

Old Shiner kam mit wilden Augen tiefer in den Raum und schwang die Eisenstange noch einmal. Es mußte ihn seine ganze Kraft kosten, aber der Deutsche lag nun still am Boden. Wahrscheinlich war er tot. Old Shiner warf die Eisenstange in die Ecke und riß die MPi aus Youngers Händen. »Du hast wohl nie einen DEMS-Kurs* mitgemacht, Junge! Jetzt wollen wir mal unter den Saukerlen aufräumen!«

Keuchend ließ sich Younger vor dem Sender nieder. Sein Herz schlug bis zum Bersten, als er mit dem Aufwärmen begann. Das Gerät ähnelte jenem, auf dem er sein Handwerk gelernt hatte. Er wischte sich hastig die Augen, dann klopfte er auf den Geber. Die meisten Abkürzungs-Codes der Royal Navy wußte er auswendig. Sie mußten diese Codes einfach kennen, wenn auf den Fahrten über den Nordatlantik Schiff nach Schiff zurückblieb und eine Beute der Wölfe wurde. Wie in seiner besten Zeit auf der *Radnor Star* hämmerte er auf die Taste. Er hatte die Kopfhörer übergestülpt, sein Signal klang ihm selbst wie Hundegebell in den Ohren.

Draußen hörte er Signalpfiffe, dazwischen die Rufe der Deutschen. Er kam ins Schwitzen, aber dann war sein Funkspruch draußen und wurde bestätigt. Er mußte grinsen. Diesmal waren die Deutschen zu spät gekommen.

Das abgehackte Rattern eines Maschinengewehrs war zu hören, die Wand war plötzlich von einer Reihe Löcher durchsiebt, durch die Sonnenlicht in dünnen Strahlen fiel. Old Shiner hatte die Tür nur einen Spaltbreit geöffnet, aber der Raum füllte sich mit Rauch, während er eine Salve den Abhang hinunterfeuerte.

»Hab' einen von den Saukerlen erwischt!« Seinem Mund entwich ein böses Lachen, während er die Seite wechselte. Keiner von ihnen hatte bemerkt, daß Mason schon von den ersten Schüssen getötet worden war. Younger hörte den alten Shiner fluchen, während er nach der Pistole des Deutschen griff. Offensichtlich hatte er das MPi-Magazin leergeschossen. Er zuckte zusammen, als weitere Schüsse in die Funkbude krachten und den Sender beschädigten.

Zu spät! Zu spät! schrie es in seinem Kopf, Old Shiners Nahschüsse auf Deutsche übertönend.

Wieder knallte es, und der Sender gab endgültig seinen Geist auf. Younger riß sich die Kopfhörer ab und drehte sich um. »Wir haben's geschafft!« Doch der alte Bootsmann hörte ihn nicht mehr. Er saß an der Wand, unter seinem Pullover floß Blut hervor. Seine Augen waren fest geschlossen, genau wie damals in dem Rettungsboot.

Ein Fenster klirrte, und Younger starrte verständnislos einen Ge-

* Einweisung in Handfeuerwaffen für zivile britische Seeleute

genstand an, der vor seine Füße fiel. Er hatte noch nie eine deutsche Handgranate gesehen. Sein Verstand registrierte noch, daß Old Shiner die Arme so verschränkt hatte, als hielte er noch immer seine Katze. Dann explodierte die Handgranate, und er versank in Dunkelheit.

Der Rauch hatte sich fast verzogen, und Hechler vermutete, daß es der Leckwehr gelungen war, die meisten Brände unter Deck zu löschen. Er hörte Stimmen aus den Sprachrohren, nahm sie aber erst bewußt zur Kenntnis, als Froebe ihm zurief: »Die Leckwehr, Herr Kapitän!«

Während Hechler zusah, wie der tote Oberbootsmann fortgetragen wurde, hob er den Telefonhörer ans Ohr. Der Seemann mit dem zerschnittenen Gesicht war bereits verschwunden, nur sein Blut war zurückgeblieben.

»Ein Zufallstreffer, Herr Kapitän«, meldete Theil. Im Hintergrund vernahm Hechler eine Stimme, die rief: »Ein Schuß, wie er unter einer Million nur einmal erzielt wird!«

»Was ist geschehen, Theil?« Er sah Rauch spiralenförmig durch die zerbrochenen Scheiben dringen.

In ruhigen, leidenschaftslosen Worten schilderte Theil, was geschehen war. Eine der letzten 20,3-cm-Granaten des Hilfskreuzers hatte das Batteriedeck zwischen Brücke und Turm *Bruno* durchschlagen, hatte einen Ventilator gestreift, war vom gepanzerten Deck abgeprallt und dann vor einem Magazinschacht explodiert. Dabei waren sechzehn Männer der Leckwehr getötet worden. In einem so beengten Raum war das kein Wunder. Aber der Treffer hatte noch einen schweren Schaden angerichtet. Die Explosion hatte den Mechanismus von Turm *Bruno* beschädigt. Bis zur Behebung des Schadens war der Turm nicht einmal im Handbetrieb zu richten und völlig bewegungslos.

Hechler ließ es sich durch den Kopf gehen. Immerhin war der Maschinenraum sicher, daß innerhalb einer Stunde alle Pumpen wieder ordnungsgemäß arbeiten würden. Verletzte und Tote waren Hechler gemeldet worden, dazu zählten auch zwei Seeleute, die ein Feuer unterhalb des Schornsteins bekämpft hatten. Sie waren offensichtlich unbemerkt über Bord geschleudert worden.

»Geben Sie mir sofort Bescheid, wenn Sie die Inspektion der Schäden beendet haben, Theil.«

Leitner war wie ein Geist auf der Brücke erschienen. »Was zum Teufel ist eigentlich los?« fuhr er Hechler an. Er blinzelte durch den Rauch, die Schultern seines Mantels waren vom Regen durchtränkt. »Glauben Sie, ich kann Gedanken lesen?«

Hechler blickte ihn mit kalter Wut an. »Turm B ist ausgefallen, Herr Admiral. Neunzehn Mann sind tot, drei verletzt.« Er sah auf die blutige Stelle nieder, die der Regen bereits abwusch. »Und ein Mann ist blind.«

»Ich verstehe Sie nicht! Was haben Sie gesagt?« Leitner marschierte von einer Seite der Brücke zur anderen, seine Schuhe knirschten auf den Glasscherben. »Wir haben den Konvoi verloren – ist Ihnen das klar?«

Hechler blickte auf, als Froebe rief: »Neuer Kurs zwei-drei-null, Herr Kapitän!«

»Wir müssen abdrehen, Herr Admiral. Laut Radar haben wir drei Tanker versenkt und dazu zwei, wahrscheinlich sogar drei Eskortschiffe.«

»Was ist das schon?« Leitners Stimme war laut geworden, er kümmerte sich nicht um die Ausguckposten, die erstaunt dabeistanden. »Drei Tanker! Das ist nicht mehr als ein Nadelstich! Wir hätten den ganzen Konvoi versenken müssen!«

Jäger wartete, bis der Admiral erneut die Brückenseite gewechselt hatte, dann stammelte er: »Der Funkraum hat einen neuen Spruch von der Station St. Jorge aufgefangen, Herr Kapitän.«

Obwohl seine Nerven bis zum äußersten gespannt waren, blickte Hechler den jungen Offizier ruhig an. »Was melden sie denn?«

»Sie sind noch nicht ganz sicher. Aber es scheint, ein anderer Funker hat plötzlich den ersten Spruch widerrufen. Seitdem schweigt der Sender.«

»Gleichbleibend zwo-drei-null, Herr Kapitän. Alle Maschinen halbe Fahrt.«

Schon stand Leitner vor ihm. »Was höre ich da?« bellte er. »Glauben diese Idioten denn, sie brauchen mich überhaupt nicht zu informieren?«

»Ich bin sicher, daß die Information auch an Ihre Brücke gegangen ist, Herr Admiral.« Hechler zwang sich zur Ruhe, ihn interessierte jetzt nur, welche Schäden der *Prinz* wirklich erlitten hatte. »Das kann nur bedeuten, daß sich jemand auf St. Jorge in den Besitz des Senders gebracht hat. Wäre es früher geschehen, hätten wir den Konvoi gar nicht angreifen können. Ich ...«

Leitner kam seinem Gesicht so nahe, daß man die Kognakfahne riechen konnte. »Mich interessieren Ihre wehleidigen Entschuldigungen einen Dreck, Hechler! Ich werde dafür sorgen, daß diese Männer vor ein Kriegsgericht gestellt und zum Tode durch Erschießen verurteilt werden. Und den Offizier, der an Bord für die Zusammenstellung des

Landungskommandos verantwortlich war, knöpfe ich mir selbst vor!«

Hechler trat angewidert zurück. »Es war ein Risiko, das wußten wir beide. Vielleicht war es falsch.«

»Falsch? *Falsch*?« Leitner riß die Arme hoch. »So sehe ich das keineswegs! Ein jämmerlicher Hilfskreuzer wendet sich gegen *Prinz Luitpold*, und wir sind gezwungen, uns zurückzuziehen! Bei Gott, Hechler, ich möchte dafür nicht zum Spott Deutschlands werden! Wissen Sie, wie ich so was nenne?«

Hechler preßte die Hände fest an seine Seiten und mußte sich zwingen, Leitner nicht ins Gesicht zu schlagen. Er fürchtete den Spott – mehr nicht? Männer waren getötet worden, sein schönes Schiff beschädigt, und das alles nur wegen Leitners maßloser Ansprüche.

»Ich nenne das Feigheit vor dem Feind, Hechler! Was sagen Sie dazu?«

»Da kann ich nicht zustimmen, Herr Admiral.«

»So, so, können Sie nicht?« Er blickte sich auf der Brücke um. »Hier sind ja noch einige Männer, die lange genug leben werden, um diesen Tag zu bedauern!« Er stürmte von der Brücke, und Froebe zsichte: »Von dem lasse ich mir nicht sagen, daß ich feige bin!«

Hechler ging nicht darauf ein. »Rufen Sie die Arado zurück und geben Sie den Funkern Anweisung, gut die Ohren zu spitzen. Offensichtlich haben wir in ein Hornissennest gestochen.« Er blickte sich überrascht um, weil plötzlich die Sonne durch die Wolken brach. »Den Navigationsoffizier zu mir auf die Brücke!«

Über die Hand, die auf der Insel die Morsetaste bedient hatte, brauchte er sich keine Gedanken mehr zu machen. Der Mann, dem sie gehörte, war sicherlich längst tot. Das Telefon läutete, ein Läufer hielt ihm den Hörer hin. Es war der Admiral. Leitner hatte sich wieder völlig unter Kontrolle, seine Stimme klang, als handle es sich um einen völlig anderen Menschen.

»Rendezvous mit dem Versorger auf dem zweiten Treffpunkt im Rasternetz«, befahl er. »Das scheint mir sicherer, als direkt nach Norden zu fahren.«

»Jawohl, Herr Admiral.« Eigentlich hätte er das nicht so anstandslos akzeptieren sollen. *Fahren wir doch nach Norden und gehen wir das Risiko ein,* dachte er. Dann sind wir 900 Meilen näher an der Heimat. Aber Hechler wußte, daß es sinnlos war, Leitner darauf hinzuweisen. Der befand sich in einem völlig unstabilen Gemütszustand und dachte gegenwärtig nur daran, daß sie den Konvoi nicht völlig aufgerieben hatten. Er hatte keinen Zweifel daran gelassen, daß er einen Sündenbock brauchte, und das würde Hechler sein. Dieser entdeckte zu seinem Erstaunen, daß es ihn überhaupt nicht berührte.

Bis jetzt hatten sie eine ganze Menge erreicht, dachte er. Aber der Todesmut des alten Passagierschiffes hatte die Bilanz ausgeglichen. Er hörte Seestiefel über das Glas knirschen und wußte, daß es Gudegast war. »Na, haben Sie schon das Neueste über St. Jorge gehört?« wandte er sich an ihn.

Gudegast blickte ihm besorgt ins Gesicht. »Ja, Herr Kapitän, das ganze Schiff weiß Bescheid.« Er schien einen ärgerlichen Ausbruch zu erwarten.

Doch Hechler blieb ruhig. »Sie hatten ja recht, Gudegast, die *Tasmania* war wirklich eine schöne alte Lady.«

Gudegasts bärtiges Gesicht entspannte sich. »Nein, Herr Kapitän, ich hatte nicht das Recht, Ihre Anweisungen in Frage zu stellen.«

Hechler ließ den Regen über sein Gesicht rinnen. Ein Mann war hier gestorben, ein anderer würde den Rest seines Lebens in Dunkelheit verbringen müssen. Genauso hätte es auch ihn selbst erwischen können. »Ich vermute, daß die Tommys auf dem Weg nach St. Jorge sind oder es zumindest waren, bis sie den zweiten Funkspruch auffingen. Das gibt uns trotzdem einen Vorsprung. Vielleicht hat der Admiral recht, wenn er uns den zweiten Treffpunkt mit dem Versorger anlaufen läßt. Es bringt uns zumindest aus der Reichweite der feindlichen Luftüberwachung. Ich vermute, unsere Verfolger glauben, daß wir ohne jede Verzögerung in Richtung Nordatlantik laufen.«

Gudegast zuckte die Achseln. »Danach geht es also wirklich in Richtung Heimat, Herr Kapitän?«

»Ja, aber wir werden Deutschland nicht ohne ein weiteres Gefecht erreichen.«

Theil kam auf die Brücke und blickte sie grimmig an. »Der Schadensbericht, Herr Kapitän.«

»Dann melden Sie mal das Schlimmste zuerst, Theil.«

Theil starrte auf die zersplitterte Windschutzscheibe. Er hatte den Verwundeten mit dem zerschnittenen Gesicht schreien hören, bis ihm einer von Stroheims Assistenten Morphium verabreichte.

»Einer meiner Bootsmänner, Rudi Hammer, befindet sich im leeren Laderaum und kann nicht wieder raus, weil die Explosion den Türverschluß beschädigt hat.«

»Eigentlich hatte der Mann da nichts zu suchen, oder?« wollte

Gudegast wissen. Er sah Hammer vor sich, einen ruhigen, freundlichen Mann, der sich in seiner verrückten Gier nach Glas schon vielfach über Befehle hinweggesetzt hatte.

»Ich habe einen Schlüssel in meinem Safe, Theil«, sagte Hechler.

»Ja, und der Admiral hat den anderen. Mir sind die Sicherheitsvorkehrungen bekannt.«

»Also ist er unberechtigt in den Raum eingedrungen, angelockt von den Kisten des Admirals.«

Auch das war ein Fall, der gelöst werden mußte, doch schien er Hechler eine relative Bagatelle zu sein. Sobald die Arado wieder an Bord war, würde er eine Inspektion des Schiffes vornehmen.

»Sehen Sie zu, was Sie machen können, Theil.« Er blickte erst seinen Stellvertreter und dann Gudegast an. »Ich danke Ihnen.« Er fühlte sich ausgepumpt. Dennoch mußte er jetzt erst mal sehen, was mit dem unbeweglichen 20,3-cm-Turm los war; dann mußte er mit seinen leitenden Offizieren reden, und schließlich mußten die Toten der See übergeben werden. Aber vor allem spürte er den dringenden Wunsch, die junge Fliegerin zu sehen. Vielleicht zum letzten Mal. Wieder mußte er an die unbekannte Hand auf der Morsetaste denken und an den Kommandanten des alten Hilfskreuzers, der sie so mutig angegriffen hatte. Seine Männer würden nicht weniger tapfer kämpfen. Er fühlte, daß wieder Wut auf Leitner in ihm hochstieg.

Jetzt reichten ihr guter Ruf und ihr Glück allein nicht mehr aus.

18 Wie auf dem Präsentierteller

Commodore Hemrose ging ruhelos auf der Steuerbordseite der *Wiltshire* hin und her und schloß die Knebel seines Dufflecoats. Der Regen wird immer stärker, dachte er gereizt. Das hat uns gerade noch gefehlt.

Er schaute durch ein Klarsichtfenster nach vorn zu dem langen, pfeilförmig zulaufenden Bug seines Kreuzers, der aus der Dunkelheit schimmerte. Nicht mehr lange, dann war Tagesanbruch. Seit das Geschwader Simonstown verlassen hatte, war es fast ständig mit Höchstgeschwindigkeit gelaufen. Und seit Mitternacht bestand auf allen drei Kreuzern Gefechtsbereitschaft. Der Stumpfsinn war verflogen und auch der nagende Zweifel, ob der deutsche Kreuzer mit ihnen Katz und Maus spielte. Zwei Tage lang waren sie durch hohen Seegang dahingejagt, zwei Tage, in denen die Geschützbedienungen unablässig exerzierten. Doch er hatte nirgends das sonst übliche Stöhnen vernommen.

Trotz der Dunkelheit sah Hemrose seine Schiffe deutlich vor sich.

Die *Rhodesia* lag eine halbe Meile hinter seinem Kreuzer, *Pallas* bildete die Vorhut. Wenn die deutschen Radargeräte wirklich so gut waren, wie behauptet wurde, dann lief das kleinste Schiff besser an der Spitze des Verbandes. *Prinz Luitpold* war ein schwerbewaffneter, furchteinflößender Gegner. Doch sie würden einzeln auf nahe Distanz angreifen, während jeweils die beiden anderen Feuerschutz gaben, damit der Feind sein Feuer auf alle drei Schiffe aufsplittern mußte. Hemrose dachte an das alte Walrus-Bordflugzeug, das in der Navy liebevoll *Shagbat* – Fledermaus – genannt wurde. Es besaß nur einen Motor und flog ganze 130 Meilen (210 km/h) Spitzengeschwindigkeit pro Stunde. Doch wenn die Besatzung auch nur eine einzige Sichtmeldung des deutschen Kreuzer absetzen konnte, dann war es mindestens so erfolgreich gewesen wie der modernste Bomber.

Hemrose musterte die Männer seines Stabes, die um ihn auf der Brücke versammelt waren. Da war der Erste Offizier, der zugleich Wachoffizier war, dann der Navigationsoffizier, dazu zwei junge Subalternoffiziere und die üblichen Unteroffiziere mit ihren Fachausbildungen im Signal- und Fernmeldedienst – ein Team, wie man es überall antraf. Er fuhr sich mit der Zunge über die Lippen und schmeckte den letzten Rest Kakao mit Rum, den ihm sein Steward serviert hatte. Genau das richtige, um den neuen Tag zu begrüßen.

Er hörte, wie der Offizier vom Dienst in ein Sprachrohr antwortete, dann wandte sich der Mann um und sagte zu Hemrose: »Der Oberfunkmeister bittet um Erlaubnis, die Brücke betreten zu dürfen, Sir.«

Hemrose grub die Hände in die feuchten Taschen seines Dufflecoats. »Gut, gut, soll kommen!«

Der Oberfunkmeister war ein Seemann mit langjähriger Erfahrung. Er gehörte nicht zu jener Sorte, die nutzlos Reden hielt und unsinnige Forderungen stellte, wenn im ganzen Schiff bekannt war, daß es jeden Augenblick zum Gefecht kommen konnte. Er nickte dem Funker zu. »Was ist los?«

Der Mann hielt einen Funkspruch in der Hand. »Nachricht von der Admiralität, Sir. Wird vom Kommandierenden Admiral Force M bestätigt. Das Funksignal aus St. Jorge war eine Täuschung. Der nach Norden laufende Tankerkonvoi wird von dem deutschen Kreuzer angegriffen. Gegenwärtig befindet sich der Hilfskreuzer *Tasmania* im Gefecht mit ihm.«

Die Männer auf der Brücke hielten den Atem an, denn sie glaubten, Hemrose würde explodieren. Der wunderte sich selbst, daß es ihm gelang, so ruhig zu bleiben. Mit dieser Wendung hatte er um nichts in der Welt gerechnet.

»Außerdem hat St. Jorge noch einen weiteren Funkspruch abgesetzt, Sir«, ergänzte der Oberfunkmeister. »Ganz offensichtlich hat jemand in der Station versucht, uns auf diese Weise zu warnen.«

»Ein tapferer Kerl«, murmelte der Erste Offizier.

Hemrose warf ihm einen scharfen Blick zu. »Den Commander zu mir«, befahl er. Er mußte sich mit der neuen Lage vertraut machen. Im Geist sah er den Tankerkonvoi, den die Granaten des deutschen Kreuzers vernichteten. »Rufen Sie die anderen Schiffe an«, wandte er sich an seinen Oberfunkmeister. »Sie sollen auf Kurs bleiben und die Geschwindigkeit auf Marschfahrt herabsetzen. Alle Mann auf Gefechtstationen. Ich spreche gleich zur Mannschaft.«

»Noch Kakao, Sir?« Der Steward war neben ihm erschienen.

»Gern.« Hemrose versuchte zu grinsen, aber es wollte ihm nicht recht gelingen. »Kann ich jetzt verdammt gut gebrauchen.«

Godson kam den Niedergang hinauf. »Das sind ja schlimme Nachrichten, Sir. Ich hab' gerade gehört, was los ist.«

Hast du das wirklich? dachte Hemrose. »Sobald sich Force M zum zweiten Funkspruch geäußert hat, wissen wir mehr, Toby.«

Godson dachte an Force M. Das war ein starker Kampfverband, der aus einem Schlachtkreuzer und einem großen Flugzeugträger bestand, dazu alle nötigen Begleitschiffe und Versorger. Falls Force M eingriff, dann bedeutete es das Aus für Hemroses kleines Geschwader. Er würde zu einem unbedeutenden Fisch im großen Schwarm werden. Godson haßte sich eigentlich dafür, daß ihn dieser Gedanke freute. Aber es wäre dann doch um einiges sicherer an Bord.

»Irgend jemand sollte eigentlich nach St. Jorge laufen und die Deutschen gefangennehmen, wenn es da wirklich welche gibt«, schlug er vor.

»Das kann ein Laufbursche machen. Ich jedenfalls nicht«, beschied ihn Hemrose barsch. »Ich bin in meiner Seekabine.« Der Ärger schien ihn plötzlich ermüdet zu haben. »Sollte irgendwas sein, geben Sie mir sofort Bescheid.«

Er warf sich angekleidet auf die Koje und starrte in die Dunkelheit. Wenig später läutete das Telefon. Hemrose griff zum Hörer. »Was gibt's?«

»Funkspruch von der Admiralität, Sir.« Es war Godson. »Der Hilfskreuzer *Tasmania* ist versenkt worden. Ein Begleitschiff hat den Einschlag einer schweren Granate und eine Explosion an Bord beobachtet. Aber der größte Teil der Tanker hat den Angriff überstanden. Wir sollen weitere Anweisungen abwarten.«

Hemrose ließ sich wieder zurückfallen. Die arme alte *Tasmania* also. In plötzlicher Verzweiflung ballte er die Fäuste, kalte Wut stieg in ihm auf. Wie hatten sie seinerzeit in Dartmouth gelästert? Es war ein altes Sprichwort, das von einer Generation Offiziersanwärter zur nächsten weitergegeben wurde: *God and the Navy we adore, when danger threatens but not before* (Gott und die Navy verehren wir, klar, allerdings erst in höchster Gefahr). Als wie verdammt zutreffend hatte sich dieses dämliche Sprichwort immer wieder erwiesen! Da wurden Vergnügungs- und Raddampfer als Minensucher verwendet, Zerstörer aus dem Ersten Weltkrieg kämpften im Nordatlantik – alles, was fuhr, wurde mangels Flottenrüstung den Deutschen in den Weg geworfen. Er richtete sich auf und sah auf die Uhr mit dem Leuchtzifferblatt. Was war los mit ihm? War er denn so überwältigt von dem Trick der Deutschen, daß er das Augenfällige übersehen hatte? Ein so kampfstarkes Schiff wie die *Prinz Luitpold* würde sich auch durch den zweiten Funkspruch von St. Jorge nicht abschrecken lassen. Nicht auf einem derartigen Kriegsschauplatz. Wie es hieß, hatte der alte Hilfskreuzer einen Treffer erzielen können. Und manchmal bedurfte es ja tatsächlich nur eines gutplacierten Treffers. Jedenfalls konnte es Hechler nicht leichtgefallen sein, das Gefecht daraufhin abzubrechen. Hemrose griff zum Telefonhörer. »Geben Sie mir den Commander.«

Godsons Stimme klang alarmiert: »Etwas nicht in Ordnung, Sir?«

»Die *Tasmania* hat der *Prinz Luitpold* einen anständigen Treffer verpaßt, Toby. Schätze, der Deutsche hat jetzt Schwierigkeiten.«

»War nur eine Granate, Sir.« Godson begann zu stottern: »Wir wissen nicht, Sir . . . Ich meine . . .«

»Halten Sie die Klappe und hören Sie zu. Ich möchte die Divisionsoffiziere, die mit dem Angriff zu tun haben werden, in zehn Minuten im Kartenraum sehen.« Als er keine Antwort bekam, bellte er: »Sind Sie noch da?«

Godson fragte schwach: »Wollen Sie den deutschen Kreuzer doch noch verfolgen, Sir?«

Hemrose fuhr sich mit der Hand übers Gesicht. Er würde sich rasieren und dann seinen Offizieen völlig frisch gegenübertreten.

»Natürlich brauchen wir ein bißchen Glück, Toby. Vielleicht hat uns aber ausgerechnet der alte Hilfskreuzer dazu verholfen.«

»Aber die Admiralität wird vielleicht ablehnen . . .« versuchte es Godson noch einmal.

»Altes Waschweib!« fluchte Hemrose grob und warf den Hörer auf die Gabel.

Es war alles so augenfällig, daß er es am liebsten laut hinausgeschrien hätte: Das amerikanische U-Boot war beschädigt gewesen, aber es hatte dennoch seine Torpedos auf den deutschen Schweren Kreuzer abgeschossen, weil der amerikanische Kommandant ein so riesiges Ziel noch nie vor Augen gehabt hatte. Doch seine Torpedos hatten ein anderes Opfer gefunden, dafür waren die Wrackteile und die Leichen der deutschen Seeleute der beste Beweis. Die sogenannten Fachleute waren vorgegangen wie Ausguckposten, die nur sahen, was sie erwarteten. Es war bestimmt ein deutsches U-Boot gewesen. Bei dem Gedanken, daß ausgerechnet der Bordpfarrer in diese Richtung spekuliert hatte, mußte Hemrose lachen. Der Pfarrer hatte Zweifel hinsichtlich der Treibstoffversorgung des Deutschen geäußert. Also ein Versorger? Genauso mußte es gewesen sein. Und nur weil so etwas noch nie zuvor gemacht worden war, erwartete es niemand – schon gar nicht die Leute in den Hinterzimmern der Admiralität.

Kein Zweifel, der Feind hatte das alles Monate im voraus geplant. Und alle, sogar die Aufklärungsflugzeuge der RAF, waren getäuscht worden.

Die Tür wurde geöffnet, sein Steward lächelte ihn an. »Ich habe Ihr Rasierzeug bereitgelegt, Sir.«

Hemrose starrte sein Spiegelbild an. Immerhin, er konnte sich auch irren. Noch war nicht wirklich bewiesen, daß seine Gedanken der Realität entsprachen. Sie würden alle Funksprüche noch einmal durchgehen müssen.

Niemand hatte bisher an die Möglichkeit gedacht, daß ein U-Boot als Versorger eines Kreuzers eingesetzt werden könnte. Natürlich, neutrale Häfen in Süd- und Mittelamerika, wo Versorger auf ein Rendezvous mit dem Kreuzer warten konnten, die hatte man ins Kalkül gezogen. Sogenannte neutrale Länder gab es dort ja noch immer. Als Hemrose vor seinen Offizieren stand, machte er seine Gedanken bezüglich des deutschen Handelsstörers publik: »Hechler ist der Konvoi wie auf einem Tablett serviert worden. Er hat die Begleitfahrzeuge ausgeschaltet, dann hat er sich die ersten Tanker vorgenommen. Ohne den alten Hilfskreuzer hätte er bestimmt sämtliche Tanker in Brand schießen können.«

»Wenn er Beschädigungen davongetragen hat, dann benötigt er um so dringender Treibstoff«, sagte der junge Navigationsoffizier.

Hemrose nickte. »Völlig richtig. Und wenn seine Bunker wieder gefüllt sind, wird er machen, daß er in sichere Gewässer kommt. Ich tippe auf Norwegen.« Fast neidisch fügte er hinzu: »Trotz der Tatsache, daß die Home Fleet und Force M alarmiert sind, versucht er das ganz bestimmt. Und wenn es Kapitän Hechler gelingt, mit seinem Kreuzer einen Heimathafen zu erreichen, nachdem er unsere Blockade durchbrochen hat, dann hat er für die deutsche Moral mehr getan, als wenn es ihm gelungen wäre, den gesamten Konvoi zu vernichten.«

»Ich glaube, die Deutschen benutzen die großen Versorgungs-U-Boote schon seit zwei Jahren im Südatlantik«, meinte Godson.

Hemrose wartete schweigend.

»Dabei arbeiten sie mit einem Rastersystem, nicht wahr?« Diese Frage stellte der Erste Offizier.

Auf Hemroses Gesicht erschien ein Lächeln. »Gehen Sie allen Meldungen über U-Boote in jenem Gebiet nach, den deutschen, den englischen und auch denen der Amerikaner.« Er wippte auf seinen Hakken. Wenn er schon in sein Unheil fuhr, dann spielte dieses zusätzliche Risiko jetzt auch keine Rolle mehr. »Außerdem geben Sie einen Funkspruch an *Pallas* und *Rhodesia.* Bevor wir angreifen, möchte ich noch mit ihnen sprechen.«

Godson wurde unter seinem festen Blick unsicher. »Und was ist mit der Admiralität, Sir?« fragte er.

»Ich pfeife auf Ihre Lordschaften, Toby! Mir wurde diese Aufgabe übertragen, und ich werde sie ausführen.« Er warf dem Bordpfarrer einen Blick zu. »Und dank unseres kriegerischen Paters werden wir alle unser Bestes geben.«

Der Commodore ging auf die Außenbrücke und wandte sein Gesicht dem Regen zu. Kaum zu glauben, daß er binnen zweier Stunden aus tiefster Verzweiflung zu kühnstem Optimismus umgeschwenkt war. Als er den vorderen Schornstein passierte, sah er das Wappen des Schiffes am Laufgang, mit dem lateinischen Motto darunter. Hemroses rotes Gesicht grinste breit, und die beiden Matrosen an der leichten Oerlikon-Flak blickten erstaunt ihren Kommandanten an.

Zählt die guten Taten nur, lautete das Motto übersetzt.

Viel war das nicht, aber immerhin ein Anfang.

Leitner sah von seinem Schreibtisch hoch, auf dem sich viele Papiere stapelten. Einige Sekunden lang blickte er Hechler an, ohne ein Wort zu sagen.

»Sie wollten mich sprechen?« fragte er schließlich.

Hechler nickte. Er staunte, daß der Admiral es fertiggebracht hatte, jetzt die Brücke zu verlassen, um sich in seine geräumige Suite zurückzuziehen. In seinen Räumen sah es chaotisch aus. Überall lagen Kleidungsstücke verstreut, und an der Tür hing eine Schwimmweste.

»Wir haben soeben die Toten der See übergeben«, sagte Hechler.

Leitner spitzte die Lippen. »Ja, ich habe gemerkt, daß Sie mit der Geschwindigkeit heruntergegangen sind.« Seine Stimme wurde wieder schärfer. »Schnell wie ein Windhund ist der *Prinz* momentan ohnehin nicht.«

»Der Maschinenraum erwartet, daß die Pumpen schon bald wieder mit voller Leistung arbeiten.« Das hatte ihm Stück zwar schon gestern versichert, doch jetzt war er zuversichtlicher. »Was mir indessen Sorge macht, ist Turm B.«

»Sorgen? Ihnen?« Leitner legte seinen Füllhalter auf die Tischplatte und sah ihn böse an. »Nach der miesen Vorstellung mit dem Konvoi sollte eigentlich die gesamte Artilleriebesatzung besorgt sein.«

Es war völlig sinnlos, Leitner zu erklären, daß die *Tasmania* mit ihrer einzelnen Granate einen Zufallstreffer erzielt hatte. Er war so voller Vorurteile, daß er auch dagegen polemisiert hätte.

»Bezüglich unseres Versorgers, Herr Admiral, habe ich ernstliche Bedenken. Bei der reduzierten Fahrt werden wir die Milchkuh erst am letzten Tag ihres Aufenthalts im vorgesehenen Planquadrat treffen. Danach werden wir keine Zeit mehr zum Bunkern haben, bevor wir auf Heimatkurs gehen.«

»Das habe ich durchaus bedacht, Hechler. Aber wir halten trotzdem an unserem Plan fest. Ich möchte nämlich das Presseteam an den Versorger abgeben. Wenn das Boot erst Deutschland erreicht hat, können sie alles weitere allein erledigen.« Seine Stimme klang erstaunlich desinteressiert.

»Und was wird aus der Pilotin?«

Leitner lächelte kurz. »Ach ja, die liebenswerte Erika. Tut mir leid, aber die kann ich jetzt noch nicht entlassen.« Er zog eine Karte aus einem Stapel Papier. »Das Treffen wird hier stattfinden.«

Hechler beugte sich über den Schreibtisch. Warum zeigte ihm Leitner das alles noch einmal? Was er in diesem Augenblick immer noch vor Augen hatte, war die Reihe Gefallener, die mit der Reichskriegsflagge bedeckt waren, und der strömende Regen, während er den kurzen Trauergottesdienst hielt. Einzelne Gesichter und Gruppen hatten sich ihm unvergeßlich eingeprägt: der junge Matrose, der sich die Augen mit dem Ärmel wischte und versuchte, die Trauer um den verlorenen Freund nicht zu zeigen. Die Kameraleute der Propagandakompanie, die die Bestattung filmten, und der Stabsbootsmann, in dessen Gesicht Haß und Abscheu bei ihrem Anblick standen. Auch Leitner hätte zugegen sein müssen, es war das mindeste, was man von ihm verlangen konnte. Er hatte auch Erika gesehen, die zwischen zwei leichten Flakgeschützen gestanden und sich an einer Stütze festgehalten hatte, während sie ihm zuhörte. Dann hatte er den Toten den letzten Gruß entboten, und schon waren die armseligen Bündel über Bord geglitten.

Hechler war die ganze Zeit auf den Beinen gewesen und hatte kaum Pause gemacht. Jetzt fühlte er sich plötzlich in der geschlossenen Kajüte hundemüde.

Irgendwo über ihnen dröhnte der Motor einer Arado im Probelauf. Sie standen völlig abseits der üblichen Schiffahrtsrouten. Soweit Bauers Funker feststellen konnte, waren alle feindlichen Seestreitkräfte auf dem Weg zum Konvoi oder hielten sich noch weiter nördlich. Die Operationsabteilung des deutschen Oberkommandos der Marine schwieg. Es kam Hechler vor, als sei die *Prinz Luitpold* bereits als Verlust abgeschrieben und sich selbst überlassen.

Er ballte die Fäuste. Aber noch eine Ladung Treibstoff, dann konnte er das Schicksal seines Schiffes weitgehend selbst bestimmen. Gelang es ihnen, feindliche Kriegsschiffe zu meiden, dann bekamen Kroll und seine Männer Zeit, den Bewegungsmechanismus von Turm B wieder in Ordnung zu bringen. Andernfalls waren sie praktisch nur auf die hintere Schwere Artillerie angewiesen.

Leitner hielt den Blick auf die Karte gesenkt, eine blonde Locke fiel ihm dabei ins Gesicht.

»Und nun zu meinen Kisten«, sagte er.

Hechler dachte an Hammer, der dort noch immer eingeschlossen war, weil sie die Tür trotz aller Anstrengungen nicht hatten öffnen können. Wahrscheinlich mußte sie aufgeschnitten werden. Zum Glück gab es einen Luftschacht, und so war der arme Hammer im Moment nicht in Lebensgefahr.

Leitner schien Hechlers Hinweis, daß man weiterhin versuche, die Tür zu öffnen, gar nicht gehört zu haben. »Der Mann besaß einen Schlüssel. Entweder hat er ihn gestohlen, oder er hat ihn selbst gemacht. In jedem Fall ist er ein Dieb, eine Bedrohung für unser Schiff, ein Verräter. Sobald er frei ist, wird er exekutiert.« Er hob den Blick zu Hechler: »*Ich verlange, daß die Tür geöffnet wird!* Jetzt sofort!« Er drehte sich um. »Was ist denn nun schon wieder?«

Theil stand in der Tür, von seiner Mütze tropfte Regenwasser. »Die Tür bewegt sich keinen Zentimeter, Herr Admiral. Der Maschinenraum versucht es jetzt mit schwerem Schneidgerät . . .«

»Kommen Sie mir nicht mit Ihren weinerlichen Entschuldigungen, Mann!« schrie Leitner ihn an. »Ich will, daß die Tür augenblicklich geöffnet wird! Dann sprengen Sie sie eben auf!«

»Das würde Hammer töten.« Hechler trat zwischen sie. »In diesem engen Raum, Herr Admiral . . .«

Wild blickte Leitner ihn an. »Das bewahrt ihn wenigstens vor dem Exekutionskommando! Er hat mir nachspioniert. Und er ist keineswegs der einzige an Bord. Muß ich mich eigentlich ständig wiederholen? Lassen Sie die Tür aufsprengen!«

Theil blickte Hechler an, sein Gesicht war bittend. »Er ist einer von meinen Männern, Herr Kapitän . . .«

»Daran habe ich nicht den mindesten Zweifel.« Leitners Atem ging schwer.

»Was wollen Sie damit sagen, Herr Admiral?« Theil sah Leitner wütend ins Gesicht.

»Ich möchte Sie beide daran erinnern, daß wir uns in gefahrvoller Lage befinden«, unterbrach Hechler die beiden. Dann wandte er sich an Theil. »Bitte warten Sie draußen. Ich kümmere mich um die Sache.« Nachdem sich die Tür hinter Theil geschlossen hatte, sagte er zu Leitner: »Wie können Sie einem meiner Offiziere unterstellen, daß er sich gegen Sie verschworen hätte?« Er war unfähig, seine Empörung zu schlucken. »Es ist Ihre Aufgabe, der Besatzung dieses Schiffes ein Vorbild als Kommandierender Offizier zu sein. Statt dessen führen Sie sich auf wie ein Halbgott!«

Leitner blieb der Mund offen stehen. Es war, als ob Hechler ihn geschlagen hätte.

»Ich habe die Absicht, dieses Schiff nach Deutschland heimzubringen«, sagte Hechler etwas ruhiger. »Aber dazu bedarf es der Loyalität und des Vertrauens jedes einzelnen an Bord. Respekt ist gefordert, Herr Admiral, nicht Furcht. Nur dann können wir alle überleben.« Er blickte ihn kalt an. »Oder wir gehen gemeinsam unter.«

Leitner zog ein fleckenloses Taschentuch hervor und tupfte sich damit die Lippen ab. »Das also ist Ihr Standpunkt?«

»Allerdings!«

Der Admiral blieb ganz ruhig, doch insgeheim rechnete Hechler damit, daß er den Posten vor seiner Tür rufen und ihn unter Arrest stellen lassen würde. Auf einem Tisch ganz in Leitners Nähe lag eine 7,65er Luger. Er konnte sie an sich reißen und ihn erschießen – so durcheinander wie er gegenwärtig war.

Leitner nickte ruckartig. »Ich werde mich an Ihre Worte erinnern. Nun sehen Sie zu, daß der Laderaum geöffnet und der Mann unter Arrest gestellt wird!«

Hechler trat vom Tisch zurück. Leitners plötzliche Selbstbeherrschung beunruhigte ihn mehr als alles andere.

»Geben Sie mir Bescheid, bevor das Schiff Fahrt erhöht, um sich mit dem Versorger zu treffen«, fügte Leitner hinzu. Er zeigte auf die Karte, aber seine Finger waren keineswegs in der Nähe des mit Bleistift eingetragenen Treffpunkts. »Ich werde in Kürze endgültige Instruktionen erhalten. Wenn das ...« Er blickte zur Seite. »Ach, lassen Sie mich allein!«

Hechler verließ die Kajüte und fand draußen Theil wartend vor. »Sie glauben, ich hätte das mit Ihrer Frau gewußt, nicht wahr?«

Theil starrte ihn an. »Ich ... Ich verstehe nicht ...«

»Sie lieben dieses Schiff, Theil, das weiß ich wohl. In wenigen Tagen, ja, vielleicht schon in wenigen Stunden müssen wir kämpfen. Dann benötigen der *Prinz* und ich Ihre uneingeschränkte Loyalität.«

Hechler blickte zur Seite, denn er konnte die Verzweiflung im Gesicht seines Ersten Offiziers nicht ertragen.

»Die Gestapo hat sie verhaftet«, sagte Theil. »Und niemand hat mir was davon erzählt. Das Haus war leer, als ich auf Urlaub kam.« Seine Worte sprudelten nur so hervor. »Wenn ich nicht zufällig meine Akte gelesen hätte ...«

»Als ich es erfuhr, war es leider schon zu spät«, sagte Hechler sanft. »Außerdem bestand strengste Funkstille, das wissen Sie. Vielleicht ist es ja doch nicht so schlimm, wie Sie befürchten ...« Ihre Augen trafen sich, und Hechler wußte, daß Weitersprechen sinnlos war. Selbst wenn sich die Gestapo geirrt hatte, zugeben würde sie es niemals. Was war für sie ein Leben mehr oder weniger? Millionen waren umgekommen. Er mußte an die unbekannte Hand auf der Morsetaste von St. Jorge denken, an die Männer, deren Leichen eben erst der See übergeben worden waren. Er blickte sich um, sah überall grauen Stahl. Noch gab es eine Chance, daß sie durchbrechen konnten. Er berührte Theils Arm, und diesmal zog er ihn nicht fort.

»Ich bin der Kommandant dieses Schiffes, Theil. Viele an Bord glauben vielleicht, ich sei zu weit entfernt, um manche Dinge zu bemerken. Aber ich habe viel gehört und gesehen. Und ich werde nicht zulassen, daß der Ruf meines Schiffes Schaden leidet.« Seine Augen waren hart geworden. »Das würde ich keinem nachsehen.«

Theil legte die Hand an die Mütze. »Sie können sich auf mich verlassen, Herr Kapitän.« Er schluckte trocken. »Ich war mir nur nicht ganz sicher ... Ich ...«

Hechler wandte sich ab und ging nach draußen. Es kam ihm vor, als teile er mit seinem Ersten ein furchtbares Geheimnis; denn er hatte die Tränen gesehen, die ihm über die Wangen liefen. Er kam sich plötzlich krank vor. Fühlte sich von Leitners Unbeständigkeit bedroht, von seiner Böswilligkeit. Und noch viel mehr von seiner eigenen Unsicherheit. Er kam sich vor wie ein Mann, dem man eine fehlerhafte Waffe gegeben hatte.

»Ganz allein, Dieter?«

Erika kam von dem Stand der Leichten Flak herunter, ihre Wangen waren von Regen und Wind gerötet.

Er blickte sie an und verspürte den unstillbaren Wunsch, sie in seine Arme zu nehmen und alles andere für einen Augenblick zu vergessen.

»Ich muß mit dir sprechen, Erika.« Er war sich klar darüber, daß ihn einige Männer interessiert beobachteten. Es war wie Abschied auf einem Bahnhof. Allein in der Menge – und dann fehlten einem die Worte, bis es zu spät war, sie auszusprechen.

»Ich weiß.« Sie griff nach seinem Arm. »Ich habe gefürchtet . . .« Sie schüttelte den Kopf, daß ihr feuchtes Haar über den Pelzkragen flog. »Nein, nicht wegen der Kampfhandlung und der vielen Toten. Aber danach. Ich fürchtete, du könntest annehmen, das mit uns sei eine momentane Entgleisung, ein Bedürfnis, das wir beide uns erfüllten, das aber nur für den Augenblick Bestand hatte.« Sie packte seinen Arm fester. »Ich möchte dich für immer.«

Er lächelte auf sie herab, die anderen Gesichter und Figuren verschwanden im Hintergrund. »Ich werde dich niemals aufgeben.« Er wandte sich um, weil ein Läufer vor ihm salutierte. »Meldung von der Brücke, Herr Kapitän: Der Maschinenraum ist wieder bereit für volle Fahrt.« Seine Augen wanderten zwischen ihnen hin und her.

»Die Brücke soll auf meine Anweisungen warten. Ich komme sofort hinauf.« Er blickte die junge Frau an und hatte nur eine Wunsch: daß sie ihm glaubte, was er sagte. »Ich liebe dich, Erika«, flüsterte er und trat einen Schritt zurück. Er sah, wie sie den Kopf in den Nacken warf, und es kam ihm vor, als hätten sie beide nun eine innere Stärke gewonnen, wie er sie nie zuvor gekannt hatte.

Als er verschwunden war, sagte sie leise: »Und ich liebe dich, Dieter.« Sie bemerkte, wie das Deck stärker zu zittern begann, als der Bug tiefer ins Wasser tauchte. Langsam schlenderte sie unter der Brücke hindurch und sah in das große schwarze Loch, das die Explosion der Granate gerissen hatte. Es kam ihr so unwirklich vor, in diesem Augenblick die Nähe des Feindes zu spüren. Sie mußte an Hechlers Gesicht denken, als er das Gebet für die toten Seeleute gesprochen hatte; seine feste Stimme hatte den Lärm der Turbinen übertönt, während der Regen gegen die gepanzerten Aufbauten klatschte. Ein trauriges Lächeln huschte über ihr Gesicht: *der Eiserne Pirat*. Es ging ihr wie allen anderen an Bord, sie konnte nicht über den Tag hinausdenken. Aber eines wußte sie ganz klar: Sie würde nie wieder einen anderen Menschen so lieben können.

Am nächsten Morgen trafen sie fast pünktlich im vorgesehenen Planquadrat mit dem riesigen Versorgungs-U-Boot zusammen. Kaum war es aufgetaucht, standen bereits die ersten Männer an der Reling, während noch Wasser von seinem Rumpf und dem großen, gedrungenen Turm abfloß. Viele Zuschauer auf der *Prinz Luitpold* erinnerten sich an die Versenkung des ersten Versorgers und fragten sich, ob der Kommandant dieses Bootes wohl etwas vom Schicksal des anderen wußte.

Theil hatte ein Megaphon in der Hand und beobachtete, wie die Leinen gefiert wurden, während die Maschinisten darauf warteten, daß die Schlauchleitungen übernommen und an die Einfüllstutzen für die Bunker angeschlossen werden konnten. Er dachte an Hechlers mitfühlendes Gesicht, als er ihn mit Brittas Schicksal konfrontiert hatte. Wenn er diesmal nach Hause kam, würde niemand auf ihn warten. Und ganz gewiß würde Leitner dafür sorgen, daß er niemals mehr befördert wurde. Aber vielleicht konnte er wenigstens das Schiff durchbringen. Er winkte den Leuten an den Flaschenzügen mit seinem Megaphon auffordernd zu. Leitner würde in jedem Fall Sieger bleiben. Der Admiral hatte über Britta genau Bescheid gewußt, er hätte ihm helfen können, als sie noch im Hafen lagen, wenn er nur gewollt hätte.

Plötzlich war Theil ganz ruhig. Er wußte nun, was er zu tun hatte.

Der Pilot des *Walrus*-Doppeldeckers vom Kreuzer *Wiltshire* war ein junger Marineleutnant der Reserve. Mochten sich die anderen Offiziere des Fleet Air Arm* auch abfällig über die alte Maschine äußern, ihm war sie richtig ans Herz gewachsen. Er sang leise vor sich hin, doch seine Stimme ging im Dröhnen des Pegasus-Sternmotors unter, der wie ein unförmiger Korb über dem offenen Cockpit hing.

Die anderen drei Besatzungsmitglieder blickten angestrengt nach unten aufs Wasser, wo von Zeit zu Zeit der unförmige Schatten ihrer Maschine erschien. Immer wieder waren sie ein Quadrat von knapp 80 Kilometer Seitenlänge abgeflogen.

In den Messen des Kreuzers waren wilde Gerüchte aufgetaucht, seit der Trick der Deutschen mit der Funkstation St. Jorge bekanntgeworden war. Und der Befehl der Admiralität, daß Hemrose sich mit seinen Schiffen der Force M zu unterstellen hatte, gab neuen Gerüchten Auftrieb.

Wie unendlich weit der Ozean aus dieser Höhe wirkt, dachte der Pilot. Irgendwo da hinten liegt die gewundene Küste Südamerikas. Sie mußte etwa 900 Kilometer entfernt sein. Sicherlich würde Hemrose

* britische Marineflieger

bald aufgeben, dachte er. Diesmal hatte er sein Spiel mit der Admiralität einfach zu weit getrieben. Der feige Godson würde sich freuen.

Sein Beobachter und Navigator kroch neben ihm auf den Sitz und meldete sich über die Bordverständigung. »In fünf Minuten gehen wir auf Gegenkurs, suchen noch mal etwas weiter südlich, und dann geht's zurück zu Vater, Bob.« Er starrte hinunter auf die endlose Wasserwüste.

»Wird dem Alten aber gar nicht gefallen.«

Der Pilot warf einen schnellen Blick auf den Kompaß. Die neuesten Meldungen waren geradezu überwältigend. Überall gingen die Alliierten vor, nur der einbrechende Winter würde ihren Vormarsch verzögern. Als der Krieg ausbrach, war der Pilot noch auf der Schule gewesen, aber für ihn kam nur die Royal Navy in Frage – ganz gleich, ob sie ihn als Berufs- oder als Reserveoffizier nahm. Wahrscheinlich würde er später noch in Japan zum Einsatz kommen.

Seltsam, bisher hatte er weder eine Bombe abgeworfen noch einen scharfen Schuß aus dem alten Vickers-MG abgegeben. Er war immer nur die Geleitzüge abgeflogen, um sie aus der Luft zu sichern. Oder er war zu Aufklärungsflügen wie diesem gestartet.

»Hast du was entdeckt, Tim?«

Sein Kamerad grinste ihn an. »Nichts. Diesmal hat der Alte offensichtlich vorbeigegriffen.«

Sie lachten beide in ihre Kehlkopfmikrophone, dann warf der Pilot noch einen letzten Blick auf das Meer. »Mein Gott, Tim«, keuchte er, »da unten ist er!«

Die alte *Walrus* legte sich in eine Kurve. Der Motor schüttelte sich protestierend, als der Pilot den Steuerknüppel hart gegen sein Knie zog.

Die Silhouette des deutschen Kreuzers entsprach in keiner Weise jenen, die sie von ihren Karten und Mappen kannten. Sie war nur ein Bruch in der Gleichförmigkeit des Meeres, die Andeutung eines Schattens, und trotzdem furchteinflößend.

»Schnell! Zurück zu Vater!« Sie klemmten sich in den Sitzen fest, während die *Walrus* mit so viel Würde wie möglich in einer niedrigen Wolkenbank verschwand. Er hätte gern noch mehr gesehen, doch damit hätte er Flakbeschuß riskiert. Und er wußte ganz genau, was Hemrose ihm erzählen würde, wenn er sich nicht an seine Befehle hielt.

Sein Kamerad klopfte ihm mit leuchtenden Augen auf die Schulter und machte keinen Hehl aus seinem Stolz, als er ihm zurief: »Soviel wir auch über die verdammte Navy schimpfen mögen, Bob, an diesen Tag werden wir uns immer erinnern! *Wir haben den Bastard aufgespürt!*«

Ob die Deutschen sie gesehen hatten? Aber darauf kam es nun auch nicht mehr an. Sie hatten geschafft, was keinem anderen gelungen war.

Den Deutschen in diesem riesigen Ozean zu finden, das grenzte schon an ein Wunder! Beide mußten laut lachen, als sie sich darüber klar wurden, daß ihre beiden anderen Besatzungsmitglieder überhaupt nichts gesehen hatten.

Auf dem Schiff saß Hemrose eingenickt in der Nachmittagssonne, die Mütze tief über sein gerötetes Gesicht gezogen.

Der Obersignalmeister versuchte, sein Teleskop ruhig zu halten, als er ablas: »Signal von *Pallas*, Sir!« Er leckte sich die trockenen Lippen. *»Haben Funkkontakt mit dem Flugboot: Feind in Sicht!«*

Hemrose rutschte von seinem Stuhl auf die Füße. Alle Augen schienen auf ihn gerichtet zu sein, als ob er gerade das Rote Meer geteilt hätte.

»Signal an alle Einheiten: *Volle Kraft voraus!*« Er sah den Blick des Oberfunkmeisters, in seinen Augen stand eine Frage. Die beiden Männer waren schon lange zusammen, und auch diesmal enttäuschte Hemrose ihn nicht.

»Gefechtsflaggen setzen!«

19 Der letzte Befehl

Hechler stand auf der Brücke und beobachtete das riesige U-Boot querab. Zwischen ihnen schien eine starke Strömung zu fließen, während die beiden Schiffe scheinbar ruhig dalagen. Er sah die Gruppe junger Subalternoffiziere, die Froebe auf die Brücke befohlen hatte, damit sie dieses Manöver studieren konnten. Der Versorger hatte alle Mühe darauf verschwendet, die Auftriebtanks zu trimmen, und schon begann der wertvolle Treibstoff zum Kreuzer zu fließen.

Theil stand mit einem Bootsmann auf dem Hauptdeck und gab den Matrosen mit dem Megaphon Zeichen.

»Umdrehungen sieben-null!« Hechler hörte, wie der Befehl hinter ihm wiederholt wurde. »Steuerbordmaschine stopp!« Die beiden Vorschiffe wurden wieder ruhiger. »Langsame Fahrt voraus!« Er griff nach der Reling und beugte sich darüber. Der Regen rann über sein Ölzeug, doch er registrierte es kaum. Er liebte es, die Kraft seines Schiffes unter sich zu spüren. Er sah das Blinken einer Signallampe auf dem Kommandoturm drüben und widerstand dem Bedürfnis zu lächeln. Er wußte bereits, was das Signal bedeutete.

»Signal vom U-Versorger, Herr Kapitän: *Senden Sie uns ein Boot mit Ihren Passagieren.*«

»Abgelehnt! Der Kommandant soll ein Schlauchboot herüberschicken!« Es würde aufregend genug werden, selbst wenn das Boot durch Leinen gesichert war. Er wußte, daß die Kameraleute bereits an der Reling standen, bereit den Kreuzer zu verlassen, ihre Filmrollen in wasserfeste Behälter gepackt. Hätte er eines seiner eigenen Boote aussetzen lassen, wäre er Gefahr gelaufen, daß der U-Boot-Kommandant beim ersten Anzeichen von Gefahr die Taue kappen ließ und mit seinem Boot tauchte.

Er beugte sich noch weiter über die Reling und sah eine Marinehelferin unter Tränen den Versorgungsoffizier Meile umarmen. Einige zusehende Matrosen grinsten abschätzig. Ganz gleich, was nun kam, Kameras würden wenigstens keine Zeugen mehr werden, dachte er. Aber das U-Boot hatte gewiß keine leichte Heimreise. Erst kam der lange Marsch bis hinauf nach Island und durch die Dänemark-Straße, dann mußten sie an der Küste Norwegens entlang die Ostsee erreichen. Was mochten sie am Ende in Kiel vorfinden? dachte er. Ganz bestimmt war die Stadt weiterhin ein vorrangiges Ziel für die Bomber der Alliierten gewesen, und dagegen konnte sie auch die stärkste Flak nicht schützen.

»Steuerbord halb zurück!« befahl er und zählte die Sekunden, bis die Umdrehungen der einen Schraube Wirkung zeigten. »Steuerbord langsam voraus!« Ob die jungen Leutnants wohl mitbekommen hatten, daß seine Aufmerksamkeit ein paar lebenswichtige Sekunden lang abgelenkt worden war? Er sah Theil einen Blick hinauf zur Brücke werfen. Der wußte von allen am besten, wie schnell die Rümpfe einander zu nahe kommen und kollidieren konnten. Oder der Kreuzer driftete zu weit weg, dann mußten die Versorgungsleinen reißen, und schon würde ein Ölteppich das Wasser bedecken. Hechler hörte, wie Theil die jungen Offiziere über die Gefahren aufklärte, und atmete tief durch.

»Hälfte des Treibstoffs übernommen«, meldete ein Signalgast, den Telefonhörer am Ohr. »Noch dreißig Minuten, Herr Kapitän.«

Hechler winkte zum Einverständnis mit der Hand, ohne sich umzudrehen. Er mußte an den unglücklichen Rudi Hammer denken, der noch immer in seinem stählernen Gefängnis saß. Noch war nicht klar, wie er überhaupt hineingekommen war und was er dort gewollt hatte; denn die Verständigung zwischen ihm und den Männern, die draußen bemüht waren, die Tür zu öffnen, beschränkte sich auf Klopfzeichen.

Leitners Idee mit einer Sprengung war völlig unsinnig. Der Raum lag direkt neben der Schaltzentrale für die Flak, und dahinter war einer der bis oben gefüllten Treibstoffbunker.

Erst hob sich der rechte Lauf von Turm *Bruno*, dann wurde der linke leicht angehoben; dabei gab die ganze Struktur ein Ächzen und Knirschen von sich, weil Stahl auf Stahl bewegt wurde. Aber der Turm selbst blieb bewegungslos. Nur eine einzige Granate, doch ihre Auswirkungen schienen sich nicht beheben zu lassen.

Nein, auch eine noch so kleine Sprengladung kam nicht in Frage. Das wäre, als hielte man ein brennendes Streichholz in ein Faß mit Schießpulver. Trotzdem hatte sich Leitner überhaupt nicht auf eine Diskussion eingelassen, sondern statt dessen seinen Flaggleutnant Theissen nach unten entsandt, damit der sich einen Überblick über die Lage verschaffte.

Ganz offensichtlich wußte der junge Mann nichts von den Plänen seines Admirals. Sollten die mysteriösen Kisten etwa auf das U-Boot umgeladen werden? Wenn dem so war, dann stellte sich die Frage, warum sie überhaupt bis hierher mitgenommen worden waren.

Hechler hörte, wie Gudegast im Hintergrund davontrampelte. Offensichtlich wollte er sich ansehen, wie Wind und Wasser mit den beiden verbundenen Schiffsrümpfen umgingen. Wieder erinnerte er sich an seinen Zornausbruch wegen des alten Hilfskreuzers. So hatte er Gudegast noch nie erlebt. Offensichtlich hatte er seine Gefühle sonst immer zu verstecken gewußt.

Ein Obermaat rannte über das Vorschiff zu einigen Männern, die Tauwerk hochzogen: Brezinka. Der wußte so ziemlich alles, was an Bord vorging. Und es war anzunehmen, daß er auch die Wahrheit über Rudi Hammer kannte.

Hechler versuchte vergebens, nicht an die junge Frau zu denken, nicht an ihren Blick, als er mit seinen Gefühlen für sie herausgeplatzt war. Er wußte, daß er sie niemals mehr vergessen würde. Geistesabwesend beobachtete er die Verbindungsleinen zwischen den beiden Schiffen, die mal durchhingen und sich dann wieder spannten. Er mußte Erika wiedersehen. Es durfte einfach nicht bei einer kurzen Episode bleiben, wie so oft in diesen Kriegszeiten.

Und was war mit Theil? Er verzehrte sich vor Haß und Verzweiflung. Was würde stärker sein, die Liebe zu seinem Schiff oder die innere Unruhe?

»Radar an Brücke!«

Er griff zum Telefonhörer. »Hier spricht der Kommandant.«

»Flugzeug in Grün eins-fünf-null! Fliegt von links nach rechts am Rand unserer Reichweite.«

Ein Dutzend scharfer Gläser hob sich zum Himmel, und ein Mann rief: »Ich habe es aufblitzen gesehen, Herr Kapitän!«

Hechler wandte den Blick nicht von dem U-Boot. »Weiter Ausguck halten!« Er wagte es nicht,die Schiffsführung jetzt jemand anderem zu überlassen.

»Es hat sich bereits in die Wolken verzogen, Herr Kapitän«, sagte Froebe. Seine Stimme klang interessiert, nicht mehr. »Bewegt sich langsam achteraus. Vom Schirm verschwunden«, sagte er leiser.

»Schwere Flak feuerbereit«, meldete eine Stimme über Bordlautsprecher.

»Befehl zurück!« bellte Hechler. Gudegast gesellte sich zu ihm, und gemeinsam starrten sie zum walförmigen Rumpf des Versorgers hinüber. Das Schlauchboot lag inzwischen drüben längsseits, und Hechler sah, wie eine der Marinehelferinnen zum offenen vorderen Luk geschoben wurde. Je schneller die Passagiere unter Deck waren und das Luk wieder geschlosen werden konnte, um so erleichterter war bestimmt der Kommandant.

»Vielleicht hat uns das Flugzeug ja gar nicht entdeckt, Herr Kapitän.« Aber Gudegasts Stimme verriet Zweifel.

Fast 900 Kilometer vom nächsten Land entfernt, überlegte Hechler, das konnte nur eine Feindmaschine sein. Obendrein war sie recht langsam geflogen. Er spürte, wie er unter seiner Mütze zu schwitzen begann. Das war kein Trägerflugzeug gewesen, denn dann wäre es schneller geflogen und würde schon bald mit anderen zurückkehren.

»Die haben uns allemal gesehen, Gudegast. Neutral?« Er schüttelte den Kopf. »Nein. Ich vermute, daß es sich um das Bordflugzeug eines feindlichen Kriegsschiffes handelt, denn ein Trägerflugzeug war es nicht.«

Gudegast lachte leise in sich hinein. »Dann kommt einiges auf uns zu.«

Theissen erschien auf dem Niedergang. »Der Admiral möchte wissen . . .«

»Teilen Sie dem Admiral mit, daß es sich wahrscheinlich um ein feindliches Flugzeug handelte«, sagte der Kapitän grob. »Und falls er wissen möchte, weshalb ich die Schwere Flak nicht habe feuern lassen: Die Besatzung der Maschine sollte denken, wir hätten sie nicht bemerkt.« Er beobachtete die Schläuche, die vom Wasser umspült wurden. »Ich beabsichtige, die Treibstoffübernahme zu beenden.«

Als der Mann davoneilte, wollte Gudegast wissen: »Und was nun, Herr Kapitän?«

Hechler stellte sich die Karte vor. Das U-Boot würde schon bald verschwinden.

»Lassen Sie die erste Arado startfertig machen!« ordnete er an. »Ich vermute, daß mindestens ein feindliches Schiff in unserer Nähe ist, wenn nicht sogar mehrere. Und ich glaube nicht, daß der Feind weiter entfernt ist als einhundert Meilen. Die Besatzung wird jetzt so schnell wie möglich zurückfliegen, um dem Führer des feindlichen Verbandes Meldung zu machen. Wahrscheinlich wird sie keinen Funkspruch absetzen, damit wir nicht alarmiert werden und sie orten.«

»Ich bewundere Sie, Herr Kapitän«, sagte Gudegast leise. »Sie haben die Lage innerhalb von Sekunden erkannt und Ihre Entscheidung getroffen.«

»Und Sie haben mir oft erzählt, wie Sie vor dem Krieg Holz über die Ostsee geschippert haben. Ich habe eben *dieses* Geschäft betrieben, seit ich in die Marine eingetreten bin.«

»Arado startklar, Herr Kapitän!«

»Der Pilot soll versuchen, die feindlichen Schiffe aufzuspüren und sie mir sofort melden.«

Gudegast sah den Kapitän von der Seite an. Das würde ein selbstmörderischer Flug werden. Er war froh, daß nicht er derartige Entscheidungen zu treffen hatte.

Hechler wandte seine Aufmerksamkeit dem Feind zu. Im günstigsten Fall würden sie bei Sonnenuntergang Kontakt haben. Sollte der Feind allerdings auf Verstärkung warten, dann ließ ihm das ausreichend Zeit für eine Kursänderung. Ihr weitreichendes Radar würde ihnen einen Vorteil verschaffen. Ohne diese leistungsstarken Funkmeßgeräte hätten sie das Flugzeug niemals aufgefaßt.

Sicher war immerhin, daß es bisher keine Meldungen über Schlachtschiffe oder Schlachtkreuzer in diesem Seegebiet gegeben hatte. Die schweren Einheiten hatten alle nördliche Kurse eingeschlagen und waren damit beschäftigt, Konvois zu schützen oder die Nachschublinien der Transporter zu sichern, die immer mehr Soldaten über den Ärmelkanal nach Frankreich brachten. Er biß sich auf die Lippen – nicht nur nach Frankreich, sondern auch schon nach Deutschland.

Also handelte es sich um einen Kreuzer. Er versuchte, sich aus allen Blickwinkeln ein Bild von seinem unsichtbaren Gegner zu machen. Wenn es ihnen gelang, sich den Feind vom Leib zu halten oder ihn schwer zu beschädigen, ohne daß der *Prinz* weitere Beschädigungen davontrug, dann konnte ihnen der Durchbruch doch noch gelingen. War ihr Vorhaben aber erst bekannt, dann würden die Engländer alle Kräfte aufbieten, um sie aufzuhalten. Die Erinnerung an die *Bismarck* ging ihm durch den Kopf, die neben ihrem Schwesterschiff *Tirpitz* zu den größten Schlachtschiffen der Welt zählte. Sie war bis zum letzten Schuß kämpfend untergegangen. Und es hatte immerhin der ganzen Home Fleet bedurft, um sie aufzuspüren und zu vernichten. Immerhin war es ihrem Schwesterschiff *Prinz Eugen* gelungen, damals die Blokkade zu durchbrechen. Es mußte auch ihnen gelingen!

Er bemerkte plötzlich, wie die Umstehenden Haltung annahmen, und hörte Froebes leise Warnung. Leitner marschierte über die Brükke, die Uniform vom Regen durchnäßt. Er blickte gleichgültig hinüber zum U-Boot. »Wie lange dauert das noch?«

»Zehn Minuten, Herr Admiral.«

Einige junge Offiziere duckten sich unwillkürlich, als die Arado mit röhrendem Motor vom Katapult geschossen wurde und über der Brücke wie ein riesiger Adler mit Schwimmern Höhe gewann. Hechler warf dem Admiral einen schnellen Blick zu. Eigentlich hatte er mit einem heftigen Ausbruch gerechnet, weil der Startbefehl ohne seine Zustimmung erfolgt war.

Statt dessen murmelte Leitner nur: »Wollen wohl mal sehen, was los ist, was?«

»Ich denke, daß wir nachher Fahrt erhöhen sollten, Herr Admiral.« Hechler warf ihm von der Seite kurze Blicke zu, behielt aber die ganze Zeit das Schiff unter Kontrolle. »Sobald die Dunkelheit einbricht, will ich ...«

Leitner zuckte mit den Schultern. »Der Führer schenkt uns seine ganze Aufmerksamkeit. Wir dürfen sein Vertrauen nicht enttäuschen.« Damit wandte er sich ab und hatte kurz darauf die Brücke verlassen.

Gudegast kam ihm auf dem Niedergang entgegen, doch der Admiral übersah ihn völlig. »Was hältst du davon?« flüsterte er Froebe zu.

Der spreizte die breiten Hände. »Er weiß, daß wir kämpfen werden, Josef, und ist deshalb ganz krank. Vielleicht wär' ich das an seiner Stelle auch.«

Gudegast musterte die angespannten Schultern Hechlers. Sie hatten allen Grund, Gott für diesen Kommandanten zu danken, dachte er inbrünstig. Irgendwie mußte es einen Ausweg geben. Sie hatten doch schon Unglaubliches geleistet. Hatten getreu ihren Befehlen feindliche Schiffe versenkt, in Brand geschossen und zerstört. Was stand ihnen denn nun noch bevor?

Er ballte seine Fäuste und öffnete sie wieder. In wenigen Minuten mußte das U-Boot unter Wasser verschwinden, dann waren sie wieder ganz allein. Plötzlich stellte er fest, daß er diesen verdammten Krieg haßte. Mehr als alle anderen Schiffe waren es die U-Boote, die Schrekken auf See verbreiteten. Innerhalb weniger Monate hatten sie alles, was in langen Jahren gewonnen worden war, zugrunde gerichtet, hatten die Bruderschaft zur See vernichtet. Zugegeben, die Welt war alles andere als perfekt, und Kriege waren offenbar unvermeidlich. Aber diese Grausamkeit wurde gewiß niemals vergessen. Er blickte hinauf zur Kriegsflagge. Sie sah vor den zerrissenen Wolken aus wie ein blutiger Fleck.

»Treibstoffübernahme beendet, Herr Kapitän. Die Leitungen werden eingeholt.«

Hechler richtete sich auf. »Achtung bei allen Verbindungen. Steuermann, äußerste Vorsicht!«

Er wandte sich um und blickte an der Brücke vorbei auf den Schornstein und die Kommandoflagge des Admirals.

Nun mochte kommen, was wollte, er war bereit.

»Neuer Kurs null-eins-null, Herr Kapitän!«

Hechler lockerte den Kragen. Erfreulicherweise hatte es aufgehört zu regnen.

»Volle Umdrehungszahl!« Er blickte nach achtern, die Hand zum Gruß an den Mützenschirm gelegt, aber von dem großen Versorgungs-U-Boot war nichts mehr zu sehen. Es war, als habe es nie existiert.

Die Wolken waren jetzt wesentlich aufgelockerter. Ideales Wetter für die Flak, aber leider nicht für die Arado, wo immer sie jetzt auch sein mochte. Er fühlte, daß sein Schiff stärker erzitterte, und stellte sich vor, wie im Maschinenraum die Instrumente den Druck anzeigten, mit dem die drei riesigen Schrauben nun angetrieben wurden. Das Kielwasser rauschte zu beiden Seiten des eleganten Rumpfes silbrig glänzend vorbei und bildete einen krassen Gegensatz zum dunklen Wasser. Wenn nur . . .

Er nahm einem Maaten den Telefonhörer aus der Hand. »Kommandant!«

Es war ein Oberleutnant, der zur Leckwehr gehörte.

»Wir haben den Laderaum beinahe offen, Herr Kapitän.« Seine Stimme klang so jubilierend, als spiele nichts sonst eine Rolle. »Hammer geht es gut.«

»Danke. Bleiben Sie bei ihm.« Über Hechlers Gesicht flog ein grimmiges Lächeln. Er beschattete seine Augen und blickte wieder hinaus auf die See, die rauher wurde, als wolle sie ihm mehr Widerstand entgegensetzen, bevor sie sich von ihrem scharfen Bug zerteilen ließ.

»Da geht der Arschkriecher des Admirals«, hörte er eine Stimme leise hinter sich. Er brauchte sich nicht umzuwenden, um zu wissen, daß es sich um Bauer handelte, den Nachrichtenoffizier. Den schien wirklich niemand zu mögen. Und seit der Geschichte auf der Insel hatte sich die Abneigung gegen ihn noch verstärkt.

Er nickte Gudegast zu. »Lassen Sie sich bitte aus dem Funkraum berichten, ob sie von unserem Flugzeug gehört haben.« Er sah, daß Froebe ihn beobachtete. Immer wieder marschierte er beunruhigt von der einen Seite der Brücke zur anderen. Er kam sich vor, als sei er plötzlich nackt.

»Der Herr Admiral.« Ein Matrose hielt ihm den Telefonhörer hin.

Er nahm ihn und meldete sich.

»Ich habe eine wichtige Nachricht, Hechler.« Leitners Stimme klang aufgeregt. »Vom Führer persönlich. Er erwartet Großes von uns . . .« Er brach mit einem Fluch ab, als die Verständigung unterbrochen wurde.

»Flugzeug in Grün vier-fünf«, meldete eine Stimme. Und dann: »Entwarnung, eigene Maschine!«

Jemand murmelte heiser: »Wurde auch langsam Zeit.«

Hechler hob die Hand. »Ruhe auf der Brücke!« Abgesehen vom Wind, der um die Aufbauten heulte, wurde es plötzlich totenstill.

»Er ist beschossen worden«, flüsterte Gudegast.

Jedes Glas wurde auf das Flugzeug gerichtet, und selbst die Männer der Leichten Flak standen an der Reling und starrten in den Himmel.

Noch bevor sie die Arado identifizieren konnten, sahen sie die lange Rauchfahne. Es sah aus, als zöge das Flugzeug einen langen braunen Schweif hinter sich her, der in ständiger Aufundabbewegung war. Hechler erkannte die Einschüsse, sie redeten ihre eigene Sprache. Der Pilot war entweder zu nahe an den Feind herangeflogen und von den leichten Waffen erwischt worden, oder die Schwere Flak hatte Treffer erzielt.

»Deck fertigmachen zur Anbordnahme!«

Hechler stand da mit trockenen Lippen und wagte nicht, sie mit der Zunge anzufeuchten, während er beobachtete, wie die Arado näher kam. Sie war ein Bild des Jammers. Die Maschine sackte tiefer und tiefer, und er glaubte schon, ihre verschwommene Form auf dem Wasser zu sehen.

»Befehl an Leckwehr: Rettungsmannschaften nach Steuerbord mit Kletternetzen!« Es bedeutete, daß sie die Fahrt verlangsamen, ja womöglich ganz stoppen mußten. Aber er konnte die Flieger nach alldem, was sie vollbracht hatten, nicht einfach ertrinken lassen.

Eine Morselampe leuchtete auf, der Beobachter bediente sie. Das bedeutete, daß der Bordsender durch Beschuß ausgefallen war.

Der Oberfunkmeister auf der Brücke öffnete den Mund, aber Gudegast kam ihm zuvor: *»Feind in nordwestlicher Richtung in Sicht.«*

Alle Augen richteten sich auf ihn. *»Ein Zerstörer.«* Er zuckte zusammen, als das Flugzeug fast die Wasseroberfläche berührte und noch einmal hochkam wie ein sterbender Vogel. *»Zwei, wiederhole: zwei feindliche Kreuzer!«*

»Leckwehr auf Station, Herr Kapitän!« meldete Froebe.

Hechler ließ sein Glas auf die Brust sinken. Die Arado war noch einmal hochgezogen worden, begann nun zu schwanken und explodierte in einem grellen orangefarbenen Feuerball.

»Leckwehr weggetreten!«

Der junge Jäger reichte ihm den Telefonhörer mit aschfahlem Gesicht.

Hechler starrte auf den Rauchpilz, der über dem Wasser hing, und die davontreibenden Trümmer. »Herr Admiral?«

Er hielt den Hörer etwas vom Ohr ab, als sich Leitners Stimme fast überschlug. »Zwei Kreuzer und ein Zerstörer! Da haben Sie sich ja schön verrechnet, Sie Idiot!«

»Herr Admiral!« protestierte Hechler scharf. »Erstens sind wir nicht allein, und zweitens haben wir eben zwei tapfere Männer verloren.«

»Sie wagen es, mich zu unterbrechen! Der Führer hat mich mit einer Sondermission beauftragt!« Leitner warf den Hörer auf die Gabel.

Hechler blickte Gudegast mit einem schiefen Lächeln an. »Er scheint nicht sehr erfreut zu sein.«

Minuten später erschien Theil auf der Brücke und blickte wild um sich. Schwer atmend fragte er: »Ist das wirklich wahr, Herr Kapitän? Ich habe soeben Befehl bekommen, die Kisten in die neue Arado verladen zu lassen!«

Hechler vernahm die Worte, doch seine Gedanken beschäftigten sich noch immer mit der letzten Nachricht: drei Schiffe, aber nur ein Zerstörer. Eine gewisse Hoffnung gab es immer.

»Berichten Sie«, forderte er Theil auf.

Der hatte sich wieder gefangen. »Der Adjutant des Admirals erschien und gab mir persönlich den Auftrag, nachdem ich gerade zur Admiralsbrücke gemeldet hatte, daß es gelungen war, den Laderaum zu öffnen. Hammer wurde sofort ins Krankenrevier geschickt. Und dann habe ich diesen Befehl bekommen.«

Plötzlich war alles so klar und offenkundig, daß Hechler sich fragte, wie er so ruhig bleiben konnte.

»Gut, Theil. Dann lassen Sie die Kisten in die Maschine verladen.« Er nahm das Telefon zur Admiralsbrücke und erwartete fast, keine Antwort mehr zu erhalten. Doch Leitner meldete sich sofort.

»Unter diesen Umständen habe ich keine andere Wahl, Hechler«, antwortete er auf seine Frage. »Und Sie auch nicht. Meine Anweisung lautet, sofort zum Festland zu fliegen. Der Kampf geht weiter!«

Hechler sah in die Runde, in die Augen der Männer, die ihn anstarrten. Offiziere und Matrosen, junge Männer und ältere. Alle Gesichter drückten aus, was sie empfanden: Unglauben. Erstaunen. Scham.

»Und wie lauten die Befehle für mich, Herr Admiral?«

Leitners Stimme war so laut, daß alle mithören konnten. »Sie unternehmen sofort alle nötigen Schritte, damit Ihr Schiff nicht in Feindeshand fällt. Sehen Sie zu, daß Sie möglichst nahe an die Küste herankommen, und dann versenken Sie sich selbst.«

»Du lieber Gott«, murmelte Gudegast.

Hechler legte auf. »Beladen Sie die Maschine, Theil. Und lassen Sie sie startklar machen.« Seine Stimme war ausdruckslos. »Danach melden Sie mir Vollzug!«

Theil starrte ihn verzweifelt an. »Auch Sie? Das hätte ich nicht erwartet.«

Hechler blickte ihn ernst an. »Wir haben nicht mehr viel Zeit, Theil.« Und als der sich wie betäubt abwandte, fügte er hinzu: »Nein, Viktor, ich nicht!«

Er war nicht sicher, ob Theil ihn noch gehört hatte. Es gab noch mehr, dessen er nicht sicher war. Aber er wandte sich um und ging hinaus auf die Brückennock. Der Bordkran senkte sich über die hellgestrichene Arado, die auf dem Katapult wie auf einer Sitzstange hockte.

Erikas Stimme erklang vom Niedergang her. »Keine Besucher!« sagte er grob, doch schon schob sie Jägers Arm zur Seite und lief auf ihn zu. »Ich will nicht weg von dir!« rief sie. »Nicht wegen dieses Feiglings!«

Er fing sie in seinen Armen auf, und während er auf sie hinabblickte, befahl er: »Alle Maschinen langsam voraus!«

Dann sagte er zu ihr: »Ich gebe dir den Befehl zu fliegen.« Seine Stimme war plötzlich heiser. »Ich hätte eigentlich früher darauf kommen sollen, Erika: Leitner will entweder als Held zurück in die Heimat oder an einem versteckten Platz in Argentinien warten, bis der Krieg zu Ende ist.« Er drückte sie fest an sich. »Es muß sein. Wenigstens weiß ich, daß auch du dann in Sicherheit bist.«

Sie schluchzte, das Gesicht gegen seinen Mantel gepreßt. »Nein! Du darfst mich nicht dazu zwingen!«

»Ich brauche die verbleibende Arado dringend in der Luft«, sagte er leise. »Bitte starte jetzt, mein Liebling. Meine Männer sehen bereits zu uns her.«

Sie trat einen Schritt zurück; trotz der Tränen auf ihren Wangen, die sie nicht beachtete, hatte sie ihre Beherrschung wiedergewonnen. »Du wirst das Schiff nicht selbst versenken, Dieter, nicht wahr? Das wolltest du damit doch sagen.«

Er gab ihr keine direkte Antwort. »Ich werde dich nie vergessen.« Er wandte sich ab und befahl knapp: »Bringen Sie die Pilotin zum Flugzeug!«

Er blickte sich erst um, nachdem sie die Brücke verlassen hatte, hörte den Motor der Arado zum Leben erwachen und sah Theissen, der seine Mütze festhielt. Sein Gesicht drückte Bestürzung aus, denn erst jetzt wurde ihm klar, daß er von dem Mann, den er verehrte, ja vielleicht sogar liebte, verlassen worden war und für sich selbst sorgen mußte.

»Radar an Brücke: Feind in Sicht!«

Hechler hörte kaum die Worte, mit denen die Schwere Artillerie ihre Anweisungen erhielt. Er trat hinaus auf die Nock und sah mit einigem Erstaunen Theil neben dem Katapult stehen. Dann wurde Theissen in das Cockpit der Maschine geschoben und schnallte sich hinter der Pilotin an.

»Theil, was zum Teufel . . .«

»Meldung von der Leckwehr, Herr Kapitän: Die Tür zur Admiralskajüte läßt sich nicht öffnen. Offensichtlich ein Ausfall der Hydraulik.«

Hechler musterte ein letztes Mal das Flugzeug auf dem Katapult, dann nahm er langsam seine Mütze ab und schwenkte sie über dem Kopf. Mit einem Aufbrüllen des Motors rauschte die Arado vom Katapult und stieg in den Himmel. Die Flügel blitzten im Dunst.

»Alle Maschinen volle Fahrt voraus!« Er blickte hinter der Arado her, bis sie im Westen den Horizont erreichte.

»Der Admiral wünscht Sie zu sprechen, Herr Kapitän.« Froebes Stimme klang heiser.

Hechler rief sich Theils Gesicht ins Gedächtnis. Er ganz allein mußte dafür gesorgt haben, daß sich die Tür zur Admiralskajüte nicht öffnen ließ.

»Steuerbord zwanzig!« Er zog seine Öljacke aus und verstaute sie hinter einem Flaggenschrank. »Melden Sie dem Admiral meinen Respekt«, sagte er, »aber ich muß jetzt mein Schiff ins Gefecht führen!« Er blickte nach Westen zum Horizont, doch das kleine Flugzeug war bereits verschwunden. Und doch konnte er noch immer den Druck ihres Körpers spüren, ihren Schmerz so sehr wie seinen eigenen, daß sie einander verlassen mußten.

»Wir werden uns den Sieg teilen«, sagte er. »Aber niemals die Schande!«

Gudegast betrachtete ihn unauffällig und bedauerte, daß er nicht längst begonnen hatte, den Kommandanten zu zeichnen. Nun würde es ein solches Bild niemals geben.

Hechler versuchte, sein Glas zu stabilisieren, als sich die Brücke des Kreuzers mit den Vibrationen des Schiffes schüttelte.

»Unverändert null-fünf-null, Herr Kapitän!«

Hechler nahm den Telefonhörer, der ihn mit dem Maschinenraum verband. »L. I.? Hier spricht der Kommandant. Ich brauche jeden Knoten Fahrt, der verfügbar ist.«

»Darf ich fragen, was los ist?« Stücks Stimme schien meilenweit entfernt zu sein.

»Nicht mehr lange, dann treffen wir auf den Feind. Es sind drei Schiffe. Und ich rechne auf Sie!« Er zögerte einen Augenblick, weil er wußte, daß Stück seine Männer informieren wollte. »Sobald ich den Befehl gebe . . .«

Jetzt war Stücks Stimme wieder ganz klar. »Verstehe, Herr Kapitän. Ich werde dafür sorgen, daß meine Männer dann doppelt so schnell an Deck sind wie sonst.«

Hechler legte den Hörer auf und schlüpfte aus dem grauen Fischerpullover. Es war völlig unsinnig, aber er spürte den Wunsch, ein frisches Hemd und seine Ausgehuniform anzuziehen. Die Männer seiner Umgebung sahen ihn grinsen, und das machte ihnen Mut.

»Entfernung 140«, klang eine Stimme aus dem Lautsprecher. »Peilung unverändert.«

Die beiden Kreuzer fuhren in Linie hintereinander, um ihre höchste Feuerkraft zur Verfügung zu haben. Hechler hatte sie vor Augen, als seien sie ganz in der Nähe. Dabei waren sie noch vierzehn Kilometer entfernt. Dicht vor ihnen lief der Zerstörer. Ihn würden sie zuerst sichten. Er vernahm Krolls abgehackte Stimme, die über die Bordverständigung einen Überblick gab: »Die Türme *Anton*, *Caesar* und *Dora* konzentrieren ihr Feuer auf die Kreuzer. Die Flak ist angewiesen, auf Angriffe feindlicher Flugzeuge sofort zu reagieren.«

Hechler ließ seine Augen über die offene Vorbrücke schweifen. Er war willens, hier draußen auszuhalten, so lange es ging, aber vielleicht war er schließlich doch gezwungen, sich in den gepanzerten Kommandoturm zurückzuziehen. Er kämpfte lieber auf offenen Brücken, wo er in der Lage war, sich blitzschnell einen Überblick über die Gefechtslage zu verschaffen. Wenn ihr Leben auf dem Spiel stand, war es wichtig, daß seine Männer ihn sehen konnten.

»Schwerer Kreuzer in Grün eins-null«, ließ sich Krolls Stimme erneut vernehmen. Und nach einer kurzen Pause: »Kreuzer eröffnet Feuer!«

Als die feindliche Salve weit vor ihrem Bug im Wasser explodierte, kam sich Hechler wie ein unbeteiligter Zuschauer vor. Die Fontänen, die aufgestiegen waren, schienen nur zögernd in sich zusammenzufallen. Der Wind wehte auf sie zu, und er spürte den Geschmack von Kordit: den Atem des Todes.

»Zweiter Kreuzer feuert!«

Irgend jemand lachte im Hintergrund. Es war ein nervöses Geräusch, und der Zweite Artillerieoffizier brachte den Mann mit einem scharfen Zuruf zum Schweigen.

»Schwere Artillerie feuerbereit, Herr Kapitän!«

Hechler sah, wie die beiden vorderen Geschützrohre zur Seite schwenkten, während sich Turm *Bruno* überhaupt nicht rührte. Auch die beiden hinteren Türme schwenkten aus, ihre Rohre wurden nach Krolls Anweisungen gerichtet. Hechler drückte den Knopf unterhalb des Bildschirms, und Sekunden später fuhren die sechs riesigen Rohre in ihren Bettungen zurück, der ohrenbetäubende Krach ihrer gleichzeitigen Abschüsse hämmerte gegen die Brücke wie Sturmböcke. Weitere feindliche Salven rauschten ins Wasser, erzeugten Fontänen und hinterließen heftige Wirbel.

Ein paar Sekunden vergingen, während die Kanoniere an den Richtmaschinen letzte Verbesserungen vornahmen.

»Feuer!«

Unter der Brücke schien das Deck förmlich hochzuspringen. Eine dichte Rauchwolke quoll an der Seite hoch. Gleichzeitig prasselten Wrackstücke ins Meer und verschwanden im aufschäumenden Kielwasser. Aus den Sprachrohren erklang ein Stakkato von Befehlen und Fragen. Hechler hörte die Spannung in den Stimmen seiner Männer auf der Brücke. Sie kamen ihm eher wie Roboter vor als wie lebende Wesen.

»Sanitäter an Deck! Feuerlöschtrupp an die Torpedorohre! Beschädigungen und Tote sowie Verletzte melden!«

»Wir haben einen Treffer erhalten, Herr Kapitän«, berichtete Froebe. »Aber wir haben die Lage unter Kontrolle.« Er duckte sich, als eine weitere feindliche Salve über die Brücke heulte und weit querab explodierte.

»Backbord fünfzehn!« Bei dieser Geschwindigkeit schien sich das Schiff in der Kurve auf die Seite legen zu wollen, doch Hechlers ruhige Stimme stabilisierte es umgehend auf dem neuen Kurs. Das Getöse schien nicht mehr zu enden. Riesige Wassersäulen stiegen aus dem

Meer und fielen wieder in sich zusammen, während *Prinz Luitpold* dem Feind entgegenstürmte. Die Geschütze des deutschen Kreuzers feuerten nicht so schnell wie die des Gegners. Hechler wußte, daß Kroll jede Salve und jeden Schuß genau verfolgte. Damit zwang er seine Leute, sich exakt nach den Vorgabewerten zu richten und nicht blindlings zu feuern.

»Volltreffer auf dem linken Schiff!« Irgend jemand jubelte. »Aber sie schießen weiter.«

Plötzlich gab es eine ungeheure Explosion, und einige Augenblicke wußte Hechler nicht, ob sein Kreuzer im Gegenzug ebenfalls einen Volltreffer erhalten hatte. Als sich der Rauch langsam verzog, fühlte er Regen auf seinem Gesicht und war dankbar für die starke Bewölkung. Vielleicht gelang es ihnen, sich bei hoher Fahrt bis zum Einbruch der Dunkelheit zu behaupten . . . Er zuckte zusammen, als zwei Granaten im Inneren des Rumpfes explodierten und ein riesiges Stück Stahl über die Brücke flog, um auf den Männern einer Vierlingsflak zu landen. Er trat von der Schutzscheibe zurück und spürte, wie sein Magen rebellierte, als ein Matrose förmlich in zwei Teile zerrissen wurde, bevor er auf die blutigen Überreste seiner Kameraden fiel.

»Weiterer Treffer auf dem linken Schiff«, meldete die Bordverständigung. »Feind verliert an Fahrt und läuft aus dem Ruder!«

Hechler wischte sein Gesicht ab. »Feuer auf den Schweren Kreuzer rechts konzentrieren!« Kroll brauchte eigentlich keine Anweisungen; als entsinne er sich endlich seiner Bestimmung, begann sich nun auch Turm *Bruno* plötzlich zu bewegen und schwenkte auf den Feind ein.

»Feuer!«

Alle vier Rohre liefen nach dem Abschuß in ihren Bettungen zurück, und unmittelbar darauf folgten die beiden hinteren Türme.

»Zu kurz!«

Hechler fuhr herum und erblickte Leitner, der sich barhäuptig einen Weg über die Brücke bahnte. Offensichtlich hatte ihn Theil aus seiner Falle entlassen, nachdem er die Hydraulik wieder eingeschaltet hatte.

Leitner schien sich der Gefahr überhaupt nicht bewußt zu sein und zuckte kaum mit der Wimper, als Kroll eine weitere Salve auslöste, die von allen vier Türmen abgefeuert wurde.

»Sie hinterhältiger Hund! Sie haben mich eingesperrt!« Er blickte sich wild um und mußte im Rauch husten. »Aber ich werde es noch erleben, daß Sie um den Tod betteln! Und er wird Ihnen versagt werden!«

Hechler duckte sich, als Stahlsplitter durch die Luft flogen und gegen die Aufbauten der Brücke prasselten. *Wieder ein Treffer!* Er versuchte, den Sinn der verstümmelten Meldungen zu erfassen, und sah im Geist seine Männer vor sich, die auf ihren Gefechtstationen aushielten, in Magazinen und den Türmen der Artillerie oder beim Beschicken der Dampfkessel.

»Sie haben mir nichts mehr zu sagen, Leitner!« brüllte er den Admiral an. »Dies ist mein Schiff, und Sie sind der Verräter!« Er packte ihn heftig an seinen Aufschlägen, alle Zurückhaltung inmitten des Schlachtgetümmels vergessend. »Sie wollten abhauen wie ein Hasenfuß, nachdem Sie feststellten, daß Ihre Rolle als Held der Propaganda geplatzt war!«

»Herr Kapitän!« Jäger hielt ihm einen Telefonhörer hin. Sein Gesicht war aschfahl, von seinem Scheitel rann ein scharlachrotes Rinnsal.

Es war Gudegast. »Wir sollten jetzt eine Kursänderung vornehmen, Herr Kapitän!«

»In Ordnung, Gudegast.« Hechler legte den Hörer beiseite. »Hart Backbord, Kurs ...« Er lief zum Kompaß und wischte Staub und Splitter mit dem Ärmel ab. »Kurs null-eins-null!« Damit würde das schwerbeschädigte Feindschiff auf einem Kurs bleiben, von dem aus es nicht mehr eingreifen konnte, andererseits bekam Kroll mit seinen Männern die Chance, sich ganz auf den zweiten Schweren Kreuzer zu konzentrieren. »Gleichbleibende Fahrt!« Er sah eine riesige Wasserfontäne an ihrer Backbordseite hochsteigen. Gleich darauf erzitterte die Brücke unter dem Einschlag einer weiteren Granate, die in der Nähe des Achterdecks niederging. Wie von Zauberhand erschienen schwarze, gezackte Löcher im Schornstein. Abgerissene Stahltrossen und Antennen hingen wie Schlingpflanzen über der Brücke.

»Erbitte Erlaubnis, Sektion Sieben zu fluten, Herr Kapitän.«

Hechler konnte sich Theil mit seinen Männern vorstellen, die unten vor den Armaturen standen und sahen, wie aufleuchtende Warnlampen signalisierten, daß eine Sektion des Kreuzers nach der anderen getroffen wurde oder Hilfe benötigte.

Die Schwere Artillerie wurde fast genau querab gerichtet, aber ihr Ziel verbarg sich weit entfernt im Rauch. Hechler schleppte sich an die Reling, die Gedanken jagten ihm durch den Kopf. Erika wenigstens war auf dem Weg in die Sicherheit, die achthundert Kilometer bis zur Küste konnte sie schaffen. Am liebsten hätte er ihren Namen herausgeschrien – vielleicht der letzte Schrei, den er ausstoßen konnte.

Der Rumpf erzitterte, Flammen schossen unterhalb der Mittelartillerie aus dem Deck. Männer liefen von ihren Stationen, einige mit

Feuerlöschern, andere in panischer Angst um ihr Leben; einer schrie, am ganzen Körper brennend, vor Schmerzen.

»Eine Gabel! Zwei Treffer!« Die Stimme, die das meldete, schien zu brechen.

Hechler kletterte auf die Reling und wartete, daß der Rauch abzog. Er mußte den Atem anhalten, um nicht zu würgen, aber er wollte wissen und sehen, was los war.

Und dann hatte er in seinem starken Nachtglas ein verschwommenes Bild wie auf einem verzerrten Film. Der feindliche Schwere Kreuzer, der so hoch aus dem Wasser ragte, war vom Vorschiff bis zur Brükke völlig in Flammen gehüllt. Die Geschütze der beiden vorderen Türme waren zerstört, zwei Rohre ragten wirkungslos gen Himmel.

»Die Pumpen bewältigen den Wassereinbruch achtern!« schrie eine Stimme erleichtert.

»Alle Verletzten geborgen und ins Revier gebracht.«

Hechler stellte sich Stroheim mit seiner goldgeränderten Brille vor, wie er mit blutigen Fingern in seinem überfüllten Lazarett operierte. Und dabei hörte er Musik von Händel, eine von den vielen staubigen Schallplatten, die der Arzt an Bord mitgebracht hatte.

Eine weitere Granate schlug unter der Brücke ein, die Splitter krachten durch die dünne Panzerung der Tür. Zwei Signalgasten fielen ohne einen Laut, und Froebe hing plötzlich am Kreiselkompaß. Seine Augen quollen im Todeskampf hervor, während er verzweifelt nach Luft schnappte. In seiner Brust klaffte eine Wunde wie ein roter, eingestanzter Stern. Hechler lief zu ihm, doch Froebe war tot, bevor er bei ihm ankam.

»Übernehmen Sie seinen Platz, Jäger!« schrie er und rüttelte den jungen Offizier am Arm. »Los, Mann, bewegen Sie sich! Wir können die Tommys immer noch schlagen!«

Er sah Ablehnung und Unglauben auf Jägers Gesicht und vermutete, daß er eher wie ein Wahnsinniger als wie ein kompetenter Kommandant wirkte. Doch sein Appell wirkte, denn er hörte Jäger ein Ruderkommando weitergeben – völlig ruhig, als sei er unbeteiligt am Geschehen.

Die Explosionen übertönend, krächzte Krolls Stimme aus dem Lautsprecher: »Beide Kreuzer sind aus dem Kurs gelaufen, Herr Kapitän. Sollen wir jetzt wieder den Zerstörer angreifen? Er liegt in Rot vier-fünf.«

Hechler wischte sich das feuchte Gesicht; war es Schweiß oder Regen? Der Zerstörer würde zweifellos bei den schwerbeschädigten Kreuzern bleiben und stellte somit keine Gefahr mehr da. Wenn es erst dunkel war ... Er fuhr herum, als die Männer sich plötzlich duckten und die Luft erneut vom tödlichen Pfeifen der Granaten erfüllt wurde.

Den Bruchteil einer Sekunde glaubte Hechler, daß ein weiterer Kreuzer unbemerkt herangekommen war. Aber er wußte, das war unmöglich. Dann traf die Salve in engen Gabeln, explodierte zwischen den Decks, holte den Gefechtsmast und die E-Meßgeräte herunter.

Es gelang Hechler, die andere Seite der Brücke zu erreichen. Er wunderte sich selbst darüber, daß er keine Schmerzen empfand. Noch während er das Glas richtete, wußte er die Antwort auf die Frage, die ihn bewegte: Es war ein winziger Punkt in Krolls Radarbild gewesen, der Schirm hatte ihn entweder nicht richtig angezeigt, oder sie hatten ihn übersehen.

Der Zerstörer war im Zickzack durch den eigenen Nebelvorhang herangekommen, außerdem lag bereits genügend Rauch über dem Wasser, entstanden durch die Schußwechsel und die brennenden Schiffe. Dann hatte er eine volle Breitseite auf *Prinz Luitpold* abgefeuert. Und wie er nun sah, war es keineswegs ein Zerstörer. Es handelte sich um einen Leichten Kreuzer mit immerhin so starker Feuerkraft, daß er ihnen schweren Schaden zufügen konnte, wenn er nur dicht genug herankam. Und das war auch den beiden anderen beschädigten Feindschiffen klargewesen.

Wieder traf sie eine Salve, sie schlug zwischen Schornstein und Achterdeck ein.

Hechler griff nach der Reling. Er fühlte förmlich, wie das Schiff langsamer wurde, mochte Stück mit seinen Männern auch verzweifelt um jede Umdrehung kämpfen.

»Der Maschinenraum, Herr Kapitän. Sie können die Geschwindigkeit nicht mehr halten!« schrie Gudegast, der neben ihn getreten war.

»Halbe Fahrt voraus!« gab Hechler zurück. Er beobachtete, wie die beiden vorderen Türme herumschwangen und feuerten. Die Schockwelle brauste über ihre Köpfe wie ein Schnellzug.

Die achteren Türme antworteten nicht mehr. Die letzte feindliche Salve hatte sie zum Schweigen gebracht.

»Treffer!«

Der Leichte Kreuzer fuhr zurück in die von ihm gelegte Nebelwand; während er mit Zickzackkurs ablief, leckte eine gelbe Feuerzunge um seine Brücke. »Geben Sie dem Eins AO Anweisung ...« Hechler starrte hinauf zum Kommandoturm und verstummte. Er war eingedrückt wie eine leere Bierdose und hatte trotz der starken Panzerung zahllose Löcher.

»Feuerleitung übertragen ...« Hechler beobachtete würgend, wie dunkles Blut aus der gepanzerten Kuppel von Krolls Kommandoturm lief. Es sah aus, als ob die Turmruine blute, und so ähnlich war es ja auch.

Überall im Rumpf tasteten sich Männer durch die Dunkelheit, denn das Licht war längst erloschen und alles voll erstickendem Rauch. Andere hämmerten gegen wasserdichte Schotten, die nie wieder geöffnet werden konnten.

In seinem Krankenrevier griff Dr. Stroheim zum Telefon und schrie: »Schaffen Sie die Verwundeten an Deck!« Auch hier hatte der Qualm alles durchdrungen und wälzte sich nun weiter durch Türen und andere Öffnungen.

Tief unten im Rumpf stieg Stück hinauf zu seinem Laufgang und beobachtete seine Männer, die sich gebeugt zwischen dem öligen Rauch bewegten. Sie sahen aus wie Verdammte in der Hölle. Noch drehten sich die drei schweren Wellen, doch er würde ihre Umdrehungszahl weiter herabsetzen müssen. Was war das nun wieder? fragte er sich, denn er fühlte, wie der Rumpf plötzlich zu schlingern begann. Erneut mußten Granaten in der Nähe explodiert sein. Sein Instinkt sagte ihm, daß sie ein anderes Kaliber hatten. Noch immer feuerten die beiden vorderen Türme des *Prinzen*, doch ihre Schußfolge hatte sich verlangsamt. Überall auf dem Kreuzer brannte es, und es gab nicht genügend Gesunde mehr, um die Verletzten zu bergen; von den Toten ganz zu schweigen.

Ein Mann lag da, wie er verletzt von der Leiter gefallen war: Hans Stöcker. Kroll hatte ihn ausgeschickt, um festzustellen, wie stark die Beschädigungen an Turm *Dora* waren. Der Oberfähnrich lag ausgestreckt auf dem Rücken, sein Gesicht war so verkniffen, als wolle er sich von dem Grauen um ihn herum ärgerlich distanzieren. Er versuchte, um Hilfe zu rufen, aber jedesmal durchfuhr ihn der Schmerz wie eine glühende Eisenstange; als er sich auf die Füße erheben wollte, spürte er sie nicht.

Ein gebeugter Mann warf sich neben ihm auf das heiße Deck, der grauhaarige Stabsbootsmann Trips. Er versuchte, einen Arm unter die Schultern des jungen Mannes zu schieben. Als ein Windstoß die Rauchwolke zur Seite trieb, beugte er sich noch weiter hinunter und sah, daß der Unterkörper des Jungen fast vollständig abgerissen war. Nur mit Mühe verbarg er sein Entsetzen.

»Wir haben es geschafft, Hans«, keuchte er. »Das Gold und die Juwelen gehören uns. Nun sind wir alle reich!«

Stöcker schluchzte auf, als eine weitere Granate in der Nähe explodierte und Stahlfetzen davonflogen, als seien es trockene Blätter.

»Ich ... Ich wollte nicht ...« Vor Schmerzen klammerte er sich an Trips' Brust. Als sich seine Augen im Todeskampf verschleierten, sah er nicht mehr, daß sein Freund längst durch einen scharfen Splitter getötet worden war. Der junge Oberfähnrich sank zurück. Plötzlich waren alle Schmerzen weg, seine Mutter war bei ihm und das Mädchen ... Er suchte nach dem Namen des Mädchens, doch die Anstrengung war zuviel für ihn. Der Tod kam.

Auf der äußeren Brücke gab es mehr Tote als Lebende. Hechler sah an sich hinunter und konnte es nicht fassen, als er kein Blut an sich entdeckte. Er war völlig unverletzt. Aber vielleicht besagte das nur, daß er später am meisten von allen zu leiden haben würde.

Gudegast stand mühsam auf und schob die demolierten Sprachrohre beiseite; in seinem Bart hingen Farbflocken und Dreck. Er sah sich auf der Brücke um wie ein Bär in der Falle.

Hechler hörte Theils Stimme von irgendwoher. »Kommen Sie herauf, Theil, und übergeben Sie unten an Ihren Stellvertreter!« befahl er. Dann wandte er sich um und erblickte Leitner mitten auf der Brücke.

»Wo ist Theissen?« brüllte er.

»Zusammen mit Ihren Kisten in der Arado abgeflogen!«

Hechler wunderte sich selbst, daß es ihm überhaupt noch möglich war, mit diesem Mann so ruhig zu sprechen.

Leitner hielt einen Segeltuchbeutel in der Hand, schüttelte ihn wild und brüllte: »Das ist alles, was man mir gelassen hat! Jemand hat meine Kisten aufgebrochen, Sie verfluchter Verräter!« Er schleuderte den Beutel von sich. Er fiel in eine Blutpfütze, die im Takt der Maschinen schwabberte, als wolle sie beweisen, daß sie noch lebendig war. »Da, sehen Sie nur hin!«

Hechler gewahrte Schmuckstücke – Ringe und Armbänder –, aber auch Goldstücke, die aus dem Beutel gerollt waren: Leitners Fluchtkapital. »Und nun war alles umsonst?« hörte er sich fragen.

»Nein, du Hund!« brüllte Leitner. »Nicht ganz!« Eine Luger sprang plötzlich in seine Faust, und Hechler wußte, daß ihm keine Zeit mehr blieb, rechtzeitig zur Seite zu springen.

Um ihn herum lagen viele Tote, andere warteten auf ihr Ende. Und das alles wegen solcher Männer wie Leitner! Plötzlich fühlte er, wie ihm vor Übelkeit schwindlig wurde.

»Torpedos von Backbord!« schrie eine Stimme und nahm ihm damit die letzte Hoffnung.

Die Explosionen gingen so lange ineinander über, daß es schien, als wollten sie überhaupt nicht mehr enden. Hechler nahm nur vage wahr, daß hinter ihm Trümmer herunterknallten und daß sich unter Deck schwere Ausrüstung losriß und quer durch den Rumpf schleuderte.

Ihm stand der Sinn nach Aufgeben, doch sein Können und seine Ausbildung waren stärker. Er würde aushalten, so lange er mußte.

Offensichtlich hatte der Leichte Kreuzer unter dem Feuerschutz der angeschlagenen größeren Einheiten einen Vorstoß gewagt und blitzschnell einen Torpedofächer auf *Prinz Luitpold* abgeschossen. Auch ohne Meldungen wußte Hechler, daß diese Treffer tödlich waren. Die Toten gerieten wieder in Bewegung, als sich das Deck überlegte. Gudegast humpelte auf ihn zu, das Weiße seiner Augen leuchtete grell aus dem geschwärzten Gesicht. »Ich dachte schon, jetzt hätte es Sie erwischt«, keuchte er.

Hechler klammerte sich an Gudegasts breite Schultern und erhob sich. Wie lange war er bewußtlos gewesen? Er erinnerte sich nur noch an das Aufblitzen, mit dem die Torpedos an der Bordwand explodierten. An sonst nichts.

Der Admiral lag auf der Seite, die Zunge hing ihm aus dem Mund und machte sein Gesicht zu einer schauerlichen Grimasse. Eine Hand hielt noch immer die Pistole, die andere, verkrampft wie eine Klaue, schien nach den Resten seines Schatzes zu greifen.

Gudegast half dem Kommandanten auf seinen Brückenstuhl. »Leitner ist tot, Herr Kapitän.«

Er bemerkte die Seelenqual in Hechlers Gesicht. Da verschwieg er ihm, daß er den Einschuß einer Kugel in Leitners Rücken entdeckt hatte. Jemand mußte ihn vorsätzlich erschossen haben, als er kurz vor dem Torpedoangriff auf Hechler gezielt hatte. Dann hatten die Torpedos alles zunichte gemacht.

»Der Feind hat das Feuer eingestellt, Herr Kapitän!« Das war Jäger, der ein blutiges Taschentuch gegen seine Stirn preßte.

Hechler hörte ferne Rufe auf dem Deck unter sich und Gudegast entschuldigend sagen: »Als ich dachte, Sie wären ...«

Hechler griff nach Gudegasts Arm. »Als Sie dachten, ich wäre gefallen, haben Sie die Räumung der unteren Decks angeordnet?« Der Mann nickte mit schmerzverzerrtem Gesicht. »Dafür danke ich Ihnen, Gudegast.«

Ob er selbst das auch getan hätte? fragte er sich. Oder hätte er noch mehr von seinen Männern dem sicheren Tod ausgeliefert? Die Antwort auf diese Fragen würde er nun nie mehr wissen.

Das Deck neigte sich plötzlich stark, der Kartentisch kam ins Rutschen und wurde an der Wand zerschmettert.

»Ich gebe jetzt den Befehl, Herr Kapitän«, sagte Gudegast.

Hechler schüttelte den Kopf. »Nein, das ist meine Aufgabe.«

Er klammerte sich an der Scheibe fest und sah nun zum ersten Mal den ihnen am nächsten feindlichen Kreuzer. Seine Brände waren gelöscht, seine Türme auf *Prinz Luitpold* gerichtet, der nun ganz langsam zu kentern begann.

Hechler winkte einen Matrosen heran. »Geben Sie weiter: Alle Mann von Bord!« Er wollte ihnen gute Wünsche hinterherrufen, brachte aber kein weiteres Wort heraus.

»Kommen Sie, Herr Kapitän, wir brauchen Sie noch«, hörte er Gudegast murmeln.

Er versuchte, sich auf den Füßen zu halten, doch als er die Reling ergriff, sah er vor sich nicht mehr den feindlichen Kreuzer, sondern blickte hinunter ins Wasser, das mit Trümmern übersät war. Rettungsflöße schwammen zwischen zerschossenen Booten, dazwischen trieben Tote und Schwimmende, die um ihr Leben kämpften, als ihr Schiff immer mehr Schlagseite bekam.

Hechler wußte nur noch, daß er auf dem Wasser aufschlug. Seine Lungen schienen wie im Feuer zu brennen. Dann zogen ihn hilfreiche Hände auf ein Rettungsfloß, wo schon viele Platz gefunden hatten. Irgend jemand rief: »Hier ist der Kommandant!«

Hechler umklammerte die Schulter von Gudegast und hörte ihn murmeln: »Nun mach schon, altes Mädchen, mach ein Ende!«

Es klang wie ein schmerzliches Wimmern, das zu einem unbeschreiblichen Heulen und Tosen wurde, als sich *Prinz Luitpold* plötzlich überlegte. Minutenlang standen die großen, reglosen Schrauben in der Luft, dann glitt das Schiff unter Wasser. Hechler versuchte angestrengt, sich aufzusetzen, erblickte aber nur noch eine mit Trümmern und Öl bedeckte Wasserfläche.

Sie waren weit von zu Hause entfernt. Doch die Überlebenden würden noch lange von *Prinz Luitpold* reden. Viele Jahre lang.

Er blickte hinauf zum Himmel und sah die ersten blassen Sterne schimmern.

Der Eiserne Pirat. Eine Legende war zu Ende.

Epilog

Der Zug fuhr langsam. Es schien, als breche er unter der Last der Menschen zusammen, die dicht gedrängt in den Abteilen saßen oder an den Trittbrettern hingen. Hechler hatte das Glück gehabt, einen Platz am Fenster zu finden, doch jenseits der beschlagenen Scheiben war es so dunkel, daß er längst nichts mehr sah.

Immer noch konnte er es kaum glauben, daß seine Reise nun gleich zu Ende sein würde. Der Zug fuhr bereits durch die Vororte von Hamburg.

Hier, im Hamburger Hafen, hatte das Leben des *Prinzen* begonnen. Das schien eine Ewigkeit her zu sein. Er warf einen Blick auf seine Mitreisenden. Die meisten trugen Feldgrau. Zerrissene, abgetragene Uniformen schlotterten an den mageren Körpern der Männer, die sich dicht aneinander drängten, um sich zu wärmen.

Es war zwar erst Nachmittag, hätte aber ebensogut Nacht sein können. Der Winter war früh über das Land hereingebrochen. Im Geist ließ Hechler noch einmal die Zeit vor sich ablaufen, seit *Prinz Luitpold* im Südatlantik gesunken war. Viele vertraute Gesichter waren mit dem Schiff untergegangen. Zu viele.

Die Überlebenden waren von den Briten gerettet worden, und Hechler hatte sich an Bord des Leichten Kreuzers *Pallas* wiedergefunden, der die tödlichen Torpedos auf den *Prinzen* abgeschossen hatte.

Seltsam, daß er bei den Siegern keinerlei Überheblichkeit gespürt hatte. Aber überall Erleichterung. Später hatte man ihn über Einzelheiten unterrichtet: Der britische Commander war schon beim ersten Einschlag einer Granaten-Gabel von *Prinz Luitpold* gefallen. Der neuseeländische Kommandant hatte die Initiative an sich gerissen und trotz der feindlichen Überlegenheit den Angriff weitergeführt.

Man hatte Hechler von seinen Männern getrennt und später auch von den meisten seiner überlebenden Offiziere. Einige waren noch in den letzten Augenblicken gestorben: Kroll, der bis zuletzt seine Geschütze gerichtet hatte, und Stück zusammen mit seinen Männern im Maschinenraum, als die Torpedos trafen.

Immerhin hatte Hechler es geschafft, mit Gudegast zusammenzubleiben, selbst auf dem schnellen Truppentransporter, auf den sie danach gebracht worden waren. Unter Geleitschutz dampften sie nach Liverpool.

Eine Zeitlang hatte er auch noch den jungen Konrad Jäger gesehen, doch in England war der in ein Offizierslager irgendwo im Süden gebracht worden.

Gudegast hatte ihm erzählt, wie Theil zuletzt gesehen worden war. Kurz bevor sich der Kreuzer endgültig auf die Seite gelegt hatte, war Theil im Schiff verschwunden, als wolle er sein Quartier aufsuchen. War er in Eile gewesen? wollte Hechler wissen. Hatte er vielleicht versucht, noch etwas Wertvolles aus seiner Kammer zu holen, bevor er das Schiff verließ?

Gudegast hatte den Kopf geschüttelt. »Nein. Die Männer sagten, er sei ganz ruhig gegangen. So, als habe er alle Zeit der Welt.«

Sein Ausweg. Er war bei dem Schiff geblieben, dem seine Liebe galt und das man ihm an Ende doch genommen hätte. Nun würde niemand je die Wahrheit erfahren.

Hechler dachte an seine langen Monate im Gefangenenlager, und ein schwaches Lächeln umspielte seine Lippen. *Eingesackt*, hatten es die britischen Bewacher genannt. Das Lager hatte sich in Schottland befunden und war ein öder, einsamer Platz, den er vorwiegend mit verbitterten U-Boot-Kameraden teilte. Mehrfach hatten die Briten ihn verhört, gleich bei der Ankunft waren es Offiziere gewesen, später dann Zivilisten – vom Geheimdienst, wie es hieß.

Ihr Hauptinteresse galt der Insel St. Jorge. Er sollte sich äußern, ob er sich als Kommandant für die Erschießung des Mechanikers auf der Insel verantwortlich fühle. Wahrscheinlich war Bauer der einzige, der den genauen Hergang kannte, doch der war schon zu Beginn des Gefechts gefallen.

Später zeigte niemand mehr besonderes Interesse für ihn. Gudegast erwies sich als guter Kamerad, und wenn sie nicht zusammen am Stacheldraht entlanggingen und sich an den Farben der Heide draußen freuten, war er mit seinen Bildern beschäftigt. Er bekam alles Material, das er benötigte, und porträtierte dafür die Wachtposten. So hatte man sich arrangiert.

Dann bekam Gudegast eines Tages Befehl, sich für die Verlegung in ein anderes Lager bereitzuhalten. Es wurde ein trauriger, wenn auch nüchterner Abschied. Sie hatten beide zuviel gemeinsam erlebt, um noch groß ihre Gefühle zu zeigen.

»Und was machen Sie nach dem Krieg?« fragte Hechler.

Der kräftige Mann zupfte nachdenklich an seinem Bart. »Ich möchte wieder zur See fahren. Das habe ich gelernt, sonst nichts.«

Bevor er ging, drückte er Hechler eine dünne Rolle Leinwand in die Hand. »Für sie«, hatte er nur gesagt. »Sie werden sie wiedersehen, keine Sorge.«

Zusammen mit den anderen war er davonmarschiert, und Hechler hatte salutiert, ohne es zu merken.

Danach war ihm das Warten doppelt schwergefallen. Weihnachten hatten draußen vor dem Zaun Kinder aus dem nahen Dorf Lieder gesungen, und kurz darauf hatte ein U-Boot-Kommandant seinem Leben ein Ende gemacht. Hechler hatte sich immer mehr von seinen Kameraden zurückgezogen. Sie kamen ihm fremd vor, ihre Art der Kriegsführung war nicht seine. Mehr und mehr vermißte er Gudegast.

Oft mußte er an die anderen Männer denken, die den Untergang überlebt hatten. Zum Beispiel an Dr. Stroheim, den er zuletzt gesehen hatte, wie er einem Schwerverletzten seine eigene Schwimmweste anlegte.

Und dann kam der Tag, als die Wachtposten vor Freude in die Luft schossen und alle Lichter wieder angingen. Hechler akzeptierte das Ende des Krieges in Europa mit sehr gemischten Gefühlen. Die Zeit wurde ihm lang, und er fürchtete schon, niemals entlassen zu werden. Mehrmals schrieb er an Erika Franke unter den Adressen – es waren zwei –, die sie ihm hinterlassen hatte. Doch eine Antwort bekam er nie.

Sein Körper vibrierte mit dem eintönigen Rattern der Räder. Er starrte durchs Fenster auf die Reihen unregelmäßiger weißer Hügel neben der Strecke. Britische Unteroffiziere gaben einem Trupp deutscher Arbeiter mit Hacke und Schaufeln Anweisungen. Fröstelnd wurde Hechler klar, daß diese weißen Hügel alles waren, was von den Häusern und Straßen Hamburgs hier übriggeblieben war. Nun deckte der Schnee alles barmherzig zu.

Irgend jemand sagte: »Endlich wieder zu Hause.« Sonst sprach keiner. Ein Hauptmann der Infanterie wischte sich mit einem schmutzigen Taschentuch die Augen, ein anderer Soldat zupfte seinen fadenscheinigen Mantel zurecht. Zuhause? Heimat? Viel war davon nicht übriggeblieben.

Hechler griff in seine Tasche, um sich zu vergewissern, daß seine Pfeife noch da war. In seiner anderen Hand hielt er das Geschenk Gudegasts, ein Porträt. Es zeigte ihn zwar nicht an Bord seines Schiffes, sondern vor der Heide Schottlands, aber es war für Gudegast typisch.

Sein Magen zog sich zusammen, als der Zug in den Bahnhof einfuhr, der ein Bild der Zerstörung bot. Das Dach war nicht mehr vorhanden, man blickte direkt in den dunklen Himmel, nur ein paar Stahlträger standen noch grotesk herum.

Im Wagen machte sich plötzlich nervöse Spannung breit. Viele Soldaten waren erst vor kurzem entlassen worden, ein Großteil aus russischer Gefangenschaft: ausgemergelte, verzweifelte Gestalten, die kaum ein Wort miteinander wechselten. Mit einem letzten Quietschen kam der Zug zum Stehen. Erst zögernd, dann wie in Panik quollen die Passagiere auf den Bahnsteig.

Hier und dort gab es Anzeichen für die Besetzung. Etwa englische Hinweisschilder mit den taktischen Zeichen verschiedener Regimenter, dazu die leuchtendroten Mützenbezüge der Militärpolizisten,

Khakiuniformen und solche im Blau der Royal Air Force. Englische Stimmen mit verschiedenen Akzenten waren zu vernehmen. Hechler hatte in der Gefangenschaft ein Ohr dafür bekommen.

Er starrte die Schranke vor der Masse der heimkehrenden Soldaten an. Dort warteten deutsche Polizisten und britische Militärpolizei und dahinter eine geschlossene Mauer erwartungsvoller Gesichter.

Ein deutscher Matrose, der eigenartigerweise noch immer seine Mütze mit den wehenden Bändern trug, ließ ein Paket fallen. Hechler hob es auf und reichte es ihm. »Hier!«

Der Mann nahm unwillkürlich Haltung an. Beide starrten einander entgeistert an, dann streckte der junge Matrose die Hand aus und schüttelte die Hechlers. Für einen militärischen Gruß gab es keine Notwendigkeit mehr. Er war mit dem Krieg verlorengegangen.

Erika Franke stand neben einem der dicken Pfeiler, die noch die Reste des Bahnhofsdachs trugen, und beobachtete, wie der Zug quietschend anhielt.

Es war schon der dritte Zug, den sie an diesem Tag erwartet hatte, und nun waren ihre Hände und Füße zu Eis gefroren. Oder schmerzte sie die Ungewißheit? Jedesmal, wenn ein Zug in den Bahnhof rumpelte und seine Ladung verzweifelter, ängstlicher Soldaten entließ, hatte sie die Reaktion der Wartenden – überwiegend Frauen – gesehen. Einige wurden nicht enttäuscht, aber die meisten warteten wie sie noch immer. Sie studierte die Fahrplantafeln, auf denen einmal unzählige Züge angezeigt worden waren, die pünktlich in alle Richtungen des Deutschen Reiches fuhren. Jetzt hingen da Fotos an Fotos, viele nicht größer als Paßbilder, mit den Namen und Adressen Vermißter. Sie kam sich vor wie auf einem Friedhof.

Als die ersten Heimkehrer die Sperre der britischen Militärpolizei erreichten, drängten sich einige Frauen mit ihren traurigen Fotos nach vorn und hielten sie den deutschen Soldaten entgegen.

»Das ist mein Sohn. Haben Sie meinen Sohn gesehen?« Und eine andere: »Er war in Ihrem Regiment. Sie *müssen* ihn doch kennen! Er ist mein Mann!«

Erika wischte sich schnell die Augen. Ein junger britischer Oberleutnant der Royal Navy Reserve fragte sie: »Alles in Ordnung, Fräulein? Ich habe draußen ein Auto, falls . . .«

Sie dankte ihm höflich.

Eine Frau im schäbigen Mantel drängte sich mit zwei Fotos in der Hand an einem Militärpolizisten vorbei und fragte einen Hauptmann, ob er die Abgebildeten kenne. Der Mann wies sie barsch ab, ohne sich die Fotos anzusehen. Vielleicht hatte er einfach Angst, jemanden zu erkennen, den er zusammen mit unzähligen anderen irgendwo im Schlamm zurückgelassen hatte.

Die junge Pilotin sah eine weitere Gruppe von Männern durch die Sperre kommen. Diesmal waren nicht viele Seeleute dabei. Sie würde es morgen wieder versuchen.

Erika Franke hatte seine Briefe gebündelt vorgefunden, als sie endlich nach Hause gekommen war. Er kam ihr noch jetzt wie ein Traum vor, dieser letzte Flug nach Argentinien.

Wieder durchlebte sie den Augenblick, als sie die Arado verlassen hatte und in das wartende Motorboot gestiegen war. Sie hatte nur das Gefühl eines ungeheuren Verlustes verspürt. Auch als die Beamten des deutschen Konsulats die Kisten geöffnet und nur bunte Glasscherben darin gefunden hatten, war ihr einziger Gedanke Hechler gewesen. Jede Minute hatte sie weiter von ihm entfernt. Vielleicht war er längst tot.

Leitners Adjutant Theissen hatte angesichts der bunten Glasscherben einen hysterischen Anfall bekommen. Sie hatte noch seine Stimme im Ohr, die immer wieder den Namen eines Bootsmannes rief. Hammer hieß der Mann, und wenn er noch lebte, mußte er jetzt reich sein.

Die Frau mit den beiden Fotos drängte sich wieder vor.

»Bitte, Herr Kapitän! Haben Sie nicht meine Söhne gesehen? Bitte . . .«

Der Mann hielt an und betrachtete die Fotos.

Das Herz der jungen Pilotin schlug bis zum Hals. Es war Dieter! Einen Augenblick starrte sie ihn reglos an, nahm jede Einzelheit wahr: Die Linien rechts und links von seinem Mund hatten sich tiefer eingegraben, das Haar unter seiner Mütze schimmerte grau. Immer noch trug er den alten grauen Fischerpullover unter seiner Uniformjacke. Die Kälte schien ihm überhaupt nichts auszumachen.

»Tut mir wirklich leid, meine Liebe«, sagte er zu der Frau, »ich habe sie nicht gesehen. Aber Sie sollten die Hoffnung nicht aufgeben . . .« Da blickte er auf und sah sie.

Im nächsten Moment lag Erika in seinen Armen. Er hatte keine Augen mehr für die Frau mit den beiden Fotos, die ihm nachstarrte, als habe er soeben ein Wunder vollbracht.

Niemand von ihnen konnte später sagen, wie lange sie so dagestanden hatten.

»Ich wußte, daß es der richtige Zug sein mußte«, flüsterte sie. Sie strich ihm mit der Hand über den Rücken, als müsse sie sich vergewissern, daß es ihn wirklich noch gab. An seiner rechten Brustseite entdeckte sie ein paar lose Fäden. Dort hatte er den Adler mit dem Hakenkreuz getragen. Und dann sah sie, daß seine Augen noch tiefer blau leuchteten als damals.

»Ich wußte, daß ich dich wiederfinden würde, irgendwann ...« Er brach ab.

Einige englische Seeleute riefen ihren Kameraden etwas zu, die fröhlich einen britischen Militärzug bestiegen.

Hechler legte Erika den Arm um die Schultern, und gemeinsam traten sie hinaus in den treibenden Schnee. Noch einmal blickte er sich nach dem Bahnhof um und nach den jubelnden britischen Matrosen. Dann drückte er ihre Schulter und sagte weich: »Ihnen geht es wie uns. Sie sind auf dem Weg nach Hause.«

Anhang

zusammengestellt von Joachim Wölfer

Technische Daten der *Prinz-Luitpold*-Klasse

Prinz Luitpold ist ein faktisch nicht existierender Schwerer Kreuzer der *Blücher*-Klasse. (Diese Angaben nach E. Gröner: Die Schiffe der deutschen Kriegsmarine und ihr Verbleib, 1954)

Verdrängung: 13 900 ts, vollausgerüstet 18 600 ts
Länge: 206 m ü. a.
Breite: 21,3 m
Tiefgang: 5,8 m, vollausgerüstet 7,7 m
Maschinen: 3 Satz Deschimag/B & V bzw. BBC-Getriebeturbinen
Kessel: 12 Wagner-Kessel für 70 atü
Fahrstrecke: 6800 Seemeilen bei 19 kn Fahrt
Leistung: 132 000 PS auf drei Schrauben
Besatzung: rd. 1600 Offiziere und Mannschaften
Bewaffnung: 8x 20,3 cm in Doppellafetten (Schwere Artillerie)
12x 10,5 cm in Doppellafetten (Mittlere bzw. Flakartillerie)
12x 3,7-cm-Flak in Doppellafetten
bis 28x 2 cm in bis zu Vierfachlafetten
12 Torpedorohre 53,3 cm in Dreifach-Anordnung
3 Bordflugzeuge Arado Ar 196, 1 Katapult
Max. Geschwindigkeit: 32,5 kn

Bei den Schweren Kreuzern dieser Klasse (gebaut wurden neben *Blücher* noch *Admiral Hipper* und *Prinz Eugen*, vorgesehen waren außerdem *Seydlitz* und *Lützow*) gab es geringfügige Abweichungen.

Arado Ar 196:
Standard-Bordflugzeug der Kriegsmarine ab 1939
Einmotoriger Tiefdecker mit zwei Schwimmern
Motor: 1 Sternmotor BMW 132 K, Leistung: 960 PS
Geschwindigkeit: max. 320 km/h
Besatzung: 2 Mann (Pilot/Bordschütze)
Länge: 11 m
Spannweite; 12,44 m
Bewaffnung: zwei Maschinenkanonen MK 20 mm,
ein MG und 1 bewegl. MG für Bordschützen
2x 50-kg-Bomben
Abfluggewicht: 3300 kg

Technische Daten der *Wiltshire*-Klasse

Wiltshire ist ein faktisch nicht existierender Schwerer Kreuzer der britischen *London/ Norfolk*-Klasse. Die dazu gehörenden acht Schiffe entstanden auf verschiedenen Werften zwischen 1927 und 1929.

Verdrängung: ca. 10 000 ts
Länge: rd. 193 m ü. a.
Breite: rd. 20,2 m
Tiefgang: rd. 5,18 m
Maschinen: Vier Wellen-Getriebe-Turbinen mit einer Leistung von rd. 80 000 PS
Besatzung: 650 Mann
Bewaffnung: 8x 20,3 cm (8 inches) in vier Türmen, zwei Doppeltürme vorn, zwei achtern (Schwere Artillerie)
 8x 10,2 cm (4 inches), teils in Doppel-, teil in Einzellafetten (Mittlere bzw. Flakartillerie)
 16x 3,7-cm-Flak, dazu zahlreiche 2-cm-(Bofors-)Flak in unterschiedlicher Lafettierung
 8 Torpedorohre 53,3 cm in 2x 4facher Anordnung
 3 Bordflugzeuge Vickers-Supermarine *Walrus*
Max. Geschwindigkeit: 32,5 kn

Bitte beachten Sie
die folgenden Seiten:

1943 - Ceylon und Malaysia

Die Alliierten befinden sich im Krieg mit Japan. Der britische Leutnant James Ross ist mit seiner Spezialeinheit in Trincomalee auf Ceylon stationiert. Als sich Ross mit Leutnant Villiers ins besetzte Singapur schmuggelt, erfahren Sie, daß die Deutschen eine U-Boot-Basis aufbauen: Operation Monsun. Als deutsches U-Boot getarnt, starten Ross und Villiers einen selbstmörderischen Angriff, um die Gefahr abzuwenden.

Alexander Kent - Bolitho-Romane

Der Brander
Admiral Bolitho im
Kampf um die Karibik
Roman, 368 Seiten
Ullstein TB 23927

Donner unter der Kimm
Admiral Bolitho und
das Tribunal von Malta
Roman, 312 Seiten
Ullstein TB 23648

Die Seemannsbraut
Sir Richard und die Ehre der Bolithos
Roman, 320 Seiten
Ullstein TB 22177

Mauern aus Holz, Männer aus Eisen
Admiral Bolitho am Kap
der Entscheidung
Roman, 304 Seiten
Ullstein TB 22824

Das letzte Riff
Admiral Bolitho - verschollen
vor Westafrika
Roman, 384 Seiten
Ullstein TB 23783

Dämmerung über der See
Admiral Bolitho im
Indischen Ozean
Roman, 432 Seiten
Ullstein TB 23921

Dem Vaterland zuliebe
Admiral Bolitho vor
der Küste Amerikas
Roman, 384 Seiten
Ullstein TB 24181

Die Feuertaufe/ Strandwölfe
Zwei Romane, 384 Seiten
Ullstein TB 23405

Der junge Bolitho
Die Feuertaufe/Strand-
wölfe/Kanonenfutter
Drei Romane, 514 Seiten
Ullstein TB 20913

Bolitho in den Tropen
Kanonenfutter/Zerfetzte Flaggen
Zwei Romane, 560 Seiten
Ullstein TB 23527

Bolitho wird Kapitän
Klar Schiff zum Gefecht!/
Die Entscheidung/
Zerfetzte Flaggen
Drei Romane, 626 Seiten
Ullstein TB 22016

Fregattenkapitän Bolitho
Bruderkampf/Der Piratenfürst
Zwei Romane, 640 Seiten
Ullstein TB 22097

Ullstein Taschenbuchverlag

Alexander Kent - Bolitho-Romane

Die Feuertaufe
Richard Bolitho -
Fähnrich zur See
Roman, 208 Seiten
Ullstein TB 23687

Strandwölfe
Richard Bolithos
gefahrvoller Heimaturlaub
Roman, 176 Seiten
Ullstein TB 23693

Zerfetzte Flaggen
Leutnant Richard Bolitho
in der Karibik
Roman, 288 Seiten
Ullstein TB 23192

Kanonenfutter
Leutnant Bolithos
Handstreich in Rio
Roman, 320 Seiten
Ullstein TB 24311

Klar Schiff zum Gefecht
Richard Bolitho -
Kapitän des Königs
Roman, 256 Seiten
Ullstein TB 23932

Die Entscheidung
Kapitän Bolitho in der Falle
Roman, 160 Seiten
Ullstein TB 22725

Bruderkampf
Richard Bolitho -
Kapitän in Ketten
Roman, 304 Seiten
Ullstein TB 23219

Der Piratenfürst
Fregattenkapitän Bolitho
in der Java-See
Roman, 336 Seiten
Ullstein TB 23587

Fieber an Bord
Fregattenkapitän Bolitho
in Polynesien
Roman, 432 Seiten
Ullstein TB 23930

Des Königs Konterbande
Kapitän Bolitho und
die Schattenbrüder
Roman, 328 Seiten
Ullstein TB 23787

Nahkampf der Giganten
Flaggkapitän Bolitho bei der
Blockade Frankreichs
Roman, 304 Seiten
Ullstein TB 23493

Feind in Sicht
Kommandant Bolithos
Zweikampf im Atlantik
Roman, 336 Seiten
Ullstein TB 20006

Der Stolz der Flotte
Flaggkapitän Bolitho vor der
Barbareskenküste
Roman, 352 Seiten
Ullstein TB 23519

Eine letzte Breitseite
Kommodore Bolitho im
östlichen Mittelmeer
Roman, 320 Seiten
Ullstein TB 20022

Galeeren in der Ostsee
Konteradmiral Bolitho
vor Kopenhagen
Roman, 272 Seiten
Ullstein TB 20072

Admiral Bolithos Erbe
Ein Handstreich in
der Biskaya
Roman, 296 Seiten
Ullstein TB 23468